www.bbulmedia.com

www.bbulmedia.com

책향기

희망이룸 장편 소설

책향기

DAHYANG ROMANCE STORY

C o n t e n t s

프롤로그

"흠."

서재로 들어서는 서희의 입술은 길게 늘어졌다. 학교 도서관보다 더 많은 책을 가지고 있을 것 같은 이 집의 서재. 8년 전, 두근거리는 가슴으로 이 방문을 처음 열었던 날부터 이곳은 서희의 꿈의 공간이었다.

집주인인 윤식이 대학 때부터 사 모았다는 고서부터, 문학 전집은 물론, 온갖 인문 서적과 아동 및 유아 서적까지. 비록 정리되지 않은 채 무작위로 자리 잡고 있던 책들이었지만, 그럼에도 수많은 책들은 자신들 고유의 멋진 향내를 잃지 않은 채 어린 서희의 가슴을 벅차게 만들었다.

서희는 언제나 그러하듯 그들의 냄새를 맘껏 들이마시며 서재를 휘— 둘러보았다. 모든 벽에 빈틈없이 세워져 있는 고풍스런 문양의 원목 책장, 오랜 시간 그녀의 손 아래서 종류별, 이름별로 정리되어져 간 책들, 이곳에서 유일하게 책장이 놓이지 않는 원형의 통유리와 그곳을 통해 들어오는 햇살.

「어차피 내 자식들은 이 책들에 관심이 없으니 서희 네가 다 가져라.」

윤식의 푸념과 함께 들여 놓은 커다란 테이블과 그 옆의 분홍빛 소파까지. 누군가 서희의 마음속에 들어와 늘 꿈꾸던 서재를 옮겨 놓은 듯 그 어느 것 하나 귀하지 않은 것이 없었다.

서희는 손을 뻗어 책들을 품에 안듯 책장을 보듬었다. 창밖으로 보이는 넓은 마당에는 며칠 전 내린 눈이 차가운 날씨에 채 녹지도 못한 채 나뭇가지에 남아 있었다. 하지만 알맞게 온도가 맞춰져 있는 이 집, 특히 통유리를 통해 들어오는 햇살은 조금 전까지 추위에 떨었던 몸을 따스하게 간지럽히고 있었다. 그리고 끌어안은 책장에서 맡아지는 책 향기는 서희를 이 세상 어느 누구보다 행복하게 만들어 주고 있었다.

힘든 일이 있거나 울고 싶어지는 날, 이곳에 오면 서희는 위로를 받을 수 있었다. 책장에 기대 울고 나면 그 뒤로 맡아지는 책 향기에 서희는 울어서 빨개진 코 속의 콧물이 채 마르기도 전에 혼자 배시시 웃곤 했다.

그녀는 자기도 모르게 콧노래를 흥얼거리며 발걸음을 옮겨 읽다가 만 책을 찾기 시작했다. 지난주부터 다시 읽기 시작한 『삼국지』. 윤식이 젊었을 때 사다 놓은 책들은 세로로 문장을 써 내려간 오래된 책들이었다. 서희는 '고전'이라는 단어와 어울리는 이 책의 세로 읽기 형 서열 또한 좋아했다.

한 걸음 한 걸음 책장을 손으로 훑으며 얼굴 가득 만족스러운 미소를 담은 채 책을 찾던 서희의 미간이 서서히 모아지며 도톰한 입술이 뾰족이 나오기 시작했다.

'어디 갔지?'

분명히 어제 읽다가 꽂아 두었는데 하루 사이에 그 책이 흔적도 없이 사라져 버려 서희는 당황한 표정으로 책장 주변을 둘러보았다. 늘 읽고 있는 책은 따로 정해 놓은 공간에 꽂아 놓는 서희였다. 그러니 이 많은 책들 사이에 자기가 읽는 책을 헷갈릴 일도, 잃어버리거나 잊어버리는 일도 서희에게는 일어나지 않았었다. 그런데 지금, 그 공간에서 서희가 읽던 책만이 덩그러니 사라진 것이다.

서희는 무릎을 꿇고 앉아 다시 한 번 그 주변을 살펴보다 원래 책이 있었던 전집이 놓인 곳으로 돌아가 보았다. 하지만 그곳 역시 휑하니 서희가 찾는 책의 자리를 내어놓고 있었다.

'떨어뜨렸나?'

서희는 손에 무언가 걸리길 바라며 몸을 낮춰 바닥을 기기 시작했다. 눈이 익숙해 보지 못하는 것이라면 손에라도 걸려라. 그때, 바닥에 납작하게 붙어 바동거리고 있는 서희의 머리 위로 낮은 울림의 건조한 남자의 목소리가 들려왔다.

"너 뭐냐?"

물에 빠진 파리새끼마냥 바동거리며 바닥을 기어 다니던 서희는 움직임을 멈추고 고개만 들어 남자를 올려보았다.

이십 대 초반 정도 되었을까? 살짝 올라간 외까풀 눈이 길게 늘어져 차가운 인상을 주는 남자였다. 오똑한 코가 얼굴 중앙에, 그리고 붉은 입술이 길게 그 아래 자리 잡고 있었다. 갸름한 얼굴 선과 짧게 자른 머리가 그렇지 않아도 서늘한 그의 인상을 더 강렬하게 만들어 주고 있었다.

그는 큰 키를 기울여 앞에 놓인 소파를 손으로 짚으며 서희에게 같은 질문을 되물었다.

"너 뭐야?"

어떤 감정도 드러나지 않는 얼굴로 소파에 기대서서 서희를 내려다보는 남자의 눈은 조금 전 질문을 던질 때보다 더 가늘어져 있었다.

"그러는 넌 뭐냐?"

무안한 마음에 옷을 털며 자리에서 일어나 똑같은 질문을 되묻던 서희의 눈에 남자의 손에 들린 책이 들어왔다. 내 책!

서희의 대답에 남자는 잠시 표정이 굳었지만 곧 어이없다는 듯 헛웃음을 터뜨렸다.

"너 몇 살이냐? 잘 봐 줘야 고등학생?"

서희는 새초롬히 입술 끝을 내밀며 건방진 남자를 더 건방진 시선으로 노려보았다.

"열아홉. 낼모레면 스물, 성인이다. 그러는 너는?"

"하!."

"웃지 말고 내 책이나 내놓으시지."

서희는 일어난 자리에서 꼼짝도 하지 않은 채 팔짱까지 끼며

손가락만 까닥거렸다. 남자 역시 소파에서 움직이지 않으며 고개
만 까닥인 채 서희에게 책을 들어 보였다.

"갖고 싶은 사람이 오시지."

"너 되게 유치하다."

서희는 한껏 고개를 쳐들며 입가에 비웃음까지 머금은 채 코웃
음을 쳤다.

"너, 말이야. 여기는 엄연히 내 공간이야. 네, 가 잘 모르나 본
데……."

서희는 '너' 나 '네' 라는 말을 특별히 더 강조하며 따박따박 남
자에게 설명을 해 주기 시작했다. 서희의 '너' 라는 호칭이 늘어
갈수록 표정이 없던 남자의 얼굴은 점점 더 사납게 변해 가더니
급기야,

"까불고 있어!"

라는 서희의 마지막 발언에 남자는 눈에 잔뜩 힘을 주며 그녀
에게로 다가왔다.

"쪼그만 게."

매섭게 인상을 쓴 표정으로 들어 올려진 남자의 손이 서희를
향해 내려오는가 싶더니 곧 그는 입술을 길게 늘리며 들어 올렸던
팔로 그녀의 목을 감싸 안았다.

"한서희, 이 자식이!"

"크크크."

남자는 쉽사리 서희의 목을 풀어 주지 않은 채 주먹으로 장난
스럽게 서희의 머리를 콩콩 때리기 시작했다.

"아주, 기어오르지."

"아! 그만, 그만, 오빠."

목을 남자에게 잡힌 채 손을 바동거리던 서희는 남자의 허리를 끌어안았다.

늘 이랬다. 어려서부터 둘의 장난은 이리 서희가 남자의 허리를 감싸 안으면 끝나곤 했다. 이번에도 남자의 움직임은 서희가 자기의 허리를 안아 오자 그대로 멈추었다. 그리고 가만히 서희의 머리를 쓰다듬었다.

"많이 컸네, 꼬맹이."

서희는 아직까지 장난기가 가득 담긴 눈을 들어 올리며 남자의 눈을 바라보았다. 지난번 휴가 때 봤을 때보다 조금은 탄 듯한 그의 얼굴색은 성인이 되면서 선이 굵어진 그의 얼굴을 더 남자답고 매력 있게 만들었다. 그 모습이 불만인 듯 서희는 고개를 젖힌 채 입술을 삐죽거리며 잔뜩 부은 목소리로 말했다.

"군대 편한가 봐? 볼 때마다 멋있어지네?"

남자는 뭐가 재미있는지 입술 끝을 양끝으로 잔뜩 늘리며 서희를 바라보았다. 가까이 마주 보고 있는 남자의 코로 서희의 숨결에 따라 달짝지근한 껌 냄새가 들어왔다.

"나도 껌 줘."

"이것밖에 없어."

서희는 자기 입에 있던 껌을 이로 물고 남자 앞에 내밀며 놀리 듯 눈을 반짝였다.

"어휴, 지혁이 오늘 일찍 왔네. 어떻게 군대 가서도 인물이 점점 좋아지니, 너는……."

현관문을 열고 들어서는 지혁을 보며 옥희는 반갑게 그를 맞아 주었다. 군에서 휴가를 나오자마자 옷만 갈아입고 급히 집을 나서던 지혁은 오늘 저녁 나미네와 식사 약속이 있다는 남옥의 당부에 시간에 맞춰 온 터였다.

중학교 시절부터 죽마고우였던 지혁의 아버지 서균과 나미의 아버지 윤식은 형제만큼이나 가깝고 돈독한 사이였다. 대대로 사업을 해 오던 윤식의 아버지는 대대로 교육자 집안의 아들인 서균의 성실함과 영리함을 기특하게 여겼고, 서균의 아버지는 윤식의 화통한 성격을 어여삐하셨다.

성인이 되어 가정을 이루게 된 후 동갑이었던 아내들 역시 첫 만남부터 마음이 맞아 오랜 친구마냥 허물없이 지냈기에 두 커플은 종종 함께 시간을 보냈다. 그 후 마치 약속이나 한 듯 비슷한 시기에 서균은 지욱과 지혁, 두 아들의 아버지가 되었고, 윤식은 나영, 나미, 나나라는 이름의 딸 셋을 두게 되었다. 두 가족은 시간이 나면 함께 모여 식사를 하였고, 서로의 대소사를 자기네들 일처럼 챙기는 등 핏줄처럼 가깝게 지내고 있었다.

"건강하셨어요?"

옥희는 대답 대신 마치 아들을 맞이하듯 환히 웃으며 지혁을 품에 안고 등을 두드려 주었다. 듬직하고 자상한 지욱과는 달리

자기표현이 확실하고 조금은 까칠한 성격의 지혁이 옥희는 왠지 더 정이 갔다. 그렇기에 매번 이리 모이고 나면 제 자식마냥 지욱을 칭찬하는 윤식의 말에 고개를 끄덕이면서도 옥희는 그래도 지혁이 아들이면 좋겠다고 입버릇처럼 말하곤 했다.

"제가 일찍 왔죠?"

지혁은 한 손으로 옥희의 등을 두드린 후 몸을 떼고 다른 손에 들린 장미 꽃다발을 내밀었다. 빈손으로 가지 말라는 남옥의 신신당부 잔소리도 있었지만 이 정도 예의는 지혁 역시 알고 있는 터였다.

"고맙다. 아저씨는 아직이시고, 나영이는 곧 온다고 연락 왔고, 나미하고 서희는 반 애들하고 어디 다녀온다고 한 시간 정도 후에나 올 텐데…… 거기 잠시 앉아 애들 올 때까지 기다리고 있으렴. 아줌마가 차랑 과일 내줄게."

한 시간이라……. 지혁은 싱긋이 미소를 지으며 손가락으로 2층을 가리켰다. 그 녀석 보물창고 서재.

"모두 모이면 같이 먹을게요. 전 서재에 가서 책이나 보고 있을게요."

"그럴래? 나도 이야기 하고 싶은데 음식 준비로 좀 바쁘다. 가봐."

지혁은 한 걸음 한 걸음 서희를 느끼듯 서재 안을 둘러보았다. 테이블을 쓰다듬고, 그 앞에 놓여 있는 펜들도 만져 보았다. 분홍색 소파에 놓여 있는 작은 쿠션에는 서희의 냄새가 배어 있는 것 같아 지혁은 쿠션을 들어 올려 그곳에 얼굴을 묻고 한참을 그리서 있었다. 서희의 책 정리 패턴을 알고 있는 지혁은 최근 그녀가 읽는 책이 무엇인가 들어 보았다.

『삼국지』

지혁은 입술을 길게 늘이며 책을 손에 들고 한 장 한 장 넘겨 갔다. 서희가 읽어 갔을 글들, 그 아이의 손길이 머물렀을 페이지. 소파에 걸터앉아 한동안 서희가 읽던 책에 집중하던 그는 서재 문이 열리는 소리가 들려오자 얼른 소파 뒤로 몸을 숨겼다.

"흠."

보고 있지 않아도 책장 앞에 서서 숨을 깊게 들이마시고 있을 그 아이가 떠올라 소파 뒤에 앉아 숨죽이고 있던 지혁의 눈은 보기 좋게 휘어져 갔다. 잠시 후 지혁의 근처까지 와서 읽던 책을 찾는 서희의 움직임이 들리는가 싶더니 서재는 이내 조용해졌다.

바로 앞까지 오면 일어나 놀라게 해 주려던 지혁은 자기 쪽으로 다가오는 소리 대신 무언가 끌리는 소리가 반복적으로 들려오자 슬그머니 몸을 일으켰다. 그리고 일어난 지혁의 눈에 들어온 것은 서재 바닥에 바짝 엎드려 개구리마냥 파닥거리고 있는 서희였다. 저건 또 뭐래.

"너 뭐냐?"

서희는 갑자기 들리는 목소리에 냉큼 고개만 쳐들었다. 여전히 하얗고 뽀얀 얼굴에 사슴마냥 순한 눈을 영리하게 빛내고 있는 아이. 길이를 재 놓은 듯 언제나 어깨쯤에 머무르는 머리 길이도 지혁은 반가웠다.

"그러는 넌 뭐냐?"

어쭈? 냉큼 달려와 안기며 반가워해도 모자랄 판에 건방지게 팔짱까지 긴 채로 까닥거리는 폼이 괘씸했지만, 서희가 어디까지 가나 지혁은 지켜볼 생각이었다.

"……네, 가 잘 모르나 본데……."

한껏 건방진 자세로, 또 자세만큼이나 건방진 말투로 '너' 라는 호칭에 힘을 가하며 말하던 서희가,

"까불고 있어!"

'너' 라는 호칭으로도 모자라 사람을 위아래로 훑어보며 으름장을 놓자 급기야 지혁은 달려가 서희의 목을 감싸 버릇없음에 대한 대가를 치르게 해 주었다.

"많이 컸네, 꼬맹이."

지혁은 자기 허리를 안은 채 가슴팍에서 장난스런 눈빛으로 고개를 든 서희의 머리를 쓰다듬어 줬다. 가까운 거리에 있는 서희의 숨결에 따라 코끝을 간지럽히는 단 냄새에 지혁은 잠시 숨을 고르고 투정을 부렸다.

"나도 껌 줘."

"이거밖에 없어."

붉은 입술 사이로 껌을 내민 채 그에게 줄 껌이 없다는 것을 알려 주며 약 올리는 서희의 눈은 반짝이고 있었다.

지혁은 왼손으로 서희의 양 볼을 눌러 입술이 붕어처럼 튀어나오게 만들었다. 그러자 서희가 이로 살짝 깨물고 입술 사이로 내밀었던 껌은 입술에 위태롭게 달라붙어 대롱거렸고, 서희는 마치

보물을 빼앗기기 전 꼬마 아이처럼 안간힘을 쓰며 지혁의 손에서 빠져나오려 했다.

"뺏어 버린다."

"내가 십던 거야. 못됐어, 쥔짜. 놔아.(내가 씹던 거야, 못됐어, 진짜. 놔.)"

서희는 지혁의 손에서 벗어나려고 얼굴까지 발개지도록 바둥거리고 있었다. 하지만 서희가 그럴수록 지혁의 입술은 양끝으로 더 길게 늘어져 갈 뿐이었다.

"내가 하는 말 따라 하면 놔주지."

"뭐?"

지혁은 오른손을 들어 올려 손가락으로 서희의 입술에 매달려 대롱거리는 껌을 입속으로 밀어 넣어 주었다. 그리고, 그와 동시에 그녀의 얼굴을 잡고 있는 왼손에 살짝 힘을 뺐다.

"할 거야?"

"뭔데?"

어려서부터 지혁의 이런 장난에 익숙한 서희였다. 오랜만에 만났는데도 여전히 변함없는 지혁의 장난과 짓궂음이 서희는 싫지 않았다.

"지혁 오빠가 가장 멋있어요, 해 봐."

"지혁 오빠가 가장 멋있어요."

중학교 때부터 시켜 온 말. 뭘 새삼스레 또 시키는지. 서희는 시큰둥히 따라 했건만 지혁은 뭐가 좋은지 훗 작은 웃음소리까지 내며 만족스러워하고 있었다.

"놔줘."

"아직 안 끝났어."

잠시 서희의 눈을 보던 지혁은 다시 입을 열었다.

"지혁 오빠 없으면 못 살아요, 해 봐."

"켁."

"츠읍."

서희가 기막힌 듯 헛기침까지 하자 지혁은 왼손에 조금 더 힘을 가하며 위협하는 소리까지 내보였다.

"빨리 해."

지혁의 왼손에 다시 힘이 조금 빠졌다.

"싫어. 오빠가 이거 놔. 곧 밥 먹으라고 하실 거야."

"말하지 않으면 안 놔줄 거야. 하고 밥 먹든가, 안 하고 계속 이러고 있든가. 결정해."

지혁의 고집에 서희는 크게 한숨을 내쉬었다. 한다면 할 인간이다, 저 인간.

"뭐라고 하라고?"

"지혁 오빠 없으면 못 살아요. 얼른!"

서희는 다시 한숨을 쉰 후 불만이 가득한 눈을 치켜떠 지혁을 노려보며 입을 열었다.

"지혁……."

"어쭈? 눈 봐라. 예쁜 눈!"

"아이 씨, 진짜."

지혁의 눈에 힘이 들어가자 서희는 얼른 생글 눈웃음을 치며 그를 어여쁘게 바라보았다. 내가 이 인간을 알고 지낸 지가 몇 년인가. 곧 강산이 변할 시간. 얼른 하는 게 속 편하다.

"지혁 오빠 없으면 한서희는 못 살아요."

'한서희'라는 이름까지 넣어 주며 애교 섞인 목소리로 말하자 지혁은 얼굴 가득 만족스런 미소를 지은 채 그제야 서희를 잡고 있던 손을 내려놓았다. 서희는 지혁에게 잡혀 있던 얼굴을 손으로 비비며 그를 노려보았다.

"정말 오빠는 군대 갔어도 변한 게 하나도 없어. 못됐어. 자기 멋대로……."

"나도."

서희의 종알거림을 막으며 지혁은 미소를 지은 채 서희의 머리를 다시 쓰다듬었다.

"응?"

영문을 몰라 눈을 깜박이는 서희에게 지혁은 다시 한 번 말했다.

"한서희 없으면 강지혁도 못 산다고."

Chapter 1

오래전

❶

✖✖✖✖✖✖✖

재수탱이

"안녕하세요, 전학 온 박나미라고 합니다."

4학년 마지막 기말고사를 얼마 앞둔 날. 조금은 통통한 키가 큰 여자아이가 담임선생님과 함께 들어 전학생이라고 인사를 했다. 작고 귀여운 코와 그만큼 작은 입술을 가진 귀여운 얼굴의 아이였다. 나미의 인사 뒤로 웅성거리기 시작하는 아이들을 담임선생님은 조용히 시키며 말씀을 시작하셨다.

"오늘 전학 온 학생이야. 모두 친절하게 대해 줘라. 서희가 반장이니까 좀 더 신경 좀 써 주고."

"예!"

서희는 대답과 함께 나미에게 손을 들어 보였다.

나미의 전학은 서희의 학교에서는 꽤 큰 이슈거리였다. 신설이긴 하나 아는 사람들 사이에서는 꽤 유명한 사립 초등학교가 바로 서희네 학교였다. 입학할 때 추첨을 통해 들어오는 이 학교는 추첨에서 누락이 된 사람은 물론이고, 추첨된 자 중 누군가 입학을 하지 않겠다 마음을 바꿔도 추가로 입학생을 받지 않기로 유명했다.

대신 전학 오는 것은 가능했다. 단 이를 위해서 부모들은 꽤 많은 기부금을 내야 했고, 그 덕분에 학생들이 한 명씩 전학을 올 때마다 스쿨버스가 늘어나고, 학교 내 작은 동물 우리들이 생기곤 했다.

그런 학교에 나미네 세 자매가 동시에 전학을 온 것이었다. 아이들 사이에 나미네 집에 대한 이야기는 '그렇더라' 라는 부모들의 추측과 함께 나돌기 시작했고, 대부분의 아이들은 시기심과 묘한 경쟁심으로 나미와 거리를 두고 있었다.

나미는 이름만 대면 알 만한 집 자식이나 손주들이 다니는 이 학교에 혜성처럼 등장한, 아니 다른 곳에 있다가 터를 옮긴 꽤 막강한 집안의 따님으로 통하게 된 것이었다. 그리고 이런 사실들은 기존에 있던 아이들에게는 그리 달가운 일들이 아니었다.

하지만 서희에게 나미는 전학생, 그 이상도 그 이하도 아니었다. 자기가 다니는 학교가 그런 사립학교라는 것도 몰랐던 서희였다. 딸 하나 바라보며 애지중지 곱게 키우던 서희 부모님은 동네에 사립학교가 들어서자 원서를 내보았고, 거기에 운 좋게 당첨이 되었던 것이었다.

아주 으리으리한 부자는 아니었지만 그래도 가정형편이 괜찮았던 서희의 집에서 하나밖에 없는 딸 사립학교 보내는 것이 그리 어려운 것은 아니었다. 생각보다 등록금이 비싸지도 않았고, 무엇보다 학교에 보낸 후, 혹 무슨 집안이라는 친구들의 배경에 기죽을까 걱정하던 부모의 우려와는 달리 서희는 친구들의 배경에는 관심도 없이 그저 묵묵히 열심히 공부하며 친구들과 꽤 잘 지내고 있었다. 예쁘장한 얼굴에 공부도 잘하고 성격도 야무지면서도 밝은 서희는 친구들 사이에서 인기가 꽤 좋았다.

초등학교 1, 2학년 때부터, 친구들은 아빠의 해외출장이나 외국에 사는 친지들에게 선물로 받은 48색, 혹은 96색 크레파스를 들고 올 때 서희는 8색 크레파스를 들고 학교에 갔다. 미술시간이면 언제나 그 크레파스를 당당히 내놓으며 자랑스러워하는 서희를 볼 때면 반 친구들은 서희의 크레파스가 왠지 자기네들의 크레파스보다 좋아 보여 미술시간이면 으레 서희에게 네 것 좀 써 봐도 되냐고 물어보았다. 그럴 때면 서희는 남들보다 일찍 깨우친 구구단을 읊으며,

「육 곱하기 팔은 사십팔이지? 그러니까 내 거 하나는 네 거 6개랑 같은 거야.」

라 콧대를 높여 몇몇 아이들은 집에 가 서희와 같은 크레파스를 사 달라고 조르기도 했다.

조금은 고지식한 구석이 있었던 서희는 학생의 의무는 공부를 하는 것이라는 말을 수업시간에 듣고 나서는 늘 1등이던 자기 자신을 뿌듯해하며 학생의 의무를 가장 잘 지키고 있는 스스로에 대한 자부심을 가지고 생활하고 있었다.

때문에 서희는 늘 자신이 있었고 빛이 났다. 아이들 사이에 떠

도는 나미네 집에 대한 소문은 알지도 못했고 설령 안다 해도 그것은 서희에게 큰 관심거리가 될 수 없었다. 그저 나미는 서희에게 있어 전학 온 한 반 친구였고 반장으로서 새로운 학교생활에 잘 적응할 수 있도록 도와줘야 할 의무가 자신에게 있다고 생각했다.

나미는 서희의 그런 반응이 새로웠다. 전에 다니던 학교에서도 지금과 비슷한 이유로 친구들과 어울리지 못했던 나미였다. 친하게 지내던 아이들도 나미가 생각 없이 내뱉던 나미의 일상에 처음에는 놀라고, 나중에는 질투하며 멀어져 갔다.

나미가 입는 유명 브랜드 옷들도 아이들 사이에서는 문제가 되었고 친구들이 좋아해 간식으로 준비해 가곤 했던 예쁜 모양의 고급스런 과자와 케이크들도 나중에는 하다하다 음식으로까지 잘난 척한다는 말을 듣는 원인이 되었다.

그러다 보니 직선적인 나미의 성격은 점점 공격적으로 변해 갔고, 학교생활에 적응을 할 수 없게 되자 급기야 전학까지 오게 된 것이었다.

자신에게 친절한 서희를 보며 나미는 처음에 그러다 말겠거니 하였다. 어차피 얼마 안 지나 뒤에서 욕할 거면 처음부터 욕먹는 게 낫겠다 싶던 나미는 전 학교에서 아이들과 멀어진 원인 중 하나였던 방학 중에 다녀온 여러 휴양지 이야기를 들려주었다.

하지만 서희는 다른 애들과 달리 진심으로 흥미로워하며 나미의 경험을 마치 자기가 해 보는 듯 눈을 반짝였고, 윤식이 사다 준 특이한 물건들을 보여 주면 신기한 듯 바라보며 볼에 볼우물을

25

만들곤 했다.

그건 부러움이 아닌 관심이었고, 그 관심은 시기와 질투를 뺀 친구에게 보이는 호감이었다.

서희와 짝이 된 지 한 달 만에 나미는 서희의 옆자리에 앉는 단순한 짝꿍이 아닌 단짝이 되고 싶어졌다. 서희가 공부에 흥미를 갖지 못하는 자기와는 달리 반 1등 우등생이라는 것도, 반의 반장이라는 것도 모두 집에서 새 친구 '서희' 자랑을 하는 나미의 어깨를 으쓱하게 만들곤 했다.

— 서희야, 우리 집 놀러 와라.

겨울방학이 시작되면서부터 거의 매일 전화를 걸던 나미가 개학을 2주 앞두고 서희를 집으로 초대했다.

"엄마한테 허락받아야 하는데? 잠깐만. 엄마!"

아침을 먹고 거실에서 책을 읽다 나미의 전화를 받은 서희는 소파에 앉아 뜨개질을 하고 있는 수연을 보았다.

"안 돼!"

가까이 앉아 있던 수연은 수화기 너머 나미의 목소리를 들었는지 서희가 질문을 던지기도 전에 단호히 안 된다고 대답했다.

언제나 하교 후에는 학교에서 있었던 일을 쉴 새 없이 이야기하는 딸아이였다. 그 이야기를 들으며 수연은 서희가 같은 반 부반장인 최태현을 좋아하고 있다는 것을 눈치챌 수 있었고, 수업시간이면 발표를 하고 싶어 한다는 것을 알고 있었다. 체육시간을 좋아하지만 운동에는 영 소질이 없다는 것도, 그리고 그것이 속상해 남아서 매달리기와 멀리뛰기를 연습하고 온다는 것도 알았다.

아침이면 '아나운서'라는 타이틀의 '방송부' 학생 몇 명이 하루에 20분가량 실제 방송처럼 자리에 앉아 어린이 뉴스를 진행한다는 것과 이 뉴스는 각 반에 있는 텔레비전을 통해 생방송으로 전교생에게 전해진다는 것도 알고 있었다. 그리고 5학년부터 지원할 수 있는 그 방송부에 서희가 지원하고 싶어 한다는 것도 수연은 알고 있었다.

그런 서희가 언제부터인가 친구 '나미' 이야기를 하기 시작한 것이다. 우연히 마트에서 서희의 학교 엄마들을 만나게 되면 그들이 들려주는 새로운 학교 소식에 언제부터인가 빠지지 않고 등장하는 이름. 마당이 누구네 집만 하네, 거실에서 아이들이 축구를 하고 노네. 들리는 소리가 꽤 많았고 그럴 때면 수연은 그 으리으리한 집에 비해 허술하게 지어진 집에 살고 있는 서희가 떠올라 가슴이 아리곤 했다.

"엄마는 들어 보지도 않고……."

겨울이라 제대로 밖에 나가지도 못했던 서희는 오랜만의 외출을 막는 엄마가 미워 입술을 쑥 내밀었다.

"바깥 날씨 너무 추워."

혹 나미네 집에 다녀와 서희가 상처라도 받으면 어떻게 하나라는 노파심을 수연은 추운 날씨를 핑계 삼아 가리고 있었다.

— 서희야, 잠깐만, 우리 엄마가 너희 엄마 좀 바꿔 달래.

나미 역시 가까이에 앉은 수연의 목소리를 들었는지 긴급히 자기 엄마에게 도움 요청을 했던 모양이었다.

"엄마, 나미 엄마가 바꿔 달라신대."

수연은 인상을 살짝 찌푸리며 서희가 내미는 전화기를 건네받았다.

"예, 안녕하세요."

전화를 건네받을 때의 표정과는 달리 수연의 목소리는 무척이나 밝고 부드러워 서희는 옆에서 다시 입을 삐죽이며 엄마를 노려보았다.

"그래요? 예. 우리 서희도 오면 늘 나미 이야기 많이 해요. 예……. 그런데 날씨가 너무 차가워서요."

서희는 수연이 날씨 이야기를 하자 바짝 옆으로 다가가 앉았다. 수연은 상냥하게 전화를 받으면서 서희의 등을 한 대 세게 때렸다.

"엄마!"

그러자 수연은 조용히 하라는 듯 눈을 찡긋거리며 계속 나미 엄마의 이야기를 듣고 있었다.

"예. 그렇게까지 번거롭게…… 알겠습니다. 그럼 1시요? 저희 집은 학교에서 가까워요. 학교 앞 하이마트 아시죠? 그 앞에 서 있으라고 할게요. 예. 그럼. 나중에 봬요."

차까지 보내겠다는 옥희의 배려를 계속 거절할 수 없어 승낙을 하면서도 수연의 표정은 그리 밝지가 않았다. 수연은 꺅, 환호성까지 지르며 나미와 남은 이야기를 하는 딸아이를 바라보면서 작게 한숨을 내쉬었다.

기사까지 딸려 보낸 차를 타고 나미의 집에 도착한 서희는 나미의 집을 보자마자 입이 저절로 벌어졌다. 텔레비전에서나 나올 법한 집을 직접 눈으로 보니 신기하고 설레어 꼭 꿈속에 있는 것만 같았다. 한껏 들뜬 마음에 서희는 기사 아저씨와 함께 마중 와 자기 옆에 앉아 있는 나미의 다리를 치며 감탄사를 내뱉기 시작했다.

"우와. 나미야, 너희 집 진짜 좋다."

차를 타고 한참을 들어가야 나온 나미네 집 현관에는 옥희가 서서 서희를 기다리고 있었다. 옥희가 몇 번 학교에 찾아왔을 때 이미 낯을 익힌 서희는 차에서 내린 후 90도로 깍듯이 인사를 드렸다.

"서희야, 얼른 와. 춥다."

현관을 들어서자 보이는 넓은 거실에 자리 잡은 그 어떤 것보다 서희의 눈을 잡아끈 것은 2층과 1층을 연결하는 미끄럼틀이었다. 서희는 그것을 보자마자 그 앞으로 달려가서는 킥킥 웃으며 나미에게 물었다.

"이게 뭐야?"

"내려올 때 층계 대신."

"조금 이따가 나 타 봐도 돼?"

"지금 타자."

둘은 손잡이를 잡고 동글게 말린 모양의 미끄럼틀을 타고 올라가는 시늉을 하다 그대로 미끄러져 내려오기를 반복하며 웃음을 터뜨리고 있었다.

"나미야, 서희랑 같이 이리 와 과일 먹어."

부엌에서 쟁반에 과일과 핫초코를 타서 내오는 옥희의 뒤로 그녀와 비슷한 연배의 여자가 따라 나왔다.

"얘가 그 애구나."

이미 서희에 대해 많이 들은 듯 고운 미소를 짓는 여자에게 서희는 머리를 조아리며 인사를 했다.

"안녕하세요."

"어, 아줌마, 언제 오셨어요?"

어색한 얼굴로 인사를 마치는 서희와는 달리 나미는 살갑게 남옥에게 다가가 말을 걸었다.

"그럼, 나미 생일인데 아줌마가 와야지."

나미의 머리를 쓰다듬으며 말하는 남옥의 말에 서희는 깜짝 놀라 눈이 동그래졌다.

"나미, 너 생일이야?"

"응."

"말을 했어야지."

"엄마가 하지 말라고 했어."

서희의 타박이 억울했는지 나미는 옆에 서 있는 옥희를 노려보며 서희에게 변명을 하였다.

"우리 나미한테는 서희 네가 온 게 가장 큰 선물일 거다. 앉아."

옥희는 서희의 손을 잡아 소파에 앉힌 후 나미의 등을 밀며 2층을 가리켰다.

"가서 오빠들 오라고 해."

"오빠들도 왔어?"

살짝 인상을 찌푸리며 2층으로 올라간 나미는 얼마 지나지 않아 또래 남자아이 2명과 미끄럼틀을 타며 내려왔다.

'에이, 나미 따라 같이 갔다 올걸.'

미끄럼틀을 탈 기회를 놓쳐 안타까워하면서 핫초코를 마시던 서희의 귀로 한 남자아이의 목소리가 들려왔다.

"어? 한서희?"

서희는 자기 이름이 불리는 소리에 고개를 들어 남자아이의 얼굴을 확인했다. 그리고 미끄럼틀에만 신경을 쓰느라 자세히 보지 않았던 남자아이의 얼굴이 두 눈에 들어오자마자 서희는 눈을 동그랗게 뜬 채 자리에서 발딱 일어났다.

강지혁?

서희의 얼굴은 눈에 띄게 일그러졌다.

재수탱이.

지혁은 학교에서 꽤 유명한 아이였다. 걸스카우트 모임에 가면 5학년 언니들이 모여 시간 가는 줄도 모르고 지혁에 대한 이야기를 하는 것을 서희는 심심치 않게 들을 수 있었다. 어쩌다 보이스카우트와 함께 행사라도 하는 날이며 여기저기 5학년들끼리 모여,

「강지혁 어디 있어?」

라며 쑥덕거리는 걸 서희는 듣곤 하였다.

하지만 서희에게 그들의 이런 행동은 잘 이해가 되지 않는 일이었다. 남들이 잘생겼다는 지혁의 얼굴도 아직 잘생기고 못생기고의 기준이 애매했던 서희에게는 그저 그런 얼굴일 뿐이었고, 곁에서 봐도 자기 잘난 맛에 사는 것이 뻔한 지혁의 거친 행동들은 서희의 눈살을 찌푸리게 만들곤 하였다. 거기다 지혁은 공부를 아주 잘하는 학생이 아니었다. 그렇기에 서희의 기준에서 지혁은 학생의 의무를 충실히 수행하지 않는 성격 나쁜 남자아이일 뿐이었던 것이다.

그렇다고 보이스카우트와 함께하는 활동이 서희에게 아무런 의미가 없는 것은 아니었다. 최태현. 서희네 반 부반장이었던 태현은 재미있고 예의 바른 아이였다. 공부도 꽤 열심히 하는 태현은 서희에게 뒤져 반에서 2등이긴 했지만 때때로 서희가 모르는 수학 문제도 풀 줄 아는 학생의 의무를 충실히 수행하는 멋진 아이였다.

보이스카우트 같은 조인 지혁과 태현이 어쩌다 나란히 서 있을 때면 서희는 사람 보는 안목이 높은 스스로를 대견해하곤 하였다. 그리고 한편으로는 성격 좋고 바람직한 태현과 비교되는 성질 나쁘고 까칠한 지혁에게 꺅꺅거리는 언니들이 한심해 한숨을 쉬며 그들을 안쓰러운 눈으로 바라보기도 하였다.

지혁과 서희 사이에 문제가 생긴 것도 바로 이 스카우트 활동 때였다. 모임 때까지 시간이 남았던 남자아이들은 무리를 져 축구와 발야구를 시작했고 여자아이들은 남자아이들 경기를 구경하고 있었었다.

다른 날 같으면 그네를 타든가 미끄럼을 타면서 시간을 보냈을 서희가 그날 운동장 가에 앉아 있었던 건 다 태현 때문이었다. 태현은 발야구를 하고 있었고 서희는 그 경기를 구경하고 있었다. 언제나 열심을 다하는 태현을 보는 것이 서희는 좋았다.

그날도 태현은 얼굴이 빨개지도록 달렸고, 경기 중간중간 소리를 높이며 팀을 격려하고 있었다. 가끔 서희를 보고 손을 흔들어 보이던 태현이 갑자기 놀란 눈으로 서희에게 달려오기 전까지 서희는 그날 무척이나 행복한 휴식 시간을 보내고 있었던 것이다.

퍽!

둔탁한 소리는 서희의 오른쪽 얼굴에서 나고 있었다.

「아!」

만화에서만 보던 별들이 눈앞에 그려지며 여기저기 사람들이 자기에게 몰려든다는 것을 소리로 알게 된 서희가 가장 먼저 생각한 것은 아프다는 것보다 부끄러움, 아니 그 당시 서희의 심정은 딱 '쪽팔림'이었다.

「괜찮아, 서희야?」

주변에 있던 친구들 사이로 태현의 목소리까지 들려오자 서희는 눈물까지 나올 거 같았다.

「어떻게 된 거야?」

「지혁이 형이 찬 공에 그런 거 같아.」

몰려든 사람들의 대화로 자기를 이리 만든 사람이 지혁이라는 것을 서희는 알게 되었다. 그리고 차마 듣지 못하고 있던 서희의 얼굴을 들어 올린 사람도 바로 지혁이었다.

「아, 그러게 왜 여기 앉아 있고 난리야?」

미안하다는 사과 대신 자기는 잘못이 없고 앉아 있던 서희가 잘못이라는 듯 짜증 섞인 지혁의 목소리에 서희는 고개를 들고 자리에서 일어나 지혁을 마주 보았다.

「미안하다는 게 먼저 아니야?」

빨갛게 변한 서희의 오른쪽 얼굴을 본 지혁은 잠시 움찔거리는 듯싶었지만 여전히 건들거리며 서희에게 답을 하였다.

「운동장 가에 앉아 있었던 네 잘못이지.」

「사람들 많은데 축구 한 오빠 잘못이라고 하면 좋아?」

「운동장에서 축구를 하는 게 뭐가 잘못인데?」

「그럼, 운동장 가에 앉아 있는 게 뭐가 잘못인데?」

「너 4학년 한서희지?」

「넌 5학년 강지혁이지?」

팽팽하게 날 선 말다툼을 하다 서희는 화가 나 지혁을 '너'라고 불렀고 그런 호칭에 지혁의 눈은 사납게 번쩍였다.

「너 지금 나한테 너라고 했냐?」

「그래. 오빠 소리 듣고 싶으면 들을 만한 행동을 하든가. 선배답지도 않은데 내가 너한테 너라고 하지 뭐라고 하니?」

결국 지켜보던 다른 아이들에 의해 둘의 싸움은 마무리가 되었고 그날, 서희는 스카우트 활동을 못하고 집으로 돌아와야 했다.

며칠 멍이 들어 푸른 얼굴로 학교를 다니던 서희는 거울을 볼 때마다 지혁을 욕했고, 어쩌다 학교에서 지혁과 마주치면 지혁이

들리게끔,

「재수탱이」

라 중얼거리며 지나치곤 하였다. 지혁 역시 서희를 보면 뭐 씹은 표정으로 얼굴을 찌푸리며 지나쳤기에 학교에서 꽤 유명한 둘이 앙숙이라는 것은 학생들 사이에서는 재미난 이야깃거리가 되었다.

하지만 서희는 자기를 보면 얼굴을 잔뜩 찌푸리던 지혁이 지나친 후 입술 끝을 올리고 있다는 것을 알지 못했다.

"오늘은 재수탱이라고 안 하냐?"

여전히 시비 걸 듯 앞에서 건들거리는 지혁을 쳐다보지도 않은 채 서희는 나미에게 고개를 돌렸다.

"왜 강지혁 온다는 이야기 안 했어, 나미야?"

"왜? 둘이 알아?"

지혁과 서희 사이의 소문을 아직 듣지 못한 나미는 싸늘한 서희의 말에 당황하며 둘을 번갈아 쳐다보았다.

그런 와중에 남옥은 갑자기 무언가 생각난 듯 옥희의 팔을 잡으며 깔깔 웃기 시작했다.

"아~ 서희였구나? 우리 지혁이한테 한 방 먹였다는 애가."

남옥은 영문을 모르겠다는 표정으로 쳐다보는 옥희에게 여전히 웃음 가득한 얼굴로 설명을 덧붙였다.

"왜 전에 내가 얘기했었지? 지혁이네 반 모임 갔다가 들었다고."

그제서야 무슨 이야기인지 알았다는 듯 옥희도 남옥과 함께 웃음을 터뜨리기 시작했다.

"그 애가 서희였어?"

"그러게, 나도 몰랐네. 한 학년 아래 여자애라고만 들었거든."

남옥은 아직도 웃음이 채 가시지 않은 얼굴로 서희 손을 잡아 끌어 자기 앞으로 데리고 왔다. 옥희에게서 나미의 새 친구 서희의 이야기를 들을 때마다 남옥은 그 아이가 어떤 아이인지 궁금했었다. 커다란 눈을 영리하게 빛내며 인사를 하고 새침하게 앉아 핫초코를 마시던 모습이 귀여워 눈길이 갔는데 이 아이가 집안의 골칫거리인 둘째 아들 성질머리를 눌렀던 아이라니……

건들거리면서도 서희 앞에 서서 말을 시키는 걸 보면 저 녀석은 이 아이가 그리 싫지는 않은 모양이었다. 이 아이는 저 녀석이 꽤 싫은 눈치였지만.

"서희야, 저 재수탱이가 아줌마 둘째 아들이야. 아줌마 봐서 용서해 주고 친하게 지내 봐."

남옥의 행동에 내심 기대를 하면서도 지혁은 마음과는 달리 신경질적으로 반응했다.

"엄마, 저 조그만 게 나한테 너, 너 그러는 거야. 건방지게."

이리 착한 아주머니를 봐서라도 한 번 눈 딱 감고 용서해 줄까 잠시 마음이 흔들렸던 서희는 뒤따라 나오는 지혁의 반응에 '그럼 그렇지'라는 표정으로 지혁을 한 번 노려본 후 남옥에게 시선을 옮겼다.

"죄송해요, 아주머니. 그런데, 전 저렇게 무례한 사람이 정말 싫어요."

서희가 지혁을 향해 몸을 돌린 후 차갑게 노려보자, 지혁은 어깨를 으쓱거리며 입을 열었다.

"왜, 내 입 가지고 내가 이야기하는데 불만이냐? 그건 내 자유지."

자유라는 말이 지혁의 입술을 통해 나오자 서희는 한 쪽 입술 끝을 올리며 비웃어 줬다.

"자유와 방종의 차이가 뭔 줄 알아? 하긴 공부 열심히 하지 않으니 모르겠지. 4학년 교과서에 나오는 거야. 지금 네, 가 하고 있는 행동은 자유가 아니라 방종이야."

"나 알거든."

왠지 무시당한 거 같아 자존심이 상해 목소리를 높여 지혁이 대답하자 서희는 다시 고개를 비틀며 비웃음을 입가에 흘렸다.

"5학년이 4학년 거 아는 게 그리 자랑스럽냐?"

"쿡. 하하하."

무례니 자유니 방종이니. 아이답지 않은 말이 서희의 입을 통해 나올 때부터 왠지 입가에 미소가 지어지는 걸 참고 있던 남옥과 옥희였다. 하지만 결국 서희의 마지막 말에 아무런 대꾸도 하지 못한 채 씩씩거리는 지혁의 모습을 보며 둘은 참았던 웃음을 터뜨리고 말았다.

"엄마!"

지혁은 씩씩거리며 애꿎은 남옥을 노려보았고 서희는 유유히 다시 자리에 앉아 새초롬히 다시 핫초코를 마시기 시작했다.

오후 내내 잔뜩 찌푸려 있던 지혁의 얼굴은 펴질 줄 몰랐다. 피아노 레슨을 마친 나영과 나나까지 돌아온 후 모두가 모여 지욱의 지휘 아래 부루마블로 시작해서 윷놀이까지 신나게 놀고 있건만 지혁은 윤식의 서재에 틀어박혀 눈에 들어오지도 않은 책들을 넘기고 있었다.

'나쁜 계집애. 조그만 게 까불고 있어.'

남들보다 키가 큰 지혁이었다. 또래의 딱 표준 키인 서희는 키가 큰 나미보다 작았다. 그런 나미보다 머리 하나는 더 컸던 지혁은 한참을 내려다봐야 하는 서희가 자꾸 신경을 긁는 것에 울분을 터뜨리고 있었다. 아니, 지금 자기가 없는데 깔깔거리는 웃음소리가 여기까지 들릴 만큼 재미있게 놀고 있다는 것이 야속했고, 못 이기는 척 자기를 불러 주지 않는 형조차 보기 싫었다.

지혁은 축구공 사건이 있기 전부터 서희를 알고 있었다. 학교 생활과 친구들에 그리 관심이 없던 지혁이 서희를 알게 된 건 5학년 여름방학이 막 시작되기 전이었다.

축구 경기를 하려고 축구공을 챙겨 운동장으로 나오던 지혁은 운동장 옆 토끼우리 뒤에서 웅성거리는 듯한 소리를 들었다. 그냥 지나치는 지혁의 발걸음을 잡은 건 날카롭게 울린 한 여자아이의 말 때문이었다.

「맞잖아? 너희 집 가난하잖아.」

또 울겠군. 가끔 듣게 되는 레퍼토리. 이 학교에는 꽤나 잘나가는 집안의 자녀들이 다니기도 하였지만 평범한 집안 아이들도 있었다. 그런 평범한 집안 아이와 잘나가는 집안 아이가 다투게 되면 언제나 나오는 레퍼토리 중 하나가 바로 지금 들은 '너희 집 가난'이었다. 그 말 뒤에 평범한 집안의 아이가 눈물을 쏟는 것은 이 이야기의 정해진 수순이었다. 지금까지는 말이다.

「너 몇 등이야?」

하지만 이번 반응은 지혁이 이 학교를 다니는 동안 보고 들어왔던 것과는 판이하게 달랐다.

「너 수학 몇 점이야?」

상대 여자아이가 묻는 고저 없는 목소리에는 자기 자신에 대한 자신감과 돈밖에 내세울 게 없는 상대에 대한 멸시까지 가감 없이 내비치고 있었다.

「너네 아빠 재산 가지고 나 이길 생각 하지 마. 이 싸움, 너와 내 싸움이야. 여기 네 아빠 돈이 왜 나와?」

지혁은 운동장에 가는 것도 잊은 채 이 흥미로운 싸움에 집중하고 있었다.

「여기서 공부 이야기가 왜 나와?」

처음 가난 운운하던 아이의 목소리가 떨리고 있었다.

「너랑 나 학생인데 그럼 뭘로 이야기할까?」

주위가 조용해지자 잠시 후 아이는 말을 이었다.

「니네 아빠 재산 자랑할 시간에 수학 문제 하나 더 풀어. 난 무

식한 애랑 이야기하는 거 정말 싫어하거든. 참, 무식이 무슨 뜻인
지는 아냐? 알려 줘?」

급기야 처음 여자아이의 울음소리가 들려왔고 지혁은 입을 활
짝 벌린 채 미소를 짓고 말았다. 브라보.

「무식한 것들은 할 말 없으면 울지. 그리고 너! 우리 집 가난하
지 않아. 내가 세상에서 가장 사랑하는 분이 우리 부모님이야. 너
시간 나면 너네 부모님 욕하지? 우리 부모님은 자식한테 욕먹을
만큼 막 사시는 분 아니야. 까불고 있어. 앞으로 나 잡지 마. 너랑
이야기하는 시간도 아까우니까. 한 번만 더 우리 아빠 능력 없다
는 이상한 소리 하고 다니면 나도 가만히 있지 않을 거야. 네 머
리로는 상상도 할 수 없는 일 일어날 테니까. 머리가 나빠 지금
내 이야기 기억 안 나면 다시 물으러 와. 하나도 틀리지 않고 지
금 한 말 그대로 들려줄 테니까.」

말을 끝마치기가 무섭게 토끼우리 뒤에서 고개를 빳빳이 들며
한 여자아이가 나왔고, 지혁은 며칠 후 스카우트 모임에서 태현이
와 반갑게 인사하는 그 아이를 발견하였다.

「친구냐?」

한 조였던 태현이에게 무심한 듯 질문을 던지자 태현은 고개를
끄덕이며 대답했다.

「응, 형 서희 몰라? 한서희. 유명한 앤데. 예쁘고 공부도 잘하
고 성격도 좋고.」

「성격 안 좋아 보이는데.」

며칠 전 토끼우리 사건을 떠올리며 지혁은 드물게 웃어 보였다.

「성격 좋아. 그러니까 반장 하지.」

한서희. 한 번 듣고 지혁은 그 이름을 기억했다. 그 후로 우연히 서희와 마주치면 왠지 반갑고 인사라도 하고 싶은 지혁이었다.

그러다 축구 사건이 발생한 것이다. 서희가 자기를 모르는 것이 당연할 수도 있는데 자기가 하고 있는 축구 시합 대신 발야구를 보고 있는 것에 심술이 나 서희 관심을 끌려고 일부러 축구공을 서희 쪽으로 찬 것이었다.

축구공이 서희 근처에 떨어지면 던져 달라고 할 생각이었는데 그 축구공이 서희의 얼굴을 맞추자 맞은 서희만큼이나 당황스러웠던 지혁이었다.

비록 그 사건 이후 서희에게 미운털은 박혔지만 지혁은 며칠 날아갈 기분이었다.

「너 5학년 강지혁이지?」

눈에 힘을 주며 너라고 자신을 부른 서희보다 '강지혁', 자기를 알고 있는 서희가 더 기뻤던 지혁이었다.

그럼 그렇지. 날 모를 리가 없지. 마주쳐 지나칠 때면 들으라는 듯 '재수탱이' 라 불리는 것도 기분이 나쁘지 않았다. 아니, 언제부터인가 재수탱이라 말하며 지나치는 서희가 예뻐 보였다. 쉬는 시간이면 혹 서희와 마주칠까 싶어 서희네 학년이 있는 복도도 어슬렁거렸던 적도 있었다.

사실 아까도 생각지 못한 서희를 나미네 집 소파에서 발견하고 자꾸만 벌어지려는 입을 감추려고 시비를 걸었건만. 나쁜 계집애.

1, 2층을 오가며 놀던 아이들 역시 눈에 보이지 않는 지혁이 신

경 쓰이긴 매한가지였다. 막 윷놀이를 끝마친 나영은 주위를 둘러 보며 지혁을 찾기 시작했다. 조금 전까지 소파에 앉아 있었던 거 같은데 화가 난 표정으로 자리에서 일어선 후 지혁은 보이지 않았 다.

"지혁이 어디 갔어?"

나영의 질문에 서희 역시 고개를 돌리며 지혁이 앉아 있던 소 파를 보았다.

"글쎄, 아까부터 안 보이네. 엄마, 혁이 거기 있어요?"

지혁보다 두 살이 많은 지욱은 놀았던 것을 정리하며 부엌을 향해 소리를 높였다. 지혁과는 달리 남을 배려하며 잘 웃는 지욱 은 지혁의 형이라 거리를 두려던 서희의 경계심을 금세 풀어 놓았 다.

"아니, 어디 가서 심통 부리고 있겠지. 그냥 너희들끼리 놀아."

"방학 숙제 하나?"

나영의 질문이 떨어지기가 무섭게 그 말을 들은 남옥이 부엌에 서 연달아 말을 이었다.

"에고, 그러면 좋게. 방학 내내 놀다가 지 형 일기 베끼기나 하 는 녀석이다. 내가 그 녀석 어디 있는지는 몰라도 어디 안 갔는지 는 알겠다. 서재! 찾을 생각이면 서재는 빼고 찾아."

남옥의 이런 반응이 익숙한 듯 지욱은 어깨를 으쓱거리며 모두 를 둘러보았다.

"한 판 더 할까?"

여러 게임을 거쳐 마지막으로 하고 있는 윷놀이가 생각보다 재미있어 모두들 손뼉을 치며 좋아하는 사이 서희는 슬그머니 나미의 옷을 잡아당겼다.

"왜? 하기 싫어?"

"아니, 이번 한 판만 쉴게. 이번에는 짝이 맞으니까 둘씩 편먹고 해. 난 서재 가 봐도 돼?"

학교생활 중에도, 쉬는 시간이 길어지거나 점심 식사 후 시간이 날 때면 늘 나미에게 학교 도서관에 가자는 서희였다. 서희가책을 좋아하는 것을 알게 된 후 나미는 늘 집에 있는 서재에 관해들려주었었다. 커다란 책장들과 빼곡하게 들어가 있는 책들, 서재에 있는 커다란 창문과 소파.

나미의 이야기를 들을 때면 서희는 늘 꿈속에서 그리던 서재를떠올리며 꼭 한 번 구경하고 싶다는 생각을 하곤 했었다. 오늘 그기회가 왔건만 노느라 잠시 그것을 잊고 있었던 서희는 남옥의 말속에서 나온 '서재' 라는 단어를 듣자마자 당장 가 보고 싶어졌다.게다가 그 재수탱이는 절대 가지 않을 장소라니 이보다 더 금상첨화일 수는 없었다.

"그래? 내가 가르쳐 줄게."

"아냐, 넌 놀고 있어. 어딘지 이야기만 해 줘."

놀이에서 빠져야 할까 봐 아쉬운 표정이던 나미는 서희의 대답에 얼굴이 금세 밝아져 2층에 있는 서재 위치를 알려 주었다.

"층계로 올라가서 오른쪽 2번째 방이야."

서재 앞에 선 서희는 가슴이 두근거렸다. 서재. 매해 미술시간이면 그려야 했던 '꿈의 집'에 서희가 늘 그려 놓는 것은 책이 가득한 서재였다. 지금, 그 앞에 선 서희는 꿈의 집에 와 있는 것 같아 심장이 두근거리기 시작했다. 서희는 살며시 문을 열고 서재 안으로 들어섰다.

눈앞에 펼쳐진 나미네 서재는 상상 이상이었다. 나무로 만들어진 책장에 빼곡히 들어찬 수많은 책들. 문을 열자마자 코끝으로 들어오는 책 향기에 서희는 입을 벌리고 환히 웃기 시작했다.

"와~"

자기도 모르게 탄성까지 지르며 책장으로 다가간 서희는 그 안에 꽂혀 있는 책들을 귀한 보물인 양 보듬기 시작했다. 금테가 둘러진 제목이 영어로 된 책 한 권을 집어 들어 조심스레 펼치자 오래된 책 특유의 진한 책 향기가 콧속으로 스며들었다. 우와. 서희의 얼굴은 붉게 물들었고, 볼에는 깊은 볼우물이 만들어졌다.

서희는 그 책을 다시 제자리에 꽂은 후 책장 하나하나를 짚으며 넓은 서재를 거닐기 시작했다. 행복했다. 외국 영화에나 나올 법한 고풍스런 문양의 책장과 그 책장을 가득 메운 책들. 통유리를 통해 들어오는 햇살까지 완벽한 꿈의 서재였다.

행복한 마음에 흥얼거리며 책장을 따라 걸어가던 서희는 책장 끝에 다다를 무렵 잠시 머뭇거리고 말았다. 그곳에는 심통을 부리다 제풀에 지쳐 잠이 든 지혁이 있던 것이었다.

꿈에 그리던 서재를 만나 마음이 너그러워진 서희는 지혁을 무시하는 대신 쪼그리고 앉아 그 모습을 바라보았다. 잠이 든 지혁의 얼굴은 평소 심통맞은 모습은 온데간데없이 사라지고 꽤 귀여워 보이기까지 해 서희는 자기도 모르게 입술 끝을 살며시 올렸다.

"오빠."

그 착해 보이는 잠든 모습에 서희는 큰마음 먹고 지혁을 오빠라 부르며 어깨를 흔들었다.

"오빠."

기분 나쁜 채 잠이 들었던 지혁이 눈을 뜸과 동시에 눈앞에 있는 서희를 보고 인상을 찌푸리기 시작했다.

"너 뭐야?"

"일어나. 모두 찾아."

서희는 같이 톡 쏘듯 대답하고 자리에서 일어났다. 잠시 지혁을 용서해 주려고 하였건만 눈을 뜨자마자 또 성질만 부리는 모습이 못마땅했다. 내가 미쳤지.

서희는 쌩 바람이 불도록 지혁에게 몸을 돌려 자신이 눈여겨본 책이 있는 곳으로 향했다. 하지만 책장을 향해 걸으면서도, 읽고 싶은 책을 한 권 꺼내 들춰 보면서도 서희의 귀는 쫑긋 지혁에게 집중되어 있었다. 일어났으니 나갈 때가 되었는데 도통 지혁이 나가는 소리는 들리지 않았다.

잠시 책장 앞에 서서 머뭇거리던 서희는 작게 한숨을 쉬며 서재 가운데에 위치한 소파에 가 앉았다. 소파 뒤쪽, 잠자던 자리 그곳에 그대로 앉아 있는 지혁이 쏘아보는지 뒤통수가 따가웠지만 서희는 이 서재에서 나가고 싶은 마음이 전혀 없었다. 불편하면 네가 나가. 서희는 지혁에게 무언의 압박을 가하고 있었다.

탁!

서희가 다섯 장 정도 책을 읽어 나갈 무렵, 지혁은 서희와 조금 떨어진 곳에 일부러 큰 소리가 나도록 앉았다. 그러자 그런 행동이 마음에 안 든 서희는 고개를 들어 그를 노려보았다.

"왜? 여기가 네 거냐? 나도 책 읽을 거야."

서희는 대꾸도 하기 싫다는 듯 고개를 돌려 다시 책을 읽어 나가기 시작했다. 옆에서 책장만 뒤적이며 간간이 서희를 힐끗거리던 지혁은 뭐가 생각났는지 슬며시 입술 끝을 올리며 물었다.

"너 아까 나한테 오빠라고 했지?"

"아니."

서희는 여전히 책만 쳐다본 채 야무지게 대답했지만 원체 거짓말을 못하는 아이였기에 얼굴이 발갛게 달아올랐다.

"그런데 왜 얼굴 빨개지냐?"

"난 싫은 사람이랑 있으면 얼굴 빨개져."

"이게 진짜."

지혁은 울컥한 마음에 서희가 읽고 있던 책을 거칠게 뺏어 들었다. 기껏 말을 걸었건만 톡톡 쏘아 대며 눈도 마주치지 않는 서희의 태도가 서운하고, 또 화도 났다.

"아!"

골이 나 씩씩거리던 지혁은 짧은 비명 소리에 놀라 눈을 커다랗게 뜬 채 서희를 마주 보았다. 그러다 곧 서희의 시선을 따르던 지혁의 눈에 책장에 베여 송골송골 피가 맺히고 있는 작은 엄지손가락이 들어왔다. 서희가 상처 부위를 누르자 가느다란 상처 사이를 비집고 나오는 붉은 피를 보며 지혁의 얼굴이 굳어져 갔다.

"미안."

아프게 하려고 한 것이 아니었는데 서희가 눈물까지 글썽이며 자신을 올려 보자 지혁은 저도 모르게 사과를 하였다.

"그전 것도 사과해."

서희는 여전히 서늘한 얼굴로 지혁을 노려보았다.

"그전에 축구공으로 나 맞춘 것도 사과하라고."

잠시 고민하며 입을 다물던 지혁은 눈물을 참으려고 눈을 깜박이는 서희를 보며 타협안을 내놓았다.

"그럼 너도 나한테 오빠라고 불러."

"사과 먼저 하면."

"약속한 거다."

서희는 아랫입술을 깨물며 야무지게 고개를 끄덕였다.

"축구공으로 맞춘 거 미안해."

사과는 잠시, 지혁은 어서 오빠라고 불러 보라는 듯 잔뜩 기대한 표정으로 눈까지 반짝이며 서희를 바라보았다. 서희는 고개를 끄덕이며 그 사과를 받아 줬다.

"용서해 줄게."

그리고 손을 뻗어 지혁의 손에 있는 책을 가져가 자기가 읽던 페이지를 찾기 시작했다.

"야! 한서희. 약속이 다르잖아."

갑자기 버럭 소리를 지르는 지혁을 보며 서희는 모르겠다는 표정을 지어 보였다.

"뭐가?"

"오빠라고 한다며?"

"지금 오빠라고 부를 일이 없잖아."

얄밉게 입까지 삐죽이며 책을 향해 고개를 돌렸지만, 서희는 자꾸만 웃음이 나오려고 해 그 모습을 들킬까 봐 더더욱 고개를 깊숙이 숙였다.

"너 정말 이럴 거야?"

자기한테 약 올라 하며 씩씩거리는 지혁이 재미있어서인지 서희의 입에서 웃음이 새어 나오고 있었다.

학교에서 보는 지혁은 성질 나쁜 남자아이였다. 친한 친구 몇 명을 제외하고는 누가 말 시키는 것도 싫어했다. 체육대회나 무슨무슨 경기가 있는 날이면 '강지혁!'을 외치며 응원해 주는 여자아이들한테 시끄럽다고 소리까지 질러 대는, 한마디로 '못돼 처먹은' 아이였다. 이 못돼 처먹은 '오빠'는 도통 다른 이에게 관심도 없어 보이는 '재수탱이'였던 것이다.

그런 지혁이 자기한테 당해 씩씩거리는 것이 고소했다. 서희는 지혁의 얼굴을 살피러 고개를 살며시 들어 올리다 얼굴에 번진 미소를 채 감추지 못한 채 지혁과 눈이 마주쳐 버렸다. 약이 올라 얼굴이 붉으락푸르락하던 지혁은 하얀 볼에 볼우물까지 만들며 웃고 있는 서희와 눈이 마주치자 당황스러워 얼굴을 붉히고 말았다.

"왜 웃냐?"

툭 말은 던졌지만 지혁의 얼굴은 더 빨개져 갔고 서희는 그것이 또 재미있어 깔깔거리며 크게 웃음을 터뜨리기 시작했다.

"얼굴 빨개졌네. 하하하."

서희의 웃음소리에 왠지 지혁은 가슴에 풍선을 집어넣은 듯 기분이 좋아져 갔다.

늘 자기와 마주치면 화만 내던 아이. 그 아이가 자기 앞에서 눈까지 보이지 않게 웃는 것에 지혁의 가슴은 몽글거리기 시작했다. 한껏 부푼 마음에 지혁은 친구에게 하듯 헤드락을 걸고 주먹으로 아프지 않게 서희의 머리를 톡톡 때리기 시작했다.

"너 자꾸 그럴 거야?"

"내가 뭘, 내가 뭘."

장난치듯 대들던 서희는 마침내 지혁의 허리를 잡고 항복을 선언했다.

"아하하, 오빠 항복. 항복."

서희의 '오빠' 라는 말에 지혁의 입술이 한껏 양옆으로 벌어졌다. 심심치 않게 들어온 말이다. 고학년이 되고 나니 오빠라 부르는 아이들이 많아졌다. 아니, 가까이 나미나 나나도 오빠라고 불러왔었다. 하지만 그 흔한 말이 서희의 입을 통해 나오자 왠지 기운이 솟고 자기가 꼭 서희를 위한 '오빠' 로 태어난 거라는 근거 없는 사명감마저 생겨났다. 난 서희 오빠다. 지혁은 등을 펴고 가슴을 내밀며 짐짓 어른스런 표정으로 서희를 보았다.

"좋아, 내가 이제 네 오빠가 되어 줄게."

선심 쓰듯 가슴까지 탁탁 치며 말하는 지혁의 모습에 서희는 뚱한 표정으로 고개를 설레설레 흔들었다.

"나 오빠 필요 없어."

"왜?"

"오빠는 피곤하대."

반에 오빠 있는 아이들에게 들은 오빠라는 이들의 만행을 떠올리며 서희는 고개를 가로저었다. 그렇지 않아도 성격 나쁜 저 인간이 오빠가 되면 장난 아닐 거다. 사양합니다.

"난 안 피곤한 오빠야."

서희가 못 믿겠다는 듯 눈을 가늘게 뜨며 보자 지혁은 스스로에게 다짐하듯 고개를 끄덕이며 힘 있게 말했다.

"진짜야."

"좋아, 그럼 피곤한 오빠 되면 내 오빠 아니다."

처음 선심 쓰듯 말하던 지혁의 제안에 오히려 서희가 인심 쓰듯 허락을 했건만, 지혁의 입은 함박 벌어졌다.

"그래."

"약속해."

서희는 새끼손가락을 앞으로 내밀었고, 지혁은 뿌듯한 마음으로 그 손에 자기 새끼손가락을 걸었다.

❷

너 누구 뽑았어?

"둘이 화해했어?"

나미의 생일상에 나란히 앉아 있는 지혁과 서희를 번갈아 바라보다 남옥은 질문을 던졌다.

생일상이 차려져 알려 주러 간 서재에서 나란히 앉아 책을 읽고 있는 지혁과 서희를 발견한 것도 놀라웠는데, 그 후 둘째 아들 녀석의 행동은 말 그대로 가관이었다. 생일상에 앉을 때도 눈치를 보며 서희 옆으로 앉고, 케이크를 잘라 나눌 때도 자기가 좋아하는 과일과 초콜릿이 듬뿍 담긴 조각을 서희에게 양보하는 것이었다.

그뿐인가. 손수 서희의 음료수를 챙겨 주고, 옥희의 음식 중에 제가 맛있다 생각하는 것들은 죄다 서희 앞으로 가져다 놓고 있었다.

"예, 오빠가 저한테 사과해서 제가 용서해 줬어요."

"그래? 웬일이래, 아들. 사과도 다 하고."

아무리 잘못해도 맞을지언정 사과는 할 수 없다는 녀석이 저 녀석이었다. 며칠 전에도 너무 말을 안 들어 혼내는 서균에게,

「부러질지언정 휘어지진 않겠습니다. 때리세요.」

라며 희한한 논리를 제 잘못에 적용시켜 서균은 물론 남옥과 지욱까지 입을 떡 벌어지게 만든 녀석이 바로 둘째 아들 지혁이었다. 그런데 그런 지혁이 사과를 했다니 철없어 보이는 아들이 조금씩 성장하는 것 같아 남옥은 대견스럽다는 눈으로 지혁을 바라보았다.

"서희도 나한테 오빠라고 하기로 했어."

원래 불려야 할 호칭으로 불리는 것이건만 대단한 성과라도 일궈낸 표정으로 자랑스럽게 자기 가슴을 두드리며 고개를 빳빳이 세운 지혁이 남옥을 보며 다시 말을 이었다.

"그리고, 엄마. 서희 내 동생 하기로 했어."

몇 시간 전까지 서로 못 잡아먹어 안달인 듯 으르렁거리던 두 녀석의 변화에 옥희 역시 흥미로운 표정으로 미소를 지으며 둘을 번갈아 바라보았다.

"예, 오빠가 피곤하게 굴지 않는 조건으로요."

제게 좋은 것만 추려 말하는 지혁의 뒤로 두 사람의 계약 조건을 설명하는 서희를 보던 나미는 고개를 갸웃거리며 질문을 던졌다.

"서희야, 너 태현이 좋아하잖아."

태현의 이름에 서희의 얼굴은 새빨갛게 달아올랐다. 여기서 그
게 왜…….

"나미, 너!"

"아니, 태현이 좋아하는데 왜 지혁이 오빠 동생 해?"

"그게 다르지. 오빠 오빠고 태현인……."

갑자기 나온 태현이란 이름에 허둥거리며 답하던 서희는 차마
말을 끝마치지 못한 채 고개를 숙였다. 태현인…….

"어떻게 다른데, 서희야?"

아직 어린 서희가 오빠와 좋아하는 아이에 대한 마음의 경계를
어떻게 나누는지 알고 싶어 남옥은 짓궂게 서희에게 물었다. 서희
는 귀까지 발갛게 물들인 채 고개를 들어 남옥을 바라보았다.

"그러니까, 오빠는 가족 같은 거고, 태현인……."

"태현인?"

"가슴이 막 두근거려? 안 보면 보고 싶고?"

나영과 나미가 돌아가며 궁금한 목소리로 물어 오자 서희는 울
상이 되어 입술을 쭉 내밀었다.

"여하튼 우리 아들한테는 아무런 느낌이 없다는 거네. 우리 아
들이 그리 멋이 없나?"

짐짓 실망한 듯 남옥이 말하자 그렇지 않아도 태현이 발언으로
심기가 불편했던 지혁이 엄마한테 버럭 소리를 질렀다.

"나도 서희, 동생처럼 좋은 거야. 두근거리는 거 없어."

"이런. 그러니까 우리 아들이 서희가 좋긴 좋다는 거네?"

좀처럼 잡기 힘든 기회를 놓치지 않으려 입술 사이로 삐져나오

려는 웃음을 참으며 던지는 남옥의 질문에 지혁은 고개를 끄덕였다.

"그럼, 내 동생인데."

나미의 생일 파티는 와자지껄 재미나게 끝났다. 저녁에 윤식과 서균까지 함께 모여 식사를 하고 아이들은 이제 지혁까지 합류한 완전한 게임을 즐겼다. 무남독녀 외동딸이던 서희는 오랜만에 언니, 오빠, 동생과의 시간이 즐거웠다.

자고 가라는 나미의 말을 뒤로하고 해가 저물어 자리에서 일어서는 서희의 뒤를 따르며 지혁은 자기가 집까지 데려다 줘야 한다고 고집을 부렸다. 그런 지혁의 고집에 오랜만에 함께 모인 지혁네 가족은 서희와 함께 자리에서 일어나야 했다.

나미네 차를 탔던 하이마트에서 서희가 내릴 때 오빠 노릇하려면 제대로 하라는 장난기 어린 서균의 충고를 지혁은 평소답지 않게 순종적으로 받아들였다. 지혁은 이날, 서희네 집 근처 골목길까지 동생을 보호해 주는 '오빠다움'도 잊지 않았다.

집으로 돌아오는 길, 서균이 백미러로 본 둘째 아들 녀석은 뭔가 그리 좋은지 혼자 싱글거리며 창밖을 보다 또 혼자 쑥스러운 듯 머리를 긁적이곤 하였다. 그리고 나미네 집에서 차로 5분 거리인 지혁네가 집에 도착한 시간은 나미네 집에서 출발한 지 1시간 가까이 지난 후였다.

❖

서희와 나미는 5학년 때도 한 반이 되었다. 봄방학 후 첫날, 4학년 담임선생님께서 불러 주시던 반 배정을 듣던 둘은 한 반임을 알게 되자 기쁜 마음에 서로를 부둥켜안고 팔짝팔짝 뛰었다.

나미의 생일 파티 이후 둘은 더욱더 돈독한 관계가 되어 있었다. 친구가 많았던 서희가 가끔 서운하긴 했지만 나미는 서희의 단짝 친구로 자리를 잡아 가고 있었다. 서로의 속내를 나누고 그 시절 아이들이 가질 수 있는 비밀을 공유하며 둘은 눈빛만 봐도 웃음이 나오는 친구가 되어 있었다.

"서희야, 태현이도 우리 반이야."

나미가 목소리를 낮추며 말하자 서희는 얼굴을 붉히며 고개를 끄덕였다.

"나도 알아. 태현이가 아까 자기랑 나랑 같은 반이라고 하더라고."

"정말? 태현이도 너 좋아하는 거 아냐?"

"왜? 네가 보기엔 태현이가 나한테 관심 있는 거 같아?"

나란히 앉아 귓속말을 나누던 나미는 다른 곳을 보는 척 고개를 돌리다 후다닥 고개를 숙이며 서희에게 속삭였다.

"태현이가 너 보고 있어."

"정말? 정말?"

태현의 이야기가 나오면 얼굴을 붉히는 서희를 보는 것이 나미는 좋았다. 늘 모범생의 전형을 보여 주는 '바른생활 어린이' 서희의 작은 비밀을 오롯이 둘만이 공유하고 있다는 것도 나미는 행복했다. 비록 키 차이가 나서 짝이 될 수 없었지만 서희와 나미는 둘만이 아는 사인을 만들어 수업 시간에도 종종 태현에 대한 정보를 주고받았다.

"서희 네가 태현이 보면 얼굴이 빨개지니까 손가락으로 얼굴을 누르면 '태현'. 눈을 가리키면 '태현이가 너를 보는 것'. 입을 가리키면 '태현이가 너를 보고 웃는다'."

"나미야! 너 진짜 비상한 거 같아."

서희가 발표를 하거나 심부름을 갈 때면 나미는 기꺼이 서희의 또 다른 눈이 되어 태현이 서희를 쳐다보는지 감시를 해 주었다. 발표를 하고 자리에 앉은 후 나미를 살짝 보면 나미는 자기 볼과 눈을 가리키거나 볼과 눈, 입을 가리키곤 하였고, 서희는 그 사인에 행복한 미소를 짓곤 하였다. 때로는 태현이 서희에게 던지는 말들을 서로 분석하며 태현의 관심 여부에 대한 의견을 나누기도 하였다.

"나미야, 아침에 오다 태현이를 봤는데 태현이가 상태랑 승훈이랑 같이 내 앞으로 걸어가고 있었거든. 그런데 상태가 뒤를 돌다 나를 보더니 태현이한테 뭐라고 하는 거야. 그러니까 태현이가 갑자기 뒤를 돌아 나한테 손을 흔들더라고."

"꺄아, 정말? 그래서?"

"그러니까 상태랑 승훈이가 태현이를 툭툭 치면서 '새끼야' 그랬어."

"내가 보기엔 백 프로, 백 프로. 태현이도 너 좋아해."

3월 둘째 주 월요일, 전교생이 운동장에 모여 아침 조회를 마치고 층계로 올라오면서 서희는 주위를 살피며 소곤소곤 나미와 아침에 있었던 일을 나누고 있었다.

오늘 아침은 운이 좋았다. 일주일에 한두 번, 서희는 등굣길에 태현과 마주치는 날이 있었다. 그런 날이면 서희는 두근거리는 가슴을 숨긴 채 때로는 새침하게, 때로는 모르는 척 태현의 곁을 지나치곤 하였다. 그런 서희와는 달리 태현은 늘 환히 웃으며 인사를 하였고, 태현이 건네는 평범한 인사는 그날 하루 동안 서희와 나미의 심각한 토론 주제가 되었다. '안녕'이라 인사하던 태현의 목소리 톤과 얼굴 표정, 손을 흔들던 자세는 몇 번이나 서희를 통해 반복되었고, 나미는 이를 통해 태현의 마음을 분석하곤 하였다. 지금처럼 말이다.

"손을 어떻게 흔들었어?"

"나미 네가 뒤를 돌아봐 봐, 그래, 그렇게. 그리고 뭐라고 이야기 듣자마자 갑자기! 갑자기 뒤로 확 돌더니 이렇게."

서희가 아침에 만난 태현의 인사를 따라 하느라 층계를 오르다 몸을 돌려 손을 흔드는 제스처를 취하는 순간, 서희의 눈이 조금 떨어진 곳에서 층계를 오르고 있는 지혁과 마주쳤다. 서희가 자기한테 손을 흔드는 것이라고 착각한 지혁은 환히 웃으며 한꺼번에 두 계단씩 뛰어올라 서희 곁으로 왔다.

"서희야, 나 오는 거 어떻게 알았어?"

"오빠 오는 걸 안 게 아니라."

나미가 사태 파악을 못 하고 있는 지혁에게 정황 설명을 하려고 하자 서희가 팔을 툭 치며 입을 다물게 하였다. 나미의 말에 지혁은 다 안다는 듯 픽 고개를 돌리며 웃었다. 아까 뒤를 돌아보던 나미가 자기를 발견하고 서희에게 뭐라고 소곤거리는 것을 본 지혁이었다. 나미가 뭐라 이야기하자 서희가 갑자기 뒤를 돌더니 자기에게 손을 흔들었다.

이건 분명! 서희가 나한테 관심이 있다는 것이다. 난 그냥 오빠 한다니까.

지혁은 자꾸만 벌어지려는 입을 간신히 다물며 몇 주 후에 있을 전교 어린이 회장 선거에 대해 이야기를 꺼냈다.

3월. 또다시 전교 어린이 회장 선거철이 된 것이다. 서희네 학교는 러닝메이트가 함께 후보로 나가는 방식으로 6학년에서 회장 후보 한 명, 부회장 후보 한 명, 5학년에서 부회장 후보 한 명, 이리 세 명이 팀을 이루어 어린이 회장 선거에 출마를 하게 되어 있었다. 출마 후, 한 번의 운동장 유세와 한 번의 방송 유세를 거친후 4학년 이상 전교생이 지지하는 팀을 투표하는 방식으로 전교 어린이회를 선출하였다.

"참, 서희야. 오빠 전교 어린이 회장 선거 나가게 되었는데 너 오빠 팀 도와줘라."

예상치 못한 지혁의 부탁에 서희는 난처한 표정으로 나미와 눈빛을 주고받았다. 팀이 정해지면 각각의 팀을 지지하는 몇 명이 모여 그 팀의 서포터가 되었다. 함께 포스터를 만들고, 각 반을 돌며 지지 연설을 하는 역할을 담당하는 서포터는 반 임원들이 맡아 하곤 하였다.

"오빠, 서희 안 돼. 태현이가 경호 오빠네 팀 부회장 후보로 나가잖아. 당연히 서희는 태현이 도와야지. 태현이가 우리 반이기도 하고, 또 서희는 태현이를……."

서희를 대신한 나미의 친절한 설명에 지혁의 얼굴을 순간 차갑게 굳어 갔다. 하기 싫은 전교 회장 선거에 나가라고 담임선생님이 말씀하셨을 때 하겠다고 대답한 것도 서희 때문이었다. 선거 기간 중 서희과 함께 포스터도 만들고 수업 시간에도 선생님들의 허락하에 각 반을 함께 돌아다닐 수 있을 거라 생각해 얼른 수락하였건만 나미 생일 때부터 나오는 태현이 지혁은 영 거슬렸다.

"박나미, 나 너한테 안 물었다?"

서희의 오빠가 된 후 조금은 온순해진 듯한 지혁이 다시 까칠한 태도를 보이자 나미는 못마땅한 표정을 지으며 지혁을 노려보았다.

"서희, 너 어떻게 할 거야?"

잠시 미간을 좁히며 생각을 하던 서희는 고개를 흔들면서 미안한 표정으로 지혁을 올려다보았다.

"오빠, 좀 힘들 거 같아. 태현이 우리 반이잖아. 아무래도……."

"알았어."

서희의 말을 중간에 자르며 지혁은 고개를 끄덕였다. 성질 같아서는 버럭 소리라도 지르면서 같은 반이든 뭐든 자기를 도우라고 하고 싶었지만, 피곤하게 하지 않는 조건으로 서희 오빠가 된 지혁이었다.

지혁은 오빠다움을 잃지 않기 위해 뛰어난 인내심을 발휘하며 입술까지 올라온 버럭거림을 한숨으로 참아 내고 있었다. 대신, 층계를 오르는 내내 탁탁 소리가 나도록 발을 내디디며 불퉁해진 마음을 그대로 드러내고 있었기에 5학년이 있는 층이 되어 지혁에게 얼른 인사를 하고 돌아선 서희 역시 마음이 편하지 않았다.

"강지혁, 어째 며칠 성질 죽인다 했…… 서희야."

지혁의 행동이 여전히 마음에 들지 않아 툭 불거진 목소리로 흉을 보던 나미가 목소리를 낮추며 서희의 팔을 잡고 눈을 찡긋거렸다. 무슨 일이냐는 듯 눈을 크게 떠 보이는 서희의 뒤로 태현의 목소리가 들려왔다.

"서희야, 지혁이 형이랑 화해했어?"

교실로 오는 길, 지혁과 이야기를 나누는 서희를 본 태현은 오랫동안 서로에게 으르렁거리던 두 사람이 꽤 다정하게 이야기를 나누는 모습에 놀랍다는 표정을 감추지 못하고 있었다.

"응, 지혁이 오빠가 내 오빠 하기로 했어."

서희는 고개를 끄덕이며 아무렇지도 않은 일인 듯 대답을 한 뒤 태현에게 질문을 던졌다.

"그런데 태현아. 너 왜 경호 오빠랑 같은 팀 한 거야? 지혁 오빠랑 너, 보이스카우트도 한 조고 친하지 않아?"

어차피 둘 다 전교 회장 선거에 나갈 거면 둘이 팀을 이루지 왜 다른 팀이 돼서 이리 나를 고민하게 하는지……. 태현에게 묻는 서희의 질문은 조금은 뾰족하게 날이 서 있었다.

"그게, 지혁이 형 원래 이런 거 싫어해서 당연히 형은 안 나올

줄 알았지. 경호 형네가 가장 빨리 팀 정해서 묻길래 경호 형하고
도 친하니까 하겠다고 한 거였어."

서희는 고개를 끄덕이며 몸을 돌려 책가방에서 책을 꺼냈다.
그리 좋아하는 태현이 가까이에 있건만 힘없이 손을 흔들던 지혁
이 생각나 서희의 표정은 밝지가 않았다.

전교 어린이 회장 후보 팀들이 정해지고 본격적인 유세로 들어
서며 학교는 축제인 듯 들뜨기 시작했다. 1층 복도부터 붙기 시작
한 포스터와 등·하굣길 팻말을 들고 선거전에 들어선 각 팀들의
열기로 학교는 그 어느 때보다 떠들썩했다. 모두가 예상했듯 선거
전은 후보 1번인 지혁 팀과 2번인 경호 팀의 이파전이었다.

아침에 유세를 하고 있으면 학생들은 자기가 지지하는 팀 후보
앞으로 가 악수를 청하기도 하였다. 6학년 여자아이들의 걸음은
대다수 지혁에게로 향했지만 지혁은 악수 대신 고맙다는 인사만
무표정하게 할 뿐이었다. 그도 그럴 것이, 맞은편에 서 있는 후보
자 옆으로 서희가 서서 기호 2번 지지 팻말을 들고 있는 것이 지
혁은 영 탐탁지가 않았다.

반에서 후보가 나가면 그 반 반장이 그 후보가 속한 팀을 돕는
것은 이미 불문율 같은 학교의 전통이건만 지혁은 그것이 서희의
잘못인 양 무표정한 얼굴로 서희를 노려보곤 하였다.

해야 할 일이기에 나와 서 있는 서희 역시 가시방석인 듯 불편
하긴 매한가지였다. 오빠라 칭하며 오빠답게 행동하기 위해 온갖
인상을 쓴 채 괜찮다 말하면서도 이리 유세가 있을 때마다 자기를

노려보는 지혁을 참아 내는 것이 쉬운 일은 아니었다.

다른 친구들이 아쉬운 표정으로 이제 선거까지 2주밖에 남지 않았다며 마지막까지 노력하자 파이팅을 외칠 때면 서희는 2주나 남았나 한숨을 내쉬었다. 그러면서도 만날 때면 꼭 알은체를 하며 머리를 톡, 톡, 손가락으로 치고 가는 지혁이 서희는 한편으로는 싫지가 않았다.

선거 운동을 하다 복도에서 마주치면 무리 지어 움직이는 각 팀들 사이로 지혁은 서희 옷을 잡아 자기 팀으로 끌고 가기도 하였고, 어쩌다 단둘이 마주치게 되면 나미네 집에서 했듯 헤드락을 걸며 아프지 않게 머리를 콩, 콩, 때리곤 하였다.

"좋냐? 오빠 버리고 가니 좋냐?"

그런 장난은 중심을 못 잡거나 웃느라 기운이 빠진 서희가 지혁의 허리춤이나 옷자락을 잡으면 끝나곤 하였다.

서희는 지혁 오빠와의 시간이 즐거웠다. 그 때문인지, 태현과 함께 포스터를 만들고 각 반을 도는 동안에도 서희는 자기도 모르게 지혁을 찾곤 하였다.

집으로 돌아와 하루 동안 있었던 일을 시간대 별로 이야기해 주는 딸아이의 주된 이야깃거리가 언제부터인가 태현에게서 지혁으로 옮겨 가는 걸 수연은 눈치채고 있었다.

나미의 집에 다녀온 후 나미의 집에 대해 흥분하며 이야기하던 서희에게 수연은 지나가듯 질문을 던졌었다.

「서희 그런 집 가 보면 그런 집에서 살고 싶지 않아?」

서희는 엄마의 질문에 눈을 깜박이며 상상을 하는 듯하더니 이내 고개를 저으며 대답했다.

「행복하게 사는 게 더 중요하지.」

「우리 집은 행복해?」

「응!」

수연을 보며 고개까지 크게 끄덕이던 서희는 곧 다음 말을 이어 갔다.

「그런데, 서재는 정말 부러웠어. 책이 진짜 많아. 참! 그런데 엄마.」

그 날, 서재 이야기 끝에 듣게 된 수연도 모르는 내 딸의 '오빠' 이야기는 어느새 서희 이야기 속 메인 테마가 되어 있었다. 물론 수연 역시 간혹 서희의 입을 통해 나오던 '재수탱이, 강지혁'을 기억하고 있었다. 눈에 넣어도 안 아플 딸아이 얼굴에 퍼런 멍을 만들어 놓고 사과도 안 했다는 말을 듣던 날, 수연은 서희와 함께 밤이 깊도록 지혁 욕을 했었다.

그런 지혁이 서희의 오빠를 자처하며 집까지 데려다 주었다는 이야기로 시작되었던 '재수탱이 강지혁'이 아닌 '오빠 강지혁' 이야기는 서희를 조금은 들뜨게 만들어 주는 것 같았다. 집에 들어서면,

「엄마, 오늘 태현이가…….」

로 시작되던 서희의 이야기는,

「엄마, 오늘 지혁 오빠가…….」

로 점점 바뀌어 가고 있었고 수연은 어린 딸아이의 마음의 행방을 미소를 지으며 지켜보고 있었다. 달콤한 봄바람이 딸아이의 곁에 머물기 시작한 것이었다.

❖

"서희야, 나가자, 얼른."

운동장 유세가 있는 날이었다. 나미는 서희 곁에 서서 채근을 하며 팔을 잡아끌었다. 투표 전 마지막 유세였다. 각 팀의 회장 후보가 단상 위에 올라 운동장에 모인 4학년 이상 전교생에게 선거 공략과 다짐을 마지막으로 피력하는 자리. 며칠 전 있었던 방송 유세 후 학생들은 삼삼오오 모여 누구의 원고가 재미있었네, 누구의 공약이 마음에 드네, 제법 어른들의 선거장처럼 심각한 얼굴로 의견을 주고받기도 하였다. 서희는 지혁의 원고는 어떨지, 떨리지는 않을지 자꾸 긴장이 돼 손까지 차가워지고 있었다.

"서희야, 저기 태현이다."

화장실에서 나오다 서희를 발견한 태현은 밝게 미소를 지었다. 선거 기간 내내 함께했지만 왠지 서희는 정작 태현에게는 신경을 쓰지 못한 기분이었다. 서희는 슬그머니 자기 옆으로 다가와 서는 태현을 마주 보며 웃어 보였다.

"어때?"

"내가 하는 것도 아닌데 뭘. 경호 형이 떨리겠지."

말은 그리하면서도 태현은 긴장한 듯 충계를 내려가는 중간중간 얼굴을 굳히기도 하였다. 운동장에 나서자마자 서희는 다른 회장 후보자들과 함께 단상 위에 앉아 있는 지혁을 볼 수 있었다. 긴장한 것을 그대로 드러내며 초조해하는 다른 후보자들과는 달리 늘 차가운 얼굴에 표정이 없는 지혁은 여느 날과 별 차이를 보이지 않고 있었다.

서희는 나미와 태현에게 먼저 운동장으로 나가라고 말한 뒤 단상 옆으로 가 지혁을 불렀다.

"지혁 오빠."

고개를 돌려 서희를 발견한 지혁의 얼굴에 살며시 미소가 번졌다. 단상이 높아 서희의 얼굴이 반이나 가려지자 서희는 발끝을 들어 턱까지 들어 올린 채 지혁을 부르고 있었다. 지혁은 자리에서 일어나 서희가 서 있는 쪽으로 가 무릎을 굽히고 앉았다.

"왜?"

"떨려?"

"아니. 이까짓 거."

사실 무척 떨려 외운 원고도 잊어버릴 거 같았지만 지혁은 서희에게 짐짓 강한 척 거만한 표정까지 지으며 콧방귀를 뀌었다.

"난 내가 다 떨려."

지혁은 대답 대신 손가락으로 서희의 머리를 콕 눌렀다.

"꼬맹이."

"내가 왜 꼬맹이야?"

"너 내가 잘하면 너희 팀 떨어지는데 괜찮아?"

서희의 질문에 대한 대답 대신 자신이 묻고 싶은 질문을 던지는 지혁에게 서희는 눈을 반짝이며 대답을 해 줬다.

"누구든 열심히 최선을 다해서 하면 되지. 나 갈게. 떨지 말고 해."

지혁에게 손을 흔들어 보이던 서희는 뭐가 생각났는지 고개를 옆으로 기울이며 둘이 무슨 말을 하나 쳐다보고 있는 경호에게도 손을 흔들어 보였다.

"서희 너, 스파이였냐?"

경호의 농담에 서희는 하하 웃으며 고개를 저었다.

"내 오빠 응원 온 거야. 경호 오빠도 파이팅!"

서희가 자기네 반으로 뛰어가는 걸 보며 지혁은 다시 자리로 가 앉았다.

"자기 오빠라니? 한서희가 네 동생이야?"

마지막 서희의 말이 궁금한 듯 던지는 경호의 질문을 받으며 지혁은 잠시 대답을 미루다 입을 열었다.

"신경 꺼!"

까칠한 지혁의 유세는 유쾌했고 재미있었다. 아이들은 지혁의 말 한 마디 한 마디에 웃음을 터뜨렸고 마지막,

"기호 1번 회장 후보, 강지혁입니다."

라는 인사에 환호성을 지르며 박수를 쳤다. 서희는 마치 자기가 박수를 받는 듯 뿌듯한 마음으로 지혁을 바라보고 있었다. 경호의 유세도 그리 나쁘지는 않았지만 전 순서인 지혁이 꽤 강한

인상을 남긴 탓에 아이들 사이에 그리 오래 기억되지는 못했다.

길 줄만 알았던 유세 기간도 끝나고 투표 날이 되었다. 그리고 모두가 예상했듯 과반수 이상의 지지를 받으며 지혁네 팀이 승리를 하게 되었다. 개표를 하던 학생들과 다른 후보들에게 축하를 받으면서도 그리 기쁜 얼굴이 아니었던 지혁은 모두와 인사를 나눈 후 바로 학교 도서관으로 향했다.

언제나 선거 날이면 그렇듯 개표가 끝날 무렵인 2, 3교시에는 5, 6학년은 학교 도서관에서 독서 시간을 가졌다. 방송을 통해 개표 소식을 들으며 아이들은 책도 읽고 삼삼오오 모여 소곤소곤 이야기를 나누기도 하였다.

지혁이 도서관으로 들어서자 이미 방송을 통해 결과를 알고 있는 선생님들과 학생들이 축하한다는 말을 건네 왔다. 지혁은 그들에게 인사하며 고맙다 답을 하면서도 눈은 열심히 서희를 찾았다. 이윽고 긴 테이블에 앉아 있는 나미를 발견하였지만 늘 그 옆에 있던 서희가 보이지 않자 지혁은 나미 옆으로 가 목소리를 낮춰 질문을 던졌다.

"서희 어딨냐?"

같은 반인 태현이 떨어진 것이 못내 아쉬운 나미는 입을 삐죽이며 책들이 있는 책장을 건성으로 가리켰다.

"읽을 책 고르고 있어."

몇 개의 책장을 지나 위인전이 있는 칸에서 지혁은 책을 고르고 있는 서희를 발견하였다. 아이들이 자주 가는 동화책이나 소설

책이 있는 곳이 아니었기에 서희는 혼자 위인전을 들추며 마음에
드는 책을 찾고 있는 듯하였다.

지혁은 서희가 있는 곳까지 가 짐짓 헛기침을 하였다. 지혁이
자기가 서 있는 책장 앞으로 왔을 때부터 환히 웃던 서희는 지혁
의 팔을 잡으며 조용히 입모양으로 말했다.

'축하해.'

지혁은 그런 서희의 모습에 심장이 오물거려 다시 헛기침을
'큼' 내뱉은 후 서희를 내려다보았다. 그리고 오늘 개표 내내 아
니 서희가 태현이 조를 도울 거라는 것을 알고 난 후부터 묻고 싶
었던 것을 물었다.

"너 누구 뽑았어?"

마치 지혁이 질문할 줄 알았다는 듯 서희는 놀라는 기색 없이
크크크 소리를 죽여 웃기 시작했다. 심술쟁이에 못돼 처먹은 강지
혁이 안 물을 리가 없지. 서희는 잠시 약 올리는 듯 책을 고르며
얼굴에 웃음을 거두고 뾰족이 대답했다.

"투표 4대 원칙도 몰라? 보통, 직접, 평등, 그리고 비밀!"

"야, 한서희."

지혁이 잔뜩 찌푸린 얼굴로 책을 고르는 서희의 팔을 잡자 서
희는 볼우물을 만들며 잡히지 않은 손을 들어 손가락으로 그의 가
슴을 가리켰다.

"당연한 거잖아. 내 오빤데."

지혁은 입을 크게 벌리며 함박웃음을 지었고 그런 바보 같은
모습에 마침내 서희는 까르르 참았던 웃음을 터뜨렸다.

지혁은 땅바닥에 앉아 책장에 기댄 채 서희를 기다렸다. 한동안 신중히 책을 들추던 서희 역시 읽고 싶은 책 한 권을 빼어 들고 나미가 있는 테이블로 가는 대신 지혁 옆으로 앉았다.

자리에 앉은 서희가 고개를 들어 바라보자 지혁은 기다렸다는 듯 자기가 받은 표의 수와 개표 당시 상황을 설명해 주기 시작했다. 목소리를 낮춘 채 무용담을 들려주는 사이사이 빠지지 않고 등장하는 지혁의 자기 자랑에 서희는 '크크' 비웃어 주는 것 또한 잊지 않았다.

"그런데 너 정말 나 뽑았어?"

이야기 도중 다시 한 번 확인하는 듯 지혁은 물었다. 서희가 대답 대신 눈을 동그랗게 뜬 채 크게 고개를 끄덕이자 지혁은 손을 들어 서희의 머리를 쓰다듬었다. 다시 한 번 몽글, 가슴이 부풀어 올랐다.

"이제 전교 어린이회 하는 날은 내가 너 집에 데려다 줄게."

2주마다 모든 수업이 끝난 후 전교 어린이 회장단과 4학년 이상 반장 부반장이 모여 진행되는 전교 어린이회였다. 담당 교사의 지도 아래, 전교 회장의 주체로 진행되는 회의의 결정사항은 그다음 날 아침 방송시간에 회장을 통해 전교생에게 전달하였다.

"왜?"

"오빠잖아."

당연한 것을 왜 묻냐는 듯한 지혁의 대답에 서희가 다시 볼우물을 만들자 지혁은 큼, 헛기침을 하며 가슴을 폈다.

"오빠 있으니까 좋지? 안 피곤하지?"

서희는 다시 고개를 끄덕인 후 골라 든 책을 읽어 나갔다.

❖

지혁은 하루하루가 좋았다. 왠지 모르지만 좋았다. 가끔 '오빠'
의 자격으로 서희 학교생활 검사하러 서희 반에 가는 것도 좋았
고, 자기를 예뻐해 주시는 방송반 선생님께 전교 어린이회 이후
방송을 해야 되는 날과 방송반에 합격한 서희의 방송 날을 함께
잡아 달라고 조용히 부탁을 하는 것도 좋았다.

서희가 공부 잘하는 아이를 좋아하는 걸 안 뒤로는 수업도 열
심히 들었다. 어린이회가 있는 날 서희를 데려다 주면서 같이 먹
는 떡볶이도, 튀김도, 오뎅도 좋았다.

자신의 '좋음' 중심에는 서희가 있었지만 그걸 깨닫지 못한 지
혁은 저녁 식사 자리에서 요즘 학교생활은 어떠냐는 서균의 질문
에,

「제 평생 요즘만큼 즐거운 날은 없었어요.」

라 대답해 다시 한 번 서균과 남옥을 기함하게 만들었지만 여
하튼 좋았다.

희한하게 서희가 보고 있으면 축구를 해도 골이 더 잘 들어가
고 달리기도 더 빨라졌다. 태현이와 함께 경기하다 골이라도 넣게
되는 날이면,

「서희야, 봤어? 봤어? 오빠 골 넣는 거 봤어? 다른 데 보지 말
고 오빠만 보고 있어. 또 넣을 거니까.」

라 말한 후 서희가 자기를 보나 손을 들어 보였고, 지혁이 손을 흔들면 매번 바로 손을 흔들어 답하는 서희를 보는 것이 지혁은 좋았다. 무엇 때문인지 몰라도 지혁은 하루하루가 너무 좋았다.

❸

×××××××××

그리고…… 서희 오빠. ㅇㅈㅇ

집으로 돌아온 서희는 평상시와 다른 집안 분위기에 다녀왔다
는 인사도 하지 못한 채 거실에 멍하니 서 있었다. 안방에서 들리
는 수연의 울음소리, 평상시보다 일찍 퇴근한 성우가 안절부절못
하며 어딘가로 계속 전화를 하다,

"나쁜 자식. 사라졌어."

라는 말을 마지막으로 수연의 울음소리는 더 커져 갔다. 서희
는 학교에서 돌아온 그대로 소파에 멍하니 앉아 있었다.

"우리 서희는 어떻게 해요."

울면서도 제 걱정을 하는 부모의 이야기를 듣다가 서희는 설핏
잠이 들었다. 잠결에 서희가 들은 말들 중 기억할 수 있는 말은
보증과 도망, 이 두 가지였다.

아침이 밝았지만 서희는 학교에 갈 수가 없었다. 수연의 말을

다 이해할 수는 없었지만 이제 이곳에 살 수 없다는 것과 지방으로 가야 한다는 것, 그리고 전학을 가야 한다는 것만은 알아들을 수 있었다. 말하는 동안 수연이 너무나 많이 울어 서희는 그저 엄마를 따라 울기만 하였다.

그런 수연과 서희를 보며 성우 역시 눈물을 닦아 냈다. 소중히 지켜야 할 가족을 지키지 못한 자신이 한심했다.

오랜 친구, 별거 아니다, 보증인이 필요하다니 이름만 빌려 다오. 형제 같은 녀석이라 보증은 절대 안 된다는 수연에게는 말도 안 하고 덜컥 그러마 했던 것이 3년 전. 큰 문제없다 생각했었다.

하지만 자꾸만 날아오는 빚 독촉장을 보며 이상하다는 낌새를 느끼고 친구를 찾아갔건만 친구는 이미 자취를 감춘 후였다. 어떻게 친구의 아내 이름으로 된 빌딩이 남아 있음을 알아내고 찾아가 보았지만 이미 1년 전 친구는 아내와 이혼을 하였다고 했다. 친구는 이혼 전 전 재산을 아내에게 주고 집에서 몸만 나갔다고 했다.

"엄마, 언제 가야 돼?"

수연은 울면서 서희를 품에 안았다. 예쁘고 착한 내 딸. 말 많은 학교 다니면서도 제 할 일 다 하며 자기 자리 찾아간 딸아이였다. 학교 행사 때마다 서희 어머니시냐는 인사를 받으며 어깨에 힘주게 만들어 준 딸아이였다.

"이번 주까지 비워 줘야 돼."

"그럼 3일 남았네. 그동안 학교 가도 돼?"

수연은 대답 대신 고개를 끄덕였다.

하루 결석을 했다고 나미는 아침부터 턱까지 치받치며 무슨 일이었냐 닦달이었다. 왜 연락이 되지 않았는지, 어디 아팠는지 묻는 나미의 질문에 서희는 아무 일 없었다며 걱정하지 말라 대답했다. 미리 이야기하면 울고불고 난리가 날 나미라는 걸 알기에 마지막 날에 이야기해 주자 마음먹으며 서희는 애써 웃어 보였다.

담임선생님께는 조회 시간 전에 간략하게 말씀을 드렸다. 그리고 마지막 날까지 비밀로 해 달라 부탁을 드렸다. 엄마가 내일 학교로 와 전학 가는 데 필요한 서류 등을 챙길 것이다. 그리고 그다음 날, 모두에게 인사를 하면 되는 것이다.

다만 한 가지. 수학여행을 간 6학년은 3일 후에나 돌아온다. 서희는 입술을 깨물며 눈을 깜박였다.

오빠하고는 인사를 못하겠구나.

전학이라는 말이 나왔을 때 서희는 나미보다 지혁이 먼저 떠올랐다. 이제 못 보게 된다는 것이 너무 마음 아파 서희는 밤새 울고 또 울었다. 재수탱이, 재수탱이. 전에 부르던 대로 지혁을 부르면 조금은 나아질까 밤새 재수탱이, 재수탱이 했건만 울다 지쳐 잠이 든 서희는 다시 흐느끼며 일어났고 또 울다 지쳐 잠이 들었다.

첫날은 무사히 지나갔다. 아침나절 퉁퉁 부은 얼굴에 나미는 이상한 낌새를 느꼈는지 집요하게 물어 댔지만 이도 잠시, 여느 날과 다름없는 서희를 보며 어느새 모든 걸 잊은 채 쉴 새 없이 이야기를 풀어냈다. 서희는 늘 그렇듯 웃고, 가끔 맞장구도 쳐주고 나미가 모르는 문제들을 가르쳐 주었다.

문제는 둘째 날 벌어졌다. 담임선생님이 옆 반 선생님께 서희가 전학을 갈 거 같다고 이야기하는 것을 그 반 아이가 들었고, 그 이야기는 급속도로 퍼지기 시작했다. 이 이야기를 전해 들은 나미는 예상대로 어떻게 이야기를 안 해 줄 수 있냐 화를 냈고, 나도 학교 그만둘 거야, 하며 울기 시작했다. 수업 시간 내내 엎드려 울던 나미는 점심시간에 어디 가냐는 서희 손을 뿌리치고 밖으로 나갔다.

그리고 그 날 저녁, 나미 엄마의 전화가 수연을 찾았다. 한참 동안 나미 엄마와 이야기를 나누던 수연은 전화를 끊고 한동안 말없이 서희를 바라보다 또 울며 머리를 쓰다듬어 주었다.

3박 4일 수학여행 마지막 날, 1시간 반이나 주어진 자유 시간 동안 지혁은 서희에게 줄 선물을 고르고 있었다. 초콜릿을 좋아하는 서희를 위해 제주산 귤즙이 안에 들어간 초콜릿도 이미 사 놓았고, 돌하르방 열쇠고리도 사 놓았지만 왠지 모자란 느낌이 들었다.

조개로 만들어진 예쁜 열쇠고리를 들고 이리저리 돌려보던 지혁은 조개로 만들어진 볼펜 케이스를 발견하고 얼른 집어 들어 안을 열어 보았다. 나란히 들어가 있는 앙증맞은 크기의 볼펜과 샤프가 서희 손에 꼭 맞을 거 같아 지혁의 입술이 길게 늘어졌다.

책 읽기를 좋아하고 공부하는 걸 좋아하는 서희였다. 학교 문구점에서 서희를 볼 때면 서희는 늘 색색가지 필기구가 진열되어진 곳 앞에 서 있곤 하였다. 보기만 해도 행복한지 예쁜 미소를 지은 채 펜들을 만지며 몇 글자 써 보기도 하는 서희가 문구점을 나설 때는 늘 빈손이었던 것을 지혁은 서희 오빠가 되기 전부터 알고 있었다.

"아저씨, 이거 주세요."

"서희 주려고 사는 거야?"

주은의 목소리에 지혁은 소리가 나는 쪽을 한 번 쳐다본 후 그대로 계산을 한 뒤 가게를 나섰다.

전교 회장 선거 때 지혁의 러닝메이트였던 주은은 지혁 팀의 승리로 전교 부회장이 되었다. 함께 임원 활동을 하며 지혁과 마주칠 일도 많아 친구들의 부러움을 받고 있었지만 정작 주은은 지혁과 그리 친해질 시간이 없었다. 집이 같은 동네라 전교 어린이회가 끝나면 같이 집으로 돌아갈 수 있을 거라 기대했건만 지혁은 늘 한 학년 아래인 서희와 교문을 나섰다. 서희와 같은 동네에 사는 아이들 말에 따르면 전교 어린이회가 있는 날마다 지혁은 서희를 집까지 데려다 준다고 하였다.

"강지혁, 너 한서희 좋아해? 한서희는 아니라던데."

지혁의 뒤를 따라 나오며 주은은 지혁에게 질문을 던졌다. 지혁이 서희를 특별히 대하고 있다는 것은 전교생이 다 아는 사실이었다. 그래서 걸스카우트 활동을 같이 하며 주은은 이미 서희에게 물어보았다. 둘이 사귀는 거냐고. 그 질문에 서희는 화들짝 놀라며 지혁이 자기 오빠를 하기로 한 거라는 대답을 들려주었었다.

"서희는 태현이 좋아한다고 그러던데."

지혁은 입가에 비웃음을 흘리며 그냥 걸어갔다. 서희가 날 뽑은 걸 모르나 보군? 아직도 개표하던 날 도서관에 앉아 자기 이야기를 들으며 눈을 반짝이던 서희 생각을 하면 가슴이 뭉글거리는 지혁이었다. 자기 이야기가 뭐가 그리 재미있는지 손으로 소리가 나가지 않게 입을 가리며 큭큭, 웃다가 6학년에서 지혁네 표가 많이 나왔다는 자랑에,

「정말? 하긴 주은 언니 예뻐서 엄청 인기 많지? 오빠들 주은 언니한테 표 몰아줬나 보다.」

라는 서희의 분석이 못마땅해,

「내가 더 예뻐.」

라 답한 지혁의 말이 끝나자 서희는 도서관이라 크게 웃지도 못한 채 바닥에 쓰러져 숨죽여 웃으며 눈물까지 찔끔거렸었다.

"야! 강지혁! 사람이 물으면 대답이라도 해야 하는 거 아니야?"

몇 번의 질문에도 반응이 없는 지혁에게 자존심이 상한 주은이 소리를 높이자, 지혁은 고개를 돌려 주은을 마주 보았다.

"이주은, 너 자유와 방종의 차이가 뭔 줄 아냐?"

뜬금없는 지혁의 질문에 주은이 눈을 깜박이자 지혁은 돌아서며 비웃는 목소리로 말을 끝맺었다.

"모르면 공부해. 4학년 교과서에 나오는 거야."

금요일 저녁에 학교에 도착한 지혁은 이미 전교생이 하교한 건물을 바라본 후 서균의 차를 타고 집으로 돌아왔다. 수학여행에서

돌아온 지혁의 가방을 챙기던 남옥은 곱게 포장된 선물 세 개를 발견하고 흐뭇해하며 꺼내 들었다. 녀석, 가족 선물 사 가지고 왔나 보네. 하지만 선물을 꺼낼 때마다,

"그거 서희 거."

"그건 서희 거."

"그것도 서희 거."

라 대답하는 둘째 아들의 대답에 빈정만 상하고 말았다. 그 둘째 아들 녀석이 주말 내내 아무것도 하지 않은 채 시계만 바라보다 시계가 멈춘 게 아니냐며 닦달을 해 대자 마침내 남옥은 오랜만에 회초리를 꺼내 들고 매를 피해 도망 다니는 지혁을 쫓아다니며 한마디 하고 말았다.

"빨리 움직이는 시계 하나 사서 그것도 서희 갖다 주지 그러냐, 응? 기껏 키워 놨더니 엄마, 아빠 선물은 아무것도 없고 서희 것만 세 개를 사 와, 세 개? 초콜릿 하나라도 사 왔으면 내가 말을 안 해!"

지혁은 걸어 잠근 자기 방 손잡이를 잡고 냉장고에 넣어 둔 서희에게 줄 초콜릿을 떠올렸다.

"엄마, 초콜릿 먹으면 안 돼. 서희가 초콜릿 좋아한……."

"열쇠 어디 있어. 내가 오늘 저 녀석을."

급기야 급히 바깥으로 나간 서균이 양손에 케이크와 꽃다발을 들고 와서야 집안은 평화로워졌다.

월요일.

1교시가 끝나자마자 지혁은 서희 반으로 달려갔다. 전교 어린 이회가 있는 날은 아니었지만 지혁은 서희에게 오늘은 특별히 집에 같이 가자고 할 계획이었다. 가면서 선물 줘야지. 선물을 받아 들고 얼굴 깊이 볼우물을 만들며 좋아할 서희를 생각하니 두둥실 심장이 붕 뜬 기분이 되었다. 뛰어들 듯 서희네 교실로 들어선 지혁은 오늘따라 웅성거리며 자기 눈치를 살피는 아이들 모습에 눈썹을 찌푸리며 서희를 찾기 시작했다.

"서희는?"

교실 어디에서도 서희 모습이 보이지 않자 지혁은 나미에게 질문을 던졌다. '서희'라는 이름에 나미가 책상에 엎드려 울기 시작하자 몇몇 여자아이들이 나미를 위로하며 지혁에게 대신 대답해 주었다.

"서희, 전학 갔어요. 지난주에요."

"뭐?"

지혁은 자기가 잘못 들었나 싶어 대답을 한 여자아이에게 되물었다.

"전학?"

"예."

"지혁아! 이리로 와라."

아직까지 무슨 말인지 잘 모르겠다는 얼굴로 멍하니 서 있는 지혁을 보던 서희의 담임선생님이 교탁에서 지혁을 불렀다. 곧 수업이 시작할 시간이다.

"서희가 집에 일이 생겨서 급하게 전학을 가게 됐어. 얼른 올라가라. 수업 시간 다 되었어."

서희 담임선생님의 말이 끝나기가 무섭게 지혁은 교실 밖으로 뛰쳐나갔다. 하지만 지혁이 향한 곳은 6학년 교실이 아니었다. 교문에서 어딜 가냐는 수위 아저씨의 질문도 뿌리치고 지혁은 한걸음에 서희네 집 앞으로 달려갔다. 숨이 목까지 차올라 헉헉 숨을 몰아쉬던 지혁은 서희네 문을 두드리기 시작했다.

"한서희, 서희야. 나야, 서희야."

언제나 둘을 볼 때면 귀엽다 하며 가끔 음료수를 주던 서희네 집 앞 구멍가게 아주머니가 지혁의 소리를 듣고 가게 문을 열고 말했다.

"서희네 이사 갔다."

하얗게 질린 얼굴로 온 지혁이 안쓰러웠는지 아주머니는 요구르트 하나를 지혁의 손에 들려 주었다. 지혁은 그것이 손에 쥐인지도 모른 채 아주머니에게 물었다.

"어디로 갔어요?"

"그거야 나도 모르지. 지방으로 간다고 하던데. 으그, 무슨 일인지."

집으로 돌아온 지혁은 무슨 일이냐는 남옥의 걱정을 뒤로한 채 서희에게 줄 선물을 휴지통에 처넣었다. 초콜릿도, 열쇠고리도, 펜 세트도 모두 휴지통에 넣은 지혁은 자기 방으로 올라가 방문에 붙여 놓은 종이도 뜯어 휴지통에 거칠게 집어넣었다. 서희의 오빠가 되어 준다 약속한 후 지혁이 어디서 구해 온 빳빳한 하얀 종이에 써 놓은 글자가 뜯어진 종이 속에서 구겨졌다.

《서희 오빠 방》

❖

"서희야, 어서 오렴."

서희가 수연의 손을 잡고 옥희와 만난 건 그로부터 일주일이
지난 후였다.

❖

서희의 전학을 알던 날, 옥희는 수연에게 전화를 걸었다. 서희
의 갑작스런 전학 소식을 전해 들은 옥희 역시 놀라긴 마찬가지였
지만 남의 집 일에 나서고 싶은 생각은 없었다. 아마 나미 일만
아니었다면 옥희는 나서지 않았을 것이다.

그전 학교에서 나미의 방황에 늘 속을 끓이던 옥희였다. 어린
나이이니 곧 나아질 거다 스스로를 다독였지만 매 순간 순간 자식
의 아픔을 보는 것이 쉬운 일은 아니었다. 윤식은 무심한 아빠는
아니었지만 사업으로 바쁜 사람이었다. 그런 옥희의 고민을 알던
남옥은 전학을 시켜 보라 조언을 해 주었고 서둘러 옮긴 학교에서
나미는 서희를 만났던 것이었다.

옥희는 나미를 통해 어린 여자아이에게 친구가 얼마나 소중한

존재인지 다시금 확인할 수 있었다. 서희를 만나며 나미는 바뀌어 갔다. 늘 학교에서 돌아오면 방에 들어가 문을 잠그고 오랫동안 나오지 않았던 나미는 식사 자리에서조차 친구인 서희 이야기를 하느라 밥을 제일 늦게까지 먹곤 하였다.

아이들과 어울리지 못하며 공격적으로 변했던 성격은 금세 웃을 수 있는 아이로 바뀌어 갔고, 서희와 공부하고 온다고 전화가 오는 날이면 나미는 서희 글씨가 써져 있는 연습장을 보며 집에서 다시 공부를 하기도 하였다.

그런 나미가 수업을 빼먹고 집으로 와 울면서 학교에 가지 않겠다는 말을 하자 옥희는 다시 심장이 덜컹 내려앉는 것 같았다. 어미의 이기심을 애써 감추며 수연에게 전화를 걸었던 그녀는 조심스레 무슨 일인지 물어보았다. 난처한 기색이 역력한 수연의 목소리를 들으며 옥희는 솔직한 자기 심정을 이야기하였다.

나미의 지난날을 이야기하던 옥희는 울먹이는 목소리로 서희에게 고마운 마음을 전하였다. 결국은 같은 어미의 마음. 그 마음이 통했는지 수연 역시 자기 집에 일어난 일들을 이야기하기 시작했다.

남편이 보증을 섰다는 것과 그리고 뒤를 잇는 보증에 관련된 안 좋은 이야기. 믿었던 친구에게 배신을 당하고 하루아침에 모든 재산을 내놓아야 하는 상황.

듣는 내내 자신의 이야기인 듯 함께 아파하며 한숨 쉬고, 눈물을 훔치던 옥희는 잠시 뜸을 들인 후 입을 열었다.

「서희 어머니, 기분 나빠 하지 마시고 들어 주세요. 서희, 저희 집에서 학교를 보내면 어떨까요?」

처음에 수연은 마음이 상했다. 서로의 아픔을 허심탄회하게 이야기하며 마음이 통한다 여겼건만 결국 자식 하나도 건사하지 못하는 부모로 만드는 '있는 집안 사람들의 유세'에 마지막 남은 자존심마저 갈가리 찢기는 심정이었다.

「제 이야기, 어떻게 받아들이실지 걱정이네요. 하지만 제가 부탁드리는 거예요. 서희, 저희 못난 아이들 가정교사로 보내 주신다 생각하시면 안 될까요? 제 자식처럼 신경 쓸게요.」

옥희는 진심이었다. 물론 무조건 서희를 위한 것만은 아니었다. 우선은 내 자식을 위한 마음이 있었지만 그 똑똑한 아이, 제대로 제 능력 맘껏 펴 보지도 못한 채 환경에 묻혀 버릴까 안쓰러웠다. 아무리 혼자 열심히 하면 된다지만 아마도 힘들 것이다.

잠시 고민하는 수연에게 옥희는 언제고 마음 변하시면 연락을 달라고 부탁을 하고 또 부탁을 하였다.

그 후 서희를 데리고 지방으로 내려간 수연은 밤새 잠을 이룰 수 없었다. 겨우 얻은 지하 방. 그 안에서 세 식구가 살아야 했다. 동네도 좋은 곳이 아니었고 안정을 찾기도 전에 당연히 맞벌이를 해야 했다.

그리고 새로 이사 온 지 일주일도 되지 않아 서희가 혼자 있던 날, 가진 것의 거의 전부를 내주고 나왔건만 빚은 다 갚아지지 않았는지 사람들이 찾아왔었다는 말을 서희에게 들었을 때 수연의 가슴은 덜컹 내려앉았다.

곱게 키운 딸아이. 너무 예쁜 내 아이.

밤새 고민하던 수연은 옥희에게 전화를 걸었다.

❖

"서희야, 아줌마가 부탁 좀 할게. 나미가 학교 안 가겠다고 그래. 서희도 엄마, 아빠 모두 일하시니까 혼자 있는 거 심심하지? 여기 같이 살면서 나미와 나나 공부도 봐주고 그래 주면 안 될까?"

서희는 엄마, 아빠와 헤어지는 게 싫어 울었지만 조금은 긴 소풍이라 생각하라는 수연의 말에 고개를 끄덕였다. 영리하다지만 아직은 어렸던 서희는 새로운 환경이 낯설면서도 설레었다. 무엇보다 가장 친한 친구 집이라는 것이 긴 '소풍'이라는 수연의 말과 어우러져 서희는 여행을 온 듯 들뜨는 마음으로 새 생활을 시작했다.

서재를 좋아하는 서희를 위해 특별히 준비된 서재 바로 옆 서희 방은 서희가 늘 꿈꾸던 방이었다. 캐노피가 곱게 내려진 침대가 있었고 서희만을 위한 책상이 있었다. 무엇보다 문만 열면 손 닿을 곳에 서재가 있다는 것이 서희는 너무나 행복했다. 혼자 보내야 했던 며칠의 기억이 깊었는지 복작거리며 자기를 반기는 나영과 나미, 나나 자매도 좋았다.

그리고 다시 학교로 돌아가는 것이 서희는 좋았다. 다시 지혁 오빠를 볼 수 있다는 것이 좋아 서희는 침대에 누워 빙긋이 미소를 지었다.

서희의 첫 등교는 다음 주 월요일로 정해졌다. 일주일 만에 다시 전학 온 미묘한 위치의 '전학생' 서희를 학교 관계자들은 반색을 하며 반겼다. 전학생에게 적용되던 기부금마저 생략이 되었고, 이 소식은 일을 하면서도 내내 가슴을 졸이며 옥희의 연락을 기다리던 수연에게 무엇보다 기쁜 소식이었다.

"나도 다음 주부터 학교 가도 되잖아. 어차피 오늘 하룬데!"

서희가 돌아오며 누구보다 신이 난 나미는 서희가 다시 학교에 나오는 다음 주까지 자기도 집에 있겠다고 고집을 부렸다.

"까불지, 까불어. 얼른 가지 못해!"

참다 참다 폭발하는 옥희의 목소리를 들은 나미는 징징거리며 윤식의 차에 올랐다. 서희의 전학 사건이 일어난 후 스쿨버스를 타고 학교로 가는 일이 거의 없는 나미였다.

"또 스쿨버스 놓쳐 봐. 걸어가게 할 테니까."

"엄마 미워!"

여전히 지지 않으며 투덜거리는 나미 뒤로 옥희가 목소리를 높였다.

"저녁에 지욱이네로 와. 거기 있을 테니까."

한바탕 전쟁을 치른 후 힘이 빠진 듯 한숨을 내쉬던 옥희는 서희를 보자 미소를 지으며 손을 잡았다.

"편히 있어, 알았지? 남의 집 있는 것처럼 눈치 보면 혼낼 거야. 아줌마, 서희 잘못하면 매 들 거고 잘하면 칭찬하고 그럴 거야. 서희도 어렵겠지만 우리 집이다 생각하고 있어. 그러다 보면 정말 그렇게 느껴질 테니까."

"예."

하얀 이를 보이며 웃음을 짓던 서희는 옥희에게 눈을 반짝이며
물었다.

"아줌마, 저 서재에 가 있어도 돼요?"

"이것 봐. 우리 집이라 생각하라니까. 가, 얼른."

서희는 서재로 뛰어 올라갔다. 옥희에게 불려 내려가 점심을
먹은 시간을 빼고 서희는 서재에 내내 틀어박혀 있었다. 책들이
좋았고, 이곳에 들어오면 생각나는 지혁과의 기억이 좋았다.

오후에 옥희와 함께 걸어서 간 지혁의 집은 나미네보다는 평범
했지만 서희에게는 꽤 좋은 집이었다. 대문을 열면 보이는 마당은
나미네만큼 넓지는 않았지만 장미 넝쿨이 길을 만들어 주고 있었
다. 시기가 지나 꽃은 졌지만 울타리 모양의 넝쿨에 서희는 '이
야' 저절로 환호성을 질렀다. 마당 한쪽에 많은 종류의 나무들이
있었고 그 가운데에는 연못인 듯 보이는 곳도 있었다.

현관문을 열자 부엌에서 나온 남옥은 옥희가 그랬듯이 서희를
품에 안고 반겨 주었다.

"어린것이 고생이네. 그래도 이리 밝으니 너무 예쁘다, 우리 서
희."

돌려서 말하는 재주가 없는 남옥의 위로가 혹 서희에게 상처가
될까 살며시 그녀의 팔을 치는 옥희의 행동에 남옥은 고개를 끄덕
이며 화제를 돌렸다.

"과일 줄까? 뭐 마실래?"

"난 커피 주고, 서희는 핫초코 마실래?"

"예."

서희는 대답과 함께 고개를 끄덕이며 옥희를 따라 소파에 앉았다. 부엌으로 들어가는 남옥의 뒤로 시선을 좇다 서희는 다시 고개를 돌려 죽 집 안을 둘러보았다.

소파 앞에 있는 텔레비전 위에는 가족사진이 걸려 있었고 그 양옆으로 지욱이와 지혁으로 보이는 아가들의 돌 사진과 유치원 졸업 사진, 그리고 초등학교 입학 사진이 걸려 있었다. 서희는 자리에서 일어나 아기 사진 앞에 섰다. 누가 지혁 오빠일까?

"거기 인상 쓰고 있는 애가 혁이야. 예쁘게 웃고 있는 애가 욱이고."

막 부엌을 나오는 남옥은 서희의 궁금증을 아는 듯 미리 답을 이야기해 주었다. 서희는 남옥의 말에 헤— 소리 내 웃으며 지혁의 어릴 적 사진을 다시 올려다보았다. 어려서부터 심통이 많았구나.

"서희 너 전학 가고 지혁이 난리 났었다. 너 책임져, 우리 아들."

"오빠가요?"

남옥은 아들 녀석이 미운지 입술을 삐죽이면서도 어린 녀석의 마음 표현이 재미나 눈을 반짝이며 이야기를 시작했다.

"그래, 서희 너 전학 간 거 알고 나서 아주 집 안을 뒤집어 놨다. 그 녀석은 정말 누구를 닮았는지. 잠깐만, 서희 왔으니 보여

쥐야지."

남옥은 급히 자리에서 일어나 거실 한쪽에 자리 잡은 수거함에서 봉투 하나를 꺼내 들어 테이블에 놓은 뒤 부엌으로 다시 들어가 냉장고 안에서 초콜릿을 꺼내 왔다.

"이게 다 지혁이가 서희 너 준다고 수학여행 가서 사 가지고 온 거야."

"이게 다?"

옥희 역시 처음 들은 듯 눈을 동그랗게 뜨고 봉투 안에 든 것과 초콜릿을 둘러봤다.

"그래. 아들 녀석 키워 봤자 소용없다고. 수학여행 다녀와 가방 정리하는데 선물이 세 개가 있어서 제 아빠 거랑 내 거랑 지욱이 건 줄 알고, 이 녀석이 애 같아도 다 컸구나 싶었는데 선물 꺼낼 때마다 '서희 거', '서희 거', '서희 거' 그랬다니까."

서희는 놀라 눈을 동그랗게 뜬 채 선물들을 하나씩 살펴보았다. 돌하르방 열쇠고리와 펜 세트. 펜 세트용 케이스를 장식하고 있는 몇몇 조개껍질 모양이 특이해 서희는 그 부분을 손으로 만져 보았다.

"그거 부서진 거야, 서희야. 조심해라. 서희 너 전학 간 거 알고 집으로 와 다 휴지통에 버리더라. 성질머리하고는 정말. 지한테 이야기하지 않고 간 게 속상했던 거지."

"에구, 얼마나 속상했으면……."

나미를 지켜봤던 옥희는 지혁의 가슴 아픔을 조금은 알겠다는 듯 혀를 쯧쯧 차기 시작했다. 뭐라 이야기를 시작하려던 남옥은 초인종 소리에 자리에서 일어서며 서희를 향해 웃어 보였다.

"오빠 왔나 보다."

인터폰을 확인한 남옥은 문을 열어 주고 현관 앞에서 지혁과 나미, 나나가 들어오길 기다렸다. 곧 현관문이 열리고 제일 먼저 들어선 지혁은 거실에 있는 서희를 한 번 힐끗 쳐다본 후에 테이블 위로 시선을 돌렸다. 그곳에 놓인 낯익은 물건들을 눈여겨보던 지혁은 그것들의 실체를 확인한 후 잔뜩 인상을 찌푸리며 성큼성큼 테이블을 향해 걸어갔다.

"오빠."

환히 웃는 서희에게 눈길도 주지 않은 채 지혁은 테이블 위에 펼쳐진 선물들을 거칠게 봉투 안에 넣으며 남옥을 매섭게 바라보았다.

"버린 게 왜 나와 있어? 내 거 내가 버렸는데 엄마가 왜 마음대로 꺼내?"

"저 녀석이 들어오자마자 소리야? 아깝게 그걸 왜 버려?"

반길 줄 알았던 지혁이 눈길조차 주지 않은 채 화를 내자 서희는 당황하여 남옥의 얼굴을 쳐다보았다.

"저거, 괜히 심통 부리는 거야."

오랫동안 보지 못했던 지혁의 사나운 모습이 낯설었지만 남옥의 다독거림에 용기를 내어 서희는 다시 한 번 지혁을 불렀다.

"오빠."

그 부름에 지혁은 서희를 마주했다. 잔뜩 차갑게 굳은 얼굴로 분을 참지 못하고 씩씩거리며 서희를 노려보던 지혁은 한 마디 한

마디 힘주어 말한 뒤 2층으로 올라갔다.

"꺼져. 나 이제 네 오빠 안 해."

"저, 저 녀석이. 야, 강지혁. 너 안 내려와."

아래층에서 들리는 남옥의 화가 난 목소리와 그만하라고 말리는 옥희의 다독임을 들으며 지혁은 방문을 잠가 버렸다.

나쁜 계집애.

지혁은 괜히 눈물이 나오려고 해 주먹을 꽉 쥐고 서희에게 주려고 제주도에서 사 왔던 선물을 침대 위로 던졌다.

말도 안 하고 가 버렸다. 친구 녀석들 말로는 전학 가기 한 달 전에는 전학 간다는 사실을 안다고 했다. 더군다나 스카우트 활동이 끝난 다음 날, 마치 큰 뉴스라도 알아낸 듯 주은은 서희가 떠나기 전 태현이에게 특별히 한 번 더 잘 있으라는 인사를 했다고 하였다. 지혁의 앞에 앉은 여자애들과 이야기를 나누던 주은은 서희와 태현의 아픈 이별 때문에 자기 가슴도 너무 쓰리다고 슬퍼했었다.

그런데 나한테는 말도 없이 하루아침에 눈앞에서 사라진 것이다. 그래 놓고 아무렇지도 않게 나타나 웃으며 오빠라고 말하는 것이 미웠다. 그렇게 미운데도 서희 얼굴을 마주 대하니 자꾸 눈물이 나오려고 해 지혁은 그것도 화가 났다.

멍청하게 눈물이라니. 사나이 강지혁이. 지혁은 신경질이 나 책상을 발로 찼다.

"아! 이씨."

발도 아프고 그것마저도 화가 나 지혁은 씩씩거리며 침대에 기대앉았다.

나쁜 계집애. 한서희.

지혁이 올라간 후 서희 역시 당황스러워 어찌할 바를 몰라 하고 있었다. 자기한테 줄 선물까지 사 왔다면서 왜 저리 화를 내는지 서희는 이해할 수가 없었다. 꺼지라니. 서운함 때문인지 자존심이 상해서인지 자꾸 눈물이 나오려고 해 서희는 눈을 깜박이며 눈물을 참았다.

"어휴, 서희야, 지혁이 저거 심통 부리는 거야. 신경 쓰지 마. 저놈의 버르장머리 내가 고쳐 놔야지."

"오빠가 수학여행 다녀와서 월요일에 우리 교실에 와서 너 찾다가, 서희 너 전학 갔다는 말 듣고 수업 빼먹고 너희 집까지 갔다 왔었어."

"뭐?"

나미의 말에 남옥과 서희는 동시에 입을 열었다.

"수업까지 빼먹어? 내가 저걸, 저걸 그냥."

남옥은 처음 듣는 말에 기가 차 헛웃음까지 지어 보였다. 상황을 지켜보던 옥희는 서희의 등을 살며시 떠밀며 눈짓을 하였다.

"서희야, 네가 한 번 오빠한테 갔다 와 봐. 아무래도 많이 서운해서 저 녀석이 그러는 거 같으니까. 동생이라고 그리 예뻐했는데 지한테 말도 안 하고 갔으니 얼마나 서운하고 충격이 컸겠니? 2층 제일 왼쪽 방이 지혁이 방이야."

서희는 잠시 망설이다 고개를 끄덕이고 계단을 올라갔다. 나도 인사도 못 하고 가게 돼서 많이 울었는데. 물어보지는 않고 화만 내고.

2층 제일 왼쪽 방. 지혁의 방 앞에 선 서희는 심호흡을 했다.

똑. 똑.

"나 밥 안 먹어!"

안에서 들리는 잔뜩 화가 난 목소리에 서희는 침을 삼키고 입을 열었다.

"오빠, 나 서희."

안에서는 아무 소리도 들리지 않았다.

"오빠, 미안. 얘기하고 가고 싶었는데 그러질 못했어."

여전히 안에서 대답이 없자 서희의 마음은 답답해져 갔다.

"오빠 수학여행 간 동안 나도 알았어. 걱정 많이 하게 해서 미안해. 오빠."

부스럭거리는 소리가 들리는 듯해 서희는 방문에 귀를 가져가 대며 다시 입을 열었다.

"오빠, 나 갈까?"

방문에 더 가까이 바짝 귀를 가져가며 안에서 들려오는 기척을 기다리던 서희는 한숨을 내쉬고 뒤로 물러섰다. 서희는 잠시 머뭇거리다 손잡이를 한번 돌려 보았다. 여전히 잠긴 채 움직일 줄 모르는 손잡이를 확인한 후 서희는 다시 한 걸음 뒤로 물러섰다.

"안 열면 나 간다."

다시 문을 톡톡 두드리던 서희가 한숨을 쉬는 순간, 지혁의 방문이 열렸다.

"오빠!"

서희는 반가움에 활짝 웃음을 지어 보였다.

"정말이야? 나 수학여행 간 날 안 거야?"

서희는 고개를 끄덕이며 지혁을 마주 보았다. 지혁의 얼굴이 잠시 일그러지더니 고개를 숙였다.

"나쁜 계집애."

나쁜 계집애란 말에 입술이 툭 불거진 채 지혁을 올려다보던 서희의 눈이 동그래졌다.

"오빠, 울었어?"

"아냐! 이씨."

지혁은 몸을 돌린 후 다시 침대로 가 그곳에 기대앉았다. 왜 자꾸 눈물이 나오려고 하는지. 지혁은 얼굴을 잔뜩 찌푸린 채 서희를 외면하며 손에 잡히는 테니스공을 집어 들고 벽에 던졌다 잡는 행동을 반복했다.

"나 들어간다."

서희가 그대로 내려가 버릴까 봐 불안하던 지혁은 방으로 들어오는 서희의 기척에 내심 안심이 되면서도 그 말을 못 들은 척 계속 공놀이에 집중했다. 치이~ 입을 삐죽거리면서도 서희는 지혁의 옆에 나란히 앉으며 침대 위에 내동댕이쳐진 선물을 집어 들었다.

"오빠, 이거 나 주려고 산 거 맞아?"

"응."

팡. 팡. 여전히 공놀이를 멈추지 않은 채 지혁은 대답했다.

"고마워."

서희는 초콜릿을 하나 꺼내 입에 넣었다. 한 입 깨물자 안에 들어 있던 감귤젤리 같은 것이 나와 시큼한 맛을 내는 것이 새콤하고 달콤했다.

"맛있다. 오빠도 하나 먹어."

서희가 초콜릿 하나를 내밀자 지혁은 못 이기는 척 가지고 놀던 공을 옆으로 놓으며 그것을 받아 들고 자기 입에 넣었다. 서희가 오고 나니 다 맛있는 거 같았다.

옆에 앉아 봉투 안을 보던 서희는 돌하르방 열쇠고리를 들고 이리저리 돌려 본 후 환히 웃었다.

"오빠, 제주도 가면 정말 이게 많아?"

"응."

"나도 보고 싶다."

여전히 퉁명스런 지혁의 대답이었지만 서희는 신경 쓰지 않고 말을 이어 나갔다. 다시 봉투 안을 보던 서희는 케이스에서 튀어나온 펜과 샤프를 꺼내 들고, 세트가 들어 있던 케이스마저 집어 올렸다.

"케이스는 망가졌어. 펜이랑 샤프만 가져가."

지혁은 서희 손에서 케이스를 가져갔다.

"그래도 예쁜데……."

"……다음에 더 예쁜 거 사 줄게."

아쉬워하는 서희의 모습에 지혁은 자기도 모르게 약속을 해 버렸다. 지혁을 빤히 올려다보던 서희는 입술을 툭 내밀며 조그맣게 투정을 부렸다.

"이제 내 오빠 안 한다며?"

지혁의 얼굴이 또다시 찌푸려졌다. 아까 생각 없이 말한 것이 후회가 되었다. 잠시 둘 사이에 침묵이 흘렀다. 자기 질문에 아니라는 답을 하는 않는 지혁이 미워 서희의 입술은 더 삐죽이 나와 버렸다. 지혁은 다시 공을 집어 들었다.

"또 공 가지고 벽으로 던지면서 놀기만 해 봐. 나 내려갈 거야."

"내가 가지고 놀든 말든."

말은 그리하면서도 지혁의 말투에는 어떤 뾰족함도 느껴지지 않았다. 내려간다는 서희의 말에 차마 공을 던지지 못하면서도, 그래도 공을 내려놓자니 사나이 자존심에 금이 가는 거 같아 지혁은 여전히 공을 손에 든 채 왼손, 오른손 번갈아 잡으며 심술을 부렸다.

"너, 태현이한테는 인사하고 갔다며?"

전학 가는 걸 늦게 알았다면 어쩔 수 없다고 치자. 하지만 태현이한테 특별히 한 번 더 인사하고 간 서희의 마음이 지혁은 싫었다. 갑자기 튀어나온 태현이라는 이름에 서희는 무슨 소리인가 고개를 갸웃거리다 질문을 던졌다.

"태현이? 우리 반 최태현?"

"응."

"당연하지."

당연? 지혁은 속에서 불이 올라오는 걸 참으며 침을 삼켰다. 당연?

"같은 반이잖아. 금요일에 모두 인사할 때 했지."

"특별히 한 번 더 인사했다며?"

지혁은 툭 질문을 내뱉고 공을 다시 벽으로 던지려다 던지면 내려가 버린다던 서희의 으름장이 생각나 얼른 행동을 멈췄다.

"내가?"

"소문 다 났어. 네가 특별히 태현이한테 인사하고 갔다고. 흥! 여자애들이 아주 너랑 태현이, 둘의 이별이 슬펐다고 난리더라."

서희는 눈을 깜박이며 그 날 일을 떠올려 보았다. 특별히 인사 더 한 건 없는데…….

"아닌데……. 나 애들하고 인사하고 오빠 반에 가서 복도에 있는 오빠 사진 보고 인사하고 내려왔는데. 오빠 보지도 못하고 헤어져서 많이 슬펐거든. 전화번호도 모르고."

"그래?"

그러니까 나랑 헤어지는 게 슬펐단 거지? 지혁은 자꾸만 벌어지는 입을 감추지도 못한 채 서희를 봤지만, 서희는 자기가 태현이와 한 번 더 인사를 나누었나 기억해 내느라 미간을 찌푸린 채 눈동자를 돌리고 있었다.

"아!"

갑자기 무엇인가 생각난 듯한 서희의 아! 소리에 지혁의 얼굴은 금세 다시 찡그려졌다.

"태현이가 내 가방 교문까지 들어다 줬거든. 짐이 좀 많아

서……."

"알았어."

그 정도야, 뭐. 왠지 아까보다 기분이 한결 상쾌해진 지혁이었
지만 말투는 여전히 무뚝뚝하게 물었다.

"나한테 왜 말 못 했는데?"

"갑자기 그렇게 된 거라 금요일까지 집을 비워 줘야 했었대.
오빠 오는 날이 금요일이었잖아."

서희는 다시 초콜릿을 입에 넣었다. 달다.

"맛있어?"

이제 지혁의 목소리는 예전처럼 풀어져 있었다.

"응. 오빠도 하나 더 줄까?"

"됐어. 너 먹어."

"하나만 더 먹어."

서희가 초콜릿을 하나 집어 들고 입 앞에 내밀자 잠시 망설이
던 지혁은 입을 벌려 그것을 받아먹었다. 지혁이 입을 벌려 초콜
릿을 입에 넣는 순간 둘의 눈이 마주쳤고, 그 둘은 누가 먼저랄
것도 없이 픽 웃음을 터뜨렸다.

"오빠 못됐어. 화내기 전에 묻기라도 하지."

웃음 끝에 투덜거리는 서희의 투정에 지혁은 고개를 끄덕였다.

"미안해."

"꺼지라는 것도."

"미안."

"히~"

이제야 '서희 오빠, 지혁' 같은 지혁의 반응에 서희는 기분 좋게 웃으며 물었다.

"그러면, 다시 내 오빠 할 거야?"

지혁이 다시 고개를 끄덕이자 서희의 입술은 활짝 벌어져 갔다.

"내년에는 내가 수학여행 가서 오빠 선물 사다 줄게. 오빤 뭐가 좋아?"

순간 '너' 라는 대답이 나올 뻔했지만 지혁은 얼른 말을 집어삼키고 씩, 웃어 보였다.

"아무거나. 대신 내 거만 사 와. 나처럼!"

"에이~ 아주머니, 아저씨께 죄송해서 안 돼. 나영 언니 거랑 나나 것도 사 와야지."

또 불쑥 심통이 올라왔지만 지혁은 애써 참으며 타협안을 생각해 보았다.

"그럼, 너 가서 남자애들하고 사진 찍지 마. 난 여자애들하고 사진 안 찍었어."

"응?"

갑자기 뭔 소리래. 그거야 못돼 먹은 지 성격 탓이지.

"내가 네 오빠지? 여자는 말이다, 아무 남자하고 어울려 사진 찍고 그러면 안 돼. 자고로……"

한참 이어지는 여자의 바른 몸가짐 설교를 한쪽 귀로 흘려들으며 서희는 지혁이 사 온 펜과 샤프 세트를 돌려 보았다. 필기구를 좋아하는 서희가 이걸로 일기를 써야겠다 생각하는 동안 지혁은 아무도 듣는 이 없는 설교를 늘어놓으며 자신의 듬직한 오빠다움에 스스로 만족해하고 있었다.

"알았지?"

갑자기 확인하는 지혁의 물음에 서희는 건성으로 고개를 끄덕였다.

"응."

그리고 그 날 밤, 지혁의 방문에는 새로운 푯말이 붙여졌다.

《서희 오빠 방

－ 들어올 땐 노크하시오.》

❖

〈6년 후〉

"서희야."

방문을 두드리는 나미의 목소리에 서희는 크게 대답했다.

"지금 나가."

"빨리, 빨리."

습관처럼 책상 서랍을 열고 그 안에 놓인 오래된 펜 케이스를 확인하는 서희의 얼굴에 옅은 볼우물이 만들어졌다. 이제는 거의 다 떨어져 버리고 몇 개 남지 않은 조개껍질 하나를 손으로 톡, 친 후 서희는 서둘러 방문을 열었다.

"오늘 왜 이렇게 보채?"

서희는 책가방을 어깨에 둘러메며 나미의 팔짱을 끼었다.

"내가 아까 살짝 부엌에 내려갔었는데 어제 어머니께서 딸기 보내 주셨더라고. 맘껏 먹고 가려면 서둘러야 해."

서희가 나미네 집에서 살게 된 후, 수연은 매해 계절이 바뀔 때면 과일을 사서 보내곤 하였다. 과수원에 가서 직접 골라 보낸다는 과일들은 그 맛이 일품이어서 나미네 가족에게 인기가 좋았다. 올해도 딸기가 향부터 남다르다, 크기가 자두만 하다, 입에 침이 마르도록 딸기 예찬을 하던 나미가 서희 쪽으로 바짝 몸을 붙이면서 장난기 어린 표정을 지었다.

"서희야, 그 과수원집 말이야. 아들 하나 있다고 하지 않았나? 돼지 오빠가? 너 그 오빠한테 시집가라. 나 마음껏 그 집 과일 먹게."

"으그."

서희는 밉지 않게 눈을 흘기며 톡 나미를 밀어내었다.

만약 엄마가 이리 과일을 보내지 않았다면 꿈이라 여겼을 아주 짧은 기억들이다. 가끔 꿈속에 나오는 작은 시골 마을이 이곳인가, 그리 고개를 갸웃거릴 만큼의 기억.

지방으로 내려가신 부모님이 잠시 세 들어 살았던 작은 방 하나. 그 방과 한 울타리 안에 살고 있던 주인집 부부. 그 부부가 일구던 과수원도, 그 집 마당에 있던 백구라는 이름의 진돗개도, 기르고 있던 가축들도, 그리고 이름 대신 돼지 오빠로 기억에 남아 있는 그 집 아들도. 추억이라 부르기에도 희미한, 그래도 떠오르면 왠지 따스한 그런 기억의 조각들이었다.

딱 하루 동안 함께했던 돼지 오빠 이야기를 서울로 돌아와 들려주던 날, 나미는 그 오빠 멋져? 손뼉을 치며 호들갑을 떨었었다.

훗.

그러다 뒤이어 떠오르는 기억에 서희는 작게 웃음을 터뜨렸다. 못돼 처먹은 강지혁.

"왜? 왜 웃어, 서희야?"

"지혁 오빠 생각나서."

지혁이라는 이름에 나미는 인상을 찌푸리며 입맛을 다셨다.

"기분 좋게 딸기 먹으려고 하는데 왜 그 인간 이야기가 나오냐?"

"네가 돼지 오빠 이야기, 지혁 오빠한테 하던 날."

나미는 눈을 깜박이다 아, 떠오르는 기억에 쳇, 헛웃음을 지어 보였다.

「네 오빠는 나 하나야, 한서희. 다른 자식한테 오빠라고 하지 마!」

이야기를 듣는 내내 잔뜩 심통이 났던 지혁은 마침내 자리를 박차고 일어나 소리를 질렀었다. 얼굴까지 붉힌 채 서희를 노려보았지만 정작 서희는,

「오빠, 목소리 이상해.」

변성기였던 지혁의 갈라지는 목소리에 더 놀라고 말았었다.

아마 그 날 이후였을 것이다. 지혁은 서희의 가방을 빼앗아 들

고, 서희가 가는 길을 가로막거나 좋아하는 펜을 높이 들어 올린 후 꼭 한마디를 요구했다.

지혁 오빠가 가장 멋있어요.

약 올라 툭 불거져 나오는 서희의 입술이 앙다물어져도, 하지 마, 하고 소리를 높여도, 그 말을 들어야 지혁은 가방을 돌려주고, 서희의 길을 터주고 또 좋아하는 펜을 돌려줬다.

늘 심통이 가득 담긴 목소리로 그 말을 들려주었건만, 자기가 시켜 들은 말이 뭐가 그리 좋은지 지혁은 눈이 휘도록 웃으며 서희의 머리를 쓰다듬었었다.

"어서들 와라. 학교 가기 전에 서희 어머니가 보내 주신 것 좀 먹고들 가. 아주 달다."

거실에서 둘을 기다리던 옥희는 조잘거리며 2층에서 내려오는 둘을 채근하였다.

서희는 옥희 옆으로 앉으며 벽에 걸린 시계를 바라보았다. 6시 30분. 학교에서 지혁의 하루가 시작되는 시간이었다. 그 생각만으로도 딸기를 들어 올리는 서희의 얼굴에 살포시 볼우물이 패어 갔다.

"지혁아!"

1층에서 들리는 남옥의 목소리에 지혁은 얼른 크게 대답했다.

"일어났어요, 일어났어. 지금 나간다고요."

가방을 들고 나가려던 지혁은 다시 돌아서 책상 위에 놓인 돌하르방 열쇠고리를 집어 들며 싱긋이 미소 지었다.

방을 나선 지혁은 문을 닫고 방문에 걸린 푯말 끝에 손을 댄 후 기분 좋게 1층으로 내려갔다. 푯말에는 변함없이 지혁의 방임을 알리는 글이 써 있었다.

《서희 오빠 방》

그리고, 지혁의 손이 잠시 머물던 푯말 끝에는 알 수 없는 낙서가 되어 있었다.

《ㅇㅈㅇ》

Chapter 2

강아지 사랑

❶

아직은

고3 생활이 시작되는 것을 알리는 건 아침, 저녁으로 늘어난 보충수업이었다. 공립학교라고는 하나 여느 특목고 못지않은 명문고로 유명한 경문고등학교였다. 차별화된 교육이니 프리미엄 클래스니 오랜 전통 속에 다져진 교육 방침이 시대에 맞춰 이름을 달리하며 여전히 '빡빡한' 일정을 자랑하고 있었다.

특히나, 특별반이 만들어지면서 그 특별반에 들어가는 학생들은 하루 수업 시작이 6시 30분이었다. 여자 문과 세 반과 남자 문과 네 반, 모두 합쳐 성적순으로 30명을 추리고, 여자 이과 한 반과 남자 이과 여섯 반 모두 합쳐 성적순으로 30명을 추린 특별반은 다른 학생들과 달리 아침 6시 30분까지 등교해 2시간 동안 특별 보충수업을 듣게 되어 있었다.

남녀공학이라지만 남녀 별반이었기에 특별반 아이들은 이 시간을 은근히 기다리고 있었다. 평소 마음에 둔 남학생 혹은 여학생과 같은 반에 모여 아침에 2시간씩 함께 수업을 들을 수 있다는 것은 졸린 새벽 수업을 이겨 낼 수 있는 피로회복제와도 같았다. 선생님들도 은근히 그것을 노리며 알맞게 남녀 학생들을 섞어 앉혀 수업 시간에 조는 것을 최대한 막고자 하고 있었다.

이과반은 워낙 여학생 수가 적어 힘들긴 했지만 전교 남학생들의 우상 이주은이 있었기에 선생님들의 시름을 덜어주고 있었다. 그리고 학교의 전설, 강지혁도 그 반에 있었다.

공부면 공부, 운동이면 운동. 얼굴이면 얼굴. 모자람이 없는 여학생들의 로망. 그 로망의 결정체답게 차갑고 도도한 성격이 쉽게 다가가기 어려운 분위기를 만들고 있었지만 바라보기엔 '이보다 더 좋을 수 없다'가 바로 강지혁이었다. 그리고 경문고등학교의 여학생들은 그 '바라봄'을 맘껏 누리고 있었다.

오늘도 이른 시간부터 2시간 동안 수업을 들은 학생들은 선생님이 교실 문을 나서기가 무섭게 책상을 정리하거나 책상 위로 엎드리면서도 은근히 서로를 의식하며 흐트러짐이 지나치지 않게 주의를 기울이고 있었다. 주은의 주변에 있는 남학생들은 교실을 나서며 괜히 큰 소리를 내거나 자기네들끼리 장난을 치며 관심을 끌려고 하였고 지혁의 주변에 있던 여학생들도 곁눈질을 하거나 자기네들끼리 속삭이며 그 곁을 지나가고 있었다.

"아~ 아침부터 2시간. 피곤하다."

수업이 끝나자마자 한숨을 깊이 내쉬던 경호는 옆에서 책가방을 정리한 후 열쇠고리를 손가락에 거는 지혁을 바라보았다.

"아직도 잃어버리지 않았냐?"

지혁은 열쇠고리를 손으로 감싸며 자리에서 일어나 아직도 책상 위에 엎어져 있는 경호의 의자를 발로 툭툭 걷어찼다.

"일어나."

"대단하신 오라버니다. 서희가 수학여행 때 사다 준 거라고 그리 애지중지……."

경호는 아무런 말 없이 미소를 짓는 지혁을 보며 쳇, 헛웃음을 지어 보였다. 자식. 서희 이야기만 나오면 좋지. 초등학교를 거쳐 중·고등학교까지 함께 다니며 경호는 지혁의 가장 가까운 친구가 되어 있었다.

차가운 인상에 자기 할 말만 하고 고집스럽기도 한 지혁와 달리 경호는 수다스럽고 넉살이 좋았다. 물과 불처럼 확연히 다른 성격의 둘이었지만 지혁과 경호는 서로를 잘 이해했고, 때로는 입을 통해 말하지 않아도 속 깊은 곳에 있는 상대의 마음을 가늠하고 있었다.

"고백하지 그러냐?"

"어른 되면."

"그러다 다른 녀석이 채간다."

"다시 데려오면 돼."

무심히 경호의 말을 받으며 지혁은 손을 들어 목에 매인 넥타이를 느슨하게 풀면서 교실을 나섰다. 그런 지혁의 행동에 경호는 크크 장난스런 웃음을 지어 보이며 지혁의 등을 한 대 가볍게 내려쳤다.

"또 들르게?"

"응. 내 피로회복제."

"강지혁!"

막 교실을 나와 복도를 걸어가던 둘은 뒤에서 지혁을 부르는 소리에 이야기를 멈추고 소리가 난 쪽으로 돌아보았다. 허풍을 낙으로 삼는 몇몇 남학생들의 말을 빌리면, 지나간 자리에 있던 꽃들조차 그 빛깔을 달리한다는 주인공이 화사하게 웃으며 지혁과 경호가 있는 곳으로 다가오고 있었다. 지혁, 경호와 초등학교 동창이기도 한 주은은 살갑게 웃으며 경호에게 고개를 살짝 끄덕인 후 지혁과 마주 보았다.

"내일모레 너랑 나 남으라는데?"

지혁의 얼굴에 귀찮다는 표정이 여과 없이 드러나자 주은은 어깨를 으쓱이며 말을 이어 갔다.

"총동창회 때문에 선배들 오나 봐."

"몇 시?"

"5시라는데 그래 봤자 다 모이려면 6시는 넘겠지."

지혁 앞에 서서 이야기를 주고받던 주은이 흐트러진 지혁의 넥타이를 발견하고 손가락으로 그것을 가리켰다.

"넥타이 엉망이다. 고쳐 줄까?"

말과 동시에 주은의 손이 넥타이로 향하자 지혁은 몸을 뒤로 빼며 그 손을 쳐냈다.

"고쳐 줄 사람 있어."

초등학교에 이어 고등학교에 와서도 전교 임원이 함께 된 둘은

2학년 2학기 때부터 학생회 일을 함께 하고 있었다. 1년간 크고 작은 행사를 함께 하며 둘이 복도나 층계 혹은 운동장에 나란히 서서 이야기 나누는 모습은 심심치 않게 전교생의 눈에 띄었었다. 그 모습을 볼 때면 학생들은 물론, 몇몇 짓궂은 젊은 선생님들도 선남선녀 천상의 커플이라 놀리곤 하였지만 언제나 지혁은 무심한 얼굴로 함께 임원활동을 하는 그만큼의 거리, 그 이상의 자리를 주은에게 내어주지 않고 있었다. 조금이라도 다가가려 할 때 주은에게 되돌아오는 것은 언제나 지금과 같은 서늘한 반응 혹은 비웃음이었다.

지금까지 미소 짓던 주은의 얼굴이 잠시 굳어졌지만 곧 누군지 알겠다는 듯 그녀는 어깨를 들썩이며 다시 예의 미소를 지어 보였다.

"한서희?"

강지혁의 서늘한 눈이 보기 좋게 휘어지는 순간이 있다면 그때는 바로 한서희와 함께할 때라는 것을 전교생은 물론 선생님, 아니 교문을 지키고 계시는 수위 아저씨와 학교 주변 문방구 아저씨, 서점 아줌마, 분식점 아가씨까지 모르는 사람이 없을 정도였다.

초등학교 때부터 유명했고 이미 오랜 시간이 흘렀건만 사람들은 매번 둘의 사이를 궁금해하며 호기심 어린 질문을 던지곤 하였다. 그럴 때마다 미간을 찌푸리며 입을 굳게 다무는 지혁과 달리, 서희는 한사코 초등학교 때 일을 설명하곤 하였다.

하지만 주은의 기억 속에는 수학여행 중 행복한 표정으로 서희의 선물을 고르던 지혁이 자리 잡고 있었다. 서희가 전학 간 것을 알았던 날, 오전 내내 수업 시간에 들어오지 않았던 지혁도, 그 후 며칠 수업 시간 내내 집중을 하지 못해 혼나던 지혁도, 그리고 서희가 돌아온 후 온 세상이 자기 것인 양 행복해하던 지혁도, 주은은 마치 어제 일인 듯 기억하고 있었다.

"경호야, 나 먼저 간다."

지혁은 대답 대신 경호에게 손을 들어 보이고 급히 발걸음을 옮겨 갔다.

"어디 가는 건데?"

"지혁이 말을 빌리면 저 녀석 비타민 씨 만나러 가는 거라던데?"

디근자 모양의 경문고등학교는 층마다 학년 별, 남·여학생 별, 이·문과 별로 구분 지어 있었다. 서희네 반은 A동 2층 운동장을 바라보는 건물에 있었고, 지혁과 경호의 반은 B동 1층, 교무실 바로 옆 교실이었으며, 주은의 반은 B동 2층이었다. 그리고 특별반은 서희네 교실이 있는 A동 5층에서 수업을 진행하고 있었다.

"2층에 가는 거야?"

"그렇겠지."

당연한 걸 왜 묻냐는 듯 어깨까지 으쓱거리며 경호는 발걸음을 옮겼다.

"한서희가 강지혁 비타민 씨야?"

"크크, 비타민 씨, 피로회복제, 하나밖에 없는 동생. 붙여 놓은 이름이야 많지."

"서희, 특별하게 생각하는 거지?"

"특별하지. 하나밖에 없는 여동생인데."

자신의 질문을 농담으로 받는 경호의 팔을 잡으며 주은은 다시 질문을 던졌다.

"그런 의미 말고. 내 질문의 뜻 알잖아?"

집요하게 이어지는 주은의 질문에 경호는 여전히 장난스런 미소를 지으면서도 단호한 목소리로 답을 건넸다.

"이주은. 만약 지혁이한테 마음 있다면 포기해라."

주은은 곧바로 대답을 하는 대신 다시 앞을 향해 몇 발자국 발걸음을 옮긴 후 혼잣말처럼 말을 받았다.

"맞다는 얘기네."

경호는 길게 팔을 뻗어 스트레칭을 하며 주은과 나란히 층계를 내려왔다. 주은에게 이렇다 할 대답도 없이 한 층을 내려온 경호는 심드렁한 목소리로 이야기를 시작했다.

"12살 때부터야. 괜히 건드리지 마. 저 녀석 성격 모르는 것도 아니고 매번 뭘 기대하고 그러냐? 내 초등학교 때부터의 인연을 생각해 네게 우정 어린 충고를 해 주는 거야."

이 말 뒤 가볍게 뛰듯이 층계를 내려가는 경호의 뒤에서 주은은 발걸음을 멈췄다.

"그거야 아직 모르지. 한경호. 우리 나이 이제 열아홉이야. 대학 가고 군대 다녀오면 여자 보는 눈 바뀔 수 있어."

작게 한숨까지 내쉬며 뒤돌아보는 경호를 향해 주은은 어깨에 멘 가방을 한 번 톡, 쳐올리며 다시 상큼한 미소를 지어 보였다.

"해보는 데까지 해야지. 아직 뭐가 정해진 것도 아닌데."

"반장!"

부르는 소리에 교실 뒷문을 향해 고개를 돌린 서희는 문 앞에
서서 손을 흔드는 지혁을 발견하고 미소를 지었다. 심심하면 오는
지혁이건만, 올 때마다 뭐가 그리 궁금한 것이 많은지 반짝이는
눈으로 바라보는 급우들의 시선을 받으면서도 서희는 가벼이 그
에게 다가갔다. 이제 그런 눈빛에는 익숙한 서희였다.

"오늘은 무슨 일?"

서희는 질문을 던지며 자연스럽게 손을 들어 지혁의 넥타이로
옮겨 갔다. 언제나 서희 반을 찾을 때면 지혁의 넥타이는 이리 느
슨하게 풀어져 있었다.

"어떻게 올 때마다 어디서 싸우고 온 사람마냥 다 풀어져서 엉
망이야?"

"한서희가 잘 해 주잖아."

"으그~ 오빠는 정말."

지혁은 서희에게 몸을 기울이며 앞에 서서 미간에 힘을 준 채
열심히 넥타이를 만지고 있는 서희를 바라보았다. 손놀림에 따라
서희의 머리가 움직였고, 머리가 움직일 때마다 서희의 향기가 지
혁의 코끝을 간지럽혔다. 큼, 지혁은 목에 무언가 걸린 듯 묵직한
느낌에 헛기침을 하면서도 서희에게 향한 눈길을 돌리지 않았다.
언제나 가슴 안, 그 위치쯤에서 움직이는 조그만 아이. 그래서인
지 서희를 대할 때면 그 가슴 어딘가가 자꾸 아프고 간지러운 지

혁이었다.

"영광인 줄 알아."

그리고 그런 마음을 들킬까 지혁은 언제나 농담을 던지곤 하였다.

"뭘?"

"모든 여학생들의 우상, 강지혁을 독차지하고 있는 거."

지혁의 잘난 척에는 이골이 난 듯 서희는 건성으로 답을 했다.

"사양합니다. 내가 대학만 가 봐. 가자마자 남자 친구 사귀어서 오빠한테서 벗어날 테니까."

"그럼, 지금부터 사귀시든가."

"학생이 연애하면 대학 못 가!"

서희는 넥타이를 다듬던 손길을 멈춘 채 지혁을 올려다보며 으름장을 놓았다. 눈에 잔뜩 힘까지 주면서 나무라는 표정이 된 서희에게 그는 눈썹을 올려 보였다.

"눈에 힘 빼고 하던 거나 계속하세요."

지혁이 채근하듯 몸을 조금 더 앞쪽으로 기울이자 서희는 치이, 고개를 숙여 깔끔하게 다시 메어진 넥타이를 올려 주었다. 그리고 탁, 탁, 그의 가슴을 치며 뿌듯한 표정으로 지혁을 바라보았다.

"누구 오빠지 참 잘났네."

지혁은 빙긋이 웃으며 서희에게 기울었던 몸을 일으켜 세웠다.

"고마워."

서희는 고개를 끄덕이다 뭔가 생각났는지 다시 눈에 힘을 주며 엄한 표정으로 지혁을 마주했다.

"왜?"

"오빠도 대학 가기 전에는 여자 친구 사귀지 마. 대학 떨어지니까."

"그 말 하려고 그렇게 무서운 표정 하고 있는 거야?"

"응, 나 오빠 재수 뒷바라지하면서 고3 지내기 싫어. 1년만 '나 죽었습니다' 하면서 공부해. 1년만 참으면 술과 여자가 오빠 손안에 있는 거라고."

"음. 엄청 구미 당기는 말이다. 크크."

늘 모범생처럼 굴던 서희의 입에서 나오는 '술과 여자' 발언에 지혁은 웃음을 터뜨렸다.

"웃지 말고 대답해!"

"알았어."

"착해, 우리 오빠. 그런데 무슨 일?"

지혁은 길게 입술 끝을 늘이며 서희 머리를 쓰다듬었다.

"비타민 씨."

"피곤해?"

"이제 괜찮아. 한서희는?"

"나도 이제 괜찮아."

둘은 잠시 서로를 바라보다 누가 먼저랄 것도 없이 쿡 웃음을 터뜨렸다. 웃음과 함께 지혁은 다시금 가슴이 간질거려 큼, 헛기침을 하였고 서희는 심장이 따끔거려 큼큼거리며 지혁을 올려다보았다.

"갈게."

"응."

"참!"

돌아서려던 지혁은 다시 몸을 돌리며 서희에게 좀 더 가까이 오라는 손짓을 하였다.

"왜?"

눈까지 크게 뜨고 귀를 내미는 서희에게 몸을 굽히며 지혁은 이야기했다.

"그러니까 한서희. 내년까지 이 강지혁을 독차지하고 싶다 그 말이지? 욕심은 많아 가지고."

❖

주말이라지만 아침 일찍 일어난 서희는 늘 그렇듯 씻고 서재로 향했다. 방에도 책상이 있었지만 서희는 방보다는 서재에서 공부하는 것을 더 좋아했다.

대학생활을 다룬 드라마에서처럼, 커다란 테이블 가득 책을 올려놓고 공부를 하는 것도 좋았고, 그럴 때마다 마치 대학생이 된 듯 부풀어 오르는 설렘도 좋았다. 은은히 풍겨져 나오는 오래된 책의 향기도 좋았고, 그 향기가 주는 안정감은 다른 곳에서 공부할 때보다 집중력을 더 높여 주는 것 같았다.

무엇보다 서희에게 서재는 늘 특별한 곳이었다. 초등학교 때, 지혁과 화해를 해 그가 '서희 오빠'가 된 곳도 이곳이었고, 그 '서희 오빠'가 그녀의 '비타민 씨'가 되어 준다고 한 곳도 바로 이곳이었다.

처음 나미네 집에서의 생활을 시작하며 소풍 온 것처럼 들떴던 설렘이 시간이 지남에 따라 엄마, 아빠에 대한 그리움으로 변해 가자 서희는 더 자주 서재를 찾았다. 자식처럼 서희를 위하고 신경 써 주는 옥희와 윤식이 있었지만, 어리광을 부리고 싶거나 속상한 일이 있을 때면 그 냄새만으로 위로를 받았던 엄마 냄새. 이제는 매일 그 품에 뛰어 들어갈 수 없다는 것을 깨달은 후 서희는 서재를 찾아 책 냄새를 맡곤 하였다.

오래된 책에서 나는 종이 냄새가 그 오랜 시간 간직해 온 지혜로 서희를 위로하는 듯했기에 서희는 책 냄새를 맡으며 스스로를 달래곤 하였었다.

하지만 엄마 냄새. 서희가 그리워한 엄마 냄새 속에는 엄마의 따뜻한 품에 대한 그리움이 포함되어 있었기에, 서재에서 위로를 받아도 여전히 서늘한 체온은 어린 서희의 가슴속에 외로움을 남겨 두곤 하였었다.

서희가 나미네 집으로 온 후 지혁은 나미네 집 서재에서 같이 공부를 하겠다며 매일매일 나미네 집으로 하교를 하였었다. 나미네 자매 역시 처음에는 같이 공부를 시작했지만 곧 이런저런 이유로 서재를 나섰기에 결국 끝까지 서재에 남아 있는 건 언제나 서희와 지혁이었다. 그런 날들 중 하루. 서희가 무심코 뱉어 버린 말, 엄마 냄새 맡고 싶다. 책향기를 가득 머금은 서재에 있으면서도 자기도 모르게 뱉어 버린 그 중얼거림을 들은 지혁은 서희에게 물었었다.

「왜?」

「엄마 냄새 맡으면 좋으니까. 마음도 편안해지고, 속상한 일도
사라지고. 따뜻하고. 기운이 나거든.」

그 마음을 정확히 알 수 없었지만 지혁은 서희가 슬픈 표정을
짓는 것이 싫었다. 부모님과 떨어져 있는 서희이기에 서희 오빠인
내가 이 아이를 슬프지 않게 지켜 줘야 한다고 생각하며 어린 지
혁은 자기 가슴을 팍팍 치면서 말했었다.

「오빠가 있잖아. 난 비타민 씨 같은 사람이라 금방 기운 나게
해 줄 수 있어.」

그 날 이후, 문득문득 엄마 품이 그리워지면 버릇처럼 서재에
들어와 책 냄새를 맡는 서희 곁에 늘 지혁이 있었다. 서재에 앉아
나오는 눈물을 닦으며 스스로를 달래고 있으면 어느새 지혁은 서
재로 들어와 서희 곁에 앉아 있어 주곤 하였다.

책 냄새가 자기를 위로하는 것인지 지혁의 냄새와 따뜻한 체온
이 자기를 위로하는 것인지 서희는 알 수 없었지만 긴 시간 동안
지혁은 서희에게 부모의 품인 듯 안식처가 되어 주곤 하였다.

책 냄새만으로는 채 채워지지 않던 막연한 외로움은 곁에서 느
껴지는 따뜻한 지혁의 체온과 함께 사그라졌고, 그렇기에 서희는
점점 울 일이 줄어들었다. 언제부터인가 힘들고 지칠 때면 혼잣말
로 부르던 '엄마' 대신 서희는 '오빠'를 찾게 되었고, 그 '오빠'
는 늘 곁에서 서희를 따뜻하고 든든하게 지켜 주고 있었다.

가끔 지혁 역시 지치거나 기분이 안 좋아 보일 때가 있었다. 그

리고 그럴 때는 서희가 지혁의 비타민 씨가 되어 주었다. 장난을 치듯 지혁의 목에 매달리면 그는 꼭 서희를 안으며 놓아주지 않았다.

그런 지혁의 행동이 뭐가 재미난지 큭큭큭 웃는 서희의 웃음소리를 들으면 지혁은 어느새 찌푸렸던 표정을 지우고 얼굴 가득 미소를 짓곤 하였다. 그렇게 그들을 어린아이 시기를 지나 소년, 소녀가 되었던 것이다.

지혁이 고3이 된 후, 보충 수업과 학원 수업 등으로 나미네 집에 오는 날이 뜸해지면서 서희는 더 자주 서재에 머무르게 되었다. 6년 동안 늘 함께한 지혁이 없는 시간이 처음에는 많이 허전했지만, 그래도 꽤 잘 견디고 있는 것은 모두 이곳이 있기 때문이었다.

"아침부터 공부하니?"

인기척에 돌아보니 옥희가 손에 과일을 담은 접시를 들고 들어오고 있었다. 서희는 자리에서 일어나 옥희 곁으로 갔다.

"괜찮은데……. 감사합니다."

밝게 웃으며 접시 안에 담긴 딸기를 입에 넣는 서희를 옥희는 대견하다는 듯 바라보았다.

이리 오래 함께할 거라 생각지 못했는데, 어느새 그 어렸던 아이가 탈 없이 잘 자라 준 것이 옥희는 고맙고 대견하였다. 나미를 위한 마음과 서희에 대한 안쓰러움에 덜컹 결정한 일이 혹 아이에게 오히려 부담과 해만 되지는 않을까 노심초사했던 날들이 없었다면 거짓말일 것이다.

하지만 서희는 생각했던 것보다 더 바르고 영리한 아이였다. 어찌 보면 서희 덕에 나미네 자매들도 공부에 흥미를 붙이게 된 것인지도 모른다.

옥희는 따스한 눈으로 서희를 바라보다 손을 들어 나란히 소파에 앉은 서희의 머리를 쓰다듬었다.

"조그맣더니 처녀가 다 됐네. 여기 와서 생리도 하고 브래지어 사러 다니고, 그런 게 엊그제 같은데……. 시집가도 되겠다. 우리 서희."

그랬다. 나미보다 작았던 서희는 나미보다 2차 성징이 늦게 나타났었다. 처음 생리를 시작하던 날, 당황하여 붉게 물든 속옷을 몰래 화장실에서 빨다가 그것을 본 나나가 울면서 옥희에게 뛰어갔던 기억이 떠오르자 서희는 훗 웃음을 터뜨렸다.

"그 날 생각나서 그러지?"

옥희 역시 그 날 일을 생각했는지 입가에 한껏 미소를 지어 보였다.

"예. 그날, 하필이면 지혁 오빠도 있어서 오빠 한동안 얼마나 놀렸는데요. 자기가 잘못해 놓고 제가 화내면 '서희 너 혹시…….' 그러면서요."

"그 녀석, 지도 쑥스러워서 더 그랬을 거야. 그래도 그날, 나나 이야기 듣고 제일 먼저 화장실로 뛰어간 것도 지혁이었잖아."

"그게 문제였죠. 완전히……."

아직도 그때 일을 떠올리면 얼굴이 화끈거리는 서희였다. 세면

대 앞에서 속옷을 빨고 있는데 화장실 문이 열리고 사색이 된 지혁이 들어왔다. 왜 그러냐며 피가 묻은 속옷을 보며 울먹이던 지혁은 결국 서희의,

「생리.」

라는 작은 속삭임을 듣고 멍하니 서 있다가 얼굴이 더 이상 빨개질 수 없을 만큼 새빨개져서 화장실 문을 닫았었다. 그 후 며칠, 부끄러움에 서희가 지혁을 피하자 지혁은 집으로 찾아와,

「네가 커 가는 것이 이 오빠는 참 대견스럽구나.」

라고 말해 서희의 비웃음을 한껏 받고 집으로 돌아갔었다. 물론 그 일 이후 둘은 다시 편하게 지내게 되었지만 서희에게 이 기억은 재미나면서도 한편으로는 지우고 싶은 과거였다.

"요즘도 생리통이 그리 심하니?"

"첫날만 그러니까 괜찮아요. 불순이라 더 그런 거 같아요."

생리만 시작되면 첫날은 초죽음이 되는 서희였다. 약을 먹고 나서도 한동안 끙끙거리며 움직이지 못하는 서희를 위해 옥희는 핫팩를 사 놓고 그 날이 되면 따뜻하게 덥혀 주곤 하였다.

"얼른 커서 시집가면 다 나을 거야."

"훗. 엄마도 그러더라고요. 시집가면 낫는 병이라고. 저 대학 가자마자 시집갈까 봐요."

"너 시집가면 지혁이가 제일 섭섭해할 거다……. 요즘 지혁이 잘 안 오니까 심심하지?"

"예. 그래도 학교에서 자주 보니까 괜찮아요."

나미네 가족이 피붙이마냥 살갑게 대해 준다 해도 허전해질 수

밖에 없는 서희의 가슴 한 켠을 지혁이 다독이며 메워 주고 있었던 것을 옥희는 알고 있었다. 그리고 둘 중 누구도 깨닫지 못한 채 자라나는 서로에게 향하는 마음을 옥희는 조심스런 눈으로 지켜보고 있었다.

"그래, 공부해. 아줌마가 시간을 너무 많이 빼앗았다."

점심 식사 후, 다시 서재에 들어와 계획한 공부를 하고 있던 서희는 고개를 들어 창밖을 바라보았다. 초여름으로 넘어서고 있는 햇살이 비록 직접 피부에 닿지 않았지만 그 빛만으로도 제법 강렬해졌음을 알려 주고 있었다. 하늘도 청명하고 날은 상쾌했다.

강아지 사랑.

창밖을 보던 서희는 문득 며칠 전 국어 선생님께서 수업 시간에 하신 말씀을 떠올렸다.

나른해지는 점심시간 후 5교시 수업. 들어서자마자 아이들 잠을 깨워 주려 오전 중에 들어간 남학생 반 수업 이야기를 짧게 들려주시는 국어 선생님은 여학생 사이에 인기 있는 남학생들 이야기를 양념마냥 덧붙이시곤 하였다.

별 이야기도 아니건만 깍깍거리면서 자지러지게 웃는 아이들을 웃음 가득한 얼굴로 바라보시던 선생님은 이 시절의 사랑을 강아지 사랑이라고 하셨다. 아직 다 익지 않은, 서투르고 풋풋한 사랑, 그래서 강아지 사랑이라고. 솜털이 채 가시지 않은 아이들의 얼굴을 바라보며 훗날 너희 가슴속을 가득 채워 줄 사람이 나타날 거라고 웃으시며 이야기하셨다.

지금은 좋아하는 그 사람이 아니면 다시는 사랑이 오지 않을 거 같아도 대학만 가 봐라, 대학 가서 고등학교 때 좋아한 사람 만나면 내가 이리 눈이 낮았나 후회할 거다, 그리 놀리듯 말씀하셨다. 하지만 그리 말씀하시면서도 그분은 또 이렇게 덧붙였다.

　밤늦은 시간 어두운 방에서 스탠드 불빛 하나를 켜 놓고 그리는 얼굴, 운동장 가에 있는 담쟁이 넝쿨 아래 의자에 앉아 이 시간 함께, 우연이라도 이 자리에 함께 있을 수 있기를, 그러한 작은 소망 하나를 가슴에 새겨 주는 사람. 그 감정을 그저 나쁘다, 참아야 한다 억누르지 말고 곱고 예쁘게 간직하라고 하셨다.

　그 사랑에, 그 강아지 사랑에…… 간혹 떨어지는 낙엽만 보아도 우는 너희들이 그 강아지 사랑에 낑낑거리며 아파하게 되어도 감사하며 예쁘게 이제 얼마 남지 않은 십 대의 마지막을 장식하라고 말씀하셨다.

　서희는 그 이야기를 들으며 지혁을 떠올렸다. 이상하게 서희는 이런 봄날이 되면 가슴이 시려 왔다. 햇살을 보면 눈물이 나오려고 했고 눈물이 나오려 하면 '오빠'를 찾게 되었다. 보고 싶다 생각하기 전에 곁에 있었고, 불빛 아래 떠올리지 않아도 되게 오히려 졸음이 가득한 눈이 되어 '안녕'이라 인사를 해야 할 때까지 곁에 있어 준 오빠.

　언젠가, 지혁이 매일 나미네로 와 같이 공부하던 그 날 중 하루. 졸리니 조금 이따 깨워 달라며 옆에서 잠이 든 지혁의 얼굴을 찬찬히 바라보던 날, 왠지 서희는 아무런 이유 없이 지혁의 얼굴을 보는 동안 눈물이 나올 거 같았다.

눈물이 나올 거 같아 고개를 들어 본 창밖의 날이 바로 오늘과 같았다. 봄의 햇살이었고 그날부터 서희는 이런 날이 되면 가슴이 시려지고 지혁이 보고 싶었다. 아니, 봄은 봄이어서, 여름은 여름이고, 가을은 가을이어서, 또 겨울은 겨울이어서 지혁이 보고 싶었다.

서희는 연습장에 지혁의 이름을 쓰려다 잠시 머뭇거리며 지혁의 이름 초성만 써 보았다.

ㄱㅈㅎ

그리고 서희는 혼자 픽 웃음을 터뜨렸다. 인기 많은 강지혁. 서희 반에도 지혁을 좋아하는 친구들이 꽤 되었다. 간혹 모르는 문제를 풀어 달라고 서희에게 내미는 친구들의 연습장에서 자주 보는 것이 바로 이 쓰다만 글자였다.

ㄱㅈㅎ ㅈㅎ ㅇㅃ

아이들이 내미는 연습장에는 이 글자들이 빨간색 혹은 분홍색 하트 안에 들어가 있곤 하였었다.

강지혁, 지혁 오빠.

혼자 조용히 미소 짓던 서희는 잠시 무엇이 생각난 듯 미간을 찌푸렸다.

124

ㅇㅈㅇ

지혁의 방문에 적힌 글자. 그 글자를 발견하던 날, 나영과 나미, 나나와 함께 무엇일까 밤새 조잘거리며 결국 넷이 내린 결론은 '이주은'이었다. '그럴 수 있을 것이다'라는 가능성은 시간이 지날수록 '그럴 것이다'를 거쳐 '그렇다'라는 확신으로 바뀌었고, 그 후 주은과 함께 있는 지혁을 볼 때면 괜시리 입술이 삐죽거려지고 심장이 아파 오곤 했었다.

에이, 여자 친구 사귀지 말라는 말 대신 아무도 좋아하지 말라는 약속이나 받아 놓을걸.

연필을 들고 지혁의 이름을 콕콕 누르며 심통을 부르던 서희는 갑갑한 마음에 테이블에 엎드려 눈을 감았다.

"오빠."

언제 잠들었을까. 잠결에 누군가 머리를 쓰다듬는 것 같아 떠올린 눈에 오랜만에 보는 평상복 차림의 지혁이 들어왔다.

"웬일이야? 학원은?"

"저녁 강의가 휴강이어서……. 남아서 자습하자는 애들 뿌리치고 난 여기서 자습하려고 왔는데 한서희는 아주 곤히 주무시고 계시데."

"언제 왔는데?"

"30분 정도 됐어."

"깨우지."

서희는 몸을 길게 늘여 기지개를 켰다.

"너무 곤히 주무셔서 나도 졸리려고 하더라."

손에 턱을 괴며 지혁은 장난스런 얼굴이 되었다.

"그런데, 한서희. 너 요즘 저주 마법 배우냐?"

"응?"

뜬금없는 질문에 무슨 소리냐는 듯, 들어 올린 팔을 쭉 뻗은 채 스트레칭을 하면서 지혁을 쳐다보자 그는 서희의 연습장을 손으로 딱딱 쳐 보였다. 연필로 콕콕 누른 자국이 선명히 남아 있는 'ㄱㅈㅎ'이란 글자가 보란 듯이 테이블 위에 쫙 펼쳐져 있었다. 서희는 후다닥 연습장을 품 안에 숨겨 버렸다.

"다 봤다. 너 그거 내 이름 아니냐?"

"아니, 강종훈."

"강종훈? 김종혁은 아니고? 왜 구자형, 고정훈. 다 말하지?"

빈정거리는 목소리로 학교의 모든 'ㄱㅈㅎ'을 읊어 나가는 지혁을 노려보던 서희는 퉁명스런 목소리로 말을 받았다.

"그래, 오빠라고 쳐. 이렇게 쓰면 사람 이름인가 보지?"

"대부분 그렇지. 좋아하는 사람 이름 그렇게 쓰잖아. 아~ 그러고 보니 한서희, 너! 오빠, 오빠 그러면서 이 오빠 몰래 사모하고 있었구나?"

"내가 미쳤어?"

괜히 찔리는 마음에 서희가 버럭 소리를 지르자 지혁은 짐짓 상처받은 표정을 지으며 손을 심장으로 가져갔다.

"너무 그렇게 정색을 하고 아니라고 하니까 오빠 상처받는다.

이 오빠는 또 한서희 자는 내내 고민했었지. 한서희가 오매불망 일구월심 이 오빠를 사모하면 그 마음 받아 줘야 하나. 그래서 며칠 전에 그리 여자 친구 사귀지 말라고 무섭게 이야기한 건가."

"꿈 깨. 주은 언니한테 고백도 못 하는 주제에."

알고 있지만 늘 친한 자상한 오빠, 그 자리에 있는 지혁의 행동에 서희는 다시 심장이 아파 와 자기도 모르게 뾰족한 말로 받아치고 말았다.

"내가 이주은한테 뭘 고백해야 되는데?"

지혁이 무슨 소리냐는 표정으로 서희의 얼굴을 빤히 쳐다보았다.

"오빠 주은 언니 좋아하잖아."

"뭐?"

"오빠 방 푯말에 '서희 오빠 방'이라 쓰고 그 아래 'ㅇㅈㅇ'이라고 써 있잖아. 그렇게 써 있는 거 좋아하는 사람 이름이라며? 그거 '이주은'이잖아. 왜 아냐? 그럼 안주연, 이정연, 이정은, 오주연, 임지연. 이 중 하나라고 하려고?"

뭐가 화가 나는지 잔뜩 약 오른 목소리로 얼굴까지 발갛게 물들이며 쏘아붙이는 서희를 지혁은 잠시 말없이 바라보았다. 그러다 곧 고개를 돌려 테이블 위에 펼쳐 놓은 문제지로 눈길을 돌리며 조용히 대답했다.

"아냐, 그거."

"그럼 뭔데?"

서희의 질문에 이번에는 지혁의 얼굴이 붉어져 갔다.

"얼굴은 왜 빨개져? 순 바람둥이. 고등학교 때 연애나 하고. 대학 똑 떨어져라."

서희의 심통에 지혁은 훗 작게 소리 내 웃기 시작했다.

"웃지 마."

"그럼, 한서희도 남자 친구 사귀시든가."

"미쳤어? 난 재수하기 싫어. 오빠 재수하고 나랑 같이 입학하면 내가 오빠라고 부를 거 같아? 대학은 학번제라며? 여자 사귀다 재수만 해 봐. 지혁아, 지혁아, 할 거야."

지혁은 고개를 들어 자기를 노려보고 있는 서희를 바라보았다.

'오빠'라는 그럴듯한 미명 아래 서희 곁을 6년간 지키고 있는 지혁이었다. 그리고 시간이 지날수록 '오빠'라는 경계 안에서 자신의 마음을 잡는 것이 쉽지 않은 지혁이었다. 편하게 일반적인 만남 속에 알게 된 아이였다면 좋아한다 말하고 사귀자 했을지도 모른다.

하지만 서희는 달랐다. 오빠가 된 후 부모님과 멀리 떨어져 있게 된 서희에게 부모 대신 기댈 수 있는 오빠가 되어 지켜 주겠다고 약속한 자신이었다. 언제부터인가 힘들고 지치면 제일 먼저 자기를 찾는 서희를 지혁은 알고 있었다.

그런 서희에게 쉽게 남자로 다가갈 수 없었다. 누구보다 남자이고 싶었지만 서희의 마음이 그렇지 않다면 자기의 섣부른 고백으로 이 아이는 또 홀로 울게 될 거 같아 지혁은 한 해 한 해 성인이 되기만을 기다리며 조심스럽게 자신을 감추려 하고 있었다.

스무 살. 어려서 성인의 상징과 같았던 나이. 그 나이가 되면 무언가 다르지 않을까. 십 대의 나이에 남자가 무엇이고 오빠가 무엇이 다르겠냐 어른들은 그리 이야기하겠지만 지혁은 미치도록 남자가 되고 싶었다. 그저 좋은 오빠로 서희 곁에 남기엔 자기 가슴속에 채워지지 않는 갈증이 깊어 가고 있다는 것을 지혁은 느낄 수 있었다.

하지만 자기 마음이 자라듯 서희 마음 역시 같은 마음일 거라는 확신이 없기에 서희에게 조심스럽게 다가가 상처 입히지 않으며 그녀의 남자가 되고 싶은 지혁이었다. 지혁이 감정의 경계선을 아슬하게 타고 있는 동안, 서희는 어려서 자기 손가락을 걸며 약속한 13살 소년의 마음으로 지혁이 19살이 되었다고 생각하고 있고, 그리 믿고 있는 아이였기에, 그는 오빠로 십 대를 마무리하며 서희가 성인이 될 때까지 자신을 가두어 둘 계획이었다.

그런데 이리 자신을 바라보며 자신과 같은 마음이 아닐까 기대하게 만드는 서희를 대할 때면 지혁은 미친 듯이 뛰는 심장을 진정시키는 것이 어려웠다.

"나 여자 친구 없어. 이주은 좋아하지 않아. 내 방에 그거 그런 뜻 아냐."

"못 믿어."

그런 지혁의 마음을 모르는 채 서희는 눈동자에 힘을 주며 그를 마주 보았다.

"증명해 봐. 아니라고."

말도 안 되는 고집이라는 것을 알면서도 서희는 확실히 지혁에게 듣고 싶었다. 아니라는 말, 그 말을 들었음에도 가슴속에 불안함 따위 없어질 만큼, 지혁이 자기 곁에 늘 있어 줄 거라는 믿음에 티끌만큼의 의구심도 들지 않길 서희는 바라고 있었다.

"알았어. 내가 내일 방송반에 갈게."

"거긴 왜?"

"가서 전교생한테 방송하면 되지? 난 이주은 안 좋아한다고. 내가 이주은 좋아하면 대학 떨어진다고 서희가 그랬다고. 나 대학 떨어지면 서희가 강지혁이라고 부른다고 했다고. 어때?"

서희는 눈자위가 하얗게 되도록 지혁을 노려보았다.

"그리고 난 서희 남자 친구 생기기 전에는 여자 친구 사귈 수 없다고 할게. 만약 서희가 남자 친구 못 사귀면 그건 다 내 책임이라고. 어려서 나한테 첫 생리 들켜서 남자에 대한 트라우마······ 아! 왜 때려? 아! 아!"

"죽고 싶지? 정말. 응? 응?"

서희는 손에 잡히는 가장 두꺼운 참고서를 들고 지혁을 마구잡이로 때리기 시작했다. 지혁은 그런 서희의 손에 맞으며 뭐가 좋은지 눈이 휘도록 웃다가 서희의 힘이 약해진 틈을 타 그녀의 손목을 낚아챘다.

두꺼운 참고서가 바닥으로 떨어지고 서희는 지혁에게 손목을 잡힌 채 그의 앞까지 끌려가 있었다. 넥타이를 매어 줄 때만큼의 거리. 코끝으로 지혁의 냄새도, 가까이 마주한 얼굴에 지혁의 숨결도 그대로 서희의 살결을 따라 전해지고 있었다.

갑자기 눈앞에서 마주한 지혁의 얼굴에 서희는 숨 쉬는 것도 잊은 채 눈을 동그랗게 뜨고 그의 얼굴을 바라보았다. 서희의 얼굴이 붉어져 감에 따라 장난스럽게 서희를 잡아당겼던 지혁의 얼굴에도 서서히 웃음이 사라져 갔다. 서로의 호흡이 느껴지는 거리. 둘은 아무런 말도 하지 못한 채 서로를 바라보았다.

언제나 영리하게 빛나는 서희의 눈동자에 비치는 당혹스러움이 다시금 지혁의 심장을 욱신거리게 만들었다. 자신의 눈빛에 함께 동요되는 듯한 서희의 눈빛이 자꾸만 가슴속에 작은 희망과 욕심을 새기려 하고 있었다.

검은 눈동자 가득 자기를 담고 있는 모습을 마주하며 그냥 이렇게 네 눈동자에 나만을 담은 채 살라고 말하고 싶었다. 오랫동안 숨겨 온 마음이 입술 끝까지 올라와 그대로 나와 버릴 거 같아 지혁은 이를 악물었다. 그렇게 한동안 아무런 말없이 서로를 바라보다 지혁이 천천히 입을 열었다.

"나 여자 친구 없어. 이주은 관심도 없어."

조금 전과 같은 말이건만 마치 지혁이 고백을 해 오는 것 같아 서희의 얼굴을 더 붉게 물들어 갔다. 손목을 잡은 지혁의 손에 차츰 힘이 빠져가자 서희는 자기 손목을 빼내고 자리에 똑바로 앉았다. 온몸이 심장이 된 듯 손끝마저 저릿해지도록 뛰고 있었다.

잠시 둘 사이에 침묵이 흐른 후 지혁이 문제지를 가방에 넣기 시작했다.

"나 갈게."

"가지 마."

서희는 지혁을 보지도 못한 채 손을 뻗어 지혁의 옷자락을 거머쥐었다.

"그럼 그 말 뭐야? 'ㅇㅈㅇ.' 그거."

아무리 생각해도 알 수가 없었다. 가방을 싸던 지혁이 손을 멈추고 그대로 서희에게 몸을 돌려 앉았다. 지혁의 움직임을 느낀 서희도 고개를 돌려 지혁을 마주했다.

"너 스무 살 되면 말해 줄게."

"나 답답하면 아무것도 못하는 거 알잖아."

"말하면 내가 아무것도 못할 거 같아."

지혁을 보며 몇 번 숨을 깊이 들이마시던 서희는 고개를 끄덕이면서도 차마 지혁의 옷자락을 놔 주지 못하고 있었다. 가방을 들고 자리에서 일어서도록 자신의 옷자락을 쥐고 있던 서희 머리를 쓰다듬자 그녀는 고개를 들어 지혁을 바라보았다. 슬플 일도 없건만 눈물이 나올 것 같았다. 자꾸만 폭주해 버리는 마음이 싫었고 이리 가 버리려는 지혁이 미웠다.

이게 무슨 강아지 사랑이야? 이렇게 좋은데. 보고 있으면 숨이 막힐 거 같은데. 이렇게 심장이 아프고 울렁거리는데 이게 무슨 강아지 사랑이야?

바보처럼 눈물이 나올 거 같아 서희는 지혁의 옷을 놓고 고개를 돌려 책상 위에 놓인 문제지에 시선을 고정시켰다.

서희 옆에서 잠시 머뭇거리던 지혁이 몸을 돌리자 서희의 심장은 다시 욱신거렸다. 수학 문제를 풀려고 연필을 집어 들었지만 눈물 때문에 문제가 흐려져 서희는 그대로 문제만 보며 연습장 위에 연필을 톡톡 움직이고 있었다.

"그거 풀어 줄까?"

머리 위에서 들려오는 지혁의 목소리에 몸이 잠시 움찔거렸지만 혹 눈물이 떨어질까 봐 서희는 그대로 문제지를 보고 있었다.

뒤에 서 있던 지혁이 서희 손에서 연필을 뽑아가 연습장에 문제를 풀어 가기 시작했다. 지혁만이 푸는 풀이 방식. 연습장에 모양 좋은 그림과 숫자들이 놓여 갔다. 눈을 깜박이면 눈물이 떨어질까 봐 참고 있었지만, 결국 한 번 깜박거린 움직임에 눈물이 문제지 위로 떨어지자 문제를 풀어 가던 지혁의 손이 멈췄다.

"휴~"

지혁의 입에서 작게 내뱉어지는 한숨이 머릿결에 닿자 서희는 입술을 깨물었다. 연습장 위에서 연필을 움직이려던 지혁의 손이 멈추기를 몇 번, 마침내 그 손에 힘이 쥐어지며 지혁의 손이 다시 움직이기 시작했다.

ㅇㅈㅇ

그리고 그 초성을 채워 나가기 시작했다.

아ㅈㅇ
아직ㅇ
아직은

잠시 머뭇거리던 손길이 다시 움직이기 시작했다.

서희 오빠 방. 아직은.

　놀라서 아무 말도 하지 못하는 서희의 머리 위로 낮게 가라앉은 지혁의 목소리가 들려왔다.

　" '아직은' 이야. 서희야. 울지 마."

❷

〰〰〰〰〰

1분, 끝

"서희다!"

점심시간. 반 아이들과 농구 경기를 하고 수돗가에서 세수를
하던 경호는 옆에서 세수를 하고 있는 지혁을 톡, 팔꿈치로 건드
렸다. 그리고 그와 동시에,

"지혁 오빠!"

지혁을 부르는 나미의 목소리가 들려왔다.

어제, 그리 이야기를 하고 차마 서희 얼굴을 보지 못한 채 그대
로 나와 버린 지혁이었다. 이리 빨리 마주칠 거라 생각을 못 했는
데 나미 손에 이끌려 수돗가로 오고 있는 서희를 보자 반가우면서
도 난처한 묘한 기분에 지혁은 다시 한 번 세수를 하며 시간을 끌
고 있었다.

어제 집으로 돌아와 지혁은 후회를 하고 또 한편으로는 기대를

했다. 참아야 했다는 후회. 네가 울어서라는 좋은 핑계 거리를 찾자마자 던진 고백이었다. 부모님께 부담을 드릴 수 없어 재수는 절대 할 수 없다는 아이인데 자기 이기심에 그 마음에 고민거리 하나 더 심어 준 것이 미안했다. 어른이 되고 싶다면서 결국 내 이기심 하나 제대로 추스르지 못한 채 자제심도, 인내심도 바닥인 그저 그런 십 대 후반의 철없는 남자아이. 딱 그 모습의 자신을 마주하게 된 것이 부끄러웠다.

그러면서도 혹, 어쩌면 서희도…… 라는 기대감이 가슴속에서 자라는 것을 지혁은 막을 수 없었다.

말이란 이상했다. 가슴속에 숨겨 두었던 마음이 언어가 되기 전에는 그 형태를 갖추지 못한 채 그저 가슴속에 스며들어 참을 수 있었는데, 그 마음이 언어가 되어 손끝에서, 또 입을 통해 표현이 되어지면서부터는 스며들었던 마음조차 이제 그만 표현이 되고 싶다고 아우성치는 것 같았다.

그리 집으로 돌아오자마자 서희가 보고 싶었다. 가슴속에 뜨거운 무언가가 쉬지 않고 타들어 가며 심장도 폐도 고장 내 놓고 있는 거 같았다.

"무슨 세수를 그리 오래 하냐? 여기 수건."

경호의 타박에 세수를 멈추고 수건으로 얼굴을 닦는 지혁 앞으로 어느새 서희가 나미와 함께 다가와 서 있었다. 아무런 말없이 눈이 마주치자 서희의 얼굴이 붉어져 갔다. 그런 서희를 따라 지혁의 얼굴도 붉게 물들여 갔다.

"큼."

괜한 어색함에 헛기침을 하며 지혁은 뒷주머니에서 넥타이를 꺼내 서희에게 내밀었다.

"매 줘."

아무렇지 않게 자기 앞에 고개를 숙이는 지혁을 마주하며 서희는 다시 얼굴을 붉혔다. 늘 교실로 와 하던 행동이건만 어제를 기점으로 무언가 바뀐 거 같았다. 그저 몰래 조금씩 설레던 가슴이 자꾸만 속도를 내면서 자기도 모르게 얼굴을 붉게 물들였다.

"옷 다 젖었는데 넥타이 매라고?"

괜히 뾰로통히 말하면서도 서희는 넥타이를 받아 지혁의 목에 두르며 모양을 잡아 가고 있었다. 농구 경기를 하느라 땀이 났는지 평소보다 더 강하게 그의 냄새가 코끝으로 전해지고 있었다.

"땀 많이 흘렸네."

또 불쑥 퉁한 목소리.

"응."

아무렇지도 않게 행동하려고 하나 무언가 평상시와 다른 둘의 분위기에 경호는 잠시 지혁에게 시선을 고정시켰다. 자꾸 헛기침을 하며 붉게 물드는 얼굴. 시선을 돌려 바라본 서희 역시 귀까지 발갛게 물든 채 지혁의 넥타이를 만지고 있었다.

뭔가 있었군. 경호는 씩 웃으며 지혁의 어깨를 툭 한 번 친 후 나미를 돌아보았다.

"나미야, 우리 먼저 들어가자. 지혁이랑 서희가 좀 다퉜나 보더라."

"그래? 서희 아무 말도 안 하던데?"

지혁의 넥타이를 만지던 서희가 당황하여 경호를 보았지만 그는 이미 나미의 어깨를 밀며 수돗가를 벗어나고 있었다.

"또 지혁 오빠가 서희 화나게 했겠지, 뭐."

수돗가에서 멀어지면서 들려오는 나미의 투덜거림에 지혁과 서희의 눈이 마주쳤고 둘은 살며시 미소를 지었다.

"나미 저건 늘 내가 문제라지."

"훗. 그러니까 평소에 좀 잘하지 그랬어? ……조금 느슨하게 매둘게. 평상시처럼 하면 더울 거 같아."

지혁의 불평에 서희는 작게 웃음소리를 내며 나미 덕에 조금은 편안해 진 마음으로 평상시보다 느슨하게 넥타이를 매어 주었다.

"이따가 땀난 거 가라앉으면 오빠가 좀 더 타이트하게 올려."

한 발자국 뒤로 물러서며 서희는 지혁을 올려다보았다. 다른 날과는 달리 무언가 이야기할 듯 서희를 보고 있던 지혁의 얼굴에 곧 장난스런 미소가 번져 갔다.

"싫어. 한서희가 한 대로 있을 거니까 잘 매 줘."

"참~ 그렇게 하면 덥다니까."

"난 한서희가 매 준 거 그대로 있을 거야."

어제보다 앞선 날이었다면 자기를 괴롭히려는 지혁의 장난으로 들었을 말이 왠지 의미 있게 다가와 서희는 다시 얼굴을 붉혔다.

"자꾸 얼굴 빨개지지 마. 나까지 빨개지잖아."

"내가 언제?"

서희는 입을 삐죽거리며 신발로 애꿎은 운동장 바닥을 탁탁 치며 지혁의 눈을 피했다.

어제 지혁이 간 후 서희는 지혁이 남기고 간 글자를 오랫동안 바라보았다. '아직은'. 한 글자 한 글자, 눈으로 보고 손으로 만져 보았다. 심장은 미친 듯이 두근거렸고 혼자 있으면서도 얼굴은 빨갛게 달아올랐다.

혼자 좋아하는 거라 생각했었다. 오빠는 그저 날 예뻐하는 거라고. 오빠 마음은 주은 언니한테 가 있나 보다고. 그리 혼자 가슴앓이를 하며 가끔 보이는 지혁의 모습에 기대하고 또 가슴 저려 하던 시간이었다. 간혹 마주한 눈이 오랫동안 자기에게 머물 때면 혹시나 기대를 하면서도 곧 머리를 쓰다듬고 장난을 치는 지혁의 행동에 역시 난 동생이구나, 그리 아파하면서도 일주일에 두세 번 찾아오는 지혁을 기다렸고, 자기에게 목을 내밀며 넥타이를 매달라고 할 때면 코끝으로 전해지는 그의 냄새가 좋았다.

그런데, 지혁이 남기고 간 글자. 오빠가 날 좋아하면 좋겠다 생각해 왔는데도 그 글자를 보면서 서희는 눈물이 났었다.

오빠. 지혁 오빠.

이상한 건, 참으로 이상한 건 한 사람이 가슴에 자라게 되면 그 얼굴은 까맣게 잊히어 떠오르지 않는다는 것이었다. 갸름한 얼굴형과 살짝 올라간 외까풀의 큰 눈, 곧은 콧날과 입술. 하나하나 떠올리려고 해도 그 얼굴은 자꾸 다른 얼굴들로 바뀌고 정작 떠올리고 싶은 그 사람의 얼굴은 기억이 나지 않았다. 그리 오래 보아온 얼굴이건만 지혁이 떠나고 서재에 앉아 글자를 만지며 그의 얼굴을 떠올리려고 해도 자꾸 그 얼굴은 사라지고 있었다. 그래서, 그 밤 내내 오빠가 보고 싶었다.

오빠 만나면 나도 그렇다고 이야기해 줘야지. 오빠 혼자 고민하게 만들지 말아야지. 부끄러워도 꼭 이야기해 줘야지. 그리 다짐했건만 오늘, 나미 손에 이끌려 못 이기는 척 지혁과 마주하는 순간 서희는 또 눈물이 나올 것만 같았다. 잠시 마주 본 얼굴이 눈앞에 있는데도 그리운 건 또 무슨 일인지.

"사과 안 할 거야."

갑작스런 지혁의 말에 서희는 움직임을 멈추고 그를 올려다보았다. 지혁은 잠시 서희와 시선을 맞추다 눈을 들어 운동장을 바라보았다.

"많이 미안하지만 사과 안 할 거야."

서희는 붉어지는 얼굴을 숨기려 고개를 숙여 발끝에 파인 흙들을 신발로 톡톡 다져 주고 있었다.

"대답 안 해도 돼. 참아야 했는데 말한 건 내 잘못이야. 너 부담 주기 싫었는데……. 그래도 난 네 옆에 있을 거야. 그냥 네가 견뎌. 강요하지는 않겠지만 노력은 할 거야."

서희는 천천히 고개를 들어 지혁의 얼굴을 바라보았다. 저 바보. 그동안 고민했을 지혁의 마음을 누구보다 잘 알고 있는 서희였다. 내가 그랬으니까.

"오빠는 날 보면 어때?"

그리고 갑작스런 질문에 운동장을 보던 지혁은 고개를 돌려 서희를 마주했다. 굳이 지혁의 대답을 바라지 않았다는 듯 서희는 곧 입을 열었다.

"난 오빠를 보면 눈물이 나올 거 같아. 이상하게 그래. 슬픈 것도 아닌데 가슴이 울렁거리고 눈물이 나오려고 해. 멀리 서 있는 오빠를 보면 두 눈이 알아보기 전에 심장이 먼저 오빠를 알아보는 거 같아."

조금씩 커져 가는 지혁의 눈을 서희는 피하지 않았다.

"체육 시간에 오빠 운동장 도는 거 내 자리에서 내려다보면…….
우리 반 쪽으로 뛰어오는 오빠를 보면 행복하고, 우리 반을 지나 멀어지는 오빠 뒷모습을 보면 또 가슴이 아파."

지혁의 얼굴을 마주 보고 이야기를 하자니 또 울컥 눈물이 나오려는 듯 입술이 비죽거려져 서희는 고개를 숙였다.

"서희야."

"난……."

서희는 머리 위로 들려오는 지혁의 목소리를 막았다. 말이란 이상하다. 잘 숨겼던 감정이 입술을 통해 나오자 마치 그래야 되는 일인 듯, 표현되어야 했던 감정인 듯 어서 모두 이야기하라고 부추기는 것 같았다.

"오빠 반이랑 주은 언니 반, 체육 시간이 같은 것도 싫고."

"훗."

머리 위에서 들려오는 지혁의 웃음소리에 서희는 입술은 삐죽 거리며 고개를 들어 그를 밉지 않게 노려보다 다시 입을 열었다.

"오빠 대학 가면 여자 친구 생길까 봐 겁이 나. 오빠를 보면 심장이 고장 난 거처럼 아프고, 햇볕이 따뜻한 날, 햇빛을 보면 오빠 생각나고, 비 오는 날 비를 보면 오빠 생각이 나."

지혁은 손을 들어 얼굴을 가렸다. 서희의 고백에 따라 가쁘게 쉬어지는 숨이 목까지 차오르고 있었다.

"나 한 방 먹이는 건 한서희 특기지."

"그런데, 오빠."

조용히 들려오는 서희의 목소리에 지혁은 손을 내려 서희를 마주 보았다. 무언가 결심한 듯한 표정의 서희는 숨을 한 번 깊이 들이마신 후 입을 열었다.

"난 오빠 안 사귈 거야."

너무나 단호한 서희의 말에 지혁의 얼굴은 무슨 말이냐는 듯 굳어져 갔다.

"그냥, 오빠 동생으로 있고 싶어? 난 싫어."

차갑게 뱉어지는 지혁의 질문에 서희는 고개를 끄덕였다.

"아직은."

"아직은?"

자신이 들려준 이야기를 반복하는 서희에게 지혁은 되물었다.

"응. 고등학교 때 연애하면 대학 떨어지니까."

서희는 진지하게 이야기하고 있건만 지혁의 입술은 길게 늘어져 갔다.

"그리고, 오빠 대학 떨어지면 나 대학 가도 오빠 안 사귀어 줄 거야."

"왜?"

"난 오빠 안 사귀었는데 오빠가 대학 떨어지면 나 말고 다른 사람 사귈 거니까."

웃음기 하나 없이 자신을 보며 이야기하는 서희의 말에 지혁은 하하 소리 내 웃기 시작했다.

"그럼, 한서희 대학 떨어지면?"

"난 안 떨어질 거야. 난 오빠 말고는 사귀고 싶은 사람 없으니까."

"⋯⋯미치겠네."

얼굴을 붉히면서도 눈을 피하지 않은 채 담담한 목소리로 말하는 서희의 한 마디 한 마디에 지혁은 심장이 자꾸만 따끔거려 손을 들어 가슴 부근을 눌렀다.

"나 들어갈게."

막상 말하고 나니 부끄러워 돌아서는 서희의 손을 지혁이 잡아 돌려세웠다. 창가에 붙어 지혁을 보던 여학생들이 '오빠, 안 돼요', '지혁 오빠' 부르며 시끄럽게 조잘거리고 있었지만 지혁은 오롯이 서희를 바라보았다.

"한서희 고등학교 졸업하는 날부터. 그럼 됐지?"

서희는 다시 얼굴을 붉히며 고개를 끄덕였건만 지혁은 꼭 잡은 서희 손을 놓아주지 않고 있었다.

"오빠, 손⋯⋯."

"넥타이."

"응?"

"넥타이 타이트하게 해 주고 가. 한서희가 해 준 거 그대로 있을 거니까."

느슨해지는 손을 들어 지혁의 넥타이를 바로잡아 주며 서희는 다시 뛰기 시작하는 심장의 박동에 숨을 깊이 들이마셨다. 그런 서희의 귀에 지혁의 목소리가 들려왔다.

"나도."

"뭐가?"

"나도 너랑 있으면 숨이 막혀."

지혁이 교실에 들어서자 경호는 툭 지혁의 어깨를 쳤다.

"고백했냐?"

대답 대신 지혁은 고개를 끄덕였다.

"하, 어른 되면 한다며?"

"그러게."

평상시보다 지혁의 대답은 부드러웠다. 이유 없이 웃고 조금은
흥분된 듯 손가락을 들어 눈을 누르곤 하였다. 결과는 물으나 마
나인가 보네.

"오늘부터 사귀는 거냐?"

"아니, 대학 가면."

"뭐, 대학 가면?"

경호는 어이없는 표정으로 또 혼자 씩 웃고 있는 지혁을 마주
보았다.

"달라진 게 없잖아."

"아니, 있어."

지혁은 단호하게 경호의 말을 받았다. 달라진 게 없다니.

"한서희가 나를 좋아해."

지혁은 서희가 매어 준 넥타이를 만지며 입술 끝을 올렸다. 혼

자만의 짝사랑이 아니었다. 그런데 달라진 게 없다니.

"자존심도 없냐. 지금 사귄다는 것도 아니고 2년 후에나 사귄다는데 그게 그리 좋아? 말이 좋아 2년 후지……."

거의 변하지 않는 표정이었지만 경호는 지금 지혁이 얼마나 흥분하고 있는지, 설레어하고 있는지 알고 있었다. 하지만 2년 후라니. 그 약속을 받아 들고 세상에서 가장 행복한 녀석이 된 양 앞에 서 있는 지혁이 한심해 경호는 인상을 쓰며 툭 퉁명스레 면박을 줬다.

지혁은 아직도 진정이 되지 않는 심장을 가라앉히듯 숨을 깊이 들이마시고 가방에서 다음 수업 시간을 위한 노트와 책을 꺼내며 경호에게 물었다.

"어떤 사내자식이 제일 못난 놈인 줄 알아?"

대답 대신 눈썹을 치켜뜨는 경호를 한 번 쳐다본 후 지혁은 의자에 걸터앉아 노트를 펼치며 담담한 목소리로 말을 이었다.

"자기 여자한테 자존심 내세우는 남자."

지혁은 천천히 경호를 바라보며 말했다.

"난 한서희한테 내세울 자존심 따윈 없어."

❖

"안 돼."

단호하게 말하는 남옥의 목소리에 저녁 식사 자리의 공기가 차갑게 내려앉았다.

여름방학을 하는 날. 늘 학원 수업으로 저녁을 따로 먹어야 했던 지혁도 오늘은 가족과 함께 자리를 하며 오랜만에 네 식구 모두 모여 식사를 하고 있었다.

처음 분위기는 화기애애했다. 전교 1등인 교내 성적표와 함께 전국 석차 순위권인 모의고사 성적표까지 지혁에게 받아 들고 남옥은 기쁜 마음에 오랜만에 음식 솜씨를 한껏 뽐낸 날이었다.

기분 좋게 식사를 시작하며 이야기를 나누던 중 지혁은 성적도 좋으니 일주일 동안 학원을 쉬고 싶다고 말했다. 썩 내키지는 않았지만 서균도, 무엇보다 2년 전 입시를 마친 지욱도 지혁을 두둔해 오기에 남옥도 그래라 흔쾌히 승낙을 한 뒤였다. 식사를 하며 남옥은 집에서 공부할 지혁을 위해 먹고 싶은 게 뭐냐 물어보았다. 엄마가 우리 아들 해 달라는 거 다 해 줄게. 그리 덧붙이는 것도 잊지 않았다. 하지만, 그 질문에 되돌아온,

「나 나미네 가서 공부할 거야.」

라는 지혁의 대답이 결국 남옥의 얼굴을 굳게 만든 것이었다.

"안 돼."

그리고 예상치도 못한 남옥의 반응에 지혁 역시 차갑게 얼굴을 굳힌 채 남옥을 바라보았다.

"왜?"

"그냥 집에 있어."

서균과 지욱도 남옥의 반응이 의외인 듯 식사를 하던 손을 멈춘 채 남옥을 바라보았다.

"나영 엄마랑 다퉜어?"

잠시 식사를 멈췄던 서균이 대수롭지 않은 일이겠거니 가벼이 질문을 던졌지만 남옥의 얼굴은 쉽게 펴지질 않고 있었다. 남옥은 어색하게 굳어진 얼굴을 펴며 달래는 듯한 표정으로 지혁을 바라보았다.

"엄마는 지혁이 네가 서희랑 이제 좀 거리를 뒀으면 해."

지혁은 밥을 먹던 숟가락을 식탁에 내려놓으며 남옥을 마주 보았다.

"왜요?"

화가 나면 존댓말을 하는 지혁이었다.

"이제 너희도 어린아이 아니야. 지혁이 너도 곧 성인이 될 테고 서희도 그렇고. 난 지혁이 네가 서희랑 그냥 남매처럼 지내면 좋겠어."

"왜요?"

지혁은 다시 같은 질문을 던졌다.

"서희, 보면 안쓰러워. 애 바르고 똑똑하고 예쁜 거 엄마도 알아. 하지만, 내 아들 여자 친구로는 싫어."

"어머니, 이제 고등학생인데……."

분위기가 험악해질 거 같아 지욱은 남옥의 말을 막고 나섰다.

"서희네 힘들어서요?"

하지만, 지혁은 이야기를 끝내고 싶은 마음이 없었다.

"너도 부모 되어 봐. 많은 생각 하게 돼. 아직까지는 어려서 그저 둘이 남매처럼 지내는 것이려니 했는데……. 엄마 친구들도 자꾸 너랑 서희에 대해 물어보고 그거 듣기 싫어."

"제가 만약 나미나 나나랑 그렇게 지내는 거라면요?"

지혁의 질문에 남옥은 머뭇거렸다. 서희가 싫은 건 아니었다. 하지만 서희의 배경은 탐탁지 않았다. 나미네 집에 들어와 산 지 벌써 6년이 지나도록 자기 집으로 돌아가지 못하고 있는 서희였다.

아직 너무나 이른 걱정이라고 스스로 다독여 봤지만 어려서 잠깐 지나갈 감정인 줄 알았던 둘째 아들의 서희에게 향한 마음은 도대체 식을 기미가 보이지 않고 있었다. 한창 이성에 관심이 많을 나이이건만 서희 외에는 여자가 없는 것처럼 서희만 바라보고 있는 아들을 남옥은 알고 있었다. 초등학교 시절 그저 귀엽게 보아 온 그 감정이 중학교, 고등학교를 지나 이제 졸업할 때가 되어 오니 걱정이 앞서기 시작했다. 서희가 무남독녀라는 것도 걸렸다. 집의 어려움을 서희는 홀로 감당해야 할 테고, 그 무거운 책임을 내 아들이 같이 짊어지게 되는 것이 싫었다.

"그래. 서희 배경. 엄마는 싫어. 자기 자식 남의 집에 맡긴 채 6년이 지나도록 아무런 대책 마련도 못하는 집이야. 얼마나 힘들면 그러겠니? 서희 고거, 어려서부터 똑똑하고 제 앞가림 잘하는 애라는 거 알아. 크면 자기네 집 지가 책임지려고 하겠지. 거기에 너 엮이는 거 싫어. 너 좋다는 아이들 많다고 하던데 왜⋯⋯."

"저 내일부터 나미네 가서 일주일간 공부할게요. 아주머니께는 이미 말씀드렸어요."

지혁이 제 할 말만 하고 자리에서 일어나 가 버리자 서균이 못 마땅한 목소리로 입을 열었다.

"애 예민할 땐데 그냥 두지, 좀."

서균의 타박에 남옥은 한숨을 내쉬었다.

"아직 어려서 그래. 군대 갔다 와 봐. 아니, 대학만 가 봐. 여자 보는 눈 바뀌어."

혀까지 끌끌 차는 서균을 보며 남옥은 되물었다.

"그래도 안 바뀌면요? 하루에도 수십 번 마음이 바뀌는 사춘기 때도 서희 하나 바라보고 있어요, 쟤가. 늘 내가 걱정 사서 하는 거 같죠? 서희랑 같이 있을 때 저 녀석이 어떤 표정인지 알기나 해요? 학교에서도 유명하대요. 만나는 사람마다 다 물어봐요. 중간에 한 명이라도 다른 애한테 관심 보였으면 내가 이렇게까지 걱정 안 해요. 저 녀석, 어려서부터 일기장에 온통 서희 얘기밖에 없었던 애라고요. 단단히 미쳤다고요, 저 녀석이. 그런데 걱정이 안 돼요? 그러다 옴팡 그 집 문제, 저 녀석이 다 뒤집어쓰게 될 텐데. 그때 되면 당신이 나설 거예요? 예?"

남편에게 되묻는 남옥의 목소리가 점점 커져 갔다. 그리 쉽게 변할 마음이 아니라는 게 뻔히 보이는데도 쓸데없는 걱정만 하고 있다는 듯 타박을 주는 남편이 야속하기도 했다.

"어머니."

아내가 예상했던 것보다 많이 화를 내자 입을 다무는 서균 대신 옆에 앉아 있던 지욱이 남옥의 팔을 토닥였다.

"몇 년 후에 서희네 집이 나아질 수도 있잖아요. 벌써부터 그러지 마세요. 사실 서희 하나만 보면 나무랄 데 없잖아요. 아버지 말씀처럼 지혁이 마음이 변할 수도 있고, 서희 마음이 아닐 수도 있는 거고요. 이제 얼마 안 남았는데 지혁이한테 맞춰 주세요."

"너도 내가 과하다 싶지?"

남옥의 목소리가 쌜쭉하게 지욱에게로 향했다.

"아뇨. 하지만, 지혁이 이제 정말 얼마 안 남았잖아요. 어머니가 걱정하시는 건 조금 더 먼 미래 이야기고. 우선은 혁이 대입이 코앞이니까 그냥 녀석 편하게 해 주세요. 어머니 말씀대로 혁이 성질머리에 삐뚤어지면 더 골치 아플 텐데."

장난기 어린 지욱의 다독거림에 한결 마음이 풀린 듯 고개를 끄덕였지만 남옥은 여전히 편치 않은 마음으로 다시 한 번 깊이 한숨을 내쉬었다.

❖

여름 방학이 시작되자 지혁은 아침부터 책가방을 둘러메고 나미네 집으로 향했다.

고등학교 입학 후 나미는 소수 과외를 시작하였었다. 처음 시작할 무렵, 옥희는 서희도 함께 하라고 며칠 설득을 해 보았지만 끝내 그렇게까지 폐를 끼칠 수 없다는 서희의 고집을 꺾지 못했다.

그 날, 옥희는 여느 날과 다름없이 집으로 와 서재에 들어서려던 지혁을 불러 앉힌 채 서희의 고지식함이 속상하다며 푸념을 늘어놓았었다. 부모님께 부담 드리는 것이 싫어 학원조차 다니지 않던 서희를 잘 알고 있었기에 옥희도, 지혁도 푸념 속에 서로의 아린 마음을 헤아리고 있었다. 하지만 서희의 그 고집 덕분에 올해는 이렇게 둘만의 시간을 가질 수 있게 된 것이 다행이라 여겨져 지혁은 나미네 집으로 향하며 픽 웃어 버리고 말았다.

첫날, 둘이 함께 공부하는 것이 처음도 아니건만 지혁과 서희는 왠지 부끄러워 서로를 제대로 쳐다보지도 못했다. 아침 일찍 서재에 들어서던 서희는 먼저 자리를 잡고 앉아 있던 지혁과 눈이 마주치자 얼굴부터 붉히고 말았다. 그 옆으로 앉지도 못한 채 건너편에 마주 앉아 책을 펼치면서도 서희는 괜히 큼, 헛기침을 하였고, 서희가 왜 그러는지 알면서도 지혁 역시 '감기야?' 얼굴을 붉히며 엉뚱한 질문을 던졌다.

하지만 이도 잠시, 곧 서희가 물어보는 문제를 풀어주며, 또 옥희가 내어 준 간식과 과일을 함께 먹으면서 둘은 서로를 마주 보며 웃고 장난을 쳤다. 부끄러워서 앞에 앉은 거지? 지혁의 놀림에 오빠 얼굴 빨개지는 거 다 봤어, 혀를 쏙 내미는 서희 곁으로 지혁은 자리를 옮겨 언제 서로를 머쓱해했냐는 듯 나란히 앉아 공부를 하였다.

지혁이 나미네 집에 가는 걸 반대하던 남옥도 우선은 지혁의 마음을 편하게 해 주자 마음먹은 듯 잘 다녀오라며 간식거리까지 싸 주기도 하였다.

"1시간 있다가 깨워 줘."

일주일의 마지막 날, 점심 식사 후 서희와 나란히 앉아 있던 지혁은 졸음을 쫓으려고 몇 번 고개를 움직이며 스트레칭도 해 보았지만 결국 테이블 위로 몸을 엎드리고 말았다. 서희 쪽으로 고개를 돌린 채 엎드린 지혁은 졸린 눈을 몇 번 깜박이다가 곧 고른 숨소리를 내며 잠이 들었다.

신경 쓰지 않는 척 1시간 후 자기를 깨우라는 지혁의 말에도 참고서에서 눈을 떼지 않은 채 고개만 끄덕이던 서희는 지혁의 고른 숨소리가 귀에 들려오자 천천히 지혁에게로 눈길을 옮겼다.

편안히 잠든 얼굴. 눈을 뜨고 있을 때는 차갑게 보이는 얼굴이 이리 눈만 감으면 순해 보이는 것이 신기했다. 서희는 손에 얼굴을 괴고 가만히 지혁을 바라보다 그대로 그를 향해 테이블에 엎드렸다.

가까이 잠이 든 지혁의 얼굴을 마주 보며 미소를 짓던 서희는 조심스럽게 손을 들어 올렸다. 만져 보고 싶다. 감긴 눈도, 오뚝한 코도, 그 밑 인중과 입술도. 손끝으로 만져 보고 싶었지만 가까이 손을 가져가기만 할 뿐 차마 그 얼굴을 만지지 못한 채 서희는 펼쳤던 손을 오므리며 다시 거둬들이고 말았다.

긴장으로 멈췄던 숨이 '휴' 작은 한숨으로 입술에서 새어 나왔다. 그리고 그 한숨이 가슴속에서 모두 뱉어지기 전 거둬들이던 손은 곧 지혁의 손에 잡히고 말았다. 지혁은 감은 눈을 천천히 떠 올렸다. 너무나 갑작스러운 지혁의 행동에 서희는 움직이지도 못하고 눈만 크게 뜬 채 얼굴을 붉히고 말았다.

"만지고 싶으면 만져."

지혁은 마주 보고 테이블에 엎드린 서희를 보며 장난스러운 미소를 지어 보였다. 그리고 손안에 있는 서희의 손을 들어 자기 얼굴에 가져다 댔다.

"여기가 이마, 여기가 눈썹, 여기가 눈, 여기가 코, 여기가
볼......"

손끝에 느껴지는 지혁의 얼굴 때문인지 가만히 자기를 바라보
고 있는 지혁의 눈길 때문인지 서희의 심장은 점점 자기 속도를
잃어 가고 있었다.

"여기가 입술."

말을 하면서 움직이는 지혁의 입술이 손끝에 닿아 오자 서희는
손을 오므리고 말았다. 지혁은 서희의 손을 잡은 채 그녀를 마주
보았다.

"오빠 잘생겼지? 탐나지?"

미친 듯이 뛰고 있는 심장 때문에 얼굴을 붉게 물들이면서도
서희는 짐짓 뾰로통한 표정을 지어 보이며 테이블에서 몸을 일으
켜 세웠다.

"그다지 내 타입 아냐."

"그래? 그럼 어딜 고치면 내가 마음에 들 거 같아?"

"몰라."

지혁은 여전히 테이블 위에 엎드린 채 뾰로통히 자신을 외면하
고 있는 서희를 바라보았다. 훗. 저절로 입술 끝이 올라갔다. 장난
스런 미소를 지으며 지혁은 서희의 손을 끌고 와 그 위로 얼굴을
올렸다.

"나 잘래."

자신의 행동에 화들짝 놀라는 서희를 확인한 후 지혁은 눈을

감았다.

"손 놓고 자."

얼굴까지 붉히며 서희는 목소리를 높였지만 눈을 감은 지혁은 여전히 그녀의 손을 꼭 잡은 채 한껏 입술 끝을 올리고 있었다. 지혁을 노려보던 서희는 그에게 잡힌 손을 빼내려 힘을 줬다.

"손 놓으라니까."

지혁이 여전히 눈을 감은 채 입을 열었다.

"안 돼. 또 내 자는 얼굴 만지려고 할 거잖아. 한 번 만지게 해 줬으면 됐지. 응큼하게."

"안 만져!"

몇 번, 손을 빼내려 시도를 해 보았지만 서희의 손을 쥐고 있는 지혁의 손에 점점 더 힘이 들어가기만 할 뿐, 그는 꿈쩍도 하지 않은 채 고른 숨소리를 흘려보내고 있었다.

"정말 못됐어."

서희의 뾰족한 투정에도 지혁은 눈을 감은 채 고요히 고른 숨을 내쉬고 있었다. 서희는 체념 어린 한숨을 내쉰 후 보고 있던 참고서로 눈길을 돌렸다. 하지만 그것도 잠시, 온통 신경은 지혁의 손안에 잡혀 있는 자신의 손에 집중되고, 눈은 저절로 지혁을 향하고 있었다. 작게 내쉬는 지혁의 숨소리가 서재 안에 울리는 시계 초침 소리보다, 창밖에서 시끄럽게 울어 대는 매미 소리보다 더 크게 귓가에 들려왔다.

가만히 지혁을 바라보며 자신의 숨을 맞춰 가던 서희는 다시 테이블 위로 엎드려 그와 얼굴을 마주했다. 그리고 그의 숨소리에 맞춰 숨을 쉬어 갔다. 지혁이 숨을 내쉬면 서희는 들이마시고, 지혁이 숨을 들이마시면 서희는 숨을 내쉬었다. 마치 둘만이 한 공기를 공유하듯 그리 마주 보고 있던 서희는 조용히 입을 열었다.

"난? 난 어디 고치면 더 예쁠 거 같아?"

대답을 기대하지도 않았건만 지혁은 눈을 떠 찬찬히 서희를 얼굴을 바라보다 입을 열었다.

"우선 눈이 조금 더 작았으면 좋겠어."

서희는 눈을 가느스름하게 떠 보였다.

"코도 조금 더 낮았으면 좋겠고, 입술도 좀 더 얇고, 웃을 때 들어가는 보조개도 없었으면 좋겠어."

들으며 곰곰이 생각해 보던 서희는 미간을 찌푸리며 지혁을 빤히 쳐다보았다.

"그럼 더 미워지잖아."

"응. 난 한서희가 내 눈에만 예뻐 보이면 좋겠어."

둘은 한동안 말없이 서로를 바라보았다. 서로 얼굴을 붉히며 아무 말도 못 한 채 그저 한동안 둘은 서로를 바라보았다.

"일주일. 나한테 선물 준 거야."

"응?"

"나 성적 좋아서 나한테 선물 준 거였어. 일주일. 한서희 맘껏 볼 수 있게. 이제 또 자주 못 올 거야."

서희는 대답 대신 고개를 끄덕였다.

"한서희도 공부 열심히 하고 있어."

"걱정하지 마."

"오빠 생각 너무 많이 하지 말고."

그 말에 서희는 쿡 작게 웃음소리를 내며 지혁을 바라보았다.

"복도에서 날 봤는데 이주은이랑 이야기하고 있다고 질투하지 말고."

"큭큭."

"질투하다 나 다른 사람한테 빼앗길까 봐 갑자기 찾아와서 오빠 우리 사귀자 그러지도 말고. 고등학교 때 연애하면 대학 떨어지니까."

담담히 무표정한 얼굴로 던지는 지혁의 너스레에 서희는 테이블에서 몸을 일으켜 하하 소리 내 웃기 시작했다.

그 웃음소리를 들으며 지혁은 목구멍에 걸리는 뜨거운 덩어리를 집어삼켰다. 며칠 전 남옥의 이야기와 그 말에 화내는 것밖에 달리 어떤 것도 할 수 없었던 자신이 겹쳐졌다. 얼른 내 울타리 안에서 서희를 지켜 주고 싶었지만 아직 지혁은 어렸다. 테이블에 얼굴을 기댄 채 가만히 서희의 웃음이 잦아드는 걸 지켜보며 지혁은 천천히 입을 열었다.

"얼른 크자. 서희야. 우리 어른 되자. 남들보다 늦게 가지도 말고 너무 빨리 가지도 말고."

지혁은 테이블에서 몸을 일으키며 말을 멈췄다. 어른. 잠시 창밖을 바라보던 지혁은 의자에 깊숙이 몸을 묻고 고개를 뒤로 젖히며 눈을 감았다.

"우리 손잡고 같이 어른 되자. 한 사람이 너무 많이 앞서지는 말고 같이 어른 되어 가자. 혹 누군가 뒤처지면 옆에서 속도 내지 말고 조금 기다리면서……. 내가 조금 더 빨리 가서 너를 이끌고 싶지만 만약 그렇지 못하더라도 언젠가는 꼭 너보다 큰 울타리 만들어 놓을 테니까. 그때 되면."

또다시 울컥 목으로 뜨거운 것이 치밀어 지혁은 침을 삼켰다. 볼우물을 만들며 누구보다 해맑게 웃는 서희. 그때가 되면 내가 너를 지켜 줄 수 있겠지. 지금처럼 이렇게 아무것도 하지 못한 채 화만 내는 멍청이는 아니겠지. 지혁은 천천히 눈을 떠 서희를 마주 보았다.

"나한테 뽀뽀할 수 있게 해 줄게. 지금 나 눈 감고 있다고 덮치고 그러면 안 돼, 서희야. 뽀뽀는 어른 되고 나서 하는 거야. 아까 내 얼굴 만지려고 한 거 생각하니까 내가 불안해서, 아! 왜 때려!"

"아주 매를 벌지, 응? 정말 오빠 싫어."

"맞잖아. 네가 아까 내 얼굴 만지려고 음흉한 눈빛 던지고 있었잖아."

"내가 언제! 내가 언제! 손만 대려고 한 거지! 음흉한 눈빛은 오빠가 던졌지."

지혁은 하하 소리 내 웃으면서 여전히 자기 손 안에서 꼼지락거리고 있는 서희의 손을 한 번 더 힘줘 잡으며 테이블에 가까이 다가가 앉았다.

"손 놔!"

지혁은 그대로 공부를 하려는 듯 노트를 뒤적이기 시작했다.

"또 나 만지려고."

"오빠!"

놀릴 때마다 발끈거리는 서희의 반응에 지혁의 눈은 보기 좋게 휘어져 갔다. 토라져 부르는 서희의 '오빠'라는 부름도 지혁은 좋았다. 지혁은 미소를 지은 채 노트를 뒤적이다 조용히 입을 열었다.

"마지막 날이잖아."

얼굴은 웃고 있지만 차분히 가라앉은 목소리에 서희는 아무런 대답도 하지 못한 채 지혁을 바라보았다.

"서희야."

"응?"

"나 1분만 네 남자 친구 하면 안 될까?"

지혁은 천천히 고개를 돌려 서희와 마주하였다.

"우리 그동안 열심히 공부했으니까 1분 연애한다고 대학 떨어지진 않을 거야."

짐짓 장난스럽게 지혁은 말했지만 서희와 눈을 맞추고 있는 그의 검은 눈동자는 그 어느 때보다 신중하고 깊었다. 서희는 말없이 그 눈길을 마주했다. 심장이 너무 빨리 뛰어 귓가에 들려오던 주변의 소리들이 아득해지는 사이로 자신의 이름을 부르는 지혁의 목소리가 들려왔다.

"서희야."

"……응?"

"네가 정말 많이 좋아."

예상하지 못한 말에 서희의 눈은 동그랗게 커졌다. 그리고 곧 눈물이 차오를 거 같아 눈을 깜박거렸다.

"네가 좋아."

"……."

"많이 좋아."

"나도."

말끝이 흔들렸지만 서희는 다시 입을 열었다.

"나도 오빠가 좋아. 많이 좋아. 아주 많이 좋아."

지혁이 손을 들어 서희의 얼굴을 만져 갔다. 하나하나 소중히, 심장이 다시 아파 왔지만, 지혁은 손끝으로 천천히 서희의 이마를, 눈과 코, 입술을 만져 갔다. 얼굴에 스치는 지혁의 손길을 느끼며 눈을 감았던 서희는 지혁의 손이 멀어지자 천천히 눈을 다시 떠올렸다.

잠시 서희의 눈을 깊이 바라보던 지혁은 손을 들어 눈물이 그렁해지는 눈을 눌러 주었다. 그리고 그 손을 들어 이마에 흐트러진 서희의 머리를 올려 주었다. 시간이 멈춘 듯, 아니 멈추길 바란 짧은 순간. 지혁은 서희의 머리를 쓰다듬으며 빙그레 미소를 지었다.

"1분, 끝."

❸

꘩꘩꘩꘩꘩꘩꘩

반올림하자

시간은 아무 일도 없었던 듯 흘러갔다. 달라진 것이 있다면 여전히 호기심 반 장난 반으로 지혁과의 관계를 묻는 사람들의 질문에 서희 역시 말을 아끼고 있다는 것이었다.

여전히 지혁은 특별반 수업 후 일주일에 두세 번 느슨한 넥타이를 매달라고 서희를 찾아왔고, 작은 티격태격 후에 헤드락을 걸고 서희 머리를 콩콩 때렸으며, 가끔씩 수업에 들어가야 하는 서희를 붙들고 '지혁 오빠가 세상에서 제일 멋져요'라 말하지 않으면 놔주지 않겠다 협박을 했다. 생리통이 심해 양호실에 누워 있는 서희를 찾아가 첫생리 사건을 들먹거려 서희에게 또 맞아야 했고, 추석에 부모님을 찾아갔다 다투시는 두 분의 모습에 상처받고 돌아온 서희의 비타민 씨가 되어 주기도 했다.

여전히 둘은 서로의 곁을 지켰다. 그리고 그런 일상 속에 지혁은 대입을 치렀다. 대입을 치르기 전날, 지혁은 다시 한 번 더 1분간 서희의 남자 친구가 되었다. 나미의 집을 찾아가 서희를 불러낸 지혁은 조심스럽게 서희를 안았고, 서희의 머릿결에 입을 맞추었다. 지혁의 말처럼 긴 시간 열심히 공부한 덕분인지 2분간의 연애는 다행히 지혁의 발목을 잡지 못했다.

❖

지혁의 합격 소식을 전해 들은 날, 나미네 가족과 지혁네 가족은 나미네 집으로 모였다. 밖에 나가 식사를 함께 하자는 남옥의 제안에 옥희는 굳이 자기 손으로 음식을 해 지혁을 축하해 주고 싶다며 집으로 초대한 것이었다. 일하시는 아주머니와 함께 옥희가 손수 준비한 음식은 맛있었고, 좋은 사람들과 기쁜 소식을 함께하며 모두들 유쾌한 시간을 즐기고 있었다.

"지욱이는 의대, 지혁이는 생명과학부. 어찌 너희 아버지는 수학과 교수인데 다들 그쪽으로 가냐? 그리고, 지혁이 너도 그리로 갈 거면 형처럼 의대를 가지."

윤식의 질문에 서균은 옆자리에 앉은 지혁의 등을 툭툭 쳐 보였다.

"이 녀석은 어려서부터 지 작은아버지 친구였잖아. 서구 녀석 미국에 있을 때도 나나 지 엄마 몰래 국제 전화해서 사나이 대 사나이로 약속하라며 장난감 얻어 내고 그러더니……. 가끔 미국 보내면 서구 따라 연구실 가 보고 그 집 쌍둥이랑 학회 따라가 놀다

오고 하더니 초등학교 4학년 땐가. 자기도 작은아버지처럼 과학자가 되겠다고 하더라고. 뭐, 어려서 그러는 거 바뀌겠거니 했는데 녀석, 끝내 그리 가네."

이리 모이면 가끔씩 등장하는 서균의 동생네 이야기는 그 집 쌍둥이 중 큰아들의 소식으로 이어졌다.

"그런데, 서구 큰아들 박사 학위 받았다며? 아직 나이가 어리지 않나?"

윤식은 고개를 갸웃거리며 셈을 하듯 손을 접어 보였다.

"지훈이 그 자식 천재잖냐. 월반 몇 번 하고 열일곱인가에 대학 갔지, 아마. 지욱이보다 4살 많으니 이제 스물다섯이지. 도통 무슨 생각을 하는지 나도 잘 모르겠어. 어려서부터 애가 애 같질 않아서."

"서구도 보통 똑똑했냐. 난 걔 인간이 아닌 줄 알았었어."

윤식의 말에 서균은 껄껄 웃음을 터뜨렸다.

"서구 녀석, 군대 갔다 오고 얼마 안 있다 좋아하는 여자 있다고 결혼해야겠다며 집안 들쑤셔 놓더니 나보다도 먼저 결혼해 미국으로 간 거 아니냐. 자식. 그래서 우리 욱이가 장손인데도 그 집 쌍둥이들보다 4살이나 어리고. 그때 그렇게 부모님 속 썩이더니 그래도 아버지, 어머니 살아생전 그 녀석 성공한 거 보셨으니 됐지."

서균은 말을 멈추고 둘째 아들을 바라보았다.

"이 녀석이 가끔 보면 지 작은아버지 성격이 보여서 걱정이다. 갑자기 어디서 여자 한 명 데리고 와 장가보내 주세요. 그럴까 봐."

한껏 기분 좋은 서균의 농담 어린 타박을 들으며 지혁이 맞은 편에 앉은 서희를 흘깃 쳐다보자 서희의 얼굴이 붉어졌다.

"그래, 이제 지혁이 대학 가면 많이 놀러 다니고 하고 싶은 거 다 하고 그러겠네."

식사 후 후식으로 과일과 차를 내오던 옥희는 자리에 앉으며 지혁을 따스하게 바라보았다.

"뭘 가장 먼저 해 보고 싶어?"

"……그게."

어려운 질문도 아니건만 지혁은 평소와 달리 주저하며 식탁에 놓인 배를 하나 집어 올렸다.

"미팅하고 싶지? 그치?"

턱까지 치받치며 묻는 나나의 질문에 지혁은 다시 한 번 서희 와 시선을 맞춘 후 모두를 둘러보았다.

"군대 갔다 오려고요."

"응?"

"군대?"

"군, 군대라니?"

모두가 선뜻 지혁의 말을 이해하기 어려워 어리둥절해하는 사 이 지혁은 말까지 더듬거리며 되묻는 서희의 질문에 고개를 끄덕 였다.

"응, 오빠 군대 갔다 오려고."

서희는 아무런 대꾸도 하지 못한 채 멍하니 지혁을 바라보았다. 분명히 지혁이 말을 하고 있건만 서희는 도대체 그가 무슨 말을 하고 있는지 이해할 수 없었다. 두 눈은 움직이고 있는 지혁의 입술을 향해 있었지만 귀로 들어온 말은 뇌에까지 전달이 되지 않고 있었다.

"아니, 넌 갑자기…… 한 마디 상의도 없이 그게 무슨 말이야?"

남옥의 목소리에는 놀라움과 함께 갑자기 통보를 해 버린 작은 아들에 대한 노여움도 묻어 있었다.

"대학 들어가 신입생 되어 봤자 1년 동안 술 마시고 놀기밖에 더하겠어. 군대 다녀오면 다들 철든다고 하니 군대나 다녀오려고요. 어차피 가야 할 거."

지혁은 남옥을 향해 어깨까지 으쓱거리며 대수롭지 않은 일이라는 듯 대답했다.

"뭐야? 벌써 마음 정한 거야?"

뒤늦게 목소리를 높이는 나미의 질문에 지혁은 고개를 끄덕였다.

"응. 3월이나 4월에 가게 될 거야."

"너무하다. 우리 고3인데……. 오빠 고3 내내 서희 괴롭혔으면서 서희 고3 되니까 도망가냐?"

"그래. 저 꼬맹이, 나한테 복수한다고 괴롭힐 목록 뽑아 놓은 거 같아서 도망가는 거야."

지혁은 농담으로 나미의 투정을 받으며 하얗게 질린 채 아무 말 없이 앉아 있는 서희에게 시선을 돌렸다. 차마 뭐라 할 수 없는 미안함과 안타까움이 잠시 지혁의 얼굴을 스치고 지나갔다. 하지만 곧 자기 얼굴에 머무는 남옥의 시선을 느끼며 지혁은 다시 식탁 위로 손을 뻗어 마시다 만 차를 집어 들었다.

"얼마나 괴롭혔으면 지레 겁먹고 도망까지 갈 정도야?"

"말도 마, 지욱 오빠. 일주일에 몇 번씩 와서 넥타이 매달라고 하지, 자기 반이 바로 매점 옆이면서 서희한테 피곤하다고 문자 보내 커피 사 가지고 오라고 하지. 모의고사 보고 나서는 서희한테 시험지 채점하게 하지. 자습 시간에는 서희가 뜨거운 물 부어 준 컵라면을 먹지 못하면 대학 떨어질 거 같다고 문자 보내지. 서희가 안 한다고 답 보내면 오빠 고3인데 네가 그러면 되겠냐, 오빠가 대학 떨어지면 네가 책임질 거냐. 협박 문자 보내고. 매점 가 보면 매점 안에서 컵라면 사 놓고 기다리고 있었다니까, 뜨거운 물 서희한테 부으라고. 서희가 화나서 노려보면 '서희야, 너 그렇게 오빠 노려보면 오빠 충격받아 몇 시간씩 공부 못 하는데 그러다 오빠 대학 떨어지면 네가 책임질 거야?' 또 협박. 난 정말 고3 유세 그렇게 떠는 사람 처음 봤다니까."

다른 날 같으면 나미의 말에 맞장구라도 쳐 줬을 서희가 어색한 미소만 지어 보이다 결국 자리에서 일어섰다. 자꾸 눈이 화끈거리고 숨이 막혀 그대로 있다가는 눈물이라도 떨어뜨릴 것 같았다.

일어서는 서희의 손을 잡으며 '어디 가?' 입모양으로 묻는 나미에게 '화장실' 작게 속삭인 후 서희는 2층으로 올라갔다.

"서희가 마음이 안 좋은 게지."

그런 서희의 뒷모습을 좇던 옥희의 중얼거림에 모두들 고개를 끄덕였다.

"부모랑 떨어져 있으면서 그래도 오빠라고 지혁이 그리 따랐는데……."

"하여간, 오빠는 서희 괴롭히는 방법 연구하는 사람도 아니고 어떻게 매번 그래?"

나미는 쯧쯧 혀까지 차며 눈으로 서희의 뒷모습을 좇고 있는 지혁을 노려보았다.

"입대 지원은 이미 해 놓은 거니?"

"언제 그리 결정한 거야?"

쏟아지는 질문들 사이, 사람들의 이야기를 들으면서도 시계를 보던 지혁은 꽤 시간이 흐르도록 서희가 돌아오지 않자 마침내 자리에서 일어났다.

"저 서희한테 갔다 올게요."

서재 문을 열어도 서희가 보이지 않자 지혁은 그녀의 방 앞으로 갔다.

똑똑.

"서희야, 나야. 들어간다."

안에서 대답이 들려오기도 전에 지혁이 문을 열고 한 발자국 방 안으로 들어서자, 침대에 누워 있던 서희는 이불을 머리까지 뒤집어쓰며 벽을 향해 돌아누웠다.

"서희야."

지혁은 침대 가까이 다가와 서희 옆에 걸터앉았다.

"한서희."

이불 위로 서희의 머리를 톡톡 치면서 어렸을 때 했던 것처럼 장난스런 목소리로 그 이름을 불러 보았다.

"가! 듣기 싫어. 내 이름 부르지 마."

이불 속에서 화가 난 서희의 목소리가 들려오자 지혁의 입술이 슬며시 올라갔다.

"서희야."

"나가!"

"까불지."

"나가. 재수탱이!"

"크크, 오랜만에 듣네, 그 말."

"오빠는 그때나 지금이나 정말 못돼 처먹었어."

"한서희는 그때나 지금이나 따박따박 오빠한테 대들고, 그치?"

둘은 한동안 아무 말 없이 그대로 있었다. 서희는 이불 속에 들어가 눈을 감고 있었고 지혁은 서희 옆에 앉아 돌아누운 그녀의 팔을 토닥이고 있었다.

"서희야, 오빠 다녀올게. 미리 이야기 안 해 미안해. 미리 얘기 해서 너 신경 쓰게 만들고 싶지 않았어."

"그래도 상의는 할 수 있는 거잖아. 난 오빠한테 아무것도 아 니야?"

어떻게 그래? 어떻게 한 마디도 안 할 수 있어? 원망 어린 수많은 질문들이 난 아무것도 아니냐는 한마디 안에 들어가 있었다. 대답 대신, 지혁은 천천히 서희를 가리고 있는 이불을 내렸다.

167

"나 좀 봐봐."

어깨를 잡아 돌아눕힌 서희의 두 눈에 가득 고인 눈물을 보며 지혁의 얼굴도 잠시 일그러졌다. 지혁은 심장이 아리게 이 아이가 좋았다. 어떻게 해야 좋을지 모를 만큼 이 아이가 좋아 지혁은 괴로웠다.

"그런 거 아냐. 아닌 거 알잖아."

"갑자기…… 갑자기 왜?"

"어차피 다녀와야 해. ……나 대학 가면 한서희 고민 될 거 아니야? 오빠 여자 친구 사귈까 봐, 그렇지? 내가 술 마시고 집에 늦게 들어온다는 소리도 듣기 싫을 테고. 난 너 공부 방해될까 봐 제대로 찾아오지 못할 텐데 그러면 한서희 또 고민할 거 아니야. 오빠 왜 안 오나, 혹시 마음 변했나."

장난기 가득한 얼굴로 말하는 지혁의 말에 서희는 고개를 세차게 흔들었다.

"그런 고민 안 해."

"너랑 나, 서로 마음 몰랐을 땐 생각하지 않아도 될 고민들 분명히 생겨날 거야. 적어도 내가 군대 가 있으면 한서희 안심은 될 거 아냐."

"고민 안 해. 옆에 있어."

"자주 편지 할게. 휴가도 나올 거고."

지혁은 누워 있는 서희의 머리를 쓸어 올려 주었다. 다시 눈이 마주치자 눈물이 맺히는 서희를 보며 지혁은 목구멍에 걸리는 뜨거운 것을 내려보내려 침을 삼켰다.

네가 좋아, 서희야. 하루에도 수십 번, 이 말을 들려주고 싶었다. 서희를 생각하면 열기에 휩싸이는 마음을 진정시키는 것이 지혁은 힘겨웠다.

처음 혼자만의 짝사랑이라 생각했을 때는, 그 사랑에 가슴이 타들어 갈 때마다 서희가 날 좋아해 준다면, 만일 그렇게만 해 준다면 더 이상 바랄 게 없을 거라고 생각했었다. 하지만 서희의 마음이 자기와 같다는 것을 알게 된 후 기쁜 마음은 잠시, 자꾸만 더 많은 것을 바라게 되는 자신을 지혁은 마주해야 했다. 손을 잡고 싶고, 품에 안고 싶고, 입 맞추고 싶었다.

지혁이 다가가면 그만큼 늘 자리를 내어 주는 서희라는 것을 알기에 혹 그 마음 이용하려 들까 봐, 그러다 더 욕심부리게 될 거 같아 지혁은 결심을 하게 되었다. 지금까지 열심히 살아왔는데 그 누구도 아닌 지혁, 자신 때문에 서희의 마지막 1년을 망치게 할 순 없었다.

"미리 이야기해 줘도 됐던 거야."

머리 위에 머무른 지혁의 손을 밀어내며 서희는 자리에 일어나 앉았다.

"미안."

"나 대학 가면 다른 사람 만날 거야."

"그건 너무 심하다, 한서희."

서희의 투정 어린 말에 지혁이 작게 웃으며 다시 그녀의 머리를 쓰다듬으려 했지만, 서희는 다시 그의 손을 거칠게 쳐냈다.

"왜? 오빠도 오빠 마음대로 하면서. 나도 내 마음대로 할 거야.

오빠 따위 다 잊어버릴 거야. 휴가 나와도 나 찾아오지 마. 군대 갈 때도 인사 같은 거 하지 마. 그냥 가 버려."

"그러면 올 거면서."

"안 울어. 고3만 지나 봐. 대학 가자마자 미팅, 소개팅, 다 해 버릴 거야. 오빠 따위 잊어버릴 거라고. 정말 못됐어, 오빠는. 자기 마음대로야. 나도 그럴 거야. 이제 오빠 생각 안 할 거야."

말을 할수록 지혁에 대한 원망이 고스란히 가슴에 새겨져 갔다. 울지 않으려 눈에 힘을 줘도 목소리가 떨려 서희는 입술을 깨물었다. 뭘 날 위해서야? 자기 마음대로 하면서.

발아래에 덮여져 있는 이불을 걷어 내며 서희는 몸을 움직였다.

"서희야."

"나 머리 빗고 내려갈 테니까 나가. 오빠랑 같이 있기도 싫어."

눈을 마주하면 다시 눈물이 나올 거 같아 서희는 자리에서 일어나 벽에 걸린 거울 앞으로 갔다. 중간을 잡아 묶은 머리 끈을 풀고 빗을 들어 머리를 빗은 후 평소와 같은 모양을 잡아 가면서도 서희는 눈물을 참으려 눈을 깜박였다. 안 울어. 오빠 따위 때문에 울지 않을 거야.

거울을 통해 지혁이 뒤에 와서 서는 것이 보였지만 서희는 아무 말 없이 계속 머리를 빗으며 그에게 등을 보이고 있었다. 손이 떨려서인지 머리가 제대로 빗겨지지 않아 서희는 몇 번이고 끈으로 묶었다 풀기를 반복하고 있었다.

"빗 줘 봐."

"싫어."

"그러지 말고."

지혁은 서희의 손에서 빗을 빼 들고 머리를 빗겨 나가기 시작했다. 커다란 손에 잡힌 빗은 작아 보였다. 투박한 손길로 제대로 머리를 만질 수 없다는 것을 알면서도 뒤에 서서 열심히 머리를 빗기고 있는 지혁의 모습에 서희는 다시 울컥 눈물이 나오려고 하였다.

늘 이랬다. 언제부터인가. 이렇게 머리가 잘 빗겨지지 않는 날, 거울 앞에 서서 끙끙거리는 서희를 볼 때면 그는 늘 이리 다가와 빗을 뺏어 들곤 하였다. 이렇게 서희야? 이건 어때 서희야? 결국 서희보다 더 엉망으로 머리를 묶어 놓은 후, 그 머리 그대로 공부하라고 고집을 부리곤 하였었다.

바보. 서희는 입술을 깨물었다. 제대로 하지도 못하면서. 저절로 고개가 숙여지려 하였다. 거울 속 서희의 눈에 차오른 눈물을 보자 지혁이 손이 멈췄다. 울지 마. 하려 한 말을 입술 끝에 매단 채 지혁은 차마 입을 열지 못했다. 가슴이 아파 저절로 미간이 좁아졌다.

그는 손에 들린 빗을 거울 옆 선반 위에 올려놓았다. 그리고, 그 손을 그대로 서희의 머리 위로 가져갔다.

"오빠 봐봐, 서희야."

세차게 고개를 흔들면서도 그녀는 어깨를 잡아 돌려세우는 그의 손길을 뿌리치지 않았다.

"고집은."

지혁은 손을 들어 서희의 눈에 맺힌 눈물을 닦아 주었다. 손끝에 닿아 오는 서희의 얼굴은 뜨겁고 부드러웠다. 언제나 그렇듯 얼굴에 닿는 그의 손길에 눈을 감았던 서희는 천천히 눈을 뜨며 그를 바라보았다. 그녀의 눈길을 받으며 지혁의 가슴은 크게 한 번 들썩였다. 다시 서희 눈에 차오르는 눈물을 보며 얼굴이 일그러지던 지혁은 한 손을 뻗어 그녀의 뒷머리를 잡아 가슴으로 끌고 왔다.

"나 오늘은 봐주라."

지혁의 다른 팔이 서희의 몸을 감싸며 그녀를 품 안으로 끌고 왔다. 대입 보기 전날 안았던 손길보다 더 온전히 그녀를 원하는 마음이 묻어나는 몸짓이었다. 품 안에 꼭 들어오는 서희를 안고 지혁은 그녀의 머리에 얼굴을 묻었다.

"오빠 정말 싫어."

참았던 눈물이 흘러나오고 울음을 삼키려는 작은 어깨가 흐느낌에 떨리고 있었다.

"미안, 미안, 서희야."

지혁의 품에 안겨 있던 서희는 떨리는 손을 들어 올려 지혁의 옷을 거머쥐었다.

"오빠."

코끝에 맡아지는 지혁의 냄새와 지혁의 심장 소리, 머리 위에 놓인 지혁의 얼굴, 꼭 껴안아 준 지혁의 체온에 서희는 옷자락을 잡았던 손을 펼쳐 그의 허리를 감싸 안았다.

가지 마, 가지 마, 오빠. 울면서 더듬더듬, 가지 마, 울먹이는 서희의 말에 그는 좀 더 깊이 서희를 제 품 안으로 끌고 왔다. 품 안에 있는 작은 몸의 흐느낌에 지혁의 눈에도 설핏 눈물이 고여 들었지만 그는 큼, 헛기침을 하며 천천히 목구멍에 걸리는 뜨거운 덩어리를 삼켜 내렸다.

"자신이 없어서 나 도망가는 거야, 서희야. 너한테 남은 1년. 나 자꾸 이러고 싶을까 봐. 그러니까, 화내지 말고 울지도 마."

그래도 보내기 싫다는 듯 더 깊이 가슴속으로 파고드는 서희의 몸짓에 그녀를 안고 있는 지혁의 팔에 힘이 쥐어졌다.

"미……치겠다, 서희야."

"기다리라고 말해."

가슴속에서 서희의 야무진 목소리가 떨려 나오고 있었다.

"갈 거면 기다리라고 하고 가."

지혁의 가슴에서 얼굴을 떼어 내며 서희는 그를 올려다보았다. 그와 눈이 마주치자 눈물로 흠뻑 젖은 얼굴이 다시 일그러져 갔다. 그러면서도 눈물을 참으려 눈을 깜박이는 그녀의 모습에 지혁은 미간을 찌푸리며 큼, 헛기침을 하였다.

"빨리, 기다리라고 해. 오빠 올 때까지 기다리라고 하고 가."

"기다려."

숨을 고르듯 천천히 지혁은 낮게 가라앉은 목소리로 서희에게 말을 이어 갔다.

"기다려, 서희야. 나 올 때까지 기다리고 있어. 다른 데 가지 말고."

서희의 얼굴이 살짝 일그러졌지만 그녀는 고개를 끄덕이며 지혁의 시선을 피하지 않았다.

"길지 않을 거야. 봄, 여름, 가을, 겨울. 두 번씩만 보내면 돼. 1년은 한서희 고3이니까 정신없을 테고 나머지 1년도 한서희 대학교 신입생이라 정신없이 지나갈 거야. 대학 생활 1년 보내면서 그 생활 지루해질 때쯤이면 나 제대하고 나와서 네 옆에 있을 거야. 길지 않을 거야. ⋯⋯꼭, 기다리고 있어."

대답 대신 고개를 끄덕이던 서희는 더 이상 지혁을 마주하지 못한 채 그의 가슴에 머리를 기댔다.

"미안, 미안, 서희야. 미안해."

차마 더 이상 힘주어 안지도 못한 채 지혁은 서희의 머리에 얼굴을 내렸다. 소중히 품에 안은 서희의 등을 토닥이며 그녀의 흐느낌이 진정이 될 때까지 그는 다시 큼, 헛기침을 하며 뜨거워지는 눈을 참아 내고 있었다.

"좀 더 멋져져서 올게. 좀 더 어른 되어서 올게. 꼭 기다려야 해, 서희야."

누르듯 말하는 지혁의 목소리에 바. 보. 코가 막혀 맹맹해진 목소리로 서희가 답하자 지혁은 훗 작게 소리 내 웃었다.

"건방지게, 바보라니."

얼굴 아래 머문 서희의 머리를 지혁이 턱으로 콕콕 때리자 아파, 그녀의 투정이 다시금 코가 막혀 맹맹해진 목소리로 들려왔다.

"다 울었어?"

"안 울었어."

뾰로통히 입술을 내민 채로 답하면서도 서희는 지혁의 가슴에 머물렀다.

"훗, 거짓말. 나 좋아서 기다리게 해 달라고 매달린 주제에."

"나 너무 좋아서 도망가는 주제에."

다시 지혁의 웃음소리가 귓가에 들려왔다. 낮은 울림의 웃음소리.

교실에 찾아온 지혁이 서희와 이야기를 나누다 이리 소리 내 웃을 때면 친구들은 늘 서희를 부러워하곤 하였었다. 그 웃음소리에 다시 눈에 눈물이 차올랐지만 서희는 더 이상 울지 않으려는 듯 눈을 깜박이며 천천히 지혁에게서 몸을 떼어 그를 올려다보았다.

"안 울긴."

지혁은 손을 들어 서희의 얼굴에 남아 있는 눈물 자국을 닦아 주었다. 그리고 그 손을 들어 서희의 머리를 쓰다듬었다.

"내려가자. 어른들 기다리고 계실 거야."

서희는 대답 대신 고개를 끄덕였다.

"세수하고 내려와. 오빠 1층에서 기다리고 있을게."

다시 한 번 서희의 머리를 쓰다듬고 돌아선 지혁은 방을 나와 방문을 닫았다. 손끝에, 얼굴과 팔, 가슴에 남은 서희를 느끼며 지혁은 천천히 발걸음을 층계로 옮겼다. 하지만 차마 바로 내려가지 못하고 그는 그 층계참에 서 버리고 말았다. 불쑥불쑥, 목구멍 속에서 올라오는 뜨거운 덩어리가 자꾸 눈까지 뜨겁게 하고 있었다.

새로운 봄이 돌아오면서 지혁은 입대를 하였다. 서희는 울지 않았고 지혁은 농담처럼 '우는 여자들이 고무신을 거꾸로 신는다는데 우리 서희는 오빠 기다리겠구나' 라며 그녀의 머리를 쓰다듬어 주었다. 일주일에 한 번씩 서희는 편지를 보냈고 또 일주일에 한 번씩 지혁은 편지를 보내왔다.

입대하고 석 달이 지나 지혁은 첫 휴가를 나왔다. 체육시간이 끝날 무렵, 머리를 짧게 자른 남자 한 명이 교문 가까이 수돗가에 앉아 계시던 체육 선생님께 인사를 드린 후 여학생들이 가득 모여 있는 운동장 한가운데로 뻔뻔스럽게 뛰어오기 시작했다. 운동장의 여학생들이 점점 가까워지는 그의 얼굴을 확인하고 웅성거리기 시작할 무렵, 그는 발걸음을 서서히 늦추며 여학생들 쪽을 향해 소리를 높였다.

"한서희, 그냥 서 있지?"

멍하니 그를 바라보던 서희는 그 목소리에 달리기 시작했다.

"오빠."

서희가 자기를 향해 뛰기 시작하자 지혁은 걸음을 멈추고 그녀를 기다렸다.

"오빠."

지혁의 품으로 안겨 든 서희는 그의 허리를 힘을 줘 꼭 안았다. 그립던 냄새가 코끝으로 들어왔다. 훗, 낮게 가라앉은 웃음소리가 귓가에 들려왔다. 장난처럼 혹 시기 어린 야유와 운동장이 보이는 교실에서 휘익 하는 휘파람 소리도 들렸지만 지금 이 순간, 서희에게는 중요하지 않았다.

그 날, 선생님께 허락받아 놓았다며 점심을 사 먹인 지혁은 5교시 시작 전 서희를 들여보내며 물었다.

"몇 살이지?"

"오빠 내 나이도 몰라? 열아홉! 몇 달 후면 나 스무 살 돼."

짐짓 뾰로통히 답하는 서희의 대답을 들으며 지혁은 고개를 끄덕였다.

3박 4일의 휴가 기간 동안 지혁은 서희의 하교를 함께했다. 나미를 먼저 보내고, 서희의 책가방을 자기 어깨에 멘 채 지혁과 서희는 천천히 집까지 걸어왔다. 여전히 지혁은 군생활 속 자기의 활약상을 자랑하는 것을 잊지 않았고, 여전히 서희는 그런 지혁의 자랑을 비웃어 주었다. 둘은 마주 보고 웃었고 손 흔들어 인사하며 헤어졌다.

휴가 마지막 밤, 서희를 집 앞까지 데려다 준 지혁은 한 손을 들어 그녀의 머리를 쓰다듬고 말갛게 자기를 보고 있는 그 얼굴을 만져 보았다. 서희는 자기 얼굴에 머무는 지혁의 손길에 두 눈을 감았고, 그의 다른 한 손을 양손으로 꼭 잡았다. 그리고 그 날 밤, 서희는 밤늦게 방문을 열고 들어온 나미와 마주해야 했다.

"그만 고백하시지?"

두 사람은 침대에 나란히 누워 그 날 하루, 고3이라는 것도 잊은 채 밤새 서희의 이야기를 들으며 웃고 울고 소리 죽여 꺅 소리를 질렀다. 그렇게 둘은 또 둘만의 비밀을 공유하게 되었다.

오빠만 보면 눈물이 나온다는 서희의 말에 나미는 그것이 사랑이라고 인생 다 산 사람처럼 고개를 끄덕였고, 심장이 아프다는 서희의 말에 크면 나아질 거라 조언을 아끼지 않았다. 지혁과의 1분간의 연애 이야기를 들으며 나미는 자기가 모르는 강지혁의 새로운 모습에 '우왝' 거리며 닭살 돋는다 서희를 놀렸고, 지혁이 입대를 한 이유를 들려주자 남자는 다 늑대라며 서희에게 조심하라고 눈까지 크게 떠 보였다.

이야기가 끝나 갈 무렵 나미는 졸린 눈을 비비며 서희에게 물었다.

"서희야, 너 오빠 아기 낳고 싶어?"

눈을 껌벅거리다 얼굴을 붉히는 서희에게 나미는 다시 물었다.

"내가 잡지에서 봤는데 여자는 남자를 정말 사랑하게 되면 그 사람 아이가 낳고 싶어진대. 서희 넌 오빠 아기 낳고 싶지 않아?"

"아직 그런 생각은 안 해 봤어."

나미의 말을 곰곰이 생각하던 서희는 혼자 얼굴을 붉히더니 한껏 목소리를 낮춰 나미에게 이야기했다.

"그런데, 나미야. 나 오빠한테 시집가고 싶어."

이미 잠이 든 나미는 아무런 대답이 없었지만 서희는 혼자 이불 속에 들어가 배시시 미소를 지었다.

❖

그렇게 여름이 지나고 가을이 지나 겨울이 왔다. 지혁의 말처럼 고3의 시간은 더딘 듯, 하지만 꽤 정신없이 흘러갔다. 수능이 끝났고 학교는 한산했다.

친구들과 어울려 영화를 본 후 나미와 나란히 집으로 돌아온 서희는 여느 날과 같이 옥희에게 인사를 하고 서재로 향했다. 현관에 들어서면서부터 춥다고 나미와 엄살을 부리던 서희는 급히 거실로 들어서 옥희에게 인사를 하느라 미처 현관 앞에 놓여 있던 남자 신발을 보지 못했다.

옥희가 지혁이 왔다 이야기를 해 주었지만 이미 서희는 2층으로 올라간 후였다. 차를 준비한 후 서재에 가 지혁과 서희를 불러 오라는 옥희의 말에 나미는 고개를 흔들며 둘이 오랜만에 만났으니 이야기나 나누게 두라고 심드렁히 대답했다.

"싫어. 오빠가 이거 놔. 곧 밥 먹으라고 하실 거야."

언제 누가 서재로 들어올지 몰라 서희는 불안하기만 한데 지혁은 한 손으로 서희의 얼굴을 잡은 채 고집을 부리고 있었다.

"말하지 않으면 안 놔줄 거야. 하고 밥 먹든가, 안 하고 계속 이러고 있든가. 결정해."

"뭐라고 하라고?"

"지혁 오빠 없으면 못 살아요. 얼른!"

서희는 다시 한숨을 쉰 후 불만이 가득한 눈을 치켜뜨며 지혁을 노려보며 입을 열었다.

"지혁······."

"어쭈? 눈 봐라. 예쁜 눈!"

"아이 씨, 진짜."

매번 툭 입술을 내밀며 뾰족한 목소리를 내곤 했지만 눈앞에 지혁이 있다는 사실에 서희의 마음은 한껏 부풀어 있었다.

"지혁 오빠 없으면 한서희는 못 살아요."

그제야, 만족한 듯 길게 입술 끝을 늘이며 지혁이 놔주자 서희는 잡혀 있던 얼굴을 손으로 비비며 그를 노려보았다.

"정말 오빠는 군대 갔어도 변한 게 하나도 없어. 못됐어. 자기 멋대로……."

"나도."

서희의 종알거림을 막으며 지혁은 미소를 지은 채 그녀의 머리를 쓰다듬었다.

"응?"

"한서희 없으면 강지혁도 못 산다고."

서희의 얼굴이 확 달아오르자 지혁은 입술을 길게 늘이며 그녀의 머리를 다시 쓰다듬었다.

"내일 시간 비워 놔. 수능 끝났으니까 오빠가 맛있는 거 사 줄게. 아직 한서희 졸업 전이니까 데이트는 아니야. 혼자 너무 들뜨지 마. 진짜…… 한서희는 강지혁을 너무 좋아해서 문제라니까."

"어디 가고 싶어?"

지혁과 약속이 있다는 말을 듣자마자 나미는 자기 일인 양 흥분을 하였다. 데이트가 아니라는 서희의 말에 크게 콧방귀를 뀌어 주고 자기도 해 보지 못한 글로만 배운 데이트 방법을 전수해 준다며 밤새 서희를 괴롭혔다.

「서희야, 귀신의 집이나 무서운 거 타자고 해서 은근히 안기는 거야. 이제 우리 수능도 끝났으니까 그동안 참았던 거 다 발산하고 와.」

「서희야, 가면 관람열차 꼭 타. 거기서 첫 키스 했다는 애들 많아. 까~ 너 오늘 첫 키스 하게 되면 꼭 이 언니한테 불어야 한다. 그런데, 코는 어떻게 해야 하지? 잠깐만, 이 언니가 찾아봐 줄게. 난 늘 이 코가 마음에 걸렸거든.」

「서희야, 영화는 꼭 무서운 거 봐. 팝콘은 하나 사고. 기왕이면 커플석이어야 하는데 지혁 오빠가 군바리라 그런 걸 알려나…….」

「참았던 거 다 터뜨리고 오는 거야, 서희야. 음하하하.」

도대체 서희가 뭘 발산해야 하냐 묻기도 피곤할 만큼 나미의 주입식 교육은 집요하게 반복학습까지 시키고 있었다.

"서희야, 어디 가고 싶냐니까?"

지혁은 옆에 서서 멍하니 따라오는 서희를 보며 다시 질문을 던졌다. 이리 둘이 걷는 게 처음도 아니건만 서희는 자꾸 심장이 간질거리고 얼굴이 붉어져 고개를 숙이고 있었다.

"큼. 롯데월드지. 그리고, 가서 귀신의 집도 가고, 관람열차도…….."

역시 반복학습을 통한 주입식 교육만큼 뛰어난 학습법은 없는 법. 아무것도 모른다는 순진한 표정으로 대답을 했지만 서희는 나미의 교육을 떠올리며 혼자 얼굴을 붉히고 말았다.

"그래. 롯데월드 갔다가 영화도 보고 서점에도 들르고 맛있는 것도 먹자."

지혁은 한껏 들뜬 표정으로 서희의 손을 잡아 왔다. 아, 난 너무

불순해. 서희는 자기 손을 다정하게 잡는 지혁의 손안에서 스스로 반성을 하면서도 어느새 나미의 교육을 되새김질하고 있었다.

수능을 끝낸 고3들이 모두 롯데월드로 온 것처럼 사람들은 너무나 많았다. 귀신의 집은 실외라 잠시 중단이 되어 있었고 풍선 관람차도 타려면 한나절을 기다려야 할 거 같았다. 지혁은 사람 많은 곳이라 잃어버린다며 손에 땀이 차도록 서희 손을 놓아주지 않았다. 둘은 결국 놀이기구 타는 것을 포기하고 걷고 또 걸었다.

간혹 지혁은 서희의 어깨에 손을 올렸고, 아이스링크를 내려다보며 서희를 뒤에서 감싼 채 서 있었다. 놀이동산에 오면 솜사탕을 먹어야 한다는 서희의 말에 둘은 솜사탕을 사서 아이처럼 혓바닥으로 녹여 먹었고, 녹아든 설탕이 서희의 얼굴에 묻어 있자 지혁은 손을 들어 얼굴을 닦아 주었다.

"나랑 같은 과 지원했다고?"

점심을 먹으러 식당에 들어와 앉으며 지혁은 서희에게 질문을 던졌다.

"응."

"성적 잘 나왔어?"

"오빠처럼 수석은 아니겠지만."

지혁은 다시 손을 들어 서희 머리를 흐트러뜨렸다.

"그럼, 우리 C.C.C 되겠다."

"그게 뭐야?"

"캠퍼스 클래스 커플. 아. 빨리 제대하고 싶다. 한서희랑 강의도 같이 듣고, 꼭 붙어 다녀야지. 큼. 물론 지금은 데이트 아냐. 한서희 졸업 전이니까."

중간중간 잊지 않는 지혁의 너스레에 서희는 볼우물을 만들며 하하 웃었고, 지혁은 가끔 손을 들어 서희의 볼우물을 만져 보았다. 식사를 하고 서점에 들러 서희가 요즘 삼국지와 함께 읽고 있다는 아가사 크리스티 추리 소설을 서로 등을 맞댄 채 읽어 보았고, 영화는 못 봤지만 카페에 앉아 지나가는 사람들을 유리창이 스크린인 양 바라보았다.

마냥 흘러가는 시간이 아까워 둘은 마치 시간을 잡아 놓으려는 듯 천천히 걸었고 애써 시계를 바라보지 않았다. 조금이라도 함께 하고 싶어 관심도 없던 옷들을 이미 닫힌 매장 밖에서 바라보며 품평회를 하였고, 지하철역에 앉아 사람이 너무 많다는 이유로, 사람이 너무 없다는 이유로 몇 번이나 타야 할 지하철을 지나 보냈다.

"들어갈게."
"그래."
들어가야 할 서희도, 집으로 돌아가야 할 지혁도, 둘 다 나미네 집 앞에서 움직이지 못하고 서로의 손을 잡은 채 서 있었다. 조금씩 내리던 눈은 어느새 함박눈으로 바뀌어 지혁의 머리에 쌓이고 있었다. 서희는 자기 목에 걸린 목도리를 풀어 발돋움을 하여 지혁의 목에 둘러 주었다.
"감기 걸리면 클나요."

가끔씩 애교인 듯 쓰는 서희의 존댓말에 지혁은 싱긋이 미소를 지어 보였다.

"자식."

서희는 목도리 양 끝을 두 손으로 잡은 채 지혁의 눈을 바라보았다. 몇 시간이라도 그리 서 있을 수 있을 거 같았다.

"장군 딸들한테 눈 돌리지 마."

반짝반짝 세상 누구보다 사랑스런 눈으로 자기를 보던 서희의 입에서 나오는 뜬금없는 소리에 지혁은 잘못 들었나 싶어 다시 질문을 던졌다.

"뭐?"

"요즘은 군화 거꾸로 신는 나쁜 놈들도 많대. 오빠가 그런 나쁜 놈이 안 되길 바란다고, 난."

"겁나?"

"응."

입술을 뾰족하게 내밀며 고개를 끄덕이는 서희가 귀여워 지혁은 가슴이 벅차올랐다.

"너 몇 살이지?"

알면서 지혁은 물었다. 짧다고 생각했다. 그깟 1년쯤이야, 그리 코웃음 쳤었다. 성인이 될 때까지 이리 손을 잡고 머리를 쓰다듬는 것으로 가슴속 갈증을 채워 가리라 몇 번씩 다짐을 했었다.

하지만 시간이 지날수록 성인이 될 이 아이를 기다리는 것이 너무나 힘겨웠다. 오랜 시간 억눌린 채 켜켜이 쌓아 온 기다림은 하루하루 서희에 대한 갈증으로 바뀌어 속을 태우고 있었다. 오늘처럼 이리 예쁘게 눈앞에 서 있는 서희를 볼 때면 그의 욕심은 더 불붙곤 했다.

"아직 열아홉이지. 이제 보름 후면 스무 살 돼. 내년 5월 되면 나 성인 되고. 주민등록증도."

늘 같은 질문에 열심히 대답하는 서희를 보는 지혁의 눈이 깊어져 갔다. 서희의 머리를 쓰다듬던 지혁의 손이 내려와 그녀의 얼굴을 감쌌다.

"반올림하자."

"응?"

서희의 질문이 채 입 밖으로 나오기 전에 지혁의 입술이 서희의 입술을 덮었다. 가끔 손끝으로 만져 본 서희의 부드러운 입술이 자기 입술 끝에 느껴지자 지혁은 작게 한숨을 내쉬며 더 깊이 그 입술을 눌러 갔다. 어느새 지혁의 두 손은 서희의 양 볼을 감싸고 있었다.

지혁은 잠시 입술을 떼고 감겨진 서희의 눈이 떠지길 기다렸다. 서로의 숨결이 느껴질 만큼 가까이 얼굴을 맞댄 채 지혁은 서희에게 말했다.

"반올림해서 성인 된 걸로 하자, 서희야."

부끄러워하면서도 자신을 빤히 보며 수줍게 미소 지은 채 작게 끄덕이는 서희의 고갯짓에 지혁은 다시 입술을 겹쳐 갔다. 조금 전보다 천천히, 하지만 더 깊고 진하게 그의 입술은 서희의 입술을 욕심내고 있었다.

심장은 미친 듯이 뛰고, 머릿속은 멍해져 아무 소리도 들리지 않앗지만, 아직은 부끄러운 입술이 맞닿는 소리만은 천둥처럼 귓속을 울리고 있었다. 그리고 그 사이. 사랑해. 그의 목소리가 들려왔다. 서희야, 사랑해. 양손으로 서희의 얼굴을 감싼 채, 잠시 입술을 떼어 낸 지혁은 그녀의 눈을 깊이 바라보며 다시 한 번 말했다.

"사랑해, 서희야."

꾹꾹 참아 왔던 고백이 흘러나왔다. 차마 할 수 없었던 고백. 사랑. 그 사랑에 서희의 얼굴이 일그러지자 지혁은 다시 입술을 겹쳐 갔다.

"나도 사랑해."

그의 입술 안에서 서희의 떨리는 목소리가 흘러나왔다. 응.

눈이 내리는 날이었다. 첫눈은 아니지만 그 해 처음으로 함박눈이 떨어지던 날이었다. 그 날, 둘은 처음 사랑, 이라는 고백을 하였다.

❖

〈4년 후〉

"어떻게 아직까지 한서희가 강지혁 여자라는 걸 모르는 자식이 있을 수 있냐고."

서희는 지혁의 앞으로 가 발을 들고 뚱하니 심술맞은 표정을 짓고 있는 지혁의 볼을 두 손으로 길게 잡아당겼다.

"뭐해?"

그러자 지혁의 눈이 보기 좋게 휘어지기 시작했다.

"오빠, 찌푸리지 마."

서희가 웃으며 지혁의 볼을 여전히 늘리고 있자 그는 자기 얼굴을 서희 얼굴 가까이 들이밀었다.

"뽀뽀해 버린다."

그런 지혁의 행동에 놀라 서희가 뒷걸음질 치자 그는 얼른 손을 뻗어 그녀의 등을 받쳤다.

"교정에서는 그러지 말라니까."

"그럼, 어디가 되는데? 극장도 안 되고, 카페도 안 되고, 교정도 안 되고. 그럼 난 어디서 한서희랑 뽀뽀해?"

서희는 누가 들을까 주변을 둘러보며 지혁을 노려보았다.

"집 앞에서 하잖아."

"밤에만 하게 하잖아."

"차에서도 하잖아."

"가뭄에 콩 나듯이? 사람들 본다고 못하게 하면서……. 그리고 너, 차도 못 끌고 다니게 하잖아."

서희는 다시 주변을 둘러보았다. 금요일 오후. 교정은 꽤 한산했고 주변에 사람들은 보이지 않았다. 서희는 무슨 말을 하려는 듯 지혁에게 고개를 숙이라 하였다. 잔뜩 심통을 부리면서도 자신의 손짓에 따라 고개를 숙인 지혁의 입술에 서희는 살짝 입술을 가져다 대었다.

"됐지?"

갑작스런 서희의 행동에 지혁은 얼굴까지 붉히며 괜히 헛기침을 하였다.

"너무 짧아서 잘 모르겠어."

지혁의 투정에 서희가 눈이 안 보이게 웃으며 다시 그의 입술에 짧게 입맞춤을 하려 다가오자 그는 얼른 그녀의 뒷머리를 감싸며 떨어지지 못하게 하였다.

"우읍."

지혁의 가슴을 치며 떨어지려는 서희의 작은 손을 한 손으로 부여잡고 그는 그녀의 입술을 자근거렸다. 고집스럽게 꼭 다문 입술을 혀로 축이며 그대로 서희를 품 안으로 끌고 오자 그 힘에 그녀의 입이 벌어졌다. 그리고, 그 틈을 타 그의 혀는 그녀의 입안으로 들어갔다.

지혁은 부드럽게 서희의 혀를 감쌌다. 장난치듯 혀를 말고, 그녀의 혀를 빨아들였다. 작은 혀를 아프지 않게 물다가 다시 입술을 베어 물었다. 그렇게 한동안 서희의 입술에 머문 후에야 만족스러운 표정으로 그녀의 입술을 놓아준 지혁은 그녀의 눈과 이마에 가볍게 입술을 가져가며 그녀를 품에 안았다.

"다시는 안 해 줄 거야."

가슴에서 투덜거리는 서희의 등을 토닥이며 지혁은 말했다.

"자고로 학습이란 진도를 나가야 의미가 있는 법이야, 서희야. 우린 너무 오래 복습만 하고 있는 거 같아."

Chapter 3

시작되는 이야기

❶

><><><><><><

아이 럽 유, 쥬뗌므, 이히 리베 디히,
워 아이 니, 떼 끼예로

교정은 단풍이 들어 아름다워지고 있었다. 졸업반이 되면서 대학원 진학을 원했던 서희는 평소 가고 싶었던 실험실 교수님과의 면담을 신청하였다. 교수연구실이 있는 연구동에 도착한 서희는 손을 들어 시간을 확인하였다. 1시. 아직 1시간의 여유가 남아 있었다.

서희는 연구동 앞 벤치에 앉아 전공 서적을 뒤적이다 고개를 들어 예쁘게 물들어 가는 교정을 바라보았다. 워낙 인기가 많은 방이었다. 벌써 동기 몇 명은 교수님 앞으로 가 말도 꺼내기 전에 퇴짜를 맞았다고 했다. 그중 두 명은 한 번만 믿어 달라는 호기를 부리다 교수님이 내놓은 질문에 답을 못해 비웃음만 받았다고 했다.

교정을 바라보는 서희의 입술에서 절로 한숨이 새어 나왔다.

교정을 따라 천천히 눈을 돌리며 괜찮아, 떨지 마, 주문처럼 스스로를 다독이기도 했다.

"누굴까?"

교정을 바라보던 두 눈이 누군가의 손으로 가려졌다. 갑자기 다가온 손길에 화들짝 놀란 것도 잠시, 서희의 입술은 저절로 부드럽게 올라갔다. 커다란 손이 눈을 덮을 때 코끝으로 전해진 냄새. 불안함이 일순 가시며 가슴 가득 따뜻한 기운이 번져 갔다. 서희는 남자의 새끼손가락을 손으로 감싸 쥐며 아이 같은 장난에 맞장구를 쳐 줬다.

"누구?"

"네가 아는 사람 중에 가장 잘생기고 가장 똑똑하고 가장 유머러스하고 가장 매력적인……."

귓가에 들려오는 남자의 목소리에 고개를 갸웃거리던 서희는 곧 당황한 듯 그의 손가락을 잡고 있던 손을 놓아 버렸다. 누구야? 그의 손에서 벗어나려 몸을 뒤로 빼 보았지만 커다란 손에 감싸 쥔 얼굴은 쉽사리 거기서 벗어날 수 없었다.

"사람 잘못 보신 거 같은데요."

이내 딱딱하게 굳어 버린 차가운 서희의 반응에 뒤에 있던 남자도 당황한 듯 얼른 손을 거둬들였다. 그와 동시에 뒤를 돌아본 서희의 눈에 얼굴을 붉힌 채 벤치 뒤에 서 있는 남자가 들어왔다. 처음 보는 사람이었다.

"죄송합니다. 제가 아는 후배로 착각을 해서……. 뒷모습이 너무 닮아서요."

서희는 고개를 끄덕인 후 보고 있던 책으로 다시 시선을 옮겼다. 처음 손끝에서 맡아진 향기가 익숙해 그 남자의 손을 잡아 버린 것이 서희 역시 당황스럽고 부끄러웠다. 서희는 얼른 고개를 돌려 남자를 무시하며 책을 읽는 데 집중하려 하였다.

"공부하시는 데 방해해서 죄송한데, 생명과학부 김현정 교수님 연구실이 어딘지 아시나요? 전공 서적을 보니 그쪽 전공이신 거 같아서."

가 버린 줄 알았던 남자가 어느새 앞으로 다가와 다시금 미안하단 표정으로 질문을 던져 오자 서희는 고개를 들어 남자의 얼굴을 자세히 들여다보았다.

차갑고 도도한 인상을 주는 지혁과는 달리 호탕한 느낌을 주는 남자였다. 쌍꺼풀 없이 가늘고 긴 눈, 얼굴 중앙에 위치한 코도 반듯하게 서 있었고, 큼직한 입술과 햇볕에 그을린 얼굴이 건강해 보이는 기분 좋은 느낌을 주는 남자였다.

무슨 일이지? 서희 역시 그 교수님과의 면담을 기다리는 중이라 내심 궁금하였지만 곧 호기심을 누르고 손을 들어 앞에 있는 건물을 가리켰다.

"이 건물 3층이에요. 3층 올라가시면 교수님 연구실 안내도가 있어요. 그거 보고 가시는 게 찾기 더 편하실 거예요. 3-12B호인데……. 3층 올라가시면 다니는 학생들이나 대학원생들도 많으니 찾기 수월하실 거예요."

"예. 감사합니다."

남자는 활짝 웃으며 시원하게 인사를 하고 건물 쪽으로 향해 갔다.

"죄송합니다. 고의는 아니었습니다."

그러다, 다시 조금 전 일이 마음에 걸렸는지 뒤로 돌아서 활짝 웃는 모습에 서희 역시 웃으며 손을 들어 보였다.

똑. 똑.

"들어오세요."

안에서 들려오는 김현정 교수의 목소리에 서희는 조심스럽게 오피스 문을 열고 안으로 들어갔다.

"어서 와."

현정은 밝게 웃으며 자리에서 일어났다. 평소 공부도 열심히 하고 실험 실습도 성실히 하는 서희였다. 수업을 가르치는 내내 탐이 났건만 1학기 내내 진로에 대한 말이 없어 아깝다 생각한 학생이었다. 그런데 그 아이가 2학기가 되면서 실험실에 오고 싶다고 한 것이었다.

"언제부터 할 수 있어?"

"예?"

"왜? 우리 방 오고 싶어서 면담 신청한 거 아냐?"

까다롭기로 소문난 현정이라 면담 시 전공 지식에 대한 질문들이 대답하기 수월하지 않다고 들었던 서희는 눈을 깜박이며 조심스럽게 입을 열었다.

"교수님, 저 받아 주시는 거예요?"

"응. 싫어?"

"그럴 리가요. 오늘부터라도 할 수 있어요. 감사합니다, 교수님."

볼에 볼우물까지 만들며 환히 웃는 서희에게 현정은 따라오라는 손짓을 하며 오피스를 나섰다.

"우선 우리 방 애들하고 인사부터 하자. 포닥 3명, 박사과정 3명, 석사과정 3명, 석박 통합 과정생 2명이야. 올해는 학부생으로 서희 네가 들어올 거고, 공대 쪽에서 우리 과로 대학원 진학하겠다는 학생이 한 명 더 있어. 서희도 다음 학기에 대학원 진학할 거지?"

고개까지 끄덕이면서 현정의 설명을 열심히 듣던 서희는 마지막 질문에 바로 답을 하지 못하고 머뭇거렸다.

"흠. 난 과학을 간 보면서 하는 학생 그리 안 좋아하는데."

현정은 나란히 걷던 걸음을 멈추고 가슴 앞으로 팔짱을 끼며 서희를 마주 보았다. 평생 과학자로 살아온 그녀의 '과학'에 대한 자부심과 애정이 여실히 드러나고 있었다.

"잠시 시간 벌어 보려고 실험실 기웃거리는 그런 부류였어?"

그러자 서희는 화들짝 놀라 손사래를 치기 시작했다.

"아니에요, 교수님. 과학을 간 보는 게 아니라 저를 간 보이고 있는 거예요."

"무슨 말?"

"하고 싶은 것과 할 수 있는 건 다르잖아요. 제가 이 일을 할 만한 사람인가 과학한테 평가를 맡기려고 하는 거예요. 그러니까 제가 과학을 평가하는 게 아니라 과학이 저를 평가해서 오케이 해 주면 좋겠다는 거예요, 교수님."

잠시 서희를 유심히 바라보던 현정은 발걸음을 옮기며 빙긋이 미소 지었다. 과학에게 자기를 간 보게 한다? 재밌네.

"자, 여기야."

현정이 실험실 문을 열고 들어가자 여기저기 인사하는 소리가 들려왔다.

"시간들 되나?"

"저는 됩니다."

"교수님, 저 지금 암실 가 봐야 하는데……. 10분만 주세요."

"저는 지금 갑니다."

"저는 5분밖에 시간이 안 돼요."

실험실을 죽 둘러보며 던지는 현정의 질문에 여기저기서 대답이 들려오고 있었고 분주하지만 활기찬 분위기에 서희의 입술은 빙그레 벌어지기 시작했다.

"되는 사람만 와. 여기 다 알지? 4학년 한서희. 우리 방에서 과학에 간 좀 보이시겠단다."

"과학에 간 보이다니요?"

어느새 현정과 서희 주변으로 몰려든 선배들을 보며 서희는 대답 대신 생긋이 미소를 지었다.

"본인한테 물어봐."

"교수님, 그리 탐내시더니 서희 결국 데려오신 거예요?"

그사이 오랫동안 현정과 일한 포닥의 말에 서희는 놀란 듯 그녀를 쳐다보았다.

"교수님, 저 탐내셨어요?"

"교만해지지 마. 탐냈다가 후회한 케이스도 있으니까."

현정의 대답에 모여든 사람들이 그게 누구냐 농담을 주고받는 사이 현정이 누군가를 발견하고 손을 들어 보였다.

"최성준. 이리로 와 봐."

그리고 곧 달려오는 남자의 얼굴을 확인한 서희의 눈이 동그래졌다.

"어?"

"어?"

성준이라 불린 그 남자의 눈도 동그랗게 커졌다가 환히 웃으며 서희에게 고개를 숙여 보였다.

"또 보네요."

"아, 예."

"둘이 알아?"

현정이 어색하게 인사를 주고받는 성준과 서희에게 질문을 던지자 성준은 손을 들어 머리를 긁적이며 대답을 하였다.

"예, 제가 조금 전 벤치에서 아는 후배인 줄 알고 실수를 했어요."

"그래? 조심하는 게 좋아. 서희 남자 친구 성질머리가 보통이 아니거든."

현정의 장난 어린 충고에 서희가 얼굴을 붉히며 배시시 미소를 지어 보이자 모여 있던 대학원생들도 성준에게 한마디씩 충고를 아끼지 않았다.

"미리 말해 두는데 괜히 관심 갖지 말아요."

"서희한테 관심 보이다 인생 피곤해진 사람 여럿 봤지."

"봤죠? 남자 친구 이야기만 나오면 입 벌어지는 거."

"그만하고 오늘 처음 온 서희랑 성준이는 그만 가 보고. 다음 주 월요일부터 나오는 걸로 하자."

길어지는 실험실 사람들의 너스레를 현정은 정리하며 성준과 서희를 데리고 실험실을 나섰다.

"공대에서 진학하신다는 분이 그쪽이시군요."

"예……. 아깐 정말 죄송했습니다."

"하하, 용서해 드릴게요."

서희는 이제 곧 함께 실험실 생활을 할 사람이라는 생각에 조금 전 벤치에서 느꼈던 어색함이 많이 사라져 가벼운 농담까지 던지고 있었다. 웃을 때 드러나는 서희의 볼우물을 보며 성준의 입가에도 장난스런 미소가 피어올랐다.

"그럼, 저도 용서를……."

자기 새끼손가락을 들어 올리는 성준의 행동에 서희의 얼굴이 붉어져 갔다.

"죄송해요. 남자 친구인 줄 알고……."

"하하, 그렇게 얼굴까지 빨개질 필요는 없어요. 그런데, 나 기억 못 해요? 우리 만난 적 있는데."

서희는 눈을 깜박이며 성준의 얼굴을 빤히 쳐다보았다. 조금이라도 낯이 익으면 예의상 '아~' 라고 감탄사라도 들려주고 싶었지만 도무지 기억이 나지 않아 서희의 얼굴에는 당혹감이 스치고 있었다.

"몇 학번이세요?"

"02학번이요."

성준의 대답에 서희는 다시 고개를 갸웃거렸다. 학번도 차이가 나는데 어디서 만난 거지?

"전 05학번인데……."

"한서희!"

"오빠!"

층계참에 서서 성준과 이야기를 나누던 서희는 아래에서 들려오는 지혁의 목소리에 금세 얼굴이 환해졌다. 서희는 옆에 성준이 있다는 것도 잊은 채 한두 계단 바삐 내려가다 아차, 뒤돌아 그에게 인사를 하고 다시 층계를 뛰어 내려갔다.

층계 아래에서 기다리던 지혁은 서희를 가볍게 품에 안은 후 그녀와 함께 내려오던 성준에게 눈길을 돌렸다. 성준은 지혁의 차가운 눈초리에 저절로 인상이 찌푸려졌지만 곧 환한 미소를 지어 보이며 그에게 다가가 손을 내밀었다.

"안녕하세요, 최성준이라고 합니다. 곧 여기."

뭐라고 불러야 할지 잠시 망설이며 서희에게 시선을 돌리는 성준을 향해 서희는 환히 웃어 보이며 고개를 끄덕였다.

"제 이름은 한서희예요. 그냥 서희라고 하세요. 선배님이신데."

"그럴까?"

그런 성준의 반응이 못마땅한 듯 서희의 어깨를 감싼 지혁의 가슴이 가볍게 들썩이고 있었다.

"전 강지혁이라고 합니다."

지혁이 성준의 손을 마주 잡자 서희는 그에게 성준에 대해 설명을 하기 시작했다.

"오빠, 이 선배님하고 같은 실험실에서 일하게 되었어. 공대인데 김현정 교수님 실험실로 대학원 진학을 원하신대."

지혁의 눈썹이 미세하게 불만스러움을 드러냈다. 조금 전 층계에서 서희와 이야기를 하던 남자의 표정이 지혁은 영 마음에 들지 않았다. 그는 서희를 감싼 어깨를 좀 더 힘줘 감싸 안았다.

"알았어. 가면서 이야기하자."

서희의 어깨를 감싼 채 성준에게 고개를 까닥이고 돌아서는 지혁과 성준에게 웃어 보인 후 그의 품에 안긴 채 무언가를 이야기하며 가는 서희를 바라보면서 성준은 싱긋이 입술 끝을 올렸다.

"좋을 때다."

지혁과 서희가 가는 방향과 반대 방향으로 몇 걸음 걸어가던 성준은 다시 뒤돌아 서희의 뒷모습을 바라보았다.

"흠. 정말 전혀 기억을 못 하네."

성준은 자기 새끼손가락을 다시 내려다보며 한숨을 내쉬었다.

"생각보다 많이 서운한걸."

"월요일부터 가는 거야?"

4시에 있는 교양 수업 때문에 강의실 앞에 서서 이야기를 나누며 지혁은 서희의 손을 잡았다. 서희보다 한 학년이 아래인 지혁이다. 수업이 빼곡한 3학년 지혁과는 달리 서희는 거의 수업이 없는 졸업반이었다.

4학년이 되면서 시간이 많아지자 서희는 아르바이트를 더 늘렸었다. 집 근처에 꽤 크게 자리 잡은 독서실 아르바이트 외에도 학과 사무실에서 일을 돕기 시작했다. 3년 전, 왜 독서실 아르바이트를 하냐는 지혁의 질문에 서희는 '공부하면서 돈 벌 수 있는 곳'이라는 답을 내놓았었다. 장학금을 받아야 하니까, 라는 답도 함께였다.

얼마간 지혁은 그 독서실의 '학생'이었다. 그러다 곧 서희와 함께 일하던 다른 아르바이트생이 군입대와 함께 그만두자 그 자리에 들어가 앉았다. 독서실 아르바이트를 하면서도 틈틈이 그곳에 다니는 학생들 과외까지 해 오던 서희였다. 자연스럽게 지혁도 학생들 과외를 시작하였다. 비록 함께 많은 곳을 놀러 다니지는 못했지만, 밤늦게까지 둘은 함께 있을 수 있었다.

하지만 올 가을학기가 시작되면서 서희는 학과 사무실 아르바이트를 제외한 모든 아르바이트를 그만두었다. 게다가 서희의 실험실 생활이 시작된다고 하니 볼 수 있는 시간이 더 줄어들 거 같아 그는 내내 마음이 좋지 않았다.

"응."

서희는 지혁의 손등을 잡히지 않은 손으로 통통 치면서 대답했다.

"실험실 생활하면 늦게 끝나던데……. 도서관에서 기다릴 테니까 끝나는 대로 연락해."

"독서실 아르바이트는 어제 끝난 거야?"

"응, 과외도 주말 오전으로 돌려놓았어."

"미안, 오빠 심심할 텐데."

"괜찮아. 나도 공부하고 있으면 돼. 곧 영어 학원도 다닐 테고."

서희가 이야기를 하는 도중 조금 멀어지자 지혁은 얼른 손을 잡아당겨 앞으로 끌고 왔다. 자신의 마음을 숨기고 눌러야 했던 오랜 시간에 대한 보상이라도 받겠다는 듯 대학 입학 후 지혁의 애정 표현은 꽤 솔직하고 적극적이었다.

지혁은 언제나 서희의 손을 잡았다. 손을 잡아 끌어당긴 그 거리, 그즈음에 서희를 두었다. 길을 걸을 때는 어깨를 감쌌고, 그러다 꼭 그녀의 머리에 입을 맞추곤 하였다.

그런 지혁이 학교에서 가장 좋아하는 장소는 도서관이었다. 손을 잡고 공부하자 떼를 써 서희의 꾸중을 듣기도 했지만, 책을 찾는다는 핑계로 지혁은 사람 없는 책장 사이사이로 서희를 데려가곤 하였다. 영화에서처럼 팔 안에 서희를 가두고 지혁은 꼭 한 번씩 입을 맞추곤 하였다. 간혹 사람들이 올 때도 있었지만 그럴 때면 지혁은 손을 들어 서희의 눈을 가렸다. 오빠, 사람들 온 거 아냐? 소곤, 서희가 물으면 지혁은 대답했다.

"어차피, 나만 보일 거야."

처음 그 대답에 서희는 얼굴을 붉혔다. 오빠가 보이면 상대는 당연히 나일 거잖아. 부끄러움에 그리 통 토라진 날도 있었다. 하지만 '당연히' 그 자리가 '나'라는 것이 서희는 좋았다. 그래서인지 언제부터인가 서희는 지혁에게 속아 넘어가 주기 시작했다.

"어차피 나만 보일 거야."

지혁이 말하면, 그의 손안에 두 눈이 가려진 채 서희는 답했다. 다행이다. 그리고 그의 품 안으로 들어가 안겼다.

도서관에서 공부하던 사람들은 전공 서적을 뒤적이거나 리포트를 쓰는 서희 옆에서 그녀의 머릿결을 만지작거리며, 그 머리에 입술을 가져가는 지혁을 심심치 않게 볼 수 있었다.

처음에는 저런 커플들이 일찍 깨진다며 시기 어린 질투를 하던 학생들도 몇 년간 변함없는 둘의 모습에 처음과는 또 다른 부러움을 보이곤 하였다. 평상시 도도하고 말을 아끼는 그가 서희에게 보이는 장난기 어린 모습은 오히려 그 감정에 무게감을 실어 주었다. 아마 출중한 그의 외모도 그저 평범한 이십 대의 연인과는 다른 시각으로 그들을 바라보게 만들었을 것이다.

오늘도 손을 잡고 이야기를 하며 아주 조금 서희가 멀어진 것이건만 지혁은 얼른 그 손을 당겨 자기 바로 앞까지 서희를 끌고 온 것이었다. 지혁과 거리가 가까워지자 서희의 코끝으로 지혁의 향기가 스며들었다.

"음~ 오빠 냄새. 스킨 냄새랑 오빠 냄새가 합쳐진 건가?"

"글쎄. 난 나한테 무슨 냄새가 나는지 모르겠어. 한서희 냄새는 알겠는데. 그런데 왜?"

"성준 선배. 아까 본 그 선배. 그 선배가 나 벤치에 앉아 있는데 자기 후배인 줄 알고 뒤에서 눈을 가렸거든. 그런데 손에서 오빠 냄새가 나서 나 처음에 오빠인 줄 알았어."

지혁의 얼굴이 서서히 찌푸려지려 하자 서희는 얼른 고개를 흔들었다.

"내가 바로 사람 잘못 봤다고 했어. 목소리가 오빠 목소리가 아니어서."

"그 자식, 알면서 일부러 그런 거 아냐?"

"아니라니까. 그리고 오빠보다 선배야. 그 자식이라고 그러면 안 돼."

"한서희 얼굴 만졌잖아. 그 자식이."

지혁은 손을 들어 서희 눈 부위를 만졌다. 마음 같아서 눈가에 입이라도 맞추고 싶은 그였다. 하지만 사람을 많은 데서 그랬다간 서희한테 혼날 걸 알기에 그는 손으로 그녀의 눈을 씻겨 내기만 할 뿐이었다. 누가 서희를 건드리는 것도 싫은데 눈을 가렸다니.

"나 말고 다른 사람이 한서희 만지는 거 싫어."

"나도. 나도 오빠 말고 다른 사람이 나 만지는 거 싫어."

"크크, 보통, '나도 나 말고 다른 사람이 오빠 만지는 거 싫어' 라고 말하는 거 아냐?"

"그건 생각해서도 안 되는 일이고."

그런 서희의 모습을 흐뭇한 표정으로 바라보던 지혁은 다시 그녀의 손을 잡아당겨 좀 더 가까이 데리고 와 그녀의 귀에 속삭였다.

"그런 의미에서 우리 오늘 진도 좀……."

"오빠!"

요즘 툭하면 나오는 진도 타령에 서희는 지혁의 손에서 벗어나

거리를 둔 채 그를 노려보았다.

"오빠 요즘 왜 그래? 발정 난 강아지처럼!"

강의실 앞이라 속삭이는 목소리로 말하면서도 서희의 표정은
살벌하게 굳어 있었다.

"발정은 벌써 오래전부터 난 거고. 너 그러다 물리면 된통 당
한다, 서희야."

지혁은 다시 서희의 손을 잡으려 손을 뻗었지만 그녀는 그런
그의 손을 밀어내며 눈에 힘을 주었다.

"그래도 안 돼! 결혼 전까지는 끝까지 안 가."

그러다 주변을 두리번거리던 서희는 지혁 앞으로 가까이 가 조
금 전보다 한층 더 소리를 죽이며 말을 이었다.

"그리고 우리 진도 꽤 나갔거든?"

"4년 동안 한서희 가슴 한 번 만져 본……. 아! 아! 한서희, 아
파!"

"진짜 여기서 이 세상과 하직 인사 하고 싶지?"

서희의 표정을 살피던 지혁은 그녀가 정말 화가 난 것 같아 보
이자 짐짓 풀이 죽어 한숨을 내쉰 후 표정을 굳혔다. 웃지 않으면
금방 차가워지는 지혁의 얼굴이었다.

"한서희, 정말 서운하다. 좋은 일, 슬픈 일, 숨기지 않고 다 같
이 나누기로 약속해 놓고 예쁜 건 혼자 보고."

"오빠!"

"왜? 네가 나한테 자랑했잖아. 예쁘다고. 내가 예쁜지 안 예쁜
지 어떻게 알아? 한서희가 자랑해 놓고 보여 주지는 않고. 나도

서운하다고. 어? 어디 가, 서희야?"

서희는 지혁을 노려보다 뒤돌아 그에게서 멀어져 갔다. 더 있어 봤자 서희만 손해 보는 장사였다.

서희는 오래전 일을 떠올리며 얼굴을 감쌌다. 이주은. 아니, 딱히 주은의 잘못은 아니었다.

❖

1년 재수 후, 같은 대학 생과대로 진학한 주은은 여전히 그 미모로 대학 내 유명인이 되어 있었다. 문제는 제대 후 지혁 역시 여전히 그 미모로 대학 내 유명인이 되었다는 데 있었다.

지혁과 주은이 초등학교, 고등학교 동창이라는 소문은 같은 동문들에 의해 퍼져 나갔고, 주은이 지혁에게 관심이 있다는 것 역시 그 소문의 양념처럼 함께 퍼지고 있었다. 그리고 늘 그러했듯 둘이 커플이 되면 멋진 그림일 거라 생각하는 사람들도 생겨난 것이었다.

하지만 지혁이 제대한 후 얼마 되지 않아 그가 홀딱 빠져 있는 한서희란 인물이 새롭게 그 소문에 합류하기 시작하면서 이 셋은 심심치 않게 원하든, 원하지 않든 사람들 입에 오르내리고 있었다.

「난 강지혁이 이해가 안 돼.」

그러던 어느 날, 전철에서 내려 학교로 가는 버스를 타고 있던 지혁과 서희의 귀로 여학생들의 이야기가 들려왔다. 만원 버스 속에서 이야기의 주인공이 있는지 몰랐던 여학생들은 솔직한 자기네들의 의견을 주고받고 있었다.

「한서희가 예쁘장하긴 하지만 이주은에 비하면 평범하잖아.」

「그치. 이주은 눈 봤냐? 수술한 애들보다 더 예쁜 쌍꺼풀에 갈색 눈동자도 환상적이지.」

「그러니까. 얼굴, 몸매, 키, 이주은이 다 훨씬 낫지 않나?」

「내 말이……. 강지혁이 한서희한테 홀딱 빠진 거라며? 초등학교 때부터 장난 아니었대. 한서희 따라다니고.」

「왜 이주은이 아니고 한서희를 좋아했지?」

우르르 학교 앞 정류장에서 내리던 그 여학생들이 이야기의 주인공 중 한 명인 지혁의 서늘한 눈총에 후다닥 학교로 뛰어 들어간 후, 지혁은 옆에서 입술을 뾰로통 내밀고 있는 서희의 어깨를 감쌌다.

「뭐, 개중에 맞는 말도 있네.」

「뭐가?」

괜히 발끈해 지혁을 노려보는 서희를 좀 더 가까이 끌고 오면서 그는 말했다.

「내가 홀딱 빠졌다는 거.」

서희는 지혁의 말에도 여전히 인상을 찌푸리고 있었다. 물론 이주은이 객관적으로 자기보다 예쁘다는 건 서희도 인정하는 바였다. 하지만 '다' 라니? 지네들이 머리부터 발끝까지 다 봤어?

「난 한서희만 예뻐. 난 어려서부터 한서희만 예뻤어.」

서희의 뾰로통함을 주은이 예쁘다는 여학생들의 말 때문이라 생각한 지혁은 내내 서희 옆에서 자기 눈에 그녀가 얼마나 예쁜지 노래를 부르고 있었다.

「주은 언니가 예쁜 건 나도 인정해. 그런 걸로 기분 나쁜 게 아니야.」

예상치 못한 서희의 대답에 지혁은 이야기를 멈추고 그녀의 눈치를 살폈다. 그럼 뭐가 기분 나쁜 거지?

「'다' 라니? 가슴은 내가 더 예뻐.」

서희는 억울했다. 2차 성징이 끝나면서 나영과 나미, 나나 세 자매의 부러움을 받는 가슴이었다. 대학 입학 후, 오랜만에 갔던 목욕탕에서도 아주머니들이 어쩌면 이리 가슴이 예쁘냐며 얼굴만큼 예쁘네 칭찬해 준 가슴이었다.

그뿐인가, 옥희가 가끔 딸들과 함께 데려간 마사지 샵에서도 그곳 언니들조차 그곳을 찾는 연예인들의 수술한 가슴보다 예쁘다며 호들갑을 떨게 만든 내 가슴이었다.

「응?」

「가슴은 내가 더 예쁘다구.」

그 말에 하하 큰 소리로 웃다가 자리에 주저앉기까지 한 지혁은 그 날 이후, 온갖 예쁜 것에 대한 찬사를 아끼지 않았다. 예쁜 꽃들, 예쁜 집, 예쁜 가구, 예쁜 노트북, 예쁜 북커버, 예쁜 케이크. 그 모든 것을 보고 나면 꼭 한마디,

「아, 예쁜 가슴도 보고 싶다.」

라며 한숨을 내쉰 후 서운하단 표정으로 서희를 노려보곤 하였다.

그 날 일을 떠올리며 최대한 빨리 이곳에서 멀어지자 발걸음을 재촉하는 서희의 귀로 지혁의 협박성 짙은 목소리가 들려왔다.

"서희야, 인사 안 했잖아. 나 여기서 해?"

여전히 장난스런 목소리로 얼굴에는 미소 하나 띠우지 않으며 말하는 지혁의 발언에 서희는 가던 걸음을 멈춰 그를 돌아보았다.

"하기만 해 봐."

"안 오면 여기서 한다."

얼마 떨어진 곳에서 가슴까지 들썩이며 씩씩거리던 서희는, 살며시 입술을 늘어뜨리며 팔짱까지 낀 채 그녀를 보고 있는 지혁을 향해 걸어갔다.

"조금 더 가까이."

서희가 바로 눈앞으로 다가오자 지혁은 입술을 열어 낮은 울림의 목소리로 헤어질 때 하는 인사를 읊어 나갔다.

"아이 럽 유, 쥬뗌므, 이히 리베 디히, 워 아이 니, 떼 끼예로, 우히부키……."

점점 업그레이드 되고 있는 세계 각국 언어가 오늘은 얼마나 이어질지 알 수 없어 서희는 얼른 고개를 끄덕이며 지혁의 말을 막았다.

"알았어. 안녕."

돌아서려는 서희의 양팔을 잡으며 지혁은 슬며시 미소를 지은 채 그녀의 눈을 바라보았다.

"왜?"

"사랑해."

"오빠……."

서희의 얼굴은 금세 붉어져 갔다. 이 인간 얼굴은 정말 반칙이야. 아직도 저런 표정으로 사랑한다 속삭일 때면 심장이 발아래로 떨어지는 서희였다.

"오빠 필요 이상으로 색기를 띠고 있는 게 문제야."

지혁은 하하 소리 내 웃으며 서희의 머리를 쓰다듬었다.

"걱정 마. 강지혁이 색기 뿜어내는 건 한서희한테뿐이니까."

"치이~ 다른 여자들도 오빠 섹시하다고 하거든."

"그거야, 지네들이 느끼는 거고. 내 이 섹시한 오로라는 오로지 한서희를 향해 가고 있다고. 좋겠다, 한서희는."

"뭐가?"

"이 멋들어진 강지혁을 12살 때부터 독차지하고 있잖아. 이 세상 모든 여자의 적이자 부러움의 대상."

서희는 돌아서 다시 발걸음을 재촉했다. 들으나 마나 지 자랑.

"한서희!"

"왜 자꾸 불러?"

뒤돌아선 서희를 향해 지혁은 손을 들어 보였다.

"핸드폰 꼭 체크하고 있어."

고개를 끄덕이며 핸드폰을 들어 보이는 서희를 향해 지혁은 소리 없이 입을 움직였다. 사랑해.

입을 삐죽이며 서희는 뒤를 돌았지만 서희의 입술은 슬며시 올라가 있었다. 저 바보.

"한서희라고 아냐?"

성준은 이미 대학원에 진학한 동기라는 이름의 고교 동기와 학교 식당에서 식사를 하며 질문을 던졌다.

"우리 과 한서희?"

"응."

동기는 식사를 하다 무엇 때문인지 알겠다는 표정으로 미소를 지은 후 고개를 흔들었다.

"포기해라."

"왜?"

"강지혁. 한서희 남친. 네가 찍었다니 웬만하면 해 봐라 할 텐데……. 남친이 워낙 강적이야."

성준은 잠시 만나 인사를 나누었던 지혁을 떠올렸다. 눈에 띄는 외모도 외모였지만, 풍기는 분위기가 남달랐던 남자였다.

"언제부터 사귄 거래?"

"들리는 말에 의하면 초등학교 때부터란다. 고등학교 때까지는 그냥 남매처럼 지내다 서희 대입 끝나면서 정식으로 사귀었다는 거 같아."

동기의 말에 성준의 눈이 번쩍이며 입술이 길게 늘어져 갔다.

"서로 질릴 때 됐네."

"자식, 겪은 놈이 더 하다더니."

식사를 다 마친 동기는 물을 한 잔 마신 후 느긋하게 의자에 몸을 기대었다.

"네 감정, 아직 심각한 거 아니면 눈 돌려. 우리 과에도 서희 마음에 두었던 애들 꽤 돼. 강지혁한테 된통 당하고 그만둔 애도 있지만, 둘이 있는 거 보고 마음 접은 애들도 많아. 우리 과에 그 커플 끝나는 거 원하지 않는 무리도 생겨났을 정도야."

동기는 여전히 무언가 생각하는 듯한 성준을 향해 몸을 앞으로 기울였다.

"성준아, 강지혁한테 한서희, 그냥 그런 존재 아니야. 자기 대학 입학하고, 서희 위해 군대 다녀온 애야. 그런 애들 찢어 놓으면 벌 받는다."

"그게 무슨 말이야?"

"강지혁 베프가 우리 동아리 후배다. 두 가지 이유였단다. 하나는 지 대학 들어갔다고 서희랑 자꾸 연애 기분 낼 거 같아서. 그러면 서희 마음 흔들려 공부 못 하게 될까 봐서고, 다른 하나는 대학 입학한 강지혁한테 여자 친구 생길까 봐, 서희 괜한 걱정 하게 되는 게 싫어서였단다."

성준은 휘파람을 획 불었다.

"그런 말, 호기심만 더 자극하는 거 아냐? 어떤 여자기에 한 남자가 그리 사랑할 수 있나 싶어지거든."

"미친 새끼……. 넌 서희 어떻게 알게 된 거야?"

대답 대신 식당을 둘러보던 성준의 눈에 식당으로 들어서는 여학생이 눈에 들어왔다. 호랑이도 제 말하면 온다더니.

서희는 시계를 보며 매점 쪽으로 가서 빵과 커피 우유를 사 가방에 넣었다. 뭐가 그리 좋은지 얼굴에 깊게 볼우물을 만든 채 걸어오던 서희는 핸드폰을 꺼내 전화를 걸었다. 미소를 지으며 상대방이 받기를 기다리던 서희의 얼굴이 환해지더니 곧 무어라 이야기를 시작했다. 이야기를 하면서 다시 매점으로 향한 서희는 똑같은 빵과 커피 우유를 산 후 가방에 넣었다. 성준과 동기가 앉아 있는 테이블 앞까지 와서도 통화를 하느라 둘을 보지 못한 채 지나치는 서희의 목소리가 성준의 귀에 들려왔다.

"알았다니까. 나도 사랑해. 사랑해, 사랑해. 지혁 오빠가 세상에서 제일 멋지고 한서희는 강지혁 없으면 못 살아. 됐지? 훗. 바보 같아. 응, 끝나면 바로 와."

목소리는 투정이 가득했지만 두 눈과 얼굴은 가슴 가득 번져 있는 행복함을 숨기지 못한 채 빛나고 있었다. 들었냐는 듯 눈썹 올리며 자기를 바라보는 동기를 향해 성준은 고개를 끄덕이며 한숨 섞인 미소를 지어 보였다.

"뭐, 몇 년 함께 일하게 될 테니 내 감정이 식을지 뜨거워질지는 시간이 지나 보면 알겠지."

❖

"오빠, 밥 먹었으니까 얼른 씻어."

2주 전부터 서희는 나미네 집을 나와 학교 근처 원룸에서 살게 되었다.

철이 들면서, 그리고 철이 들수록 서희는 늘 옥희와 윤식에게 감사한 마음과 죄송스러운 마음이었다. 피 한 방울 섞이지 않은 자신을 친자식처럼 신경 써 주며 키워 주신 분들이었다. 그렇기에 더 이상 신세를 질 수 없어 대학 입학 후 독립을 하겠다 말씀드렸건만 옥희는 나나가 대학 갈 때까지 집에 있어 달라는 부탁을 하였다.

아무리 나나 공부 때문이라지만 결국 서희에 대한 옥희의 배려라는 것을 그녀는 잘 알고 있었다. 더 이상 그럴 수 없다며 고집을 부리던 서희는 끝내 눈물까지 보이면서 서운해하는 옥희를 뿌리치지 못하였다. 둘은 '한 해만 더 머물자 이야기를 끝냈었다.

하지만, '한 해만'이 두 해가 되고, 어느새, 세 번째 해도 훌쩍 뛰어넘겨 졸업반이 되어서야 서희는 독립을 할 수 있었다. 실험실 생활이 결정 난 후, 때때로 밤도 새야 한다는 서희의 말에 학교 근처 원룸 중 나미네가 사 두었던 건물에 들어가는 조건으로 옥희는 양보를 하였던 것이다.

대학 입학 때도 입학금 대출을 알아보던 서희에게 긴 시간 나미와 나나 과외비라며 입학금을 내놓았던 옥희였다. 하지만 서희는 그것을 받지 못한다고 해 나미네 집에 온 후 처음으로 옥희와 서희는 며칠간 말을 하지 않으며 보내야 했었다.

그 며칠의 냉전 후, 옥희는 빌려 주는 조건으로 서희의 입학금을 내주었고, 서희는 4년간 아르바이트를 하며 입학금을 서서히 갚아 나가고 있었다. 매달 그 돈을 받을 때마다 옥희는 서운한 마음이었지만, 그 돈을 내미는 서희의 속내를 알기에 그저 '고집은.', 작은 푸념을 내뱉으며 서희의 결정을 따라 주었다.

이 원룸도 결국은 옥희의 선물과 같은 것이었다.

「서희 너 데려올 때 잘 키우겠다고 약속드렸어. 여자아이 아무 곳에서 자취하게 할 수 없다. 정 불편하면 방세 매달 보내.」

이사 온 후 나미는 제집마냥 놀러 왔고 지혁 역시 종종 들러 무거운 짐이나 힘을 써야 할 것들을 봐주곤 하였었다.

그렇기에 지혁은 오늘, 강의실 앞에서 헤어졌던 서희가 갑자기 전화해 저녁을 집에 와서 먹으라고 하자 무언가 고쳐 줘야 할 것이 있는 줄 안 것이었다.

하지만 현관에서 지혁을 맞이한 서희는 새색시마냥 된장찌개를 끓여 놓고 지혁을 기다리고 있었다. 이것도 당황스러운데 밥 먹기가 무섭게 씻으라고 해 그는 어리둥절한 표정을 지어 보이다 두 팔을 들어 가슴에 엑스 자를 만들었다.

"안 돼, 서희야. 왜 자꾸 씻으래. 겁나게."

서희는 지혁에게 혀를 쯧쯧 차면서 손가락을 들어 화장실을 가리켰다.

"빨리 들어가 보라니까."

지혁은 못 이기는 척 화장실에 들어가 보았다. 며칠 전에 나미와 왔을 때보다 정리가 되어 있는 욕실이었다. 수납장에는 예쁜 그림이 그려진 스티커들도 붙어 있었고 욕조에도 새로 맞춘 스탠딩형 수납공간이 생겨 있었다.

"이거 자랑하고 싶어서?"

아무리 편하게 해 준다 해도 남의 집이었던 것이다. 새로 자기 공간이 생기면서 서희는 그것이 기쁜지 뭐라도 하나 들여놓으면 꼭 지혁에게 자랑을 하곤 하였다. 지혁은 그런 서희가 귀여웠고 또 그만큼 아렸다.

"아니, 잘 보라니까."

하지만 이번에는 잘못 짚은 듯 서희는 입술을 뾰로통히 내밀며 손가락으로 세면장과 수납장을 가리켰다. 그리고 그곳을 확인한 지혁의 얼굴은 붉게 물들어 갔다.

마치 신혼 생활을 시작하는 공간마냥 세면대 위에 마주 보고 꽂혀 있는 분홍색과 파란색의 칫솔과, 수납장에 서희 화장품과 나란히 놓여 있는 자신이 쓰는 스킨과 로션.

"오빠 와서 밥 먹고 늦게까지 있게 되면, 여기서 씻고 가라고. 그러면 집에 가서 바로 잘 수 있잖아. 어제 내가 내 거 사면서 오빠 것도 샀어. 예쁘지?"

지혁이 아무런 말도 못 한 채 파란색 칫솔을 집어 올리자 서희는 화장실 안으로 파다닥 뛰어 들어와 그의 옆에 나란히 서서 자기 칫솔을 집어 들었다.

"오빠, 우리 같이 양치하고 세수하자."

"너, 나 유혹하는 거지? 여우같이……."

"이 치약에 눈 찔리고 싶어?"

서희는 지혁의 칫솔에 치약을 짜 주며 눈을 부라렸지만 곧 자기 칫솔에 치약을 짠 후 다시 해맑게 웃고 있었다.

"같이 양치하고, 세수는 내가 먼저 할 테니까 나 나간 다음에 편하게 씻어. 이게 비누야."

서희에게 이끌려 착한 아이마냥 양치질도 끝내고 세수도 끝낸 지혁은 수납장을 열고 스킨과 로션을 바른 후 거실로 나와 좌식 테이블에 앉아 있는 서희 곁으로 갔다.

"뭐야?"

"김현정 교수님 실험실에서 나온 논문들. 미리 공부 좀 하려고."

대답을 마친 서희가 뒤쪽으로 와 앉은 지혁의 가슴에 몸을 기대자 그는 서희의 어깨에 턱을 올려놓으며 그녀가 읽고 있는 논문을 함께 보기 시작했다.

"나한테는 아직 어렵다."

"그치? 이거 이해하려면 리뷰 논문 먼저 봐야 돼. 내가 가르쳐 줄까?"

"아니."

지혁은 대답을 하며 고개를 돌려 서희의 볼에 입을 맞췄다. 향 긋한 서희의 냄새가 코끝으로 전해지자 지혁의 입술 끝이 저절로 올라갔다. 저녁이 되자 거뭇하게 자란 수염이 지혁의 입맞춤에 따라 얼굴에 닿아 오자 서희는 어깨를 움츠렸다.

"따가워?"

"응."

"아버님은 수염이 별로 없으셨어?"

"우리 아빠?"

"응."

"……아니, 오빠보다 더 많았을걸. 아빠가 퇴근해서 나 안으며 얼굴 비비면 어느 날은 아파서 하지 말라고 소리도 지르고 그랬었어."

잠시, 서희의 얼굴에 그늘이 졌지만 이야기를 하는 동안 서희는 옅은 미소를 지었다.

그랬었지. 성우가 퇴근하는 시간이면 서희는 후다닥 현관문으로 가 두 팔을 활짝 벌렸고, '우리 딸.' 하며 성우는 서희를 안아 올려 얼굴을 비비곤 하였다. 간혹 '아빠, 아파.' 소리를 지르면서 성우를 밀어내는 날도 있었지만, 대부분의 날, 둘은 꼭 서로를 안으며 세상에서 가장 행복한 부녀가 되곤 하였다. 그랬었다. 그 모습에 수연은 질투하는 듯 '당신은 딸만 보여?' 눈을 흘겼었다. 성우의 옷을 받으며 '당신 담배 끊어.' 잔소리도 덧붙였다.

"오빠, 엄처시하라는 노래 알아?"

수연의 잔소리가 심해질 때면 늘 흥얼거리던 성우의 노래. 아무리 화가 나도 결국 수연은 성우의 장난 어린 이 노래자락에 웃어 버리곤 하였었다.

"아니."

"열아홉 처녀 때는 수줍던 그 아내가 첫아이 낳더니만 고양이로 변했네. 눈 밑에 잔주름이 늘어 가니까 무서운 호랑이로 변해 버렸네. 훗, 그 뒤는 기억이 잘 나지 않는데 내용은, 나도 남잔데 가만히 있지 않을 거다. 그러다가 그래도 아내가 무섭다고, 나는 공처가. 이러면서 끝나는 노래야."

"하하, 그런 노래가 있어?"

"응, 엄마가 아빠 혼내면 아빠가 늘 첫아이 대신 서희를 넣고 불렀어. 열아홉 처녀 때는 수줍던 내 아내가 서희를 낳더니만 고양이로 변했네. 그러면서……."

그랬었다. 이야기 끝 서희의 표정이 쓸쓸해지자 지혁은 긴 팔과 다리로 서희를 뒤에서 부둥켜안은 채 그녀의 머리에 입술을 가져갔다. 언제부터인가 집 이야기를 하면 부쩍 어두워지는 서희였다. 무슨 일이냐 조심스레 물어도 '아무 일도 아냐, 늘 같지, 뭐.' 고개를 흔드는 서희를 위해 지혁이 해 줄 수 있는 건 이리 품에 안고 다독이는 것뿐이었다.

무심코 물은 자기 질문을 탓하며 지혁은 가슴이 아린 만큼 팔에 힘줘 서희를 품 안으로 끌어왔다.

"이러고 있자, 나 집에 갈 때까지."

"훗. 몇 시간 동안?"

"응. 한서희 냄새 내 몸에 스며들게."

서희는 미소를 지으며 지혁의 손을 잡고 입을 맞추었다.

"나한테도 오빠 냄새 스며들겠다."

지혁은 작게 소리 내 웃으며 서희의 머리에 얼굴을 비비고 손으로 그녀의 얼굴을 어루만졌다.

"오빠 내가 그렇게 좋아?"

"응."

지혁은 대답을 하며 서희의 어깨에 입술을 내렸다.

"내 옆에만 있어, 서희야."

"걱정 마."

"아이 럽 유, 쥬뗌므, 이히 리베 디히, 워 아이 니, 떼 끼예

218

로……."

평소와 달리 낮게 내려앉은 목소리로 들려주는 사랑 고백에 서희는 하하 소리 내 웃으면서 손을 들어 지혁의 머리를 매만졌다.

"사랑해, 오빠."

지혁의 얼굴이 숙여지면서 둘의 입술은 부드럽게 겹쳐져 갔다.

❷

〉⊗〈〉⊗〈〉⊗〈

사랑이 그대를 속일지라도

　고속버스가 종착지에 도착하였다. 서희는 내리는 사람들을 보며 자리를 지키고 앉아 있었다.

　그래, 별일 아니야. 어려서는 몰랐지만 시간이 지나면서, 그렇게 어른이 되면서 그럴 수 있을 거다 생각한 일. 새삼 힘들어할 것도 없어.

　서울에서부터 이곳 대구까지 서희는 멍하니 창밖을 보며 스스로를 달래고 있었다.

　「나도 서희 안쓰러워. 그 애 보면 예뻤어. 하지만, 지혁이 짝으로는 싫어. 그냥 평범만 했어도 오냐, 예쁘다 데려올 거야. 애 하나 보고 그럼 됐지 할 거라고. 부모가…… 나도 알아봤어. 지혁이 저리 죽어도 서희 아니면 안 된다니. 그런데 그 집 소문에…….」

　설이 가까워 부모에게 내려오기 전 나미네 집에 들렀다. 나미네를 나와 처음 맞는 설. 이르지만 인사라도 드려야지. 나미와 현관으로 들어서는 서희의 귀로 남옥의 목소리가 들려왔다.

이야기를 듣다 서희는 얼른 나미 손을 이끌고 밖으로 나왔다. 나 들은 거 비밀로 해 줘. 내가 알아서 할게. 자기 일처럼 씩씩거리는 나미를 달래며 서희는 괜찮다 하였다. 그리고, 별일 아니다 하였다. 오빠와 난 괜찮다 하였다.

「설 지나 다시 들를게. 아주머니께 죄송하다고 전해 줘. 정말 괜찮아.」

내리는 사람들을 바라보다 다시 고개를 돌려 바라본 창밖은 무채색의 계절이었다. 나 같아. 언제부터인가 서희는 부모를 만나러 가는 자신과 지혁의 옆에 생활하는 자신의 색이 다르다는 생각을 하였다.

그럴 때면 그녀를 부모에게 데려다 주고 또다시 서울로 되돌려 놓는 고속버스나 기차가 마치 신데렐라에 나오는 마법 마차와 같다는 생각이 들었다. 다칠 거다 예상을 했다고 살집이 헤쳐졌을 때 아픔이 덜한 건 아니었다. 생각보다 아팠다. 평범. 그게 뭐 그리 어려운 것이라고.

가난이 창문으로 들어오면 사랑은 방문으로 나간다는 말을 증명하듯 서로에게 살뜰했던 성우와 수연의 다툼은 이미 오래전부터 잦아져 있었다. 처음보다 사정은 좋아졌다지만 한 번 벌어진 부부 사이는 쉬이 좁혀 들지 않고 있었다.

그래도 자식에게 손을 안 벌리니 그나마 다행이라고 자조하듯 말하는 수연의 한탄도, 이제 화부터 내며 이야기를 시작하는 성우

의 변화도, 상처가 된다는 것을 알면서도 상대를 할퀴지 않으면
자신이 쓰러지기라도 하듯 언성을 높이며 다투는 부모의 모습도
시간이 갈수록 서희는 버겁기만 하였다.

매번 '이번만은' 이라는 기대감을 갖고 부모를 찾는 서희는 돌
아올 때면 묵직한 돌덩이 하나 가슴에 얹고 곧 떨어질 것 같은 눈
물을 안으로 삼켜야 했다.

더 오래 버스에 앉아 있는다고 무엇이 변하는 것도 아니건만
차마 일어서지 못하고 있던 서희는 창밖에서 손을 흔드는 성준을
발견하고 자리에서 벌떡 일어났다.

"선배, 여긴 어쩐 일이세요?"

서희는 예상하지 못한 만남에 놀라움과 반가움으로 눈까지 동
그래진 채 버스에서 내리며 성준에게 물었다.

"비밀."

어느새 실험실 생활을 한 지 석 달이 가까워지고 있었다. 나이
는 차이가 나도 실험실 새내기라는 공통점을 갖고 있는 두 사람이
었다. 실험실의 온갖 잡일을 함께 하고 또 포닥 한 명에게 함께
실험을 배우다 보니, 어느새 둘은 다른 사람들보다 친한 실험실
동기가 되어 있었다.

그런 시간들을 통해 서희는 성준의 고향이 그가 정확히 이야기
는 하지 않지만 경북 대구 근처 어디쯤이라는 것을 알게 되었고,
고등학교 때 서울로 유학을 왔다는 것을 알게 되었다. 서울말을
쓰는 듯한 그의 말투 속에 희미하게 남아 있는 경상도 억양을 알
게 되었고, 아침이면 좀 더 진하게 그의 손에 남겨진 스킨 냄새가

익숙하다는 것을 알게 되었다.

"무슨 비밀이 그리 많아요? 선배랑 제가 언제 만났었는지도 비밀이고."

"그거야 서희 네 잘못이지. 나는 널 기억하는데 너는 날 기억 못 하니 서운한 건 나라고. 어떻게 나를 잊어버리냐? 이 얼굴, 잊기에는 좀 아깝지 않냐? 하하."

천연덕스럽게 농담을 던지며 커다란 입을 활짝 벌려 웃는 성준의 모습에 서희 역시 하하 소리 내 웃고 말았다. 근심 걱정 없이 살아온 양 그늘 한 점 묻어 있지 않은 미소가 성준의 미소였다. 성준이 활짝 입을 벌리고 하하 소리 내 웃을 때면 실험실 사람들도 모두들 한 번씩 그 모습에 싱긋이 입술 끝을 올리곤 하였었다.

성준은 하얀 얼굴에 드러나는 서희의 볼우물을 보다 그녀 어깨에 있는 가방으로 시선을 옮기며 손을 내밀었다.

"들어줄게."

"괜찮아요."

미소를 지으면서도 고개를 흔들며 성준이 내민 손에서 조금 몸을 떨어뜨리는 서희의 몸짓에 그는 한숨 섞인 미소를 지어 보였다.

학위 들어가면 바빠질 거라는 동기의 충고에 설을 핑계 삼아 며칠 일찍 고향을 찾은 성준이었다.

팔은 안으로 굽는다는 말이 맞는 걸까. 처음 서희에게 향한 그의 관심을 접으라고 충고를 하던 동기는 성준의 마음과 둘의 인연에 대해 전해 들은 후 힘들 거다 고개를 저으면서도 서서히 성준을 돕기 시작했다. 오늘 이리 서희를 만날 수 있었던 것도 며칠 전부터 보내온 동기의 문자 덕분이었다.

[서희, 부모님 만나러 간단다. 자세한 건 알아내는 대로 연락 줄게.]

이리 시작되었던 문자는 언제 서희가 내려오고, 몇 시 버스인지 하루 단위로 새로운 소식을 업데이트 시켜 주었던 것이다.

"대구 근처라더니 그냥 대구가 고향인가 봐요?"

"여기 잠깐 나올 일이 있었어."

"그렇구나."

'그렇구나'를 연발하면서 고개까지 끄덕이는 서희를 보며 성준은 무언가 말을 하려다 그대로 삼켜 버렸다. 여기까지 와도, 여기서 나를 만나도 내가 기억이 안 나니?

"그건 뭐야?"

"집이 이사를 했거든요. 가는 방법 적어 놓은 거예요."

성준이 턱 끝으로 서희 손에 들려 있는 종이를 가리키자, 서희는 손끝으로 종이를 팔락이며 대답했다. 서울에서 이곳으로 처음 옮겨 온 것을 제외하고도 벌써 세 번째 이사였다.

대답을 들은 후 성준은 서희 옆으로 옮겨 서서 종이 위에 적힌 주소와 적어 놓은 버스 번호, 주요 건물이나 주변 집 색 등을 눈으로 빠르게 훑어 나갔다. 익숙한 명칭들.

"내가 같이 가 줄게."

"괜찮아요. 저도 이제 제법 여기 잘 알아요."

서희의 대답에는 아랑곳하지 않은 채 성준은 서희의 손에서 종이를 낚아채 성큼성큼 걸음을 옮기기 시작했다.

"선배!"

잠시 어리둥절한 채 자리에 서 있던 서희는 다급히 성준을 부르며 그의 뒤를 따르기 시작했다.

"선배!"

발걸음을 점점 빨리하는 성준의 입가에 미소가 번져 갔다. 평소에도 그리 좀 날 원해 봐라, 녀석아.

성준은 얼굴 가득 장난기 어린 미소를 지으며 서희가 너무 멀어지면 그녀를 마주한 채 뒷걸음질을 치고 서희가 가까워지면 앞을 향해 뛰듯이 걸어갔다. 그러다 어느 순간 성준의 얼굴이 굳어지며 바삐 걷던 그의 발걸음이 멈칫 그 자리에 멈춰졌다.

십여 미터 앞에서 이쪽으로 향해 걸어오고 있는 중년의 남자와 여자.

성준은 얼굴까지 붉어진 채 자기를 따라오고 있는 서희를 돌아보다 다시 중년 남자에게 시선을 돌렸다.

서희 아빠, 성우.

성준은 급히 성우 옆의 여자에게로 시선을 옮겼다. 누구네 집 젓가락이 몇 개가 있네. 쉬이 소문이 퍼지던 마을에서 유명했던 소문 하나. 그 집 딸만 모르네, 어른들이 쉬쉬하는 이야기 하나를 성준은 익히 들어 알고 있었다.

"선배!"

성준은 몸을 돌려 서희를 향해 섰다. 숨을 할딱거리며 성준의 앞까지 온 서희에게 장난스런 미소를 지어 보이던 성준은 손안의 쪽지를 서희에게 내밀었다.

"선배, 하여간……."

"내가 우리 언제 만났었는지 힌트 줄까?"

내미는 쪽지를 받으며 호기심 가득한 눈으로 서희가 고개를 끄덕이는 순간 성준은 두 손을 들어 서희의 귀를 막고 그대로 가슴으로 끌어당겼다.

자기에게 무슨 일이 일어났는지 미처 깨닫기도 전에 서희는 성준의 품 안에 얼굴을 묻고 있었다. 뭐, 뭐야? 팔을 뻗으며 성준을 밀어내려 했지만 성준은 꿈쩍도 하지 않은 채 서희의 얼굴을 놓아주지 않았다. 점점 가까워지던 성우의 목소리가 곧 옆에서 이야기하듯 성준의 귀로 들려왔다.

"오늘은 들어가야 돼. 딸아이가 온다고 해서."

짧은 시간이 영원처럼 길게 느껴졌다. 빨리 지나가 버려. 품 안에서 바동거리는 서희를 놓칠 거 같아 성준은 입안이 타들어 갔다. 더 버티면 서희가 아플 거 같았고 놓아주면 마음을 다칠 거 같았다.

옆으로 지나치던 성우는 길거리에 서 있는 젊은 커플의 애정 행각이 마음에 들지 않은 듯 혀를 쯧쯧 차며 고개를 돌리다 자기를 노려보는 성준의 얼굴을 확인한 후 당황하여 걸음을 멈췄다.

"서희야, 잠깐만."

성준은 성우의 눈을 마주하며 '서희'라는 이름을 힘주어 불렀다. 그리고 그 이름에 시선을 돌려 성준의 손에 잡혀 있는 서희를 확인한 성우가 급히 여자와 시야에서 사라지고 나서야 성준은 서희를 놓아주었다.

"선배, 미쳤어요? 도대체 뭐하는 거예요?"

화가 나 경계하는 눈빛으로 성준의 눈을 매섭게 마주하는 서희 앞에서 그는 어색한 미소를 지어 보이다 입을 열었다.

"기억해 내라고. 전에도 이런 적 있었는데 기억 안 나냐? 정말 너무하네."

아무 일 없었다는 듯 성준은 농담을 건넸지만 서희의 얼굴에는 불쾌함이 사라지지 않았다. 보고 있으면 함께 웃게 되던 시원한 성준의 미소가 지금은 가장 보기 싫고 역겨워 서희는 성준을 보며 한 마디 한 마디 힘주어 말했다.

"나한테 손대지 말아요."

"서희야. 미안해. 정말 기억나라고……."

그의 말이 끝나기도 전에 옆으로 지나쳐 가는 서희의 팔을 성준은 힘줘 잡았다. 뭐라 설명해야 할까, 너한테.

"선배!"

목소리가 올라가며 서희의 팔이 거칠게 성준의 손을 떼어 냈다.

"나 만지지 말라고 했잖아요."

길을 지나가던 사람들이 힐끗힐끗 서희와 성준을 번갈아 보며 수군거리기 시작했다.

"서울 가시나. 서울 야시."

돌아서는 서희의 귀로 성준의 중얼거림이 들렸지만 그녀는 그에게 등을 보이며 앞을 향해 걸어갔다. 서희를 따라 두어 걸음 따라가던 성준은 그 자리에 걸음을 멈춘 채 멀어지는 서희를 바라보았다. 따라가서 뭐라 하게? 가벼운 감정일 수 있다고 생각했다. 동기에게 말한 듯 시간이 지나면 알겠지.

하지만 시간이 지날수록, 입가에 미소를 지으며 문자를 확인하는 서희의 모습을 보는 것이 힘들었고, 10시면 칼같이 집에 가야 한다고 나가는 서희를 보는 것이 싫었다.

괜한 오기에 10시에 집에 간다는 서희를 따라나섰다가 연구동 앞에 서 있는 지혁과 마주한 날, 처음 서희를 연구동 앞에서 만난 날처럼 잠시 자기와 함께라는 것조차 잊은 채 지혁에게 뛰어가는 서희의 뒷모습을 바라보던 성준은 그날 밤, 밤새 가슴속에서 뜨겁게 타오르는 열기에 잠을 설쳐야 했었다.

언젠가 이리 보내야 했던 서희의 뒷모습. 손에 잡힐 듯한 거리가 점점 멀어지며 그날 밤처럼, 아니, 그보다 전, 그 어느 날의 버스터미널에서처럼, 아니 그보다 더, 더 오래전, 손을 흔들고 사라져 갔었던 그 봄날처럼, 서희의 등이 두 눈에 박히자 성준은 서희를 뒤따르기 시작했다.

24살의 서희 등에 20살의 서희의 등이, 13살의 서희의 등이 겹쳐졌고 27살의 성준은, 23살의 성준처럼, 16살의 성준처럼 더 이상 멀어지기만 하는 서희의 등을 바라보기 싫었다.

「서울 가시나, 서울 야시.」

돌아설 때 들려온 성준의 중얼거림이 자꾸 서희의 머릿속에 맴

돌고 있었다. 언젠가 들었던 말. 까마득히 잊고 있었던, 가끔 꿈에 나타나던, 그래서 꿈인 줄만 알았던 어려서의 기억 한 모퉁이.

이제 자기를 가슴 근처까지 안아 갔던 성준에 대한 불쾌한 감정이 물러가며 머릿속에 맴도는 그 말과 말투에 대한 궁금증이 그 빈 공간을 채워 가고 있었다. 어디였을까. 누구였을까.

"서희야!"

성준은 서희의 가방을 잡아챘다. 돌아선 서희의 눈에는 아까 보였던 불쾌함과 화가 많이 사그라져 있었지만 딱딱하게 굳은 얼굴은 아직 경계하는 빛을 여실히 드러내고 있었다. 성준은 서희를 보며 조용히 입을 열었다.

"니 넘의 집 앞에서 머하노?"

뜬금없이 내뱉는 성준의 말에 서희는 성준을 노려보다 몸을 돌리려 하였다.

"무슨 소린지 잘 모르겠나?"

주춤.

"서울 가시나들은 다 너처럼 얼굴이 하얗나?"

서희는 발걸음을 멈춘 채 그대로 서 있었다. 무언가 그리운 느낌.

"니 한번 서울말로 나 한 번 불러 봐라. 오빠야~ 하고. 서울에서는 오빠라 카재?"

서희는 서서히 몸을 돌려 성준을 마주했다.

"니 고마 거, 서울 오빠 말고 기냥 내 동상 해라. 오빠야가 더 잘해 주게."

아! 서희의 눈이 커다래졌다.

"서울 야시. 생긴 것도 말하는 것도 다 꼭 야시 같다. 이쁜 야시."

❖

성준의 고향은 작은 시골 마을이었다. 그리고 성준에게 서희는 태어나 처음 본 도시 아이였다. 그것도 서울 여자아이.

서울에서 대구로 왔다가 대구에서 두 달도 안 돼 다시 작은 이 마을까지 들어왔다고 어른들이 이야기하던 이사 온 부부. 그 마을에서는 그래도 꽤 살던 집이었던 성준의 집에 딸려 있었던-마루와 함께 조그마한 방 하나가 덩그러니 들어서 있던, 별채라 부르기도 민망했던- 작은 집. 그 집에 들어와 살게 된 서울 부부에게 딸 하나가 있다는 말을 부모님을 통해 들었었다.

서울에 살고 있다는 그 딸내미는 설에 부모를 보러 왔다가 성준이 보기도 전에 다시 올라갔다고 했었다. 서울 가시나라 그런지 얼굴도 하얀 것이 야시처럼 생겼다, 이름도 한서희. 예쁘제. 크면 우리 성준이 각시 삼고 싶더라는 아버지의 너스레와 서울 사람이 얼마나 약았는데 그런 소리 하지도 마이소, 쓸데없이 말끝에 힘까지 주며 못을 박던 어머니의 타박에 고마해라, 괜히 버럭 소리를 지르며 집을 나섰지만 성준은 서울에서 온 얼굴 하얗다는 가시나가 궁금하였다.

그 날, 저녁 식사를 하며 큼큼 몇 번 헛기침을 하다 성준은 물었었다.

「엄마, 가, 그 서울 가시나, 서울말 쓰나? 티비맨치로 거카나?」

「거라모. 내 간지라바서……. 너그 아버지는 그 말이 곱단다.
하이구, 참.」

「머라 캤는데?」

「아저씨, 아주머니, 안녕하세요. 한서희예요. 감사합니다. 그카
는데 영락없이 야시더래이.」

그 서울 가시나를 만날 수 있었던 건 어느 봄날이었다. 노란색
카디건을 입고 집 앞에 쪼그리고 앉아 책을 읽고 있던 아이.

성준이 자라던 곳에서 보기 힘든 하얗고 뽀얀 얼굴은 그 날 서
희가 입은 노란색 카디건에 더 희게 빛나고 있었다. 그 아이가 다
소곳이 앉아 책을 읽는 모습에 성준은 난생처음 심장이 두근거리
기 시작했었다. 여자라곤 어려서부터 봐 왔던 여자아이들이 전부
인 이곳에 예쁜 꽃이 도시에서 날아와 살포시 자기 마당에 앉은
것 같았던 그런 날이었다.

'니 넘의 집 앞에서 머하노?' 괜히 퉁명스레 말을 시키자 피어
오르던 볼우물도, 가방에서 내어 놓았던 필통과 예쁜 노트도, 성
준의 눈에는 너무나 서희와 잘 어울리는 공주님의 소품과 같았다.
동화 속 공주님이 있다면 서희일 거 같다고 꼬마일 때도 무시했던
유치한 이야기를 사춘기 소년은 떠올리고 있었다. 무엇보다 말을
걸면 눈을 깜박이며 서울말로 대답하는 서희가 성준은 신비한 꿈
속의 아이 같게 느껴졌었다.

✧

"아! 돼지 오빠?"

갑자기 무언가 생각난 듯 눈을 동그랗게 뜨며 묻는 서희의 질문에 성준은 대답 대신 고개를 끄덕였다.

집에 소와 돼지를 기르던 성준네 집이었다. 처음 만났던 그 날, 집 앞에 혼자 앉아 있는 서희가 안쓰러워 자기 집으로 데려왔던 성준은 그녀에게 자기네 집 가축들을 보여 준다며 부산을 떨다 돼지우리에 빠지고 말았었다. 그 모습에 배꼽을 잡고 눈물까지 흘리며 웃던 서희는 하루 종일 성준을 돼지 오빠라 부르며 시간을 보냈었다.

"아……. 그렇구나."

서희는 어렴풋이 떠오르는 어린 시절의 기억에 고개를 끄덕였다. 그 오빠였구나. 얼굴조차 기억이 나지 않았다. 다만, 사투리가 짙었던 남자아이. 서너 살 많았던 오빠가 있었던 것은 기억하고 있었다. 엄마가 보내 주시는 과일과 가끔 나미가 던지는 농담이 아니었다면 아마 이미 잊었을 작은 이야기였다.

기억 속을 더듬어 가던 서희는 잠시 멈칫거리며 성준을 올려다보았다. 귀를 막고 가슴에 안아 주던 손.

그날 밤도, 엄마와 아빠는 다퉜었다. 고성이 오갔고 하나밖에 없는 방이었기에 서희는 다투는 부모님 몰래 그 방에서 나와 대문을 나서 문 밖에 쪼그리고 앉았었다. 그래도 들려오는 소리.

무릎에 얼굴을 묻고 서희는 서울을 생각했다. 나미와 나나와 함께 공부하던 서재를 떠올렸고, 매일 집으로 오는 지혁을 떠올렸다. 무릎 사이에 얼굴을 묻은 채 서희는 돌멩이 하나를 들어 낙서를 하기 시작했다. 낙서를 하며 노래도 흥얼거렸다.

노랫소리에 엄마 아빠의 싸우는 소리가 묻히길 바라며 학교에서 배운 노래를 부르는 서희 곁으로 누군가 나와 섰다. 돼지 오빠. 이름조차 묻지 않았던 주인집 아들.

그 날, 성준은 울 거 같은 표정으로 야무지게 눈물을 참고 있던 서울 가시나가 아팠다. 자기 귀에까지 들려오는 이 아이 부모가 서로를 할퀴는 소리. 그 아픈 소리를 성준은 이 아이에게 듣게 하고 싶지 않았다.

자기를 보고 자리에서 일어서는 그 아이의 귀를 성준은 손으로 막아 주었다. 야시처럼 예쁜 서울 가시나. 이 이쁜 아이에게 이쁜 소리만 듣게 해주고 싶었다. 나쁜 소리, 아픈 소리. 막아 줄 수 있다면 자기 손으로 막아 주고 싶었다.

"선배였구나."

서희는 혼자 중얼거렸다.

왜 그 사람을 지혁이라고 생각했을까. 흐려졌던 기억 속에서도 뚜렷하게 남아 있던 따스함. 뚜렷했기에 희미한 기억과 어울리지 않아 서희는 그 따스함을 또 다른 어느 한 날의 기억이라 생각하고 말았었다. 오로지 귀를 막아 주던 손길 하나만을 기억 속에 저장한 후, 서희는 아무런 의심 없이 그 손은 지혁의 손이라 믿고 있었다. 멍청한 한서희.

"생각나냐?"

장난스럽게 가슴까지 펴며 웃고 있는 성준을 서희는 미소를 지으며 올려다보았다.

"오랜만이에요."

"그렇네."

"까맣게 잊었었어요."

"심하네. 너 때문에 내가 돼지우리에도 빠졌었는데."

서희는 다시 하하 소리 내 웃었다. 그렇구나.

"선배였구나."

성준은 그런 서희를 못마땅하다는 표정으로 내려다보았다.

"어려서는 오빠라고 하더니…… 알고 나서도 난 선배냐?"

서희의 얼굴에 다시 볼우물이 패였다.

"지혁 오빠가 '오빠, 오빠' 하다 '아빠, 아빠' 된다고 다른 사람한테는 절대 오빠라고 하면 안 된다고 하더라고요."

뭘 기대한 걸까. 바보 같은 자식. 과거를 기억해 내도 변함없는 거리에 성준은 침을 삼켜 버렸다. 심장이 싸아 하니 아파 왔지만 허파에 차오르는 열기는 다행히 차가운 겨울 공기로 식힐 수 있었다.

❖

"어서 와라."

토요일 오후, 오랜만에 집에 찾아온 지혁을 옥희는 아들마냥 품에 안고 반겼다. 아들이었으면 했던 녀석이 딸 같은 서희와 만난다는 것을 알고 옥희는 자기 일처럼 기뻐해 주었다. 거실에 들어선 지혁은 커다란 집을 둘러보다 옥희에게 질문을 던졌다.

"혼자 계시는 거예요?"

"그럼, 토요일인데 집에들 있겠니? 애들은 나가고, 아저씨도 요즘 바쁘시거든. 너희 엄마, 아빠는 수영 가셨니?"

"예, 오늘 자유수영 가신다고. 수영 배우면서 좋으신가 봐요. 부부끼리 친해지신 분들도 있고."

옥희는 소파에 가 앉으며 지혁에게 손짓을 하였다.

"이리 와, 서 있지 말고. 아직까지 아르바이트 한다며?"

"독서실은 그만뒀고, 과외 하던 것만 하고 있어요."

"엄마가 너 아르바이트 하는 거 싫어해. 알지?"

"서희 따라 시작했던 건데 막상 해 보니 그만두기 아깝네요. 아이들 성적 오르는 거 보는 재미도 쏠쏠하고요."

"이제 서희는 아르바이트 그만두었잖아."

"예. 실험실 생활이 바빠서요. 실험실 생활하면서 받는 게 아르바이트 못지않아요. 요즘 얼마나 저한테 생색낸다고요."

서희 이야기에 지혁의 눈빛이 짙어져 가자 옥희는 잠시 안쓰러운 듯 지혁을 바라보았다. 집에서 남옥과 심심찮게 부딪치고 있는 것을 알고 있는 옥희였다. 그리고, 지혁과 남옥이 서희 일로 마찰이 있을 때면 두 사람 편에 서서 남옥을 다독여 주는 것도 옥희의 몫이었다.

"어려서부터 서희, 서희. 서희가 뭐가 그리 예쁘니? 고 융통성 없는 고지식한 녀석이."

지혁은 대답 대신 미소를 짓기만 했다. 지혁은 가끔 이리 옥희가 서희 흉을 보는 것이 좋았다. 흉보는 말에서조차 느껴지는 서희를 향한 옥희의 따스한 사랑이 지혁은 감사했고 그로 인해 자신의 마음까지 따스해지곤 하였다.

"고 융통성 없는 고지식한 한서희한테 아주머니도 빠지신 거잖아요."

옥희는 잠시 생각하는 듯 입을 다물고 지혁을 보다 깔깔 웃음을 터뜨렸다.

"그렇네. 내가 지혁이 너 뭐라 할 처지가 아니구나. 훗. 서희 고게 뭐가 예쁘다고 나가자마자 눈에 밟히더라."

옥희는 조금은 쓸쓸한 표정으로 2층을 바라보았다. 집에 있으면서 틈틈이 무료한 시간을 보내고 있는 옥희의 말벗이 되어 주던 서희였다. 정직하고 맑게 세상을 보는 아이.

그렇기에 서희가 재잘재잘 들려주는 이야기를 듣고 있노라면 옥희는 다시 그 시절로 돌아간 듯 행복하고 또 한편 아련해지곤 하였다.

둘은 주말이면 사야 될 물품을 일하는 아주머니에게 물어 직접 장을 봐 오곤 하였고, 장을 봐 돌아오는 길에 여름이면 함께 빙수를, 겨울에는 단팥죽을 먹었다. 매미가 시끄럽게 울어 대는 여름이 되면 옥희가 꼭 한 번씩 며칠 앓는다는 것을 자식보다 먼저 안 사람도 서희였다.

"서희가 아주머니 이야기할 때 서울 엄마라고 해요."

"고거…… 고 녀석이 여우라니까."

언제나 마음을 내준 만큼 다가오던 꼬마였다. 서울 엄마. 제 마음에 없는 말은 못하는 아이가 그리 불러 준다니 내가 짝사랑은 아니구나, 옥희는 슬며시 미소를 지으며 촉촉해진 눈가를 닦아 냈다.

"그래, 책 좀 챙겨 가고 싶다고?"

옥희는 자리에서 일어나며 지혁을 돌아보았다. 어차피 윤식도 서희 거라 이야기한 서재의 책들이었다.

서희가 이사 이야기를 꺼낸 후부터 지혁은 무언가 특별한 선물을 해 주고 싶어 고민을 하였었다. 이것저것 많은 생각을 해 보아도 서희에게 서재만 한 선물이 없을 거 같은데 원룸이니 서재를 선물할 수는 없는 노릇이었다.

그러다 인터넷에서 발견한 작은 원룸. 방 전체를 서재처럼 꾸민 그 원룸을 서희 방에 고스란히 옮겨 주고 싶었다.

며칠 서희 집에 가 벽 길이를 재고 침대와 색이 맞는 책장을 구해 놓았다. 침대 옆에 놓을 작은 테이블도 준비해 놓았고, 그 위에 놓을 작은 스탠드도 구해 놓았다. 하지만 서희가 좋아하는 책 향기. 그 익숙한 책 향기를 찾기는 쉬운 일이 아니었다.

그래서 옥희에게 전화해 서재에 있는 책들 중 서희가 즐겨 읽었던 책들을 가져가도 되나 어렵게 물었건만 옥희도 윤식도 당연한 걸 왜 묻냐 오히려 되물어 지혁을 당황하게 만들었다.

"꽤 무거울 텐데."

"전집들 두어 세트만 가져갈게요. 나머지는 제가 사 놓은 게 있어요. 서희 요즘 좋아하는 것들로요. 그리고 빈 공간도 남겨 놔야 서희도 책장 채워 나가는 재미가 있겠죠."

"아르바이트 한 거 그거 사느라 다 썼겠다."

"서희 때문에 번 돈인걸요, 뭐."

"깜짝 선물?"

"예. 오늘 아침에 서희, 부모님께 갔잖아요. 내일 온다니 오늘 가서 정리해 놓으려고요."

옥희는 대견하다는 표정으로 지혁을 보며 미소를 짓다 말없이 등을 쓰다듬었다.

"지혁아."

"예?"

"중간에 힘든 일이 있을 수 있겠지만…… 서희, 잘 부탁해. 그 아이한테 넌 부모고, 형제고, 애인이야."

굳이 긴 설명을 하지 않는 옥희의 말에 지혁은 고개를 끄덕이며 걱정하지 말라는 표정을 지어 보였다.

"제가, 서희 없으면 안 돼요. 아시잖아요."

원룸을 열고 들어선 서희는 낯선 방을 둘러보고 자리에 앉았다. 방 안을 둘러싼 책장과 책들.

오늘 저녁에나 올라오려던 계획을 바꿔 서희는 첫차를 타고 서울로 왔다. 달라진 건 없었다. 누군가와 전화를 끊은 수연은 성우에게 소리를 높이기 시작했었다. 당신이란 사람 참 뻔뻔하다, 어

238

떻게 서희 올 시간에 그곳에서 돌아다닐 생각을 했냐. 수연은 울며 소리를 질렀고, 성우는 시끄럽다고 함께 소리를 높이며 무언가를 집어 던졌었다. 있지도 않은 살림, 그래도 깨질 것이 남았는지 무언가 깨지는 소리가 들려왔다. 차라리 날 죽여, 소리치던 수연의 목소리, 저리 꺼져, 버럭 고함을 지르던 성우의 목소리.

참다 참다 방문을 연 서희 눈에 들어온 것은 깨진 유리와 맨발로 서로를 할퀴고 있는 부모의 모습, 그 유리 파편 속에 누구의 피인지 모를 흩어진 붉은 자국이었다. 계속 한자리를 파 오던 상처에는 굳은살이 박였는지 서희는 모든 것이 놀랍지도 않았다.

「이제 다시는 엄마도 아빠도 만나러 오지 않을 거야. 차라리 헤어져. 나 때문에 살았다는 말 하지 말고 차라리 헤어져. 이런 모습 보는 게 더 지옥이야. 평범한 게 뭐가 이리 어려워. 우린 왜 평범조차 못해.」

소리 지르고 나와 올라오는 동안 내내 서희는 울지 않고 독하게 버텼다. 큰 집을 부러워한 적도, 작은 집이 창피한 적도 없었다. 하지만 지금, 서희는 행복한 가족이 부러웠다. 어려워도 웃으며 고생했다, 힘들었지, 물어 주는 가족. 사소한 다툼이 있어도 서로의 생채기는 어루만져 주는 가족.

오랜 시간 걸려 부모를 만나러 갔던 서희는 채 하루도 머물지 않은 채 서울로 돌아오는 차에 올라탔다. 책 향기가 짙은 나미네 서재가 문득 그리웠고, 서재 안에 있으면 들어와 옆에 앉아 주는 지혁이 그리웠다.

서희는 지친 마음으로 집으로 돌아왔다. 그리고 자신이 없는 동안 바뀐 방 안의 한 공간을 보며 서희는 참았던 눈물을 흘리고 말았다.

내 마음인 듯 보듬어 주는 지혁의 손길, 그 마음이 서희는 고맙고 아팠다. 우리 사랑도 변하게 될까. 소중한 만큼 그 사랑이 두려웠다.

지혁은 아침 일찍 서희의 방을 열었다. 어제 채 끝마치지 못하고 간 책장 정리를 마치고 서희가 온다는 시간에 맞춰 나가 보려하였다. 그런데 아침 일찍 문을 열고 들어선 서희의 작은 방에 서희는 침대에도 오르지 못하고 외투도 벗지 않은 채 잠이 들어 있었다.

눈가에는 아직 채 마르지 않은 눈물이 흐르고 있고 자다가도 울음 끝 밭은 호흡을 진정시키고 있었다. 어떻게 하면 좋을까.

집에만 다녀오면 아파하는 서희였다. 그럴 수 있다면 붙잡아 놓고 다시는 내려 보내고 싶지 않은 곳이었다.

어른이 돼도 달라진 게 없었다. 그리 되고 싶던 스무 살. 그 스무 살을 훨씬 더 넘어섰건만 지혁은 여전히 서희를 지켜 줄 울타리는 만들지 못하고 있었고, 여전히 서희는 아파하고 있었다.

지혁은 조심스럽게 서희의 외투를 벗기고 자리에서 일어나 침대 위 이불을 내려 그녀에게 덮어 주었다. 잠시 서희의 머릿결을 만지던 지혁은 서희 옆에 누워 그녀의 머리를 자기 팔 위로 올려놓았다.

"으응."

잠결에 투정인 듯 중얼거리는 서희를 품에 안고 다독거리자 그녀는 곧 다시 고른 숨소리를 냈다. 지혁은 손을 들어 흘러내린 서희의 머리카락을 올려 주었다. 언제 네가 내 심장에 박혀 버린 것일까. 언제쯤 너를 내 품에서 그늘 없이 웃을 수 있게 해 줄 수 있을까.

어렸었다. 스무 살이 뭐라고. 그 스무 살만 되면 모든 고민이 해결될 줄 알았던 십 대였다. 그래도 서희야, 아무 데도 가지 마, 내 옆에만 있어. 안은 팔에 힘을 주자 조용히 그의 허리를 안아 오는 작은 손길에 그는 서희의 머리에 입을 맞추었다.

"오빠."

잠이 가득 담긴 목소리로 서희는 지혁을 불렀다. 잠들기 전까지의 아픔이 사라지는 그의 냄새. 서희는 지혁의 품으로 더 깊게 파고들며 그를 안은 팔에 힘을 주었다.

"연락하지. 왜 혼자 들어와."

"너무 일러서. 오빠 자라고."

"피곤할 텐데 더 자, 난 계속 있을 테니까."

"이제 괜찮아. 오빠 안 피곤해?"

"난 괜찮아. 한서희 안고 있잖아."

"나도 이제 괜찮아. 오빠 안고 있잖아."

지혁은 다시 서희를 품에 힘줘 안았다.

"오빠. 책 고마워. 나미네 서재 가 보고 싶었어. 오빠도 보고 싶었고."

자그맣게 속삭이는 서희의 목소리를 들으며 지혁은 일정한 속도로 서희를 토닥거렸다. 그 토닥거림에 맞춰 심장이 움직이고 눈이 감겼다.

감은 눈 속에 잠시 잊었던 생각들이 머릿속을 떠돌기 시작했다. 소리를 높이며 싸우던 수연과 성우가 떠올랐고, 매해 보아 오는 그 모습 속에 시간은 과거로 거슬러 올라갔다. 작년에도, 재작년에도, 그 전 해에도. 머릿속을 떠도는 많은 생각 끝, 서희는 지혁에게 물었다.

"오빠, 내가 왜 내 전공 선택했는지 알아?"

"나 따라온 거 아니었어?"

서희는 훗 작게 웃으며 지혁의 품 안에서 고개를 흔들었다. 그러면서도 지혁의 허리를 꼭 안아 오는 서희의 행동에 그의 입술에서도 작은 웃음소리가 흘러나왔다

"나 고2 때. 오빠가 오빠네 작은아버지 강연 들으러 같이 가자고 했었잖아."

"너를 닮은 유전자?"

"응. 찾고 싶어서. 날 닮은 유전자. 잘 연구해 주고 싶었어."

어려서부터 의대에 진학하고 싶어 하던 서희가 고1 겨울방학, 집에 다녀온 후 꿈이 바뀌었다고 하였다. 의대 학비 이야기가 나오며 그 날도 서희 부모는 심하게 다퉜다고 했고, 서희는 이제 의대 가고 싶지 않으니 걱정하지 마시라 대답했다고 했다.

그런 서희를 이끌고 지혁은 대학생을 위한 강서구 박사의 강연회를 데려갔었다. 자기를 꿈꾸게 해 준 작은아버지의 이야기를 서희에게 들려주고 싶었다.

그 날, 강연회 말미 서구는 이런 이야기를 하였었다.

"유전자를 연구하다 보면 그 하나하나의 유전자들이 꼭 인간처럼 느껴질 때가 있습니다. 지금 이 순간에도 인간 세상과 같이 치열하게 일을 하고 경쟁도 하고 사라지고 태어나고 있습니다. 제가 학위를 들어갈 때, 제 지도 교수님이 그런 말씀을 하셨습니다. 널 닮은 유전자를 찾아봐라. 세상에 중요하지 않은 유전자는 없다. 다만 인간이 그것을 밝히지 못할 뿐이다. 널 닮은 유전자가 다른 사람의 손에서 무시당하고 있다면 네가 그걸 찾아 빛나게 해라. 방황하고, 갈등하고, 고민하고, 좌절하고, 그렇게 영글어 '나'를 찾아가는 이십 대입니다. 수없이 많은 밤을 새고, 좌절하고, 울고, 후회하고, 그러다 제 유전자의 기능을 발견한 새벽을 저는 잊을 수 없습니다. 연구하는 자세로 여러분을 찾아가세요. 스스로 빛을 내는 날을 기다리겠습니다."

그 날, 서희는 어려서 의사가 되겠다는 꿈을 꾸게 해 주었던 위인전을 읽었던 날마냥 두근거리는 가슴을 진정시킬 수 없었다. 날 닮은 유전자. 찾아내야지. 꼭 내 손으로 빛나게 해 줘야지. 예쁘게 연구하고 사랑해 줘야지.

"그런데 오빠. 시간이 지날수록, 가끔 그런 생각이 들어. 날 닮은 그 유전자는 정말 발견되고 싶을까. 발견되어서 샅샅이 파헤쳐지고 싶을까. 지 잘난 맛에 생활하고 있는데 결국 다른 유전자들보다 중요하지 않은, 그렇고 그런 존재라는 걸 알리고 싶지 않은 건 아닐까."

그리고…… 서희는 차마 다음 말을 하지 못했다. 날 닮은 유전자가 오빠 닮은 유전자 옆에 있을까. 그 유전자는 오빠를 돕는 유전자일까, 막는 유전자일까.

서희에게 있어 성인이 되어 겪게 된 세상은 어려서 생각한 세상과 많이 달랐다. 더 이상 공부를 잘한다는 것 하나가 자신에 대한 자부심을 한껏 높여 줄 수도 없었고, 부모의 능력이 때로는 자신의 능력의 한 부분이 될 수도 있다는 것을 알게 되었다.

어려서 서희는 자신이 서 있는 땅이 단단하고 비옥한 토지인 줄 알았다. 자라면서 발밑이 흔들렸지만 서희는 그것을 깨닫지 못하고 있었다. 성인이 되어 정신을 차려 보니 물이 스며들고 있었고 토지가 늪지로 바뀌어 가고 있었다.

지혁은 다시 서희를 토닥였다. 그리고 토닥임에 서희는 잠이 들었다. 잠이 든 서희를 바라보던 지혁은 서희의 규칙적인 숨소리를 들으며 스르르 눈을 감았다.

집에 다녀온 서희를 볼 때면 지혁은 불안해지곤 하였다. 손가락 사이를 빠져나갈 거 같은 서희. 서로 가슴속에 눌렀던 마음을 모두 표현하면서도 어른이 될수록 서희는 자꾸만 사라져 버릴 것 같았다. 어른이 될수록, 한 해 한 해 지나갈수록 무언가 참아 내는 모습. 어른이 될수록 서희의 미소에 그늘이 드리워지고 있었다. 네가 내쉬는 숨조차 내 거였으면 좋겠어. 그럼 이렇게 불안하진 않을 테지.

점심 무렵, 서희는 눈을 떴다. 어느새 옆에서 잠이 든 지혁이 깰까 봐 자리에서 조심스레 일어나 샤워를 하러 갔다. 무겁던 몸이 가벼워지고 쏟아지는 물길 속에 또다시 안 좋은 기억을 흘려보내려 하였다. 아직까지는 버틸 수 있다. 오빠가 있으니까.

샤워를 끝내고 머리를 말리려 할 때 지혁의 목소리가 들려왔다.

"서희야, 나와. 내가 머리 말려 줄게."

물기만 닦아 낸 머리를 수건으로 감싼 채 서희는 욕실 문을 열었다. 침대 옆에 서서 드라이기 전원을 꽂던 지혁이 몸을 돌려 서희에게 손을 내밀었다. 이리 와.

말없이 욕실 문 앞에서 서서 서희는 지혁을 바라보았다. 왜 그러냐는 듯 지혁이 눈썹을 올리며 다시 한 번 내민 손을 흔들어 보였다. 이리 와.

코까지 찡긋거리며 서희는 지혁에게 다가갔다. 샤워 후 붉게 물든 서희의 얼굴을 지혁이 손가락으로 톡톡 건드려 보았다. 그 손길을 따라 깊게 패이는 서희의 볼우물에 지혁의 입술도 길게 늘어져 갔다. 샤워를 해도 가라앉지 않은 서희의 부어오른 눈을 엄지손가락으로 꾹 눌러 주기도 하였다.

"앉아 봐."

침대에 걸터앉으며 지혁은 서희의 손을 잡아 바닥에 앉혔다. 다리 사이에 서희를 앉히고 머리에 둘러진 수건을 풀어냈다. 그 수건으로 서희의 머리를 감싼 후 꾹, 꾹 머리 마사지도 해 주었다.

어느 정도 물기가 제거되었을 때, 드라이기를 들고 머리를 말

려 주었다. 손끝에 감기는 서희의 머릿결이 부드러워져 갈 때 지
혁은 그녀의 머리에 입을 맞추며 물었다.

"우리 진도 나갈까?"

서희는 하하 웃으며 고개를 돌려 지혁의 허벅지를 물어 버렸다.
아프다는 지혁의 목소리를 들으며 서희는 지혁의 허벅지에 눈을
묻었다.

"오빠."

"응?"

"난 오빠만 있으면 돼."

점심은 된장을 섞은 떡볶이였다. 떡볶이를 먹자던 서희와 된장
찌개를 먹겠다던 지혁은 가위 바위 보를 했다. 언제나 가위를 먼
저 내는 서희에게 지혁은 보자기를 내어 줬다. 서희는 지혁에게
인심 쓴다며 떡볶이에 된장을 풀어 주었다.

점심을 먹고 지혁은 전날 정리하다 만 책장을 마저 정리했다.
책을 옮기고 서희 의견에 따라 책을 다시 배치했다. 다 끝나고 땀
을 닦으며 지혁은 서희에게 물었다.

"나 샤워해도 돼?"

"새삼스럽게 뭘 그런 걸 물어?"

지혁은 땀으로 젖었던 몸을 씻어 내고 쏟아지는 물길 속에 또
다시 불안한 마음을 흘려보내려 하였다. 조금만, 조금만 견뎌 줘,
서희야.

지혁이 샤워를 끝내고 머리를 말리려 할 때 서희의 목소리가

들려왔다.

"오빠, 나와. 내가 머리 말려 줄게."

어깨 위에 수건을 두르고 지혁은 욕실 문을 열었다. 침대에 걸
터앉아 지혁을 기다리던 서희가 두 손을 내밀었다. 이리 와. 그
모습에 지혁의 눈은 휘어져 갔다. 아이처럼 투정 부리듯 서희는
다시 손을 흔들었다. 이리 와.

앞으로 다가온 지혁의 손을 잡으며 서희는 말했다.

"오빠, 앉아 봐."

지혁이 무릎을 세운 채 서희를 마주 보고 앉았다. 서희는 젖어
있는 그의 머리를 손으로 넘기고, 아직 자잘하게 얼굴에 남아 있
는 물기를 손가락으로 닦아 주었다. 서희의 손길을 받으며 지혁은
그녀의 얼굴을 바라보았다. 못생겼다. 지혁의 말에 서희는 눈을
흘기며 그의 어깨를 톡 때렸다.

"돌아앉아."

서희의 볼에 가볍게 입을 맞추고 지혁은 돌아앉았다. 치이. 미
소를 지으며 서희는 그의 머리를 말려 주었다. 손끝에 감기는 지
혁의 머릿결이 부드러워져 갈 때 서희는 그의 머리에 입을 맞추며
물었다.

"진도, 어디까지?"

지혁은 하하 웃으며 손을 뒤로 뻗어 서희의 머리를 쓰다듬었다.
손끝에 보드라운 서희의 머릿결을 느끼며 지혁은 말했다.

"서희야."

"응."

"언제나 내 옆에 있어."

둘은 나란히 누워 책을 읽었다.

지혁은 한 손에 책을 들고 다른 손으로 서희의 얼굴을 어루만졌다. 서희는 간간이 고개를 돌려 그 손에 입을 맞추었다.

누워 책을 읽으니 팔이 아프다. 지혁이 읽어나 침대에 등을 기댔다. 서희는 스멀스멀 움직여 지혁의 다리를 베고 누웠다.

지혁은 한 손에 책을 들고 다른 손으로 서희의 얼굴을, 입술을 쓰다듬었다. 서희는 간간이 고개를 돌려 그 손에 입을 맞추었다. 입술 끝에 머무는 지혁의 손가락을 아프지 않게 잘근잘근 물어 보기도 하였다.

"팔 아파."

짧은 겨울 해가 저물어 갈 무렵 서희는 책을 내려놓으며 앉아 있는 지혁을 물끄러미 쳐다보았다.

"언제 오빠 편하게 입을 옷 사러 가자."

"왜?"

"여기서 입을 옷."

지혁은 읽던 책을 내려놓고 서희를 마주 보았다.

"진도. 예쁜 거. 거기까지."

둘은 깔깔 한참을 웃었다. 둘의 웃음이 잦아들 무렵 허공에서 마주친 둘의 시선이 서서히 깊어져 갔다. 그리고 둘은 서로의 입술을 찾았다. 서로의 호흡이 거칠어져 가며 지혁의 손은 서희의 옷 속으로 들어왔다.

지혁의 손이 서희의 맨살에 닿아 오자 둘은 동시에 낮게 신음을 토해 냈다. 옷에 감춰졌던 서희의 살결은 혀를 대면 녹아내릴 듯 너무나 부드러웠다.

지혁이 서희의 옷을 들어 올리자 서희는 두 손을 들어 얼굴을 가렸고, 지혁은 떨리는 손으로 속옷을 올려 보았다.

예쁘다. 정말 예쁘다. 조심스런 손길로 만졌고, 허락을 받듯 서서히 입술을 내렸다.

"걱정 마, 끝까지 안 갈 거야."

얼굴을 가린 서희의 손을 떼어 낸 지혁은 서희의 눈을 바라보며 다시 속삭였다.

"걱정 마, 서희야."

"다음엔……."

서희는 손을 들어 지혁의 얼굴을 쓰다듬었다.

"다음에는 허락할게."

"하게 되면 계속 원할 거야."

"알아."

"……서툴 거야, 처음이라."

"훗."

서희는 웃음을 터뜨렸다.

"같이 익숙해지면 돼."

둘은 아슬아슬 서로의 몸을 만져 갔다. 능숙하지 않은 투박한 손짓이지만 따뜻했고 행복했다. 달뜬 서희의 목소리가 지혁을 열에 들뜨게 만들었고 이를 악물듯 새어 나오는 지혁의 소리가 서희를 애무했다. 사랑하는 이를 품에 안으며 지혁은 말했다.

"우리가 그냥 하나면 좋겠어."

사랑하는 이의 입술을 머금으며 서희는 말했다.

"나도, 나도 오빠."

그날 이후, 지혁이 물었다. 나 언제 갈까? 서희는 그의 손에서 두꺼운 전공 서적을 빼앗아 들고 야무지게 때렸다.

그 날 이후, 지혁은 동글고 뽀얀 것들을 찬양하기 시작했다.

이제는 축구보다 야구가 좋다고 하였고, 10시, 밤늦은 시간 서희를 집에 데려다 주며 당구장에 가 볼까? 물어 오기도 하였다. 늦었는데? 되묻는 서희에게 지혁은 말했다. 하얀색 당구공 사려고 했지. 난 이제 뽀얗고 둥근 것들이 다 예뻐. 태양보다 달이 좋고 달 중에서도 반달이 제일 좋아.

하얗게 눈을 흘기는 서희를 아랑곳하지 않고 시선을 서서히 서희의 가슴께로 옮기며 지혁은 길게 입술 끝을 늘였다.

"정말 예뻤어."

❸

꧁꧂꧁꧂꧁꧂꧁

뭐든

창문으로 들어오는 햇살이 얼굴에 닿아 오자 지혁은 눈을 찌푸리며 팔을 들어 눈을 가렸다. 완연한 봄이었다. 벚꽃놀이가 한창이라니 주말에 서희 시간이 되면 데리고 어디든 다녀와야지.

매해 보는 꽃이건만 뭐가 그리 좋은지 벚꽃 아래서 팔짝거리며 뛰는 서희를 떠올리는 지혁의 입술은 길게 늘어져 갔다.

아침에 실험실에 나가며 서희가 남긴 메시지가 아직 읽지 않은 채 지혁의 핸드폰에 남아 있었다.

[일어나, 일어나, 일어나. 잠꾸러기. 게으름뱅이.]

메시지를 확인한 후 핸드폰을 가슴에 얹어놓으며 지혁은 잠시 눈을 감았다. 우리 인연은 무얼까.

「너희는 악연일 거야. 아니면 저주든가. 어떻게 그리 오랜 시간을 절절하게 사랑하냐? 사랑이라는 것도 편안해야 축복이다. 그렇게 오래 심장에 불 지펴 놓는 사랑은 저주지, 저주.」

어제 오랜만에 만난 경호의 말을 떠올리며 지혁은 풋 웃음을 지었다. 뭐든. 그게 뭐.

오랫동안 고민한 문제를 어느 정도 정리해 나가고 있었다. 지혁은 자리에서 일어나 책상 마지막 서랍을 열어 통장 세 개를 꺼내 들었다. 각 통장을 들추던 지혁을 그것을 가방에 넣은 후 나갈 채비를 서둘렀다.

"어머니, 저 나가 볼게요."

1층으로 내려올 때부터 들려온 낯선 목소리에 손님들이 오셨구나 생각했던 지혁은 이내 그들이 누구인지 확인하고 표정을 굳히며 남옥의 얼굴을 바라보았다.

소파에 앉아 있는 두 명의 손님. 남옥 또래의 중년 아주머니 옆에는 곱게 차려 입은 주은이 앉아 환히 웃고 있었다. 차갑게 변한 지혁의 눈이 남옥에게로 향하자 그녀는 지혁에게 고개를 끄덕이며 설명을 하기 시작했다.

"지혁아, 알지? 여기 주은이랑 주은이 엄마야. 주은이네 엄마가 엄마랑 수영 같은 클래스야. 처음에 어디서 많이 봤다 생각만 하다 말을 못 했는데 주은이 엄마도 자꾸 나를 보더라고. 그래서 물어보니 글쎄, 주은이 엄마라지 뭐니? 얼마나 놀랐는지. 집도 가깝고 해서 엄마가 오늘 집으로 초대했어."

지혁은 해자를 향해 고개를 숙여 보였다.

"안녕하세요."

"그래. 오랜만이구나. 학교 가는 길이니?"

"예. 그럼 계시다 가세요. 다녀오겠습니다, 어머니."

"그럼, 저도 이만 일어날게요. 지혁아."

돌아서 현관으로 향하는 지혁의 뒤로 주은의 목소리가 들려오
자 그는 발을 멈추고 뒤를 돌라 그녀에게 시선을 돌렸다.

"나도 학교 잠깐 들를 일 있거든. 가는 길에 데려다 줄게. 같이
가자."

"그래, 그러면 되겠다. 저 녀석은 통 차를 끌고 다니지도 않
고."

남옥은 주은이 꽤 마음에 들었다. 지혁이 초등학생일 때부터
어린이회나 학교 행사, 동네 마트에서 마주치는 다른 엄마들을 통
해 익히 들어온 주은이었다. 그 이야기 속에는 아들에게 향하는
주은의 마음도 들어가 있었기에 남옥은 서희 문제로 크고 작게 지
혁과 신경전이 있고 난 후에는 때때로 가끔은 주은을 떠올리기도
하였다. 그 아인 어떻게 자랐을까.

그런 아이의 엄마를 수영장에서 만났을 때 남옥은 이 우연이
인연과 같이 느껴졌었다. 수영이 끝나고 시간이 날 때마다 차를
함께 마시며, 남옥은 주은이 졸업 후 선배 회사 일을 잠시 도와주
고 있다는 것을 알게 되었다. 그리고, 지금은 그렇지만 주은이 유
학을 가고 싶어 한다는 것도 알게 되었다.

그 말을 하며 은근한 표정으로 혼자 보내려니 마음이 놓이지

않는다는 해자의 근심 어린 말을 듣던 날, 반가운 표정으로 우리 지혁이 역시 유학을 보내려 한다고 대답한 남옥은 운명이 우연을 가장해 인연으로 다가왔다 생각을 했었다.

남편들 역시 함께 수영을 배우며 꽤 마음 맞아 하였기에 '언제 한번 집에서 식사나 같이 하자' 가벼운 마음으로 이야기를 건넸는데 시간이 맞아 이리 주은을 눈앞에 두고 보니 남옥은 주은이 탐이 나기도 하였다.

그리고 그것은 주은의 엄마인 해자 역시 같은 마음이었다. 딸 아이의 오랜 짝사랑. 초등학생 때부터 눈여겨본 아이가 기대 이상으로 멋지게 자라 있었던 것이다.

"남의 차 타는 거 불편해. 먼저 갈게."

"저, 저 녀석이. 주은아, 기분 나빠 하지 마. 나한테도 저런다."

이미 현관문을 나선 지혁을 향해 남옥이 못마땅한 표정을 짓자 주은은 환히 웃으며 고개를 저었다.

"잘 알아요. 저게 강지혁 매력이잖아요. 그럼, 저도 이만 일어설게요."

빠앙!

전철역으로 향해 걷고 있던 지혁은 뒤에서 들려오는 클랙슨 소리에 인상을 찌푸리며 옆으로 비켜섰다. 굳이 뒤돌아보지 않아도 누가 와 있을지 불 보듯 뻔한 일이었다.

멈춰진 차에서 주은이 내려 차를 사이에 두고 지혁과 마주했다.

"타, 강지혁."

"귀찮게 하지 마."

표정 없는 얼굴에 눈만이 차갑게 잠시 주은의 얼굴을 바라보았지만 이도 잠시 지혁은 곧 다시 가던 길을 걸었다.

"해 줄 이야기 있어."

무응답. 주은의 입술에서 한숨이 새어 나왔다. 심하네, 강지혁.

"서희 이야기도 있어. 마음 바뀌기 전에 타."

앞을 향해 걷던 지혁의 발걸음이 멈춰졌다.

"듣고 싶으면 타. 나도 시간 없어. 가면서 이야기해."

지혁이 확인하듯 주은의 눈을 마주하자 그녀는 빙긋이 웃으며 고개를 끄덕였다.

"강지혁, 내가 너한테 마음 있긴 하지만, 현재 네 여자 친구 빌미로 너랑 있을 시간 벌 만큼, 스스로를 그렇게 구차하게 만들 만큼은 아냐. 더 시간 끌어서 내 스스로 구질구질하단 생각이 들면 돌아설 거 같은데, 탈래, 말래?"

차 안은 레몬향이 상큼하게 스며들어 있었다. 학교 다닐 때부터 주은의 트레이드 마크였던 빨간색 외제차. 지혁은 안전벨트를 매며 물었다.

"뭔데?"

"너 유학 가려고 한다며?"

주은의 질문이 떨어지자 지혁의 미간에 주름이 잡혔다.

"서희 이야기. 다른 이야기 너랑 할 거 없어."

주은은 입안을 살짝 깨물었다. 심하네, 강지혁. 정말.

"몇 달 전쯤 우리 엄마가 너희 어머니께 알아봐 드린 게 있어.

한서희 가정사야. 끊지 말고 들어. 너희 어머니, 한서희에 미쳐 있는 아들 때문에 그래도 갈등은 되셨는지 서희네 사정 알고 싶어 하셨고, 돈놀이하는 우리 집에 그런 일 해 주는 사람 한둘쯤은 있으니 평소 널 관심 있어 하던 우리 엄마 내가 알아봐 줄까 한 거고."

대강 짐작이 가는 듯 지혁의 얼굴은 딱딱하게 굳어진 채 선이 뚜렷해져 갔다.

"다행인 건 보증 선 친구 빚 거의 다 갚았다는 것. 집안 형편, 네가 나보다 더 잘 알 테지만 그래도 빚을 갚았으니 이제 좀 모이고 있는 중. 너희 어머니 서희는 절대 안 된다 이야기하실 이유는 이제부터야. 어려운 와중에도 남자란 동물은 유혹에 약한지 서희 아빠 다른 여자랑 살림 차려 살고 있는 게 2년째. 서희 엄마도 아는 사실이지만 서희 결혼시킬 때까지는 이혼은 못한다는 입장. 아이 없는 미망인. 그 여자 집에 들어가 살고 있대, 서희 아빠. 서희 엄마 우울증 증세 있고, 딸 없었다면 큰일 저질렀을 거라는 게 그 동네 말 많은 아주머니들 이야기."

이야기 도중 놀라 주은을 돌아보던 지혁은 다시 정면을 응시하며 침을 삼켰다. 얼굴은 아무런 표정 변화가 보이지 않았지만 꽉 쥐고 있는 주먹에는 핏줄이 튀어나오고 있었다. 서희야.

"우리 집도 대단한 집 아니야."

가라앉은 지혁의 목소리에 주은은 훗 웃음을 터뜨렸다.

"그게 문제야, 강지혁. 차라리 나미네처럼 대단한 집이었다면 서희 하나 보고 데려와 돈과 힘으로 서희 배경 세탁해 버리면 되니까. 그런데 너나 우리 집. 아주 대단한 집안도, 그렇다고 평범한 집안도 아니라는 거지. 관심 있어 하는 사람들 꽤 많지만 내가 선택한 사람의 배경, 모두 커버해 줄 만한 능력은 없거든. 그러면 어떻게 될 거 같아? 관심이라는 미명 아래 모든 게 샅샅이 다 벗겨지거든. 진실에 상상이 덧입혀지고……. 꼭 뉴스나 텔레비전에 나와야 타격받는 거 아니야."

신호등에 걸린 차가 잠시 멈췄다.

"나한테 이야기해 주는 이유는 뭐지?"

"뒷조사한 것 때문에 내가 덕 보는 거. 이주은 모양 빠지잖아. 우리 엄마 그런 일 하신 거. 나 때문에 그런 것도 있을 테니 적어도 네가 대처할 시간 정도는 줘야 할 거 같아서……. 우리 엄마 네가 꽤 마음에 들었나 봐. 너랑 나, 같이 유학 보내고 싶어 하셔. 물론 너희 엄마도 마찬가지고."

"그럴 일 없을 거야."

"그런데 어른들은 그럴 일이 있을 거다 생각하시는 거 같아. 넘치는 현금부자 우리 집, 대대로 유명대학 총장, 교수 내고 있는 너희 집. 서로 손해 볼 것 없고, 거기에 내가 너 마음에 두고 있으니 금상첨화다 이거지. 너희 엄마 입장에서야 한서희보다 내가 구미가 당기시는 건 당연한 거고. 재미있는 이야기 하나 해 줄까? 결혼은 꼭 가장 사랑하는 사람하고 하게 되는 건 아니라더라. 모든 게 타이밍이래."

차는 도로 위를 다시 달리기 시작했다. 봄을 알리는 날들. 도로변 군데군데 보이는 벚꽃들이 눈 안으로 가득 들어왔다.

"이주은, 부탁할게. 나랑 관련된 일은 뭐든 하지 말아라."

조용히 가라앉은 지혁의 목소리가 차 안에 울려 퍼졌다. 긴 손가락을 들어 입 주변을 감싼 채 지혁은 창밖을 보고 있었다.

"불안해?"

"응."

"뭐가?"

"서희 아픈 거."

지혁은 잠시 눈을 감았다 떴다. 여전히 창밖을 비스듬히 바라보며 말하는 지혁의 목소리는 서늘하게 식어 있었다.

"나랑 엮이려 하지 마. 네 인생에 행인 1, 행인 2. 그렇게 생각해…… 줘. 부탁이다."

"왜 그래야 하는데, 내가?"

"서희. 신경 쓸 거야. 이래저래 생각할 테고, 아파할 거야. 그거 보기 싫어. 누가 한 일이든 결국 나 때문에 아프게 하고 싶지 않아."

"네 마음, 정일 수 있다는 생각 안 해 봤어?"

"그게 뭐든."

서희가 떠올라 지혁은 다시 침을 삼켰다. 욱신. 심장이 조여 와 저절로 미간이 좁혀졌지만 입에서 흘러나오는 그의 목소리는 평상시와 다를 바 없이 건조했다.

"할 수 있다면, 가능하다면 서희를 내 몸 안으로 들어오게 하고 싶어. 그렇게 부둥켜안고 살고 싶어. 그 아이 우는 거 볼 때면 손끝이 저려. 온몸이 울리는 거 같아."

처음으로 주은의 얼굴이 일그러졌다. 대단하다, 너, 한서희.

"균형이 깨지는 관계는 일그러지기 마련이야. 너랑 서희, 이미 기울고 있어. 너는 몰라도 서희는 느끼기 시작했을 거야. 원래 여자란 동물은 위기에 민감하니까."

"균형 깨지면 회복시키면 돼."

"서희가 놓아주길 바랄 수도 있어."

"어쩌지? 난 한서희 놓아줄 생각이 없는데."

차가 학교 앞으로 들어서자 지혁은 손잡이를 잡으며 주은을 돌아보았다.

"나 내릴게."

"가는 곳 어디야? 멀면 한참 걸어야 하잖아. 거기까지 데려다줄게."

"서희 이야기, 끝났잖아."

하. 운전대를 잡은 주은의 손에 힘이 들어갔지만 입술을 꽉 깨물고 천천히 차를 세웠다. 멈춰진 차에서 내리기 전 지혁은 주은을 보았다.

"이야기는 고마워. 덕분에 고민되었던 것들이 좀 더 확실해졌으니까. 조심해서 가라."

지혁은 차에서 내리며 자기 옷에 스민 다른 것의 냄새를 털어내듯 옷을 탁탁 쳐내기 시작했다. 그 모습을 지켜보던 주은은 서서히 차를 출발시켜 지혁을 지나쳐 갔다. 백미러를 통해 지혁의 모습이 보이지 않을 때까지 쳐다보아도 멀어지는 자동차를 향해 단 한 번을 돌아봐 주지 않은 그를 확인하며 주은은 허탈한 듯 다시 한 번 하 헛웃음을 지었다. 너답네, 강지혁.

자동차 속도를 높이며 주은은 생각했다. 괜히 얘기해 줬네.

강서균 교수. 재실.

지혁은 서균의 오피스 앞에서 서서 노크를 하였다. 오기까지가 힘들었을 뿐 마음의 결정을 마친 지혁의 얼굴은 제법 산뜻해 보이기까지 했다.

"무슨 일이냐?"

서균은 오피스로 들어서는 작은아들을 보며 손에 들고 있던 펜으로 책상을 딱딱 쳐 보였다.

"드릴 말씀이 있어서요."

"네 녀석이 그러면 겁난다."

소파에 등을 곧게 세우고 앉아 있는 아들을 보며 서균은 농담을 건넸다.

"차 마실 거냐?"

"냉장고에 물 있죠?"

지혁은 자리에서 일어나 냉장고를 열어 물병 하나를 집어 들고 서균에게 고개를 돌렸다.

"난 괜찮다."

어느새 지혁의 건너편 소파로 자리를 옮기며 서균은 와서 앉으라 눈짓을 하였다.

"돌려서 말씀드리지 않을게요."

소파에 앉아 물을 한 모금 들이켠 후 지혁은 가방을 열어 통장 세 개를 아버지에게 내밀었다.

이게 뭐야? 서균은 눈썹을 올리며 지혁을 바라보았다. 똑 닮은 두 사람이 잠시 서로를 마주 보았다.

"중학교 때부터 용돈, 세뱃돈, 대학 때 아르바이트까지 해서 모은 거 하나, 혹시 몰라 들었던 적금 하나, 전액 장학금 받을 때마다 아버지께서 주신 보너스 모은 거 하나. 그렇게 세 개예요."

서균은 통장 하나를 들어 열어 보며 휘파람을 휙 불었다. 생각보다 많은 액수가 통장에 새겨져 있었다.

"이걸 왜 나한테 주냐? 키워 주셔서 감사합니다. 그거야?"

"돈 좀 빌려 주세요."

"통장 내밀고 돈 빌려 달라니 무슨 소리냐?"

"유학 가려고요."

"네 엄마가 들으면 좋아하겠다. 너 여기 남겠다고 할까 봐 걱정하던데……. 그런데 돈은 왜 필요해? 다 커서 부모에게 손 내밀기 미안해?"

지혁은 숨을 한 번 깊이 들이마신 후 아버지를 마주 보았다.

"서희 데리고 가려고요."

서균의 입에서 끄응 하는 소리가 흘러나왔다. 돈 빌려 달라고 할 때부터 혹시나 하던 우려였다.

"서희 거까지 모으면 그때 같이 가려고 했는데 빨리 데려오고 싶어요. 이곳에서 학위 하려면 좋은 실험실의 경우 박사학위까지 짧아야 7년이에요. 이곳에서 학위 하면서 결혼하면 집에 손 벌려야 하는데 어머니께서 서희 마음에 안 들어 하셔서 그럴 수 없어요. 그러기도 싫고요. 미국 대학원 몇 군데 알아봤는데 학비 면제에 생활비 보조 꽤 좋은 곳들 있더라고요. 박사학위 과정 부부, 사는 데 빠듯해도 무리는 없다고 하고요. 하지만 처음 입학금, 렌트비 등 따져 보니 제가 모은 걸로는 부족해요."

"혼인신고부터 하고 같이 살다 애 생기면 허락받고 결혼하겠다는 이야기냐?"

서균의 목소리가 차분히 가라앉기 시작했다. 화가 나면 언성이 올라가는 대신 내려앉는 서균을 아는 지혁이었지만 그는 아버지의 시선을 피하지 않았다. 오피스 문을 두드릴 때부터 이미 모든 건 각오를 하고 온 것이었다.

"아니요. 하지만, 나가면 같이 살 거예요. 결혼은 두 명 중 누구라도 학위 받는 게 정해지는 대로 할 거예요. 빠르면 4년. 그 안에 학위 딸 수 있다니 한번 도전해 보려고요."

"서희도 동의한 거냐?"

"아뇨. 하지만, 따라올 거예요. 따라오게 할 거예요."

저 녀석, 서구 성질 닮아 보일 때부터 불안하더라니. 하는 짓도 어쩜 저리…….

"현재 제 능력 보여 드릴 방법 없어요. 한 여자 데려와 가장이라는 자리 앉을 만한 녀석이라는 거. 그나마 현재 보여 드릴 수 있는 게 이 통장 세 개뿐이에요. 생각 없이 사는 녀석 아니라는 거, 원하는 거 얻으려고 노력하며 살아왔다는 거, 알아주세요. 그런 녀석이 선택한 여자. 그냥 믿어 주세요."

"네 엄마나 나나, 서희 못 믿는 거 아냐."

"아버지, 저 12살 때부터 서희 제 마음에 두었어요. 다른 여자 못 만나요. 서희 집 어려운 거 알고 그 의미 제대로 모르면서 서희 호강시켜 주고 싶어 중학교 때부터 모은 거예요."

중학교 때부터라. 징그러운 녀석. 아내의 마음도 아들의 마음도 모르는 것이 아니었다.

"너희 엄마가 서희네 집 알아보았나 보더라. 서희가 아는지 모르겠다만 그 집 부모, 곧 헤어져도 이상할 거 없는 상태래. 서희 아비란 작자, 자기 와이프 고생시켜 놓고 다른 여자랑 따로 살고 있다더라."

이미 주은에게 들은 이야기이건만 다시금 지혁은 마음이 아파 얼굴이 일그러져 갔다.

"그저 평범한 집에서 교육받고 자란 그런 아이면 된다는 거야. 우리도 큰 욕심 있는 것이 아니다. 네가 보기엔 네 부모가 속물로 보일는지 모르겠다만 자식 가진 부모의 최소한의 욕심이고 바람이야."

"서희 그거 알기 전에 떠날 거예요. 알게 되더라도 제 품에서 알게 할 거예요."

서균은 말없이 눈을 감았다. 아내 말이 맞았다. 대학에 간다고, 군대 다녀온다고 변할 마음이 아니었다. 천천히 들어 올린 서균의 눈에 지혁의 가방에 매달린 돌하르방 열쇠고리가 들어왔다.

"그거 그때 서희가 선물한 거냐?"

지 녀석은 온갖 선물 서희에게 다 가져다주고, 수학여행 다녀온 서희가 내민 돌하르방 열쇠고리 하나가 세상천지 가장 귀한 것인 양 손가락에 걸고 돌리면서 괜히 집 안을 돌아다니던 둘째 아들을 서균은 기억하고 있었다. 그게 뭐냐, 모르는 척 묻는 서균에게 별거 아니에요, 라면서 다시 눈앞에 열쇠고리를 돌리던 지혁이었다.

그런 지혁의 행동에 지욱이 쿡 웃음을 터뜨리며 서희가 사다준거라 대답하자 입이 찢어져라 웃었던 녀석.

자기한테만 따로 선물한 거라며 나미네는 큰 초콜릿 하나로 가족들 모두 먹게 한 거고 자기만 이걸 준 거라는 자랑에 '어디 한번 보자.' 아들 녀석 기분 맞춰 주러 일부러 서균이 손을 내밀었건만 아비의 그 손을 못마땅한 눈초리로 쳐다보며 '탐낼 걸 탐 내세요.' 말하던 녀석이었다.

서균의 시선을 따라 가방 끝에 달린 열쇠고리를 보며 지혁은 슬며시 미소를 지었다.

"예."

"아직 안 잃어버렸냐?"

"한 번 잃어버렸었어요."

지혁은 가방의 지퍼와 열쇠고리 연결 부위를 서균에게 가리켰다.

"다행히 찾게 되어서 그 후로 이리 연결해 놓은 거예요. 이 고리 부분이 자꾸 헐렁해져서 다른 철사 두 개로 여기 고리와 연결한 부위, 돌하르방과 연결된 부위를 이중으로 연결해 놓았더니 끄떡없어요."

돌하르방을 보는 지혁의 눈이 깊어져 갔다. 아직도 '오빠, 이거.' 내밀던 13살 서희가 눈 감으면 떠오르곤 했다.

"서희도 아직 네가 준 거 가지고 있냐?"

"훗. 그 녀석은 오래전에 잃어버렸어요. 그래도 샤프랑 볼펜 세트는 가지고 있어요. 열쇠고리 잃어버리고 며칠 속상해하더니 샤프랑 볼펜은 집에서만 쓴다고……. 다른 거 선물해 줘도 그래도 그게 제일 좋대요."

아들의 얼굴에 피어오르는 아련함에 서균은 다시 눈을 감으며 한숨을 내쉬었다. 저리 자리 잡은 사랑을 어떻게 하면 좋을까. 서균은 천천히 소파에서 몸을 일으켰다.

"아버지."

"천천히 생각해 보자. 아직 서희 허락도 받지 않고 너 혼자 계획한 거 아니냐. 서희 의견도 있을 수 있으니 너는 너대로 나는 나대로 생각해 보자."

"……예."

지혁은 무언가 더 말을 하려다 삼키며 자리에서 일어나 고개를 숙인 후 가방을 어깨에 메었다.

"통장 가져가."

"이거 보시고 매번 마음 흔들리세요. 이게 유학 자금 빌려 주시는 아버지께 처음 갚아 나가는 밑자금이에요. 미리 받으셨으니 꼭 빌려 주셔야 해요."

어려서처럼 장난기 가득한 웃음을, 어려서와는 달리 웃지 않는 눈으로 말한 지혁이 나간 후, 서균은 중학교 때부터 모았다는 통장을 열어 보았다.

인터넷 뱅킹으로 입금을 한 날이면 써 있는 글. 〈사랑해〉. 때론 그저 불러본 이름인 듯. 〈서희야〉. 통장이 바뀌어 처음 시작한 날은 알 수 없었지만 최근 1년. 그 안에 적혀 있는 마음이 고스란히 전해져 왔다.

유치하긴, 자식.

그리고 마지막 장에 가서 서균은 하, 웃음인 듯 한숨인 듯 긴 숨을 내쉬며 자리에서 일어났다.

〈아버지〉

마지막 장에는 일주일간 매일 입금을 하며 오로지 한 단어, 아버지가 입력되어 있었다. 아들은 많은 말들을 꾹꾹 담아 낸 한 마디, 아버지만을 불렀다.

"강지혁 사귀는 거 힘들지 않냐?"

오늘따라 랩 사람들의 실험이 일찍 끝났는지 실험실에는 서희와 성준 둘만이 남아 있었다. 9시. 오늘은 샘플만 수거해야겠다 생각하며 느긋하게 손을 움직이던 서희는 뜬금없는 성준의 질문에 하하 소리 내 웃었다.

"아뇨."

지혁의 이름에 금세 환해지는 서희의 얼굴을 보며 성준은 작게 한숨을 내쉬었다.

"너희 서로 첫사랑이라며?"

"예."

"지겹지 않아?"

이미 많이 받아 본 질문들이라 서희는 다시 웃으며 고개를 저었다.

"다들 묻는데 이상하게 하나도 안 지겨워요. 아직도 오빠 보면 가슴이 설레요."

"부럽네."

불쑥 또다시 뜨거운 것이 가슴속에서 올라서 성준은 인상을 찌푸렸다.

"선배는 여자 친구 없어요?"

잠시 성준의 대답이 머뭇거려졌다.

"불행히도. 하지만 첫사랑은 있었어."

"그래요?"

"내가 여기서 '나한테도 서희, 네가 첫사랑이야. 그전에 사귄 여자들 그냥, 나 좋다고 한 여자들 만난 거였어. 마음도 영혼도 없었어' 라고 얘기해야 네가 감동해 조금은 이 오빠한테도 관심을 가져줄 텐데…… 그런데 그건 아니니 어쩌냐."

늘 그렇듯 짓궂게 웃으며 농담을 하는 성준의 말에 서희는 하하 소리 내 웃기 시작했다. 곧 죽어도 자기를 오빠라고 칭하는 성준의 너스레도, 피곤하지도 않은지 밤늦은 시간에도 지치지 않고 나오는 성준의 농담도 서희는 재미있어 볼에 깊이 볼우물을 만들었다.

"나도 내 가슴 다 태울 만큼 사랑한 첫사랑이 있었지. 그 여자 떠나간 후 죽을 만큼 힘들었던 그런 여자. 실망했어? 오빠가 다른 여자 사랑했어서?"

"선배는 참……. 한 트럭 사랑하세요."

서희가 활짝 웃어 보이자 그는 실험하던 손을 멈추고 서희를 마주 보았다.

"오빠 첫 사랑 안 궁금하냐?"

"선배, 봄 되니까 사랑하고 싶구나. 좋아요. 어차피 한 시간 정도 남아 있는 거, 이야기해 보세요. 제가 들어 드릴게요."

성준은 하하 웃기 시작했다.

맞다. 첫사랑. 흔한 이야기. 하지만 봄이 되어서는 아니었다. 오히려 가을이 되면 가끔 생각나는 이십 대 초반의 추억이었다.

대학 와 처음 사귄 여자아이. 첫 여자 친구, 첫 키스, 첫 경험. 모든 것이 그 여자아이하고였다. 표현 못 하고 떠나보낸 서울 가시나를 생각하며 성준은 가슴속에 자라나는 그 여자아이에 대한 호감을, 관심을, 사랑을 온전히 후회 없이 보여 주었다.

"그냥 이야기할 것도 없다. 속만 쓰리지. 사랑했고, 군대 갔고, 가 있는 동안 고무신 거꾸로 신은 흔하디흔한 스토리다. 그래도 아주 많이 사랑했었어."

이야기를 하다 성준은 잠시 서희를 물끄러미 바라보았다. 많이 사랑했다. 이래서 탈영하는구나. 근무를 설 때면 하루에도 수십 번 총을 들고 이대로 뛰쳐나갈까 생각했다. 그러다가도 다잡게 되는 마음. 농사지으시며 아들 하나 보고 사셨던 부모님의 얼굴이었다.

그러다 휴가를 나왔다. 친구도 만나기 싫었다. 그 여자아이가 살고 있는 서울에 머무르는 것은 더더욱 싫어 고향에 다녀왔다.

그리고 복귀하기 전날, 친구들 성화에 서울로 올라오던 그 버스 안에서 성준은 서희와 마주쳤다. 자기네 집에서 이사를 간 후 간혹 대구에서 지나치며 봤지만 자기를 못 알아보는 듯 스쳐 지나가던 서희. 그 서희가 옆자리에 앉아 있었다. 무슨 일이 있었는지 잔뜩 굳은 얼굴로 눈물을 참으려 눈을 깜박이던 서희를 성준은 기억하고 있었다. 아무런 표정 없이 창밖을 보던 서희. 그 얼굴 때문에 차마 말을 시킬 수 없었던 23살의 자신이었다.

서울에 도착하면 이야기를 걸어 보자 다짐했지만, 서울에 도착한 후에도 성준에게는 기회가 없었다. 내리기 전부터 부산히 누군가를 찾던 서희는 버스가 도착하자마자 누군가를 향해 달려가기 시작했다. 짧은 머리. 나와 같은 군인이구나. 사람 많은 버스 터미널에서 서희는 남자의 품으로 달려들었고, 남자는 말없이 서희를 보듬어 주었었다.

그 날, 남자를 향해 뛰어가던 서희의 뒷모습이, 그 남자 품에 안겨 있던 서희의 뒷모습이 첫사랑의 아픔만큼이나 성준의 가슴에 휑한 바람을 일으키고 있다는 것을 성준은 27살, 그 뒷모습을 다시 마주하며 깨달아야 했다.

"헤어진 후 많이 사랑한 만큼 아팠고, 못 살 거 같았는데 살아지고. 그런 이야기지."

서희는 지혁을 생각했다. 만약 내가 오빠랑 헤어져도 난 그냥 살아지게 될까. 그런 서희의 마음을 읽듯 성준은 조용히 서희의 이름을 불렀다.

"서희야."

"예?"

"그런 노래 있잖아. 사랑이 다른 사랑으로 잊혀지네."

"예."

"맞더라."

서희는 훗, 웃음을 터뜨렸다. 바람둥이. 농담처럼 성준을 노려보기도 하였다. 그 말에 성준은 같이 하하 웃음을 터뜨렸다. 처음 듣는 말이다, 녀석아. 바람둥이라니. 그리고 성준은 웃고 있는 서희를 바라보았다. 볼우물을 만들고 어린아이처럼 눈이 안 보이게 서희는 웃고 있었다. 웃고 있는 서희를 보며 성준은 며칠 마음을 무겁게 하던 말을 떠올렸다.

동아리 후배인 경호에게 들었다며 들려주던 동기의 이야기. 술잔을 주고받으며 이야기를 나누던 도중, 문득 생각난 듯 너 운 좋으면 서희 잡을 수 있겠더라. 조금은 씁쓸한 표정으로 말하던 동기는 그 말 뒤 툭 내뱉었었다. 강지혁네서 서희 반대하나 보더라.

"서희야."

성준은 다시 서희를 불렀다. 예, 웃음기 가득한 서희의 대답을 들으며 그는 말했다.

"만약, 네가 힘들게 사랑을 잊어야 하게 되면 그 다른 사랑 내가 하게 해 줘."

서희의 얼굴이 붉어져 성준을 올려다보았다. 또, 농담인가? 하지만 지금까지 볼 수 없었던 성준의 표정이 서희의 눈에 들어왔다. 붉어진 얼굴로 잠시 먼 곳을 응시하던 성준의 눈이 서희의 눈에 와서 고정되었다. 맑은 눈. 거짓이 없는 눈이었다.

"그 시간, 힘들게 버티다 버티다 혹 쓰러지게 되면 나한테로 쓰러져 달라는 거야. 좋은 사랑이 돼서 쓰러진 너 다시 일어나게 도와줄게."

"선배, 전……."

"널 보면 위태로워 보여. 위태롭길 바라는 내 마음이 그리 보이게 하는지 모르겠지만. 너무 참지만 마. 너를 지켜, 서희야. 흔들리면 흔들리고 좌절하고 싶으면 좌절하고 그러면서 너를 온전히 만들어 가. 그렇게 어른이 되어 가는 거야. 어른은 아프지 않아야 하고 참아야 하는 모자람이 없는 존재가 아니야. 모자라는 걸 알고 스스로 그렇다는 걸 인정하는 사람이 어른의 길목에 서 있는 거야."

성준의 말을 들으며 서희는 잠시 입을 다물고 그를 바라보았다.

어른. 어려서 늘 되고 싶었던 어른. 그저 가슴에 가득 담은 그 사람 맘껏 사랑한다 표현하고 싶어 그리 되고 싶었던 어른이었다.

하지만 '어른'의 나이가 돼도 어른이 되지 못한 부족한 자신의 마음 한 켠을 들킨 것 같아 서희는 성준의 시선을 비켜 갔다. 부족한 걸 인정하면 내가 어떻게 오빠 옆에 있을 수 있어? 모르는 척 눈 감는 것도 힘든데 어떻게 모든 걸 받아들여?

"왜 그런 이야기를 해요?"

천천히 서희는 성준에게 물었다.

"가끔. 강지혁을 뺀 너는 아무것도 남지 않는 게 아닐까 싶어서. 그게 불안해 보여서."

언젠가 서희도 자기 집안일을 알게 될 것이다. 자기가 두 손으로 가려 준 것은 그저 잠시 숨 돌릴 시간만을 준 것일 뿐 언젠가는 서희도 알게 될 것이다. 너를 지켜 주려는 강지혁. 하지만……너를 지켜 주는 강지혁조차 네게 상처가 되게 된다면 넌 어떻게 될까.

"내가 도와줄게. 어떻게 해야 하는지 아직은 모르지만, 혹 너에게 내가 필요한 날이 온다면 널 지킬 네 울타리, 네가 튼튼하게 만들 수 있도록 해 줄게. 네가 그 울타리 만드는 동안 다치지 않게 도와줄게. 그러니까, 그때가 되면 꼭 나한테 쓰러져 줘, 서희야. 어떤 사랑이 옳은지 몰라도 좋은 사랑이 되어 줄게."

스스로도 빛나는 아이였다. 13살 꼬마였던 서희가 그리 내 눈에 예뻤던 건 그냥 서울 아이여서만은 아니었다. 서울로 올라와 수없이 많은 서울 아이들을 만나도 그에게 서울 여자아이는 서희였다. 자부심이 가득한 눈을 가지고 있던 꼬마 여시. 다시 그 눈을 찾게 해 주고 싶었다. 누가 옳든. 누가 그르든. 한 번. 내게 기회가 주어진다면. 그래 준다면.

"서희야!"

매일 만나면서도 늘 환해지는 서희의 얼굴을 본 후 성준은 층계 아래 지혁에게 시선을 옮겼다.

"오빠."

같이 걷던 성준에게 가볍게 목례를 한 후 자기에게 뛰어오는 서희를 바라보며 지혁은 미소를 지었다. 뛰지 마, 넘어져. 그리 이야기해도 빠른 걸음으로 층계를 내려오는 서희를 향해 지혁도 한두어 계단 층계를 올라왔다.

"뛰지 말라니까."

지혁이 자연스레 손을 들어 서희의 이마를 톡 건드렸다. 가방, 하고 손을 내밀자 서희가 자기 어깨에 있던 가방을 지혁의 손으로 넘겨주었다. 왼쪽 어깨에는 자기 가방을, 오른쪽 어깨에는 서희의 가방을 메고 지혁은 서희의 손을 거머쥐었다.

성준은 지혁의 양어깨에 메어져 있는 똑같은 모양의 가방을 내려다보았다.

「선배는 제가 오빠를 얼마큼 사랑하는지 모르죠?」

성준의 고백에 서희는 말했었다.

「숨 쉬는 것처럼 오빠 사랑해요. 매일 하루 세 끼 먹듯이, 목마르면 물 마시듯이, 그렇게 오빠 사랑해요. 혹 이 사랑이 끝난다 해도 어떻게 다른 사람이 그 사람을 대신해요. 선배 고백, 제게는 아무 의미 없어요.」

마지막 그 말을 증명해 보이듯 성준의 고백을 들은 지 한 시간도 채 지나지 않았건만 아무 일도 없었던 듯, 늘 그런 일상을 보낸 듯 서희는 지혁 앞에 서 있었다.

"먼저 가 보겠습니다."

성준을 향해 뒤돌아보며 서희가 고개를 숙여 인사하자 지혁도 고개를 들어 가볍게 고개를 숙여 보였다. 잠시 성준과 눈이 마주쳤지만 지혁의 표정에는 변화가 없었다.

참, 나 한서희한테 허락받을 거 있어서 뇌물로 한서희 좋아하는 거 세 가지 준비했어. 뒤돌아서며 지혁이 장난처럼 말하자 뭔데? 뭔데? 발끝까지 올리며 서희는 지혁에게 질문을 던졌다. 뭐가 궁금해. 허락받을 거 아니면 뇌물. 웃음기 가득 묻은 지혁의 목소리. 고민이 되는 듯 서희는 잠시 걸음을 멈췄다. 그런 서희를 마주하며 지혁도 걸음을 멈췄다.

연구동 로비. 둘이 서로를 바라보며 서 있는 동안 성준 역시 둘 가까이 다가가고 있었다. 서희가 잠시 망설이다 손짓을 하자 지혁이 몸을 숙여 서희에게 귀를 내밀어 주었다.

"서희야!"

서희의 입술이 지혁의 귀로 향하려 할 때 성준은 그녀를 불렀다. 그리고 성준의 부름에 서희의 얼굴이 굳어지는 걸 보며 지혁은 날카롭게 그의 얼굴을 노려보았다.

"무슨 일이십니까?"

낮게 가라앉은 지혁의 목소리가 연구동 로비에 울려 퍼졌다. 성준은 질문을 하는 지혁 대신 서희를 향해 눈을 맞췄다.

"내일 새벽부터 실험 들어가야 하니까 늦지 않게 와라."

"예."

서희는 대답을 하며 지혁의 손을 잡았다.

"그럼 먼저 간다."

어느새 둘을 지나치며 성준은 인사를 건넸다.

성준은 연구동을 나서 유리벽 사이로 고개를 돌려 다시 둘을 바라보았다. 두 눈에 들어오는 서희의 뒷모습에 성준은 침을 삼켰다.

한 번은 나한테 기회를 줘도 되지 않냐. 내 눈앞에서 나타났다면, 그것도 한 번도 아니라 여러 번, 마치 내 운명인 듯 내 눈앞에 나타났다면. 나한테 한 번은 기회를 줘도 되지 않냐.

"둘이 무슨 일 있었지?"

지혁의 질문에 서희는 대답 대신 지혁의 팔짱을 끼었다. 화낼 텐데. 연구동을 나서도록 서희가 입을 다물자 지혁은 걸음을 멈추고 서희와 마주하였다.

"얼른 말해. 나 지금 화나는 거 참고 있어."

"별거 아냐."

"저 자식이 한서희 좋대?"

지혁의 목소리가 낮게 가라앉아 있었다.

"그렇게 이야기한 건 아니야."

"그럼?"

서희의 입에서 작은 한숨이 새어 나왔다.

"……만약 내가 오빠랑 헤어지게 되면. 그래서 내가 힘들어 하면 옆에서 도와주겠대."

"개자식."

지혁의 얼굴이 붉게 물들어 갔다. 처음 봤을 때부터 마음에 들지 않았다. 그런 자식이 어려서 서희가 말한 '돼지 오빠'라는 이야기를 전해 들었을 때, 첫날 자기가 본 서희를 향한 성준의 눈빛이 착각이나 괜한 기우가 아닐 거라는 확신이 들었었다.

지혁은 신경질적으로 땅을 발로 차 버렸다.

"하이에나 같은 자식. 남의 여자 넘보기나 하고. 힘들면 도와줘? 말은 그럴듯하게 하지."

"오빠가 신경 안 써도 돼. 난……."

"어떻게 신경 안 써? 나보다 더 너랑 같이 있는 시간이 많은데. 둘이 거의 하루 종일 붙어 있잖아. 남자야, 저쪽은. 밤늦게 둘이 있다가 무슨 일 생길지 어떻게 알아?"

"그렇게까지 할 사람은 아냐. 걱정하지 마."

"뭐?"

아침부터 잔뜩 긴장했던 하루였다. 지혁은 성준을 두둔하는 서희의 말에 차갑게 굳은 얼굴로 그녀를 바라보았다.

"네가 저 자식 어떻게 그렇게 잘 알아?"

"오빠, 괜한 트집 잡지 마."

"트집? 내가 나 좋다는 여자랑 하루 종일 아침부터 밤까지 붙어 있으면 너 신경 안 쓰일 거 같아? 그런 너한테 내가 그 앤 그럴 여자 아니라고 두둔하면 넌 기분 상쾌하고 유쾌해져서 그럼 다행이네, 말할 수 있을 거 같아?"

"정말 별일 아니야. 선배가 그리 이야기해서 난 오빠밖에 없다고 마음 접으라고 했어. 그러면 되잖아."

"그걸로 접힐 마음이면 애당초 고백 같은 거 하지 않았겠지. 그렇게 생각이 짧아, 너?"

온종일 헤집어진 마음이었다. 그렇게 달려왔는데도 스무 살만 되면 만들어 주겠다던 울타리 하나 제대로 만들지 못해 상처받고 울어 버릴 서희의 현실을 마주해야 했던 하루였다. 서희가 아팠고, 아픈 만큼 지혁은 자신이 미웠다. 그리고, 자신이 미운 만큼 지혁은 불안했다.

"그럼 어떻게 할까?"

"나 없는 데서 어떻게 행동하고 다니길래 저런 자식이 그리 쉽게 고백해? 네가 틈을 보였으니까 그랬을 거 아냐?"

서희의 눈이 차갑게 변해 갔다. 어쩌라고 나보고? 감정 없이 지혁을 보며 서희는 조용히 손을 내밀었다.

"가방 내놔."

"한서희!"

"왜? 가방, 오빠가 사 준 거니까 내 거 아니다 이거야? 그럼 안에 든 논문이라도 내놔."

지혁의 얼굴이 이를 악문 듯 딱딱하게 각이 져 갔다. 거칠게 한쪽 어깨에서 가방을 내려 서희의 손에 그 가방을 던지듯 들려 줬다.

"좋겠네, 한서희. 넌 늘 강자라서. 어려서부터 늘 이렇지. 난 늘 네가 나 미워할까 봐, 나 떠날까 봐 전전긍긍. 매번 확인받듯 나 사랑하냐 묻고, 내가 시켜서 말하는 네 말, 그 말 들으며 좋아하고."

서희는 잠시 주춤거렸지만 가방을 어깨에 메며 걸음을 옮겼다.

내가 강자라고? 누군 나한테 강지혁 빼면 아무것도 남지 않을

277

거 같다던데. 여기서 어떻게 더 사랑해? 이렇게 싸우고 돌아서도 난 오빠가 밉지 않은데 어떻게 더 사랑해? 서희는 걸음을 앞으로 옮기며 가방을 힘줘 잡았다.

나쁜 계집애. 지혁은 혼자 중얼거렸다. 어떻게 나한테 뒤돌아서. 난 화나도 너한테 못 돌아서겠던데 넌 늘 쉽지, 모든 게. 지혁은 한숨을 깊이 들이마시며 손을 들어 얼굴을 감쌌다. 못났다, 강지혁. 정말.

지혁은 멀어지는 서희의 뒷모습을 바라보았다. 작은 어깨에 커다란 가방이 들려 있었다.

자신의 감정이 정이라던 주은의 말이 생각났다. 정이든 뭐든. 자신의 감정이 집착이라던 남옥이 말이 떠올랐다. 집착이든 뭐든. 둘의 만남이 악연일 거라는 경호의 말이 생각났다. 악연이든 뭐든.

연구동 건물을 돌아 서희의 모습이 사라지자 지혁은 쿵 심장이 떨어지는 것 같았다.

그게 뭐든. 그게 뭐가 중요해. 왜 자꾸 여기저기 건드려. 그냥 우리 둘이 있게 해 주지. 빌어먹을. 우리 둘만 있으면 되는데 뭐가 그리 복잡해. 왜 자꾸.

지혁의 발걸음이 빨라졌다.

"서희야."

어느새 지혁은 뛰고 있었다.

"서희야."

서희와 함께 걸을 때는 몰랐던 연구동의 한 면이 꽤 길게 이어져 지혁은 마른침을 삼키며 서희를 불렀다.

"서희야."

연구동을 돌아선 지혁은 그 자리에 쪼그리고 앉아 있는 서희를 발견했다. 어려서부터 속상하면 서재에 앉아 있던 그 모습처럼 쪼그리고 앉아 무릎에 얼굴을 묻고 서희는 그 자리에 있었다.

"서희야."

지혁은 그 앞에 무릎을 굽히고 앉았다. 무릎에 묻힌 얼굴에 손을 가져갔다. 손끝에 닿는 서희의 눈물에 지혁은 가슴이 아파 눈을 감았다.

"미안해."

"나 틈 안 줬어."

"알아."

지혁은 손을 뻗어 서희를 품에 안았다. 코끝에 서희의 냄새가 맡아지자 그제야 요동치던 심장이 안정이 되는 것 같았다.

"화나."

"뭐가?"

"누가 널 내가 보는 시선으로 바라보는 거. 널 보고 안고 싶다 생각하는 거. 네 옆에서 네 냄새 맡고, 스치듯 너와 닿는 거. 다 싫어. 내가 못나 보여 싫어. 그냥…… 그냥 네가 내 눈에만 보였으면 좋겠어."

"오빠 눈길 아니면 싫어. 오빠 손이 아니면 나 만지는 거 싫고, 오빠 입술이 아니면 나한테 닿는 거 싫어."

서희는 지혁의 가슴을 밀어내며 지혁을 마주 보았다. 어떻게 더 사랑해, 이렇게 좋은데, 오빠. 바보처럼 또 울컥 눈물이 나올 거 같아 서희는 눈을 깜박이며 말했다.

"다시 해."

"뭘?"

"내가 고백할 거야. 내가 할 테니까 오빠 혼자 짝사랑했다 하지 마."

지혁의 얼굴이 잠시 일그러졌지만 다시 곧 평상시로 돌아왔다.

"오빠가 내 오빠 된 이후로 나도 아무도 없었어. 내 마음 오빠보다 늦게 깨달았지만 다른 남자 관심 가진 적 없었어. 오빠가 짝사랑한 적 없어. 오빠가 내 오빠 된 후로 나도……."

지혁의 입술이 서희의 입술을 덮었다. 손을 들어 서희의 머리를 감싸고 서희의 몸을 힘줘 안았다. 교정에서는 안 된다던 서희도 손을 들어 지혁의 목을 감싸 안았다.

봄날이었다. 봄날의 밤은 따뜻했다.

바람에 실려 오는 꽃향기도 향긋했고, 얼굴을 간지럽히는 바람도 부드러웠다.

천천히 걸었다. 뇌물 세 개 뭐야 묻는 서희에게 지혁은 가방에서 커피우유와 크림빵을 꺼내 주었다. 와아. 좋아하는 서희를 보며 지혁의 얼굴에도 환한 미소가 지어져 갔다.

잠시 고개를 갸웃거리며 세 개라며 묻는 서희에게 지혁은 장난스런 표정을 지으며 자기 가슴을 탕탕 쳐 보였다. 하나는 여기 있잖아. 치이. 믿지 않게 눈을 흘기며 허락받을 건 뭐야, 서희는 다시 물었다.

어느새 서희가 들어가야 할 오피스텔이 눈에 들어왔다. 오피스텔 앞 전등 아래 선 지혁은 고개를 들어 컴컴한 서희 방을 올려다보았다. 저 방에서 서희가 혼자 잠을 자고 일어나야 한다는 것이 오늘따라 더 가슴을 아리게 하고 있었다.

"들여보내기 싫다."

"들어오고 싶은 게 아니라?"

야무진 되물음에 지혁은 하하, 소리 내 웃었다.

"아냐, 오늘은. 같이 있고 싶다는 건 맞지만 의미는 달라. 오늘은……."

지혁이 서희의 손을 잡자 고개를 들어 그를 마주 보던 서희의 얼굴에 장난스런 표정이 지어졌다.

"그래? 난 또 들어오고 싶다고 하면 들어오라고 하려고 했는데."

"한국말은 끝까지 들어! 의미는 다르지만 오늘은 너무 늦었으니까 들어가서 이야기하자고 하려고 했다고, 난."

하하. 서희는 지혁의 말에 눈이 휘게 웃었다. 하얀 얼굴에 예쁜 볼우물이 깊게 패이고 웃다 웃다 기운이 빠져 지혁의 가슴에 머리를 묻었다.

"들어가자, 우리 같이."

자그맣게 들려오는 서희의 목소리에 잠시 긴장한 듯 지혁의 몸이 굳어지는 걸 느끼며 서희는 팔을 들어 지혁의 허리를 안았다.

"서툴러도 이해해 줄게."

Chapter 4

나, 또 다른 나,
그렇게 우리

처음, 이었다. 긴장이 되었고 부끄러웠다. 불을 끌까 말까, 둘은 실랑이를 했고, 얼굴 빨개지지 마, 서로를 타박하며 얼굴을 붉혔다. 옷부터 다 벗을까, 지혁이 쭈뼛거리며 물었고, 그러면 너무 부끄럽잖아, 서희는 지혁을 때렸다. 같이 샤워할까, 지혁이 물었고 싫어, 서희는 버럭 소리를 질렀다.

"음. 키스부터 하는 거야."

갑자기 서희를 침대로 이끌며 지혁은 심각하게 말했다.

"다짜고짜 키스하자고 하면 그게 돼?"

"한서희는 안 돼? 난 언제든 키스할 수 있어."

그렇게 시작이 되었다. 갑자기 덮치듯 지혁이 서희에게 달려들었고 침대 위로 엎어진 후 눈이 마주치자 둘은 소리 내 웃었다. 지혁은 침대에 누운 서희의 머리를 쓸어 올렸다. 웃음이 가득한 눈이었다.

지혁이 먼저 서희의 머리를 올리자 서희도 웃으며 지혁의 머리를 올려 주었다. 지혁이 엄지손가락으로 서희의 눈을 훑어 가자 서희도 쿡, 웃으며 엄지손가락으로 지혁의 눈을 훑어갔다. 지혁이 손바닥으로 서희의 한쪽 뺨을 감싸자 서희도 똑같이 손을 들어 지혁의 한쪽 뺨을 감쌌다. 잠시 둘은 그렇게 서로의 눈을 바라보았다.

지혁의 눈이 깊어지자 서희의 얼굴이 붉어져 갔고 서희의 얼굴이 붉어지자 지혁은 빙긋이 미소를 지었다. 지혁이 고개를 돌려 자기 얼굴에 머문 서희의 손바닥에 입을 맞추었다. 움찔. 서희의 몸이, 심장이 움직였다.

서희 손에 입을 맞추며 잠시 감았던 눈을 떠올려 지혁은 다시 서희의 눈을 바라보았다. 서희 역시 고개를 돌려 지혁의 손바닥에 입술을 가져갔다. 입술을 가져가며 코끝에 머무는 지혁의 냄새를 맡았다. 눈을 감고 냄새를 훑어 가자 지혁의 입에서 받은 숨이 흘러나왔다. 지혁의 숨이, 심장이 멈추는 거 같았다.

서희가 훑고 있는 손이 움직이며 서희의 입술을 만져 갔다. 감았던 눈을 뜨고 서희는 지혁을 마주 보았다. 서희의 손이 움직여 지혁의 입술을 만져 갔다.

"계속 따라 할 거야?"

미소 지으며 말하는 지혁의 목소리는 한껏 가라앉아 있었다.

"응. 따라 할 수 있는 데까지."

부끄러워 얼굴은 여전히 붉게 달아올라 있으면서도 서희의 대답은 야무졌다.

"알아, 한서희? 내가 언제부터 너 좋아했는지?"

12살이었다. 11살 여자아이의 당찬 목소리에 12살 남자아이는 그 아이를 가슴에 품었었다. 시간이 흘렀다. 이제 서희를 가슴에 품고 산 날이 서희를 모르고 산 날보다 더 긴 시간이 되어 있었다.

"잘 몰라."

"훗. 그런데 어떻게 내가 짝사랑한 적 없다고 그래?"

지혁의 손이 서희의 머리를 쓸어 올리고 서희의 얼굴을 부드럽게 어루만졌다.

"여하튼 내 오빠 된 후일 거잖아. 나도 그때부터는 다른 애들한테 관심이 안 생겼거든. 나도 오빠가 좋으니까 그랬던 게 아닌가 싶어서."

"아냐. 네가 나 그때부터 좋아했다 쳐도 나 6개월은 짝사랑했어."

자기 얼굴에 머문 지혁의 손에 입을 맞추던 서희가 움직임을 멈춘 채 지혁을 올려다보았다.

"무슨 말이야?"

"바보야, 생각해 봐. 그러니까 그 성질 더러운 강지혁이 네가 네 오빠 그만하라고 할까 봐 네 말 잘 듣고 그랬지."

'오빠 있으니까 좋지?' 하고 어려서 몇 번이나 확인하며 묻던 지혁이 생각나 서희의 코끝이 시큰해져 갔다. 이 바보.

"그래서 나 자신 있어. 오랫동안 이 날을 기다렸거든."

장난스런 지혁의 목소리가 들려왔다.

"가슴에 키스마크 남길 거야. 그리고 그 말도 할 거야. 멈출까? 멈추라면 멈출게."

서희는 눈이 안 보이게 웃기 시작했다. 정말? 정말 멈출 거야? 웃음 사이사이 서희는 그리 물었다.

"아니, 그렇게 말하면 멋지잖아. 내가 오랫동안 고르고 고른 대사야."

하하, 서희는 다시 소리 내 웃으며 손을 들어 지혁의 목을 힘줘 안았다. 오빠가 너무 좋아. 나 오빠가 너무 좋아.

"멈추라는 말 절대 안 할 거야."

홋. 작은 웃음소리와 함께 지혁이 고개를 돌려 서희의 얼굴에 입술을 가져갔다.

"내 뛰어난 인내심으로 아파도 참아 볼 테니까 오빠도……."

입술이 겹쳐졌다. 숨결이 엉키고 혀가 엉켰다. 키스 사이 얼굴을 들어 서희를 내려다보는 지혁의 얼굴에 미소는 사라져 있었다. 짙은 입맞춤이었다. 그 깊은 입맞춤 사이사이 지혁은 부드럽게 코를 맞댔다. 숨을 고르며 지혁은 입술을 내리고 있었다. 누구의 숨소리인지 모르게 가빠진 숨결이 서로의 귓가를 자극했다.

처음의 부끄러움 대신 뜨거운 열기가 점점 온몸을 덮히고 있었다. 지혁의 혀가 서희의 혀를 감싸고, 온 입안을 맛보듯 훑고 지나갔다.

서희의 손이 저절로 지혁의 얼굴을 감싸 안았다. 손끝에 전해지는 지혁의 체온이 뜨거워져 있었다. 지혁의 손이 서희의 뒷머리를 감싸며 좀 더 깊이 서희의 입안으로 들어가자 서희는 역시 깊이 지혁의 혀를 빨아들였다.

지혁의 입에서 작게 신음 소리가 흘러나왔다. 누가 가르쳐 주지 않아도 사랑하는 연인의 몸에 닿고 싶어 하는 본능이 두 사람 사이의 공기를 뜨겁게 달아오르게 하고 있었다.

서희의 얼굴에 머물던 지혁의 손이 거칠게 서희의 옷 안으로 들어갔다. 손끝에 닿아 오는 부드러운 살결이 더더욱 지혁의 욕심을 부추기고 있었다.

서희의 입술에 머물던 지혁의 입술이 내려와 서희의 목을 핥아 갔다. 그와 동시에 지혁의 손이 서희의 속옷을 밀어 올린 채 서희의 가슴을 움켜쥐었다.

"오빠."

열에 들뜬 목소리가 서희의 입술에서 흘러나오자 지혁은 몸을 일으켜 서희의 겉옷을 벗겨 냈다. 흐트러진 속옷 사이에서 탐스러운 서희의 가슴이 삐져나와 있었다.

서희의 가슴에 머물던 지혁의 눈이 다시 서희에게 향했다. 부끄러움에 붉게 타오른 얼굴 속에서 서희의 눈동자는 열기에 젖어 있었다.

"예뻐, 서희야."

지혁의 입술이 다시 서희의 입술을 삼키듯 감싸 왔다. 지혁의 입술은 부드럽고 뜨거웠다. 서희의 혀를 찾아 감싸며 다시 그 혀를 자신의 입안에 가두었다. 입안에 가득 고이는 서로의 타액을 머금으며 서로의 몸을 만져 가는 손길 역시 뜨거워져 있었다.

지혁의 손이 서희의 등으로 돌려졌다. 서희의 속옷을 벗기려던 지혁의 손이 서툴게 어찌할 바를 모른 채 머뭇거리자 지혁의 입안에서 서희가 웃음을 터트렸다. 바보. 서희의 손이 등으로 돌려져 속옷을 풀어냈다.

속옷을 걷어 낸 서희의 젖무덤에 속옷이 만들어 낸 붉은 자국이 새겨 있었다. 손을 들어 그 붉은 선을 만져 가던 지혁은 그 선을 따라 입술을 움직여 갔다. 입을 맞추고 혀를 가져갔다.

지혁의 움직임에 따라 서희의 몸에 피어오르는 향긋한 향기가 지혁의 머릿속을 헤집고 있었다. 목이 타들어 가고 정신이 몽롱해졌다. 혀를 대면 녹아내릴 듯 부드러운 서희의 살결이 지혁의 입술을 따라 붉게 물들어 가고 있었다.

그의 몸짓에 따라 흥분으로 부풀어 오른 서희의 가슴이 유혹하듯 거친 숨결과 함께 움직이자 지혁은 그녀의 가슴을 베어 물었다. 이 동시에 둘은 신음을 토해 냈다. 부드럽고 탄력 있는 가슴이 입술로 전해져 왔다.

지혁의 입안에서 서희의 가슴 봉오리가 봉긋이 솟아 있었다. 이빨로 아프지 않게 물며 빨아들이자 서희의 입에서 밭은 숨소리가 새어 나왔다. 다른 가슴을 손으로 움켜쥐는 지혁의 목에서도 낮은 신음 소리가 울려 나왔다. 손안에 가득 들어오는 서희의 가슴을 만지며 지혁은 서희의 젖무덤을 또다시 베어 물었다.

"오빠."

저절로 허리가 움직이고 저절로 야릇한 신음 소리가 입술에서 흘러나와 서희의 얼굴은 더더욱 붉어져 갔다.

"가리지 마. 날 봐, 서희야."

그를 원하는 본능으로 몸은 젖어 가면서도 여전히 남아 있는 부끄러움 때문에 얼굴을 가리려는 서희의 손을 내리며 지혁은 다시 입을 맞추었다.

미칠 것 같았다. 지혁의 손길이 깊어 갈수록 서희는 알 수 없는 갈증이 자신의 온몸을 목마르게 하고 있는 것 같았다. 입안으로 들어온 지혁을 깊이 빨아들이며 손을 들어 지혁의 몸을 만졌다.

긴장 때문인지 흥분 때문인지, 떨려 오는 손으로 지혁의 셔츠 단추를 풀어 가자 지혁의 손이 서희의 손을 도왔다. 그렇게 서로의 윗옷이 벗겨져 침대 아래로 떨어져 내렸다.

부끄러움보다 서로를 원하는 원초적인 욕망이 앞서 가기 시작했다. 지혁의 입술이 서희의 입술을 한 번 더 베어 물고 목의 깊은 부분에 머물렀다. 맥박이 뛰며 서희가 내뿜는 향기를 받아먹듯 지혁은 그곳에 입을 맞췄다.

흥분으로 부풀어 오른 서희의 가슴을 손으로 애무하며 지혁의 입술이 다시 서희의 가슴을 베어 물었다. 거친 숨소리를 입술로 뱉어 내며 서희는 자기 가슴에 머무르는 지혁의 머리를 쓰다듬었다. 참으려 입술을 깨물어도 불쑥불쑥 입술 새로 비집고 나오는 신음 소리는 어쩔 수가 없었다.

정성스럽게 지혁의 입술이 움직여 갔다. 하얀 서희의 몸은 지혁의 입맞춤으로, 열기로, 부끄러움으로 붉게 변해 있었다.

"오빠."

부끄러워 지혁을 불렀고,

"응."

입술을 내리며 지혁이 대답했다.

"서희야."

서희를 원하는 마음에 갈증이 나 지혁은 서희를 찾았고,

"응."

온몸으로 그를 느끼며 신음인 듯 대답인 듯 서희는 답했다. 말하며 뱉어지는 서희의 숨결을 받아먹듯 지혁은 다시 입술을 겹쳐 갔다.

끝없는 욕망. 온전히 하나가 되고 싶은 욕심이었다.

서희는 손을 들어 지혁의 목을 껴안았다. 어떻게 해. 힘껏 안아도 모자란 갈증에 서희는 계속 그 말만 중얼거렸다.

지혁의 손이 서희의 등을 쓰다듬고 입술이 머리카락을, 얼굴을 지나 목과 가슴, 배에 머물렀다. 서로의 손이 상대방의 바지를 벗겼고 상대방이 어려워하면 그 손을 도와 바지를 벗었다. 마지막 남은 속옷 한 장을 벗겨 내리며 지혁은 허락을 구하듯 서희의 눈을 바라보았다.

"멈출까?"

장난스런 웃음을 짓고 있는 지혁의 눈은 열기로 젖어 있었다. 하. 거친 호흡들 사이로 서희는 미소를 지었다.

"멈추라면 멈출 거야?"

"아니."

서희는 대답 대신 지혁의 몸을 끌어안았다. 서로의 체온이 서로를 덥혔고 뜨거운 손이 서로의 몸을 어루만지고 있었다. 여전히

서툰 손길이었지만 세상 그 누구의 손길보다 따뜻하고 소중히 어루만져 주는 손길이었다.

마지막 남은 속옷이 몸에서 떨어져 나간 후 지혁이 손가락을 움직여 젖어 든 서희의 몸을 찾아갔다.

"아."

서희의 신음에 지혁이 서희를 바라보았다.

"아파?"

대답 대신 고개를 흔들었다. 생소한 느낌이 거북했지만 아프진 않았다. 지혁의 입술은 가슴으로 내려오고, 손가락은 서희 안에 들어와 있었다. 서희는 손을 들어 가슴에 머문 지혁의 얼굴을 들어 올렸다. 턱 선이 팽팽히 긴장이 되어 있었다. 눈은 열기에 젖어 있고 미간에는 주름이 잡혀 있었다.

"서희야."

지혁의 입술이 서희 입술을 덮었다. 혀로 서희의 입술을 핥았다.

"못 참겠어."

들어가고 싶었다. 이미 서희 방에 들어설 때부터 팽팽하게 긴장되었던 분신이었다.

지혁은 조심스럽게 자리를 잡았다. 아. 현기증이 날 듯 심장이 떨려 왔다. 아플 텐데. 걱정이 되면서도 멈출 수가 없었다.

지혁이 다시 서희를 보며 허리에 힘을 주어 자신을 밀어 넣었다. 불에 덴 듯 서희의 몸이 뒤로 물러서려 하였다. 생각보다 훨씬 더 아파 눈에 눈물이 저절로 고여 왔다.

"아파? 많이 아파?"

찡그리며 입술을 세게 무는 서희를 보며 지혁은 물었다. 서희는 고개를 끄덕이면서도 지혁을 끌어안았다.

"참을…… 만해. 오빠."

이를 악문 듯 지혁의 턱이 딱딱해져 갔다. 허리에 좀 더 힘을 주며 깊이 서희 안으로 들어갔다.

"아!"

비명이 저절로 서희의 입 밖으로 나왔다. 아, 탄식이 저절로 지혁의 입 밖으로 나왔다. 서희야, 미안. 미안. 멈출 수가 없었다. 부드럽게 젖어 든 서희의 몸이 따뜻하게 자신을 감싸 왔다. 머릿속이 온통 하얘지고 온몸에 소름이 자잘하게 돋아났다. 정신이 아득해질 만큼의 끝없는 쾌감이었다. 몸을 움직이자 헉, 밭은 신음이 다시 입으로 새어 나왔다.

"서희야."

신음처럼 서희를 찾았다. 서희야. 온전히 서희 안으로 들어가 있으면서도, 온몸의 모든 감각을 마비시키는 듯한 쾌락을 느끼면서도, 아니 그 쾌감의 깊이가 깊어 갈수록 점점 더 지혁은 서희를 원하게 되었다.

오로지 하나가 될 수 있는 한 부분만이 아닌 모든 것이 하나가 될 수 있다면.

지혁은 이 육체가 가진 경계가 싫었다.

"사랑해."

사랑해. 몇 번씩 그 말을 서희에게 말했다. 지혁의 움직임에 따라 서희의 몸은 일렁이고 있었다. 아픔과 함께 하는 묘한 느낌에 서희는 가쁜 숨을 내쉬며 지혁을 끌어안았다.

"오빠."

아픔 때문인지 흥분 때문인지 목소리에 울음이 묻어 있었다.

"멈추지 마, 오빠."

입술을 물었다. 귓가에 들려오는 지혁의 숨소리와 사랑한다는 목소리를 들으며 서희는 눈을 감았다. 지혁의 움직임이 빨라질수록 서희 역시 처음의 고통과는 다른 무언가를 느끼기 시작했다.

"오빠."

그 느낌에 다급히 지혁을 부르고, 지혁을 끌어안고, 지혁을 물었다.

"서희야."

끝이 다가오기 전 깊은 입맞춤. 그대로 빨아들일 듯 지혁은 격정적으로 서희를 원했다. 어떻게 하면 될까. 가슴 안에 안겨 오는 작은 몸. 이렇게 안고 있어도 갈증이 나는 너를 어떻게 하면 되는 걸까.

"오빠."

발갛게 달아오른 얼굴로, 열에 들뜬 눈으로 지혁의 눈을 바라보며 서희는 손을 들어 지혁의 얼굴을 쓰다듬었다. 땀에 젖어 든 머리를 올려 주고 몽글몽글 이마에 맺힌 땀을 손으로 닦아 주며, 절정이 가까워 오면서 더 선이 뚜렷해진 지혁의 얼굴을 서희는 눈에 담았다. 입술을 깨물어도 비집고 나오는 자신의 신음 소리 사이로 간간이 내뱉어지는 지혁의 짧은 신음 소리를 들으며 서희는 미소를 지었다.

"왜?"

잔뜩 가라앉은 목소리로 지혁이 물었다.

"그냥……."

대답을 하려는 서희의 입술이 미세하게 떨렸다.

"사랑해, 오빠."

지혁이 움직임을 멈췄다. 지혁의 손이 땀으로 젖어 든 서희의 머리를 올려 줬다. 그리고 그는 곧 다시 움직이기 시작했다.

가빠지는 숨결 사이로 이를 악물던 지혁은 서희의 입술을 찾았다. 짓누르는 목소리로 사랑한다 말하던 지혁은 고통스러울 정도로 아찔한 쾌락의 끝에서 서희를 부둥켜안았다. 할딱거리는 작은 몸을 온몸으로 끌어안고 지혁은 서희의 머리에, 얼굴에, 입술에, 목과 귀에 입을 맞추었다. 세상에서 가장 귀한 것을 안고 있는 듯 그리 소중하게 서희를 어루만졌다.

"또 너 안을 거야. 또 안고, 또 안을 거야."

새벽에 눈을 떠 지혁은 잠이 든 서희의 얼굴을 바라보았다. 침대 머리맡에 있는 불을 켜자 잠시 눈을 찌푸리던 서희는 다시 지혁의 품 안으로 들어와 새근거리기 시작했다.

흐트러진 머리를 올려주고 이마를 만졌다. 가운데 오똑하게 솟은 콧대를 따라 손끝으로 만져 가고 하얗고 보드라운 얼굴을 손등으로 만져 보았다. 못생긴 게 나 괴롭히기나 하고. 가슴이 뻐근해 지혁은 잠시 서희의 머릿결을 만지작거렸다. 많이 길었네.

시선을 돌려 서희의 입술을 바라보았다. 살짝 벌어진 입술에서 규칙적으로 숨소리가 흘러나오고 있었다. 지혁은 손가락을 들어 서희의 아랫입술 아래 있는 살을 살짝 밑으로 내려 보았다. 고운 치아가 드러나자 그는 쿡, 작게 소리 내 웃었다. 그렇게 아랫입술을 내렸다 올렸다 하자 서희가 눈살을 찌푸리며 몸을 돌리려 하였다.

"안 돼."

지혁은 돌아누우려는 서희를 힘줘 안으며 귓가에 속삭였다.

"오빠는……."

잠꼬대인 듯 서희가 무어라 투정을 부리자 지혁은 다시 쿡쿡, 작게 웃음을 지었다.

"뭐라고, 서희야?"

"거기로 가는 거 아니라니까…… 오빠……. 크크. 오빠. 쌤통."

"내가 뭘? 어디 가는데, 우리가?"

"……훗. 우리 같이……."

꿈도 내 꿈만 꾸고, 한서희 정말. 지혁은 입술을 길게 늘이며 서희를 품에 안았다. 눈을 들어 올려 벽에 있는 시계를 보았다. 2시 30분. 30분만 더 재우고 깨워야지.

"한서희."

품 안에서 새근거리는 서희의 등을 쓰다듬으며 지혁은 말했다.

"내가 많이 참고 있는 거야. 30분 있다가 일어나야 해."

지혁은 잠시 서희에게서 몸을 떼어 내 곤히 자고 있는 서희를 바라보며 말했다.

"싫으면 싫다고 해. 안 할게."

여전히 새근새근 고른 숨소리를 내는 서희를 바라보다 지혁은 싱긋이 웃으며 품 안으로 서희를 다시 안았다.

"너, 싫다고 안 했다."

지혁은 눈을 깜박이며 시계를 바라보았다. 어린 시절, 그 어느 날처럼, 시간은 멈춘 듯 움직이지 않는 거 같아 잠시 시계가 고장이 난 게 아닌가 생각도 해 보았다.

품 안의 서희가 또 무어라 이야기하는 듯 가슴에 닿아 있는 서희의 입술이 움직였다. 뭉클. 입술이 움직이는 그 위치 그즈음이 뭉클해져 지혁은 안고 있는 서희의 머리에 입을 맞췄다. 이렇게 살자, 서희야. 우리 이렇게, 둘이. 사랑하고 밤새 안아 주고 보듬고, 이렇게 우리 살자, 서희야.

❖

"나 갈게."

이른 아침이었다. 시간에 맞춰 수거해야 할 실험 샘플 때문에 일찍 실험실을 나온 서희는 지혁과 나란히 실험실 앞에 서 있었다. 아직 아무도 오지 않은 건물은 고요했다. 처음, 함께 밤을 지낸 연인은 서로의 손을 놓지 못하고 서로를 마주 보았다. 오랫동안 마주한 눈이건만 오늘따라 마주 보는 것이 부끄러워 서희의 얼굴이 붉어져 갔다.

"그러지 마. 또 안고 싶어져."

"오빠는!"

새빨갛게 달아오르는 얼굴로 서희는 지혁의 가슴을 때렸다. 그런 서희를 가슴에 안으며 지혁은 쿡쿡, 소리 죽여 웃었다.

"이렇게 안는다고. 도대체 뭘 생각하고 날 때리는 거야. 한서희. 맨날 야한 생각만 해."

놀리는 지혁의 목소리에 서희는 지혁의 품에서 벗어나려 몸을 움직였지만 그는 좀 더 힘을 줘 서희를 가슴에 안으며 서희 머리에서 나는 향기를 맡았다.

"오늘 내 머리에서도 한서희 냄새 나겠다."

"오빠!"

새벽에도 자신을 깨워 오던 지혁이었다. 그리고 학교에 나오기전, 아침에도 함께 샤워를 한 둘이었다. 싫다는 서희를 어르고 달래 아무 짓도 안 할 거다, 정말 널 씻겨 주고 싶어서다, 한 번만 자기를 믿어 보라던 지혁은 결국 씻겨 준다는 약속만을 지킨 후서희에게 된통 혼나야 했다. 혼나면서도 입이 찢어져라 웃던 지혁은 오빠 말 다시는 안 믿을 거라는 서희의 으름장에,

「서희야. 나도 나한테 속았어. 정말 나도 감쪽같이 속았다니까.」

라 한껏 억울하다는 표정을 지어 보인 후 자기 아래를 가리키며,

「얘가 내 가슴속 순정을 짓밟았어. 정말, 나도 배신감이 이만저만이 아니라고.」

하고 말해 서희는 기가 막혀 입만 벌린 채 지혁을 바라보고 있

어야 했다.

"그런데, 오빠. 허락받아야 한다는 건 뭐야?"

지혁의 품에 안긴 채 고개를 들어 눈을 마주하며 묻는 서희의
질문에 그는 잠시 그 눈을 바라보다 그녀 머리에 턱을 가져갔다.
분명 말을 하면 흔들릴 서희의 눈빛을 지혁은 보고 싶지 않았다.

"이야기가 좀 긴데……."

"그래? 요약 정리해서 지금 짧게 이야기하고 자세한 건 나중에
시간 날 때 또 설명해 주면 되잖아."

지혁이 턱으로 콕콕, 서희의 머리를 누르자 품 안에서 서희의
웃음소리가 들려왔다.

"나랑 같이 유학 가자, 서희야."

서희의 웃음소리 끝, 지혁은 툭 하고 싶었던 말을 던졌다. 순간
서희의 웃음소리가 멈추고 서희가 지혁의 품 안에서 나오려 하였
지만, 그는 다시 그녀를 안은 팔에 힘을 주었다.

"네 대답. 뭘 말하려고 하는지 알아. 그냥 나 믿고 따라와 주면
안 돼? 한서희는 공부 열심히 하고 대학원 합격만 하면 돼. 다른
건 내가 알아서 할게, 서희야."

서희는 살며시 지혁을 밀어냈다. 그리고 이번에는 지혁 역시
서희의 손길을 따라 그녀를 품에서 풀어 주었다. 조금 거리를 둔
상태로 지혁을 마주 보던 서희는 천천히 입을 열었다.

"갑자기 왜 그러는데, 오빠."

"너랑 살고 싶어서."

긴 설명을 하지 않았다. 하지만, 그 어떤 이유보다 지혁이 원하

는 이유이기도 하였다. 같이 살고 싶어서. 내 품에 두고 싶어서. 너 혼자 두기 싫어서. 너 없이 살 게 될까 봐 겁이 나서. 그래서 결국 같은 자리. 너랑 살고 싶어서.

"안 되는 거 알잖아. 나……."

"한 번만, 뻔뻔스러워지면 안 돼? 그냥, 한 번만. 우리 함께한 다는 거 그거 하나만 보고. 한서희. 한 번만 뻔뻔스러워져 주면 안 돼?"

무언가 말을 하려던 서희는 말을 삼키며 지혁을 올려다보았다.

안 되는 수많은 이유가 머릿속을 맴돌고 있었다. 집에 말도 꺼 낼 수 없는 유학자금, 어수선한 집 분위기, 서희도 알고 있는 남옥의 반대…….

하지만 되는 단 한 가지 이유. 지혁과 함께일 수 있다는 것이 수많은 안 되는 이유와 같은 무게로 서희의 마음속에서 갈등을 하게 만들고 있었다.

뻔뻔스러워져 달라는 말. 결국 안 되는 이유들을 무시하라는 말. 그 말은 결국 다시 한 번 지혁의 어깨에 자신의 짐을 얹어 놓게 되는 것이었다. 그래도, 그래도. 오빠와 함께할 수 있다면. 마음속 갈등이 고스란히 서희의 얼굴과 눈빛에 나타나고 있었다.

"오늘 이렇게 너 고민시키는 거 미안하다, 서희야. 어제 우리 함께 지낸 날인데……. 그래도, 긍정적으로 생각해 줘."

다시 입술을 달싹거리던 서희가 대답 대신 고개를 끄덕이자 지혁은 금세 얼굴이 환해졌다.

"생각해 본다는 거야, 오빠. 미리 너무 좋아하지 마. 나 생각해 볼게."

"아니, 고마워. 처음부터 안 된다고 할 줄 알았는데. 생각이라
도 해 준다니 다행이다. 주말에 좀 더 시간 갖고 이야기하자. 참,
주말에도 학교 나와야 돼?"

잠시 실험 스케줄을 생각하며 눈을 돌리던 서희는 시간을 계산
하느라 손가락까지 꼽더니 고개를 까닥거렸다.

"응, 그래도 일찍 끝낼 수 있을 거 같아. 2시 전후?"

"그럼, 주말에 벚꽃놀이 갔다가 이야기 마저 하자."

고개를 끄덕이는 서희를 향해 지혁은 고개를 숙여 자기 얼굴을
내밀었다.

"자, 뽀."

서희는 작게 소리를 내 웃으며 지혁의 얼굴을 두 손으로 감싼
채 그의 입술에 가볍게 입을 맞추었다. 떨어지려는 서희의 허리를
감싸 안으며 지혁은 말했다.

"아이 럽 유, 쥬뗌므, 이히 리베 디히, 워 아이 니……."

"그만해. 훗, 워 아이 니까지만 해. 너무 길어."

지혁은 다시 서희를 품에 안으며 말했다.

"10시에 올게."

"응."

"놓아주기 싫다."

"곧 사람들 올 거야."

그리 말하면서도 지혁의 가슴속에서 꼼지락꼼지락 손가락만
움직이며 떨어지지 못하는 서희를 지혁 역시 한참 후에나 놓아주

었다.

둘은 한동안 손을 맞잡고 이야기 도중 입을 맞추며 사람 없는 복도에 인기척이 들려 올 때까지 그리 떨어질 줄 모르고 서 있었다.

실험실에 서희를 들여보내고 지혁은 연구동 층계를 내려오며 콧노래를 흥얼거렸다. 아직 해결 못 한 것들이 남아 있지만 사랑하는 연인을 처음 가슴에 품은 지혁은 지금 이 순간 누구보다 행복한 남자였다.

밤새 품에 안겨 있던 서희가 떠오르자 지혁은 저절로 입술이 길게 늘어져 갔다. 밤새, 였다. 밤. 새. 서희를 품에 안고 있었다. 살짝 입을 벌리고 잠이 든 서희를 바라보았고, 꿈에서도 자기를 찾던 서희를 놀려 주었고, 또 칭얼거리는 서희를 깨워 둘은 하나가 되었다. 아직도 자기 몸에 서희의 체취가 남아 있는 거 같았다.

살결을 따라 느껴지던 서희의 피부, 울먹이며 오빠를 부르던 목소리, 땀이 차오르던 목덜미와 이마, 열에 들떠 더 검게 젖어 들던 눈동자와 찡그릴 때도 들어가던 볼우물.

심장 주위가 묵직하게 차오르는 것 같아 지혁은 잠시 걸음을 멈추고 심호흡을 하였다. 뭐라 부르든, 무어라 하든. 서희였다. 사랑이 별건가. 이리 너 아니면 안 되겠는데. 나 살면서 행복하게 해 주고 싶은 사람. 그게 넌데 서희야. 13살 강지혁도, 25살 강지혁도 그리 너 하나 웃으면 세상 다 가진 거 같이 행복한데.

천천히 다시 층계를 향해 발을 내딛던 지혁의 얼굴이 정면에 보이는 한 남자의 모습에 차갑게 굳어져 갔다. 개자식. 저절로 입술 안에서 욕지거리가 튀어나왔다.

올라오던 성준 역시 지혁을 발견하고 얼굴이 굳어져 갔다. 이른 아침, 서희를 데려다 주고 가는 지혁은 어젯밤에 보았을 때와 똑같은 옷을 입고 있었다. 사랑하는 연인. 가능한 일이건만 새삼 충격을 받는 스스로를 비웃으며 성준은 그를 그냥 지나치려 하였다.

"들러붙지 마."

멈칫. 층계를 올라가던 성준이 발을 멈췄다.

"니 여자나 찾아. 하이에나처럼 남의 여자 곁에 기웃거리지 말고."

낮게 가라앉은 지혁의 목소리를 들으며 성준은 뒤를 돌아 그를 마주 보았다. 몇 번 마주쳤지만 굽히는 일 없이 언제나 꼿꼿한 자세의 지혁이었다.

성준은 처음으로 찬찬히 지혁을 보았다. 피하지 않는 눈동자. 늘 당당하다 못해 건방지게까지 보이는 기세로 지혁은 성준 앞에 서 있었다. 네가 사랑하는 남자.

"뭐가 불만인 거지? 내가 뺏겠다고 한 것도 아닌데. 불안한가?"

"자아도취가 심하네."

지혁은 한쪽 입술 끝을 올렸다.

"자극하지 마, 강지혁. 겨우 참고 멈춰 있는 거야."

지혁은 등을 곧게 피며 성준의 눈을 똑바로 쳐다보았다.

"멈추지 않으면?"

"너야말로 소꿉놀이 끝낼 때 된 거 아니야?"

지혁네 집이 서희를 반대한다는 이야기를 동기에게 전해 들은 후 느낀 안쓰러움과 안도감. 혹은 기대감. 서로 다른 두 감정이 대립되어 있던 성준의 마음속 균형이 깨지려 하고 있었다. 그리고 그런 성준의 말에 지금껏 지혁의 얼굴에 머물던 미소가 사라지며 다시 차갑게 변해 갔다.

"네가 서희를 위해 해 줄 수 있는 게 뭔데?"

차분히 가라앉은 성준의 질문이 다시 지혁의 귀를 파고들었다.

"강지혁, 네 집안 대단하던데. 부모님 반대 심하다며. 안 그래? 서희는 알고 있나? 뭐 지금 몰라도 언젠가는 알게 되겠지. 그 과정 중에 서희 상처받을 테고. 스스로 서희를 구해 준다는 영웅심에 불타 자신이 대단한 사람이라는 착각 속에 빠져 있는 사춘기 소년. 절대 안 물러나겠지. 사랑인지 집착인지 모르는 감정으로 내 사랑은 특별하다 말하면서. 서희를 위한다는 미명하에 그 안에서 허덕이고 너덜해지는 건 서희일 테지. 결국 네가 건지는 건 자기만족. 그 이상도 그 이하도 아닐 테고."

질투. 오랜 시간을 가슴을 들끓게 한 이 못난 감정이 이성적인 판단력을 가장해 성준의 입에서 쏟아져 나왔다. 들러붙지 말라고? 너나 나 건들지 마.

"내 뒷조사라도 했나?"

"늘 느끼는 거지만 자의식 대단해, 강지혁. 듣고 싶지 않아도 들리는 게 네 소문이고, 때맞춰 네 작은아버지 덕분에 너희 집안 신문에 오르내리고. 내가 관심 있어 하는 여자가 사귀는 남자라니 궁금해하는 건 당연지사. 관심 있게 듣고 읽고 있어. 사실 조금은 실망이야. 하도 소문이 대단하기에 어떤 녀석일까 기대했는데 그저 그런 꼬맹이. 키만 자란 사춘기 소년이어서."

지혁의 얼굴에 다시 미소가 지어졌다.

"그래서, 넌 그렇고 그런 집안이라 한서희랑 맞는다고 말하려는 건가?"

성준의 얼굴이 붉어지는 걸 보면 지혁은 꼿꼿이 편 허리에 좀더 힘을 줬다.

"한서희를 헐값으로 보고 있으시네, 이 선배님이. 잘 들으세요, 너한테 흔들릴 여자도, 너한테 갈 여자도 아니야, 한서희."

허세. 태연한 척 비웃음까지 입가에 만들며 말하고 있어도 성준의 이야기가 비수가 되어 가슴을 할퀴고 있었다.

몸만 자란 어린아이. 맞을지도. 어린 시절, 전교 어린이 회장 선거에 나가 연설을 하기 전, 너무 떨려 도망치고 싶었건만 서희 앞에서 별거 아니라 코웃음 치던 13살 꼬맹이가 그대로 25살 청년의 몸속에 남아 있었다.

그래도, 어쩔 건데? 힘들다 할까. 불안해하는 서희 앞에서 나도 불안하다 할까. 세상에 태어나 지키고 싶은 단 하나. 그 하나 지켜 주지 못하고 있는 내 무능함을 낱낱이 까발리며 그 아이 울게 할까.

성준 앞에 한 발자국 가까이 다가서는 지혁의 목소리가 한층 더 낮게 가라앉았다.

"네 수준에 맞는 여자, 딱 너 정도의 여자나 찾으라고요, 선.
배. 님. 개자식아."

수거할 세포들을 현미경으로 관찰하다 서희는 혼자 얼굴을 붉
혔다. 지혁과 처음 밤을 보낸 몸은 아직까지 익숙지 않은 거북스
러움이 남아 있었다. 평상시와 같은 증상도 자꾸 어젯밤, 지혁과
의 관계 때문인가 싶어 이리저리 생각을 하던 서희는 또다시 떠오
른 지난밤 기억에 얼굴을 붉히고 말았다.

야한 강지혁. 평소에도 짓궂게 농담을 하더니 서희와 함께 아
침을 맞은 지혁은 세상이 온통 자기 거 같다며 학교로 걸어오는
동안에도 혼자 실실 웃으며 누가 보아도 '나 어제 서희와 함께 있
었어요.' 란 포스를 풀풀 풍기고 있었다.

걷다가도 갑자기 서희를 끌어안고, 봄은 정말 사랑의 계절이야,
서희야. 바보처럼 그리 말하더니 연구동을 들어서기 전에는 우리
아이 이름은 뭐라고 지을까라고 물어 서희에게 등을 힘껏 맞아야
했다. 그러면서도 굽히지 않고, 지희, 세혁이도 좋다, 그치? 우리
는 정말 천생연분인가 봐. 우리 이름 섞어서 이름 지어도 되잖아.
제법 심각하게 말하던 지혁이었다.

"바보."

서희는 혼자 풋 웃으며 현미경 주변을 정리했다.

"누가 바보야?"

갑자기 뒤에서 들려오는 소리에 서희는 화들짝 놀라 꺅 소리를

질렀고 그 소리에 성준 역시 놀란 듯 몸을 움찔거렸다.

"선배. 놀랐잖아요. 인기척이라도 하지."

"인사해도 멍하니 있던데, 뭘. 무슨 생각 하느라 사람 소리도 못 듣나?"

성준의 질문에 서희는 눈을 피했다. 뭐, 그거야……. 어젯밤의 기억을 더듬으며 혼자 비밀이라도 들킨 듯 얼굴을 붉히던 서희는 그 기억의 끝에 성준이 했던 고백이 생각나 또 잠시 주춤거렸다. 잊고 있었네.

"세포는 상태 괜찮아 보여요. 이것부터 먼저 수거하면 될 거예요."

성준의 고백이 떠오르자 어색한 마음에 서희는 평소보다 딱딱하게 굳은 목소리로 대답하였다.

"늦어서 미안하다. 내가 일찍 오라고 해 놓고 내가 늦었네."

"괜찮아요. 저도 늦은 적 있는데요, 뭘."

아무렇지 않은 듯 평소와 같은 대화를 나누려 해도 서로에게 흐르는 어색한 기운은 숨겨지지 않았다. 그리고, 그 어색한 분위기를 먼저 인정한 것은 성준이었다.

"서희야."

장난기 어린 목소리 대신 차분히 가라앉은 성준의 목소리에 서희는 고개를 들어 그를 마주 보았다.

"어제 내 고백, 부담스러워하지는 마라."

"부담스러운데 어떻게 안 부담스러워해요."

서희의 대답에 성준은 살며시 미소를 지었다. 그러네, 부담스러운데 어떻게 안 부담스러워해.

"지금 어떻게 하자는 거 아냐. 만일이라 했잖아. 힘들면 그때, 힘들게 되는 날이 오면 그 때……."

다시 거리를 두는 서희의 표정에 성준은 말을 멈추고 한숨을 내쉬었다.

"부담스러우면 돼지 오빠, 그 자리에 있을 거야. 거기까지는 허락해 줘. 더 안 원해, 지금은."

성준은 서희에게서 세포를 건네받아 들고 실험 테이블로 향했다.

지혁과 헤어진 후 성준은 실험실 문을 바로 열 수 없었다. 세네. 생각보다 세게 얻어맞은 느낌이었다. 마주쳤을 때 각오는 했지만 돌려 말하는 법 없이 들어온 펀치였다. 네가 사랑하는 남자가 이 남자구나, 그랬다.

실험실 문을 열고 들어서며 저절로 성준의 눈은 서희를 찾았다. 세포 배양실을 왔다 갔다 하며 실험을 하고 있는 서희가 눈에 들어오자 성준은 한동안 말없이 바라보았다. 그 남자가 사랑하는 여자가 너구나, 그랬다.

잠시, 아주 순간 성준은 스스로가 한없이 작아 보여 씁쓸한 패배감을 느끼기도 하였다. 하지만, 잠시였다. 어차피 변한 건 없었다. 알고 시작한 사랑이었다. 너를 지켜 주려는 강지혁. 내가 네게 주고 싶은 사랑은 네가 널 지킬 수 있게 도와주는 것. 네가 강해지도록 도와주는 것. 어차피, 변한 건 없었다.

어디로 갈까, 주말 오후, 학교를 벗어나며 둘은 갈 곳을 정하자 머리를 맞댔고 결국 어린이 대공원으로 가자 마음을 맞췄다.

봄날의 벚꽃은 아름다웠다. 그리고, 그 아래 서희는 더 예뻤다.

오빠 이리 와. 눈처럼 휘날리는 꽃잎들 속에서 서희는 눈 내리는 날 강아지처럼 뛰어다니고 있었다. 뛰다가 사람들과 부딪쳐 죄송합니다 머리를 조아리고, 나무 아래 뛰어갔다 지혁에게로 다시 뛰어와 지혁의 팔을 양팔로 감싸 안으며 오빠, 부르기도 했다.

가슴팍에 기대 웃는 서희의 이마에 입을 맞추고 머리에 흩어져 있는 벚꽃을 떼어 주었다. 솔솔 불어오는 바람에 서희의 머리카락이 나부끼면 지혁은 손을 들어 그 머리카락을 올려주었고, 지혁의 손길에 서희가 눈을 감으면 그 눈에 입을 맞췄다. 그의 가슴은 한껏 부풀어 올랐다. 남들 자랄 때 뭐하고 이리 작아? 짐짓 핀잔을 줘도 기분이 좋은 서희는 볼에 볼우물을 만들며 답했다.

"오빠한테 폭 안기려고 조절했지."

치이. 그러는 오빠는 키만 크면 단가? 서희가 예쁘게 입을 삐죽이며 말하자 지혁은 짓궂게 웃으며 답했다.

"그럼 섭하지. 뭐든 월등한데."

기겁을 하는 서희를 이끌고 지혁은 벚꽃이 예쁜 길을 걸었다. 그 길에 서희를 세워 놓고 사진을 찍고 여느 연인처럼 서로 얼굴을 맞대고 셀카를 찍기도 했다. 나 너무 밉게 나왔어, 다시 찍어. 투정을 부리는 서희에게 너 원래 미워, 약 올리기도 했고, 뾰로통

히 서희가 심술을 부리면 지혁은 웃으며 다시 그녀를 품에 안았
다.

가슴에 서희가 있었고 손안에 그녀의 손이 있었다. 눈앞에 서
희가 웃고 있었고, 귀에 그녀의 웃음소리가 들렸다. 사람들이 많
다 손사래를 치면서도 장난스레 입술을 맞춰 주는 서희가 있었고,
오빠 미워 투정 부리며 지혁의 손을 아프지 않게 무는 서희가 있
었다. 그래서, 지혁은 행복했다.

"오빠, 내가 만화책을 봤는데 재미있는 이야기가 있어."

저녁노을이 막 져 갈 무렵, 둘은 손을 깍지 껴 걸으며 벚꽃나무
에서 멀어져 동물우리를 구경하고 있었다.

"뭔데?"

"요괴를 잡는 사람 이야기인데 주인공 아버지도 요괴 잡는 사
람이었거든. 그 아버지가 숫여우 요괴를 죽이게 된 거야. 사람을
잡아먹으니까. 그 숫여우한테는 사랑하는 부인이 있었는데 남편이
죽고 앙심을 품은 거지. 그 주인공 아버지한테 복수하려고. 여우
부부는 요괴였지만 정말 서로를 사랑했거든. 그런데 암여우가 주
인공 아버지를 죽이러 갔는데 이미 그 아버지는 죽은 거야. 암여
우는 아이였던 주인공과 대면하게 된 거고."

"그래서?"

"암여우가 주인공을 할퀴어서 주인공 피를 가져와. 그리고 자
기 새끼한테 그 피가 섞인 물을 먹이고 죽게 하거든."

"끔찍하다."

"그치? 그런데 저주를 걸어서 그 피를 먹고 죽은 자기 딸을 다

시 태어나게 만들어. 인간의 몸으로. 주인공 남자랑 다시 태어난 여우 새끼는…… 뭐, 인간의 자식으로 태어나지만…… 처음 봤을 때부터 이유 없이 끌리게 되는 거야. 서로가 서로인 거 같은 거지. 처음 본 순간부터 주인공은 그 여자가 그냥 너무 좋은 거야. 예쁘고. 그 여자아이도 그렇고. 서로를 자기 자신처럼 느끼며 사랑을 하게 되는데 주인공 남자가 결국 알게 돼."

"뭘를?"

"저주라는 걸. 전생에 그 여자가 주인공의 피를 먹고 죽었잖아. 그래서 다시 태어났어도 여자한테 남자의 피가 섞이면 여자는 이유 없이 죽게 되는 거야. 주인공은 너무 힘들지만 여자를 죽게 할 수 없어서 헤어지자 하거든. 네가 싫어졌다고 하면서. 그래서, 여자가 슬퍼서 죽어."

"그게 뭐야? 한서희. 그런 거 보지 마. 좋은 것만 보라니까."

서희는 잠시 말을 멈추고 깍지 낀 지혁의 손을 다른 손으로 톡톡 쳤다.

"난 오빠, 우리가 그런 거 같아. 그렇게 째려보지 마. 저주는 빼고. 난 내가 오빠 일부인 거 같거든."

지혁은 걸음을 멈추고 서희를 내려다보았다.

"나도 그래. 나도 네가 나인 거 같아."

지혁은 서희의 머리를 올려주며 말을 이었다.

"그러니까, 한서희. 무슨 일이 있어도 우린 헤어지면 안 돼. 슬퍼서 살 수 없으니까, 알았지?"

대답 대신 크게 고개를 끄덕이며 서희는 지혁의 눈을 빤히 바라보았다. 무언가 이야기를 하려 입을 벌리던 서희가 잠시 주춤거리자 지혁은 얼른 이야기하라는 듯 눈썹을 올려 보였다. 다시 지혁을 보며 서 있던 서희는 침을 한 번 삼키고 입을 열었다.

"그래서 오빠. 나 오빠 이야기 정말 잘 생각할 거야. 나 노력할게. 뻔뻔스러워지도록. 나 뻔뻔스러워져도 미워하지 마, 알았지?"

놀라움에 동그랗게 커지던 지혁의 눈은 우와~ 환히 내뱉는 그의 탄성와 함께 안 보이게 작아져 갔다. 정말, 한서희? 너 말 바꾸면 안 된다. 진짜지, 서희야? 꼭 품 안에 서희를 감싸 안으며 지혁은 여전히 소리를 높였다. 한서희는 나 한 방 먹이는 재주 타고났어.

잠시 서희를 떼어 놓고 서희의 양 볼을 아프지 않게 쥐며 지혁은 또 말했다. 못생겨 가지고 나 떨리게나 하고. 하…… 어떻게 해야 할지 모르도록 지혁은 좋았다. 와. 몇 번씩 그 말을 되풀이하고 손을 들어 머리를 쓸어 올리기도 하였다. 서희를 안기도 하고 놓기도 하고 머리를 흐트러뜨리며 한서희라 부르기도 했다.

그러다 결국, 지혁은 서희를 품에 꼭 안았다. 오빠 이제 그만 놔. 너무 오래 안고 있어 민망한 마음에 지혁을 밀어내는 서희를 오히려 더 힘줘 안으며 지혁은 그리 서 있었다.

한서희, 정말. 넌 타고났어. 지혁의 목소리가 흔들리고 있었다. 뭐가? 조그맣게 묻는 서희의 질문에 지혁은 대답했다.

"나 울고 싶게 만드는 재주."

그렇게 봄이 지나갔다. 여름이 오자 지혁은 서희에게 말했다.

"우리 사랑을 시험하느라 하늘이 무더위를 준 거야. 그래도, 서희야, 우리 꼭 붙어 있자."

그 여름에 서희는 지혁에게 말했다.

"오빠, 나 석사는 이미 들어갔으니까 내년에 오빠 졸업하면 학원 다니면서 우리 실험실에서 연구원으로 일하는 건 어때? 유학 준비 1년 정도 해야 하는데 사람들 말로는 학원만 다니는 것보다 실험실 다니면서 하는 게 효과는 더 좋다던데……. 내년 1년 그렇게 하자. 나도 토플 시험 보고 GRE(Graduate Record Examination, 미국 대학원 입학시험) 준비해야 하니까."

야무진 계획표를 지혁 앞에 내밀며 둘은 또 머리를 맞대고 고민을 하였다. 우리 둘이 가장 빨리 함께할 수 있는 길이 무엇일까.

가을이 오자 지혁은 서늘해진 바람을 맞으며 말했다.

"아, 사랑하기 딱 좋은 날씨야."

그 가을, 지혁은 다시 서균을 찾아갔다. 네 엄마는 네가 졸업하자마자 미국 가서 그곳에서 대학원 준비했으면 하는 거 같다. 어렵게 말을 꺼내는 서균에게 지혁은 물었다. 아버지는요? 잠시 눈을 감던 서균은 물었다.

"서희는 허락했냐?"

"예."

딱. 딱. 손가락으로 앉은 의자의 손잡이를 치던 서균은 아들에게 통장 하나를 내밀었다.

"약속해라, 제때 입학하고 제때 졸업한다고. 흐트러지지 말고 열심히 생활해라. 그래야 나도 여기서 네 엄마 설득하기 쉽지 않겠냐."

서균의 허락을 받은 날, 서희는 나미를 만났다. 자기 일처럼 울면서 기뻐하던 나미는 서희 손을 잡고 이야기했다.

"결혼해도 미국에서 살아. 남옥 아줌마 반대했으니까 시집살이 시킬지 모르잖아. 내가 자주 놀러 갈 테니까 거기서 터 잡고 살아."

"서울 엄마 우실 텐데……."

"걱정 마. 내가 너만큼은 못하지만 엄마한테 잘하고 살게."

서희가 친딸인 양 이야기하는 나미의 말에 서희는 깔깔 웃다가 고마워. 결국 입을 비죽거리며 고개를 숙이고 말았다. 나미는 아직 1년 남았는데 그때 울자. 씩씩한 척 말한 뒤 서희보다 더 큰 소리로 울고 말았다.

서균의 허락을 받은 날, 지혁은 경호를 만났다. 질긴 녀석. 타박을 주면서도 경호는 자기 일처럼 기뻐했다.

"인간 승리다. 자식아! 잘 살아라."

겨울이 오자 지혁은 말했다.

"해가 짧아졌네. 아마 가을에 태어나는 아이들이 다른 계절보

314

다 많을걸."

그 겨울, 서희는 기차를 타고 집으로 향했다. 오늘은 다투지 마시고 제 이야기 들어 주세요. 성우와 수연을 만나자마자 서희는 말을 꺼냈다. 큼, 큼. 성우는 먼 곳을 바라보았고, 수연은 딸의 손을 잡았다. 시집보내는 기분이야. 힘없이 수연은 웃었다.

수연과 눈이 마주치자 왈칵 눈물이 나올 거 같아 서희는 고개를 돌렸다. 식탁 위에 하얀 약봉지가 눈에 들어와 서희는 다시 눈을 감았다.

"엄마, 아직 소화가 잘 안 돼?"

"응, 괜찮아."

"아직 1년 더 있다가 가는 거야. 놀러 와요."

그 겨울의 끝. 지혁은 졸업을 했다. 전날, 남옥과 조금 다투기는 했어도 졸업식에 온 서희에게 남옥은 웃어 보였다. 보면 예쁘고 안쓰러운 아이. 서희 옆에 서서 이 세상 누구보다 행복하게 웃는 아들 녀석을 보며 남옥은 또 한숨을 내쉬었다.

남옥에게 보란 듯이 사진을 찍다 서희 볼에 입을 맞추는 둘째 아들 녀석을 보며 남옥은 또 저, 저, 저 녀석, 이라 불쑥 화를 내려 했지만 서균은 그런 아내의 어깨를 두드리며 오늘은 그냥 둡시다, 그리 말했다.

위태롭지만 행복하게, 아슬하지만 충만하게 시간을 보냈다.

서희가 있어 지혁은 행복했고, 지혁이 있어 서희는…… 그거 하나만으로 감사했다.

그리고, 행복의 끝은 예고도 없이 예상하지 않는 곳에서 시작되었다.

아니, 마무리가 되었다.

Chapter 5

멈춰 버린 시간

❶

이별, 별거 아니었다

예고도 없이 일어났다. 하나하나 준비하며 서희를 지켜 주려던 지혁도 알 수 없었고, 서희 곁에서 도와주겠다던 성준도 예상하지 못했었다. 아니 어쩌면 어렴풋이 둘은 예감하고 있었는지 모른다. 주은에게 들었고, 고향 부모님께 들었었다.

그렇기에 수연의 소식을 들으며 지혁은 주은의 말을 떠올렸다. 딸이 아니었다면 벌써 큰일을 저질러도 저질렀을 거라더라.

그렇기에 수연의 소식을 들으며 성준은 동네 아주머니와 이야기하던 엄마의 말을 기억해 냈다. 아이다. 저그 딸을 얼마나 생각카는데. 절대로 안 기릴 거다.

비가 오는 날, 수연은 이 세상을 떠나갔다.

사고라 말하지만, 사고였지만, 꼭 사고만은 아닌 그런 일이었다, 그 지방 사람들 말.

비가 억수로 쏟아지던 날, 수연은 일을 가고 있었다고 했다. 일을 가기 전, 길거리에서 성우와 마주쳤다고도 했다. 생각해 보니 그날 일이 생기려고 그랬는지, 이상하게 그날따라 수연은 우산도 없이 걸으면서도 평화로워 보였다고 했다.

비 오는 날 이게 무슨 청승이야. 타박을 하면서도 성우는 들고 있던 우산을 내주었다고 했다. 나 나올 땐 비가 안 왔어. 우산을 받아 들며 수연은 겸연쩍어했다고 했다. 당신, 오늘은 집으로 오면 안 돼? 수연은 설핏 웃은 것도 같다고 했다. 수연아. 중년의 나이에 성우는 오랜만에 아내의 이름을 불렀다.

「우리 그만하자. 너무 지쳤다.」

「……그래.」

수연은 고개를 끄덕이며 우산을 펴 들었다고 했다. 그리고, 돌아섰다. 일이 늦었다 말했다고도 했다.

건널목. 길을 건너는 수연을 향해 차가 들어왔다고 했다. 피하지 못했는지 피하지 않았는지, 우연이었는지 사고였는지 말은 많았다. 누군가는 차가 오는 걸 보고 수연이 들어갔다고 하고, 누군가는 회사에 늦을까 봐 서두르던 수연이 차가 오는 걸 보지 못했다고 했다.

끼익.

실험실로 전화가 왔다. 아빠, 다시 말해 봐. 사고가 난 거지? 그런 거지? 다친 거지, 그런 거지? 멍하니 서 있던 서희는 울지도 못한 채 집으로 돌아왔다. 실험실 사람들은 서희가 걱정이 되었다.

성준은 동기에게 갔고 동기는 경호의 전화번호를 알려 주었다. 경호의 연락을 받고 지혁이 그녀의 방문을 열 때까지 서희는 멍하니 방에 앉아 있었다.

"오빠."

지혁을 보고 나서야 서희는 울음을 터뜨렸다. 무서워 눈물도 흘리지 못하던 서희는 지혁의 품에 안겨 아이처럼 울고 있었다. 정말 너무하네, 당신들. 지혁은 이를 악물었다. 서희의 울음에 눈물이 나올 거 같았다. 12살 아이 때부터 지금까지 당신들이 서희한테 해 준 게 뭐가 있다고. 떠나 버린 수연도, 아버지라는 성우도. 지혁은 용서할 수 없을 거 같았다.

"가자, 서희야. 가 봐야지."

처음에 서희는 고개를 끄덕였다. 하지만 곧 고개를 저으며 지혁을 밀쳐 냈다.

"나 알았어, 오빠. 그거 소화제 아닌 거 알았어, 나."

서희는 눈물이 마른 눈을 들어 지혁을 올려다보았다. 무슨 말인지 몰라 지혁은 그저 서희의 손을 잡았다. 차가운 손이 지혁의 손안에서 말리며 서희는 다시 말했다.

"오빠, 나 알았어. 나 다 알았어. 나 알고 있었어, 오빠."

"서희야."

"어떻게 해, 오빠. 우리 엄마, 어떻게 해. 나 알았어, 오빠. 엄마 아픈 거. 엄마 우울증 심해서 약 먹는 거 알았어, 오빠. 아빠 다른 여자 있는 거 다 알았어, 나 알고 있었어, 오빠."

서희는 다시 울면서 지혁을 바라보았다. 서희야. 지혁의 얼굴이 일그러졌다. 서희야. 품 안으로 안겨 오지도 않은 채 서희는 지혁을 밀어냈다.

"모르는 척한 거야. 나 알면 엄마한테 가서 살아야 할 거 같아서. 나 싫어서. 오빠 옆에 있고 싶어서. 나 모르는 척한 거야. 나, 나 알았어, 오빠. 오래전부터 알았어, 오빠."

서희는 끅끅 가슴을 치며 울었다. 어떻게 해, 오빠. 엄마 불쌍해서 어떻게 해. 오빠. 아빠도 나도 엄마 버렸던 거야, 오빠. 나, 나 어떻게 해, 오빠.

"서희야, 서희야, 사고였어. 그런 거 아니야. 서희야, 제발."

지혁은 서희를 품에 안았다. 몸부림치는 서희는 품 안에 힘줘 안으며 지혁은 눈물을 삼켰다.

"아냐, 서희야. 그러지 마. 그러지 마, 서희야."

오랜만에 몰고 나온 차에 서희를 앉히고 지혁은 서희의 핸드폰에 입력된 〈아빠〉라는 전화번호를 눌렀다. 주소를 묻고 운전해 가는 동안 옥희에게 전화를 했다.

"오빠가 도착하면 깨울 테니까 자고 있어, 서희야."

욱신. 심장이 고장 난 듯 아파 왔다. 울다 울다 지쳐 잠이 들고 또 화들짝 놀라 깨어난 서희가 운전을 하는 지혁의 손을 잡아 왔다. 무서워, 오빠. 모든 게 무너지는 거 같았다.

지혁은 다시 이를 악물었다. 이대로 서희를 데리고 다른 곳으로 도망치고 싶었다. 서희가 봐야 할 것이 무엇인지, 서희가 해야 할 일이 무엇인지, 서희에게 남겨져 있는 일들이 무엇인지 지혁은 알고 있었다.

"조금만 더 가면 휴게실이야, 서희야. 따뜻한 것 좀 먹고 기운 좀 차리고 가자. 안 먹히겠지만, 그래도, 서희야, 응?"

손을 들어 머리를 쓰다듬었다. 멍한 눈을 들어 서희는 한참 동안 지혁을 바라보았다.

"응, 오빠."

그리 대답하고도 서희는 한동안 지혁을 바라보았다. 자, 서희야. 지혁이 말해도 응, 오빠. 대답만 할 뿐 서희는 지혁을 바라보기만 할 뿐이었다.

장례식장. 수연의 사진을 보며 지혁은 속으로 물었다.

가실 거면 제가 서희 데리고 떠난 다음에 가시지 그러셨어요. 전 서희 아프게 하는 사람들, 다 싫어요. 당신이 서희를 낳아 주셨지만 그래도 싫어요.

지혁은 고개를 숙여 절을 했다.

그래도 서희, 엄마 냄새 맡고 싶다 했는데. 계셔 주시지 그러셨어요.

절을 하고 일어서며 지혁은 다시 수연의 사진을 보았다. 서희가 엄마를 닮았구나, 생각했다. 지혁이 다시 절을 했다. 흑, 옆에서 울음을 참는 서희의 흐느낌이 들렸다. 절을 하는 지혁의 손 위로 눈물이 떨어졌다.

서희, 어떻게 해요.

멍하니 시간이 지나갔다. 나미네 가족이, 지혁이네 가족이 왔다. 서희 대신 지혁이 그들을 맞았고 서희만큼 아파하는 지혁의 손을 옥희는 꼭 잡아 주었다. 일이 생기고 내내 장례식장을 지키고 있는 아들에게 무어라 이야기하려던 남옥도 아들의 얼굴을 보고 결국 입을 다물고 말았다.

옥희를 보자마자 서희는 다시 눈물을 뚝뚝 떨궜다. 지혁에게 이야기를 들은 옥희는 서희를 품에 안으며 말했다.

"사고였어, 아가. 나쁜 생각 하지 마. 사고래. 아줌마가…… 엄마가 알아봤어. 사고였어. 서희야."

나미는 지혁과 함께 서희 곁에 남았다. 괜찮냐. 경호는 하룻밤 지혁의 옆에 있었다. 멍한 시선을 돌리며 서희는 그 시선 끝에 지혁이 잡히면 한참을 바라보았다. 그런 서희와 눈이 마주치면 다가와 흘러내린 머리를 올려주는 지혁을 서희는 말없이 바라보았다.

실험실 사람들도 왔다. 현정과 함께 성준도 왔다. 성준이 올 시간에 맞춰 온 성준의 부모는 서희 손을 잡았다.

"우리 기억하나?"

"힘내라, 고마 힘내라."

서희는 고개를 끄덕이며 감사합니다, 인사를 했다. 인사하는 서희 곁으로 다가온 지혁의 옷자락을 거머쥐며 서희는 다시 고개를 숙여 인사를 했다. 감사합니다.

성준은 나란히 서 있는 둘을 바라보았다. 표정 없이, 퉁퉁 부은 눈을 제대로 뜨지 못한 채 고개를 숙이는 서희 곁에서 까칠해진 얼굴로 서희만큼 아픈 얼굴로 서 있는 지혁을 성준은 바라보았다.

"와 주셔서 감사합니다."

그리 서희 대신 지혁은 모두에게 고개를 숙였다.

수연의 시신은 화장을 했다. 밤늦은 시간. 엄마 사진 앞에 앉아 서희는 오랫동안 엄마의 사진을 바라보았다. 엄마, 미안. 엄마 화장하자.

다음 날, 서희는 성우에게 말했다. 엄마 화장할 거야. 왜 그러냐는 성우에게 서희는 물었다. 아빠 죽으면 엄마 옆에 묻힐 거야? 아니잖아. 담담히 말했다. 그렇게 수연은 말 그대로 한 줌의 재로 바뀌었다.

엄마를 품고 서울로 올라오는 동안 서희는 아무런 말이 없었다. 좀 자, 서희야. 지혁이 말했지만 서희는 고개를 흔들었다. 집 앞에서 서희의 뒤를 따라 들어오려는 지혁에게 서희는 또 고개를 흔들었다. 그리고, 한마디. 오빠. 잘 가. 그 한마디를 남기고 집으로 들어갔다.

❖

깨어 있는 줄 알았는데 잠이 들었고 잠이 든 줄 알았는데 깨어 있는 그런 날이 지나갔다.

학교에 다녀오면 집안일로 부엌과 거실, 마당을 바쁘게 움직이는 엄마를 쫓아다니며 학교에서 있었던 일을 이야기하던 날이 생각나 웃었다. 얄미운 친구 흥을 보면 서희보다 더 화내면서 그런 친구랑 놀지 마 이야기해 주던 엄마가 생각나 또 하하 웃었다.

아빠 보증으로 이사를 해야 했던 날들도 생각났다. 긴 소풍이라고 생각해, 서희야. 나미 집에 서희를 두고 나가며 몇 번씩 서희의 머리를 쓰다듬고 안아 주던 엄마도 생각났다. 그 때는 소풍이라는 말에, 친한 친구와 산다는 것에 신이 났었지만 그 날, 돌아가던 엄마는 얼마나 울었을까. 이제는 그 마음이 조금은 잡히는 거 같아 서희는 울었다.

매해, 엄마는 병들어 가고 있었다. 처음에는 그저 생활이 힘들어서라 생각했다. 얼른 커서 효도할게, 했다. 대학 합격 후 찾아갔을 때 처음 본 하얀 약봉지. 이게 뭐야 묻는 서희에게 수연은 잠시 머뭇거리다 소화제라 답했다. 그렇구나, 했다. 바빠도 밥 제때 먹어, 엄마. 그리 타박도 했다.

우연히 알았다. 말 많은 동네 아주머니 숙덕거림을 들었다. 꽤 되었다고 했다. 서울띠기 우울증이라더라. 정신 병원 다닌다 카더라. 서희 저거 알면 안 된다던데.

모르는 척했다. 처음은 엄마가 원하니까라며 스스로를 합리화했다. 그다음은 눈을 감으며 나는 모른다 그리 믿고 싶었다. 안다고 하면 내려가야 할 거 같았다. 엄마 옆에 있어야 할 거 같았다. 엄마 곁에 머물러야 된다는 책임감, 엄마에 대한 걱정과 안쓰러움보다 더 큰 감정이 가슴에 머물고 있었다. 지혁이었다.

하지만, 가슴에 켜켜이 쌓이는 죄책감과 그리움이 턱까지 차오르면 서희는 무작정 엄마에게 향하기도 했다. 멀리서 엄마를 보고 엄마가 웃는 날이면 안심을 하며 다시 서울로 올라오기도 했다.

그러던 날, 서희는 성우의 외도를 알게 되었다. 홀로 집에 퇴근해 밤늦도록 혼자 있는 수연을 보고 서희는 그날도 그대로 올라왔다. 눈을 감았었다.

마법 마차. 원하지 않아도 시간은 흘렀고 원하지 않아도 12시는 다가오고 있었다. 원하지 않아도 깨달아야 했고, 원하지 않아도 인정해야 했다.

하지만, 12시. 그 시간이 될 때까지는 그 곁에 있고 싶은……. 11시 55분을 지나고 있는 시계를 보면서도 마지막 5분이라도, 이리 아프게 후회되고 슬퍼도 놓을 수 없는 욕심이 싫어 서희는 고개를 들었다.

일주일을 쉬었다. 그리고, 지혁은 변함없이 서희를 데리러 매일 10시 되면 연구동으로 왔다. 지혁은 더 이상 유학 이야기를 꺼내지 않았다.

현정에게 지혁이 면담 신청을 했다는 이야기를 박사과정생인 인영에게 들은 건 수연의 사고 후 한 달이 가까워질 무렵이었다. 지혁의 가방 안에 GRE 공부를 위한 책들이 사라져 가던 것도 그 무렵이었다. 그 가방에서 대학원 시험 족보를 발견하던 날, 서희는 물었다.

"오빠, 이거 뭐야?"

"늦더라도 함께 가자."

11시 59분이었다.

한 달이라는 시간은 타인에게는 슬픔을 잊기에 충분한 시간이었다. 여전히 서희의 가슴은 먹먹해도 타인은 슬픔이 가셨을 거라 생각했고, 생각하고 싶어 했다.

수연이 가고 한 달이 지나 두 달이 가까워질 무렵, 낯익은 전화번호가 핸드폰에 떠올랐다. 서희야, 이야기 좀 할 수 있겠니. 조심스런 남옥의 목소리에 서희는 대답 대신 고개를 끄덕이다 뒤늦게 목소리를 들려주었다. 예.

점심시간. 서희는 남옥을 만났다. 드라마 같네. 잠시 서희는 그리 생각을 했다. 하지만 그리 드라마 같지는 않았다. 남옥은 웃었고 서희에게 뭐 먹고 싶냐고 물었다. 어린 시절. 성질 나쁜 둘째 아들 녀석한테 한 방 먹인 아이가 너구나. 그리 웃어주던 그 아주머니 모습으로 남옥은 따뜻하게 서희와 마주 앉아 있었다.

아직도 핫초코 좋아하니? 물어오는 남옥에게 서희는 보조개를 보이며 눈이 안 보이게 웃어 보였다. 이제 저도 커피가 더 좋아요. 잠시 그런 서희를 보던 남옥의 시선이 흔들렸지만 남옥은 곧 심호흡을 하며 서희를 불렀다.

"서희야."

"예, 말씀하세요."

테이블 아래 두 손이 마주 잡아졌다. 차가운 손끝 둘이 마주하건만 어떻게 둘 다 차갑게 느껴지는지 서희는 그 순간에 잠시 그것이 궁금해졌었다.

"지혁이 유학 보내고 싶어."

서희는 고개를 끄덕였다.

"지혁이는 서희 너 혼자 두고는 안 갈 거야."

서희는 다시 고개를 끄덕였다.

"아줌마가 미안해. 나도 서희 네가 예뻐. 하지만 지혁이, 그냥 평범한 집이랑 짝지어 주고 싶어."

잠시 아무 말도 없이 앉아 있던 서희는 고개를 끄덕였다. 예.

"부모 욕심이라고 욕해도 뭐라 할 말 없어. 네 잘못 아니지만, 이런저런 이야기 들어야 하는 거 아줌마는 싫어. 그리 대단하진 않아도 꽤 사람들 입에 오르내리는 집안이야. 서희 너도 상처받게 될 거야."

그렇게 이야기는 흘러갔다. 너희는 지금 젊으니까 사랑이 전부일 거 같지만…….

그 뒤로 서희는 멍하니 고개만 끄덕였다. 괜찮다. 어차피 나쁜 일은 한꺼번에 온다는 말은 익히 들어 알고 있었다. 결국 그렇고 그런 이야기일 뿐이었다. 미안해하며 좋은 말로 말해도 결국 내 아들하고 헤어져 달라는 그렇고 그런 이야기.

예상했다고 쓰리지 않은 건 아니다. 울지 않으려고 했는데 눈물이 뚝, 손 위로 떨어졌다. 떨어지는 눈물을 보니 어린 시절 지혁의 말이 떠올랐다.

「이상해, 서희야. 네가 울면 그 눈물만큼 내 가슴에 구멍이 생기는 거 같아. 왜 그런 거지?」

몇 살의 오빠였더라. 잠시 그 생각이 났다. 그 바보 가슴에 구멍 뻥 뚫리겠다. 다시 눈물이 또독, 손 위로 떨어졌다.

"오빠, 아파할 거예요."

이제 남옥이 고개를 끄덕였다.

"저희 많이 아플 거예요."

남옥은 다시 고개를 끄덕였다.

"시간이 지나면 잊혀질 거야."

"정말 그렇게 되나요?"

따지는 것이 아니었다. 그래야 살 수 있을 것이다. 마지막 희망이 그를 잊을 수 있다는 말이 된다는 것이 우습기도 했지만 그래야 살아갈 수 있을 거 같았다.

"시간이 약이라는 말이 왜 생겼겠니."

서희는 고개를 끄덕였다. 미안하다. 남옥의 입에서 다시 그 말이 나왔다.

괜찮아요. 저도 헤어지려고 했어요. 그게 맞다는 생각, 오래전부터 했어요. 용기가 없었어요. 괜찮아요. 저 때문에 너무 일찍 철들어 버린 오빠가 안쓰러웠어요. 저 때문에 일그러지는 오빠 얼굴이 미안했어요. 온전히 홀로 서지 못하는 절 끌고 가는 오빠가 힘겨워 보였어요. 그렇게 서희는 말했다.

이제 버티는 것은 끝났다. 따스해서 나오기 싫었던 그의 울타리 안에서 서희는 나와야 한다는 걸 깨닫고 말았다. 12시가 되었다.

꿈결인 듯 흘러갔다. 지혁은 농담하냐 웃었고, 진심이냐 물었고, 너 미쳤냐 화를 냈다. 농담 아냐 웃었고, 진심이야 대답했고,

내가 미친 것처럼 보여 쏘듯이 되물었다.

난 못 들었어. 네 말. 초조하게 두 손을 맞잡으며 지혁은 자리에서 일어났다. 난 이야기 끝났어. 서희 역시 자리에서 일어났다.

"서희야."

바보. 끝까지 외면도 못 할 거면서 왜 일어나. 서희는 그리 생각했다.

서희의 팔을 잡은 채 지혁은 물었다. 내가 싫어진 거야.

서희는 웃었다. 차라리 나한테 나를 미워하라고 그래. 서희는 그리 생각했다.

내가 뭘 잘못했는데. 서희는 또 웃었다.

"쉬고 싶어서. 쉬고 나면 나 씩씩해지지 않을까 싶어서. 아주머니 만났지만 그거 때문은 아냐. 나는 어디 있나 싶어서. 예전에 나라면 당당하게 아니에요. 저 배경은 그렇지만 저 하나만 봐 주세요. 저 누구보다 멋지게 살아왔어요, 그리 말할 텐데. 이상하게 다 수긍이 돼서, 오빠. 우리 관계, 자꾸만 기울어 버리는 우리 관계. 이제 내가 비키는 게 맞는 거 같아서."

"아냐, 서희야. 그런 거."

"오빠는 우리 집에서 오빠 반대할 거라는 생각해 본 적 있어?"

얻어맞은 듯 지혁의 얼굴에 핏기가 가셨다.

"없지? 오빠도 알게 모르게 그리 생각한 거야. 우리 관계. 난 늘 불안했거든. 언제 아주머니가 오실까. 언제 날 부르실까. 차라리 불러 주셔서, 솔직히 말씀해 주셔서 시원했어. 그런데 오빠, 우리 엄마도 오빠 반대했었어. 가시기 전에…… 너무 기우는 관계 행복할 수 없다고."

  멍하니 하루를 보내고 지혁은 다시 서희를 찾아갔다. 하지만
서희는 집에 없었다.

  서희 방 비밀번호를 눌러보았다. 0701. 지혁의 생일. 빨간 불
이 번쩍이자 지혁의 가슴이 철렁 내려앉았다. 비밀번호를 써야 할
때부터 한 번도 바뀌지 않았던 서희의 비밀번호였다. 다시 한 번
같은 번호를 누르는 지혁의 손이 떨리기 시작했다. 0701. 빨간 불
이 들어왔다.

  심호흡을 하며 지혁은 손을 들어 관자놀이를 눌렀다. 서희의
생일을 눌렀다. 0520. 빨간 불이 들어왔다. 서희야. 마치 앞에 서
희가 있는 듯 지혁은 애원하는 목소리로 서희를 불렀다. 제발.

  그러다 불현듯 지혁은 눈을 감았다.

  저려 오는 손을 쥐었다 펴던 지혁은 천천히 번호를 누르기 시
작했다. 0514. 문이 열렸다.

  하지만 지혁은 차마 그 문을 열지 못하고 서 있었다. 또르륵.
다시 문이 잠기는 소리가 들렸다. 0514. 띠릭. 문이 열렸다.

  한서희. 너 대체 어떻게 살려고 그러냐. 우리 대체 어떻게 살라
고 너 이러는 거냐.

  하루, 기다려도 서희는 돌아오지 않았다.

  서희 방에서 자고 서희 방에서 일어났다. 받지 않는 전화를 계
속 해 보았다.

이틀, 서희 방에서 눈을 떴다. 나미에게 전화가 왔다.

— 오빠 떠나야 올 거래. 어디 있는지 말 못 해. 내가 말하면 나한테도 말 안 하고 다른 곳으로 갈 거래.

지혁 대신 건너편 나미가 울먹였다.

— 오빠, 그냥 서희 놓아줘.

자리에서 일어났다. 화장실로 가 분홍색 칫솔과 나란히 놓여 있는 파란색 칫솔을 꺼내 양치를 했다. 네가 어떻게 이럴 수 있어. 네가 지금 나한테, 어떻게.

들고 있던 칫솔을 쓰레기통에 집어 던졌다. 자꾸 손이 떨려 와 주먹을 쥐었다. 안 울어. 나쁜 계집애. 어떻게 니가 또 이래, 나한테.

어려서 뛰어간 서희 집 앞에서 느꼈던 암담함이 다시 밀려왔다.

수납장에서 자신의 스킨과 로션을 꺼내 쓰레기통에 던지려던 지혁의 손이 멈칫거렸다. 처음 이걸 사 놓고 웃던 서희가 떠올랐다. 안 돼, 못 헤어져. 안 헤어져. 우리가 어떻게. 내가 어떻게.

던지려던 스킨을 핏줄이 불거지도록 거머쥐고 지혁은 바닥에 앉았다. 눈이 뜨거워 눈을 감았다.

「걱정 마, 난 오빠 눈물 멈추게 하는 재주도 타고났으니까.」

불현듯 벚꽃놀이 갔을 때 서희가 했던 말이 떠올라 하, 소리 내 웃었다. 빌어먹을. 끅. 끅. 집어삼키는 눈물이 눈에서 떨어졌다. 빌어먹을. 너무 행복하다 했어.

하루 더 서희의 방에서 머문 지혁은 그다음 날 서희의 방을 나섰다.

깨끗이 씻고 스킨과 로션을 바르고 그것을 다시 서희의 수납장에 넣어 놓았다.

하루, 경호를 만났다. 다음 날, 나미를 만났다. 그리고, 다음 날 현정을 만난 후 지혁은 집으로 돌아왔다.

"떠날게요. 되도록 빨리."

[다음 주 월요일 비행기래. 너 돌아오지 않으면 안 떠날 거래. 더 이상 잡지 않을 거래. 집에 들어가는 너 확인하고 떠날 거래.]

집으로 돌아왔다. 불을 켜고 왔다는 것을 알렸다. 아니, 어쩌면 이 오피스텔로 들어서는 것을 어딘가에서 보고 있었을 것이다. 그랬을 거야. 오빠라면.

라면을 끓였고, 라면을 먹었다. 화장실에 가 양치질을 하고 세수를 하였다. 가방을 열어 새로 사온 화장품을 꺼내 들었다. 수납장 속, 지혁의 스킨과 로션 옆에 놓여 있는 화장품은 아직 남아 있지만 서희는 수납장을 열지 않았다. 새로운 화장품을 어디에 둘까. 세면대 위로 올려놓았다. 발을 닦고 상쾌하다 말했다.

커튼을 치러 다가간 창밖으로 지혁의 모습이 보였다. 저 바보. 저절로 발이 움직일 것 같아 서희는 발끝에 힘을 주고 창밖을 바라보았다. 고개를 들고 서희를 보던 지혁의 얼굴에 슬며시 미소가 스며드는 것 같아 서희도 미소를 지었다.

커튼을 치면 그가 외로울 것 같아 서희는 그대로 창가 뒤로 물러섰다. 가방 속에서 집으로 돌아오기 전 빌린 만화책을 꺼냈다. 재미있어 웃었다. 웃고 또 웃었다.

밖이 어둑어둑해져 서희는 자리에서 일어났다. 저 바보. 밤새 있으려고 그러나 보네. 저리 있다가 공항으로 가려고 하나 보네. 읽다 만 만화책을 다시 집어 들었다. 완결까지 빌려 오길 잘했다. 꽤 길다. 밤새도 다 읽을 수 있으려나. 밤새 불을 켜 놓고 만화책을 읽었다. 피곤해. 눈을 감았다 뜨니 날이 밝았다.

조심스럽게 창밖으로 다가갔다. 그가 서 있던 자리가 비어 있었다.

덜컹. 심장이 내려앉았다. 숨이 막혀 심호흡을 했다. 고개를 들어 보니 해가 떠 있었다. 눈이 부셔 눈을 감았다.

이별. 별거 아니었다.

공항에는 경호가 나왔다. 인사했냐. 지혁은 고개를 끄덕였다. 울지 않냐. 지혁은 고개를 저었다. 웃더라.

게이트로 들어서기 전 지혁은 고개를 돌려 공항을 둘러보았다. 나쁜 계집애, 정말 나 그냥 보내네.

지혁 대신 경호가 눈물을 글썽였다. 세상의 절반이 여자다. 시답잖은 위로에 지혁은 쿡 웃음을 터뜨렸다.

면세점을 둘러보았다. 서희 주면 좋아하겠다. 습관처럼 떠오르는 생각에 울컥 목구멍에 무언가 걸리는 거 같아 지혁은 고개를 돌려 버렸다.

비행시간 지연도 없이 제시간에 출발이란다. 비행기에 올랐다.

편하게 가야지. 비즈니스 석을 끊었더니 자리도 넓었다.

피곤해. 눈을 감았다 뜨니 하늘 위였다. 서희가 있어야 할 옆
자리에 모르는 사람이 책을 읽고 있었다.

이별. 별거 아니었다.

❷

❈❈❈❈❈❈❈

이별 그 후

첫 계절, 그 여름.

힘들 건 없었다. 아침에 일어났고 씻었고 학교에 갔다. 일을 했고 점심을 먹고, 일을 했고 또 저녁을 먹었다.

10시가 되면 가슴이 조금 따끔거렸지만 큼, 헛기침을 하며 넘기면 되었다. 집으로 돌아와 씻고 논문을 보다 잠이 들면 되었다.

힘들 건 없었다. 한국에서부터 연락했었던 현지 내 한국인을 만났고 그분들 도움으로 차를 구입해 그 차를 타고 필요한 것들을 사러 다녔다.

인터넷과 전화를 연결했고 자동차 보험도 들었다. 국제 운전면허증이었기에 운전면허를 따러 예약도 해 놓았다. 자기처럼 유학 준비를 위해 미리 와 있다는 사람들 이야기를 들었지만 우선은 도서관에 가 독학을 해 보자 했다.

매일매일 도서관을 들어설 때마다 가슴이 욱신거렸지만 그저 큼 헛기침을 하며 넘기면 되었다. 한국에서부터 가져온 자료와 인터넷으로 미국 대학원 입학을 위한 정보 등을 수집했다.

하지만, 여름이 온 줄 몰랐다.

"안 덥냐?"

성준이 물어 서희는 그제서야 날이 뜨거워졌다는 것을 알았다.

"당신 나라는 더운 나라인가요?"

책을 고르다 마주친 비슷한 또래의 남자가 지혁의 소매 긴 옷을 가리키며 물어 그제서야 지혁은 날이 뜨겁다는 것을 알았다.

하지만 그뿐, 그리 힘들 건 없었다.

❖

두 번째 계절, 그 가을.

서희는 석사과정을 석·박사 통합으로 바꾸었다. 눈을 뜨고 있는 시간은 대부분 일만 했다. 다른 시간은 논문을 읽었다. 그리 달라진 건 없었다.

한 가지. 그 가을, 서희에게는 새로운 버릇이 생겼다. 거울 속의 나 외면하기.

꿈에서 지혁을 보면 울었지만, 깨어 있는 동안 서희는 울지 않았다. 함께할 동안에는 지혁이 없으면 못 살 거 같았던 삶도 살아지고 있었다. 그가 없어도 배가 고팠고, 그가 없어도 잠이 왔다. 그가 없어도 웃었고, 그가 없어도 어떤 음식은 맛이 있었다.

하지만 서희는 음악을 듣지 않았고 영화를 보지 않았다. 책장이 차지하고 있는 방의 한쪽 면은 쳐다보지 않았다. 사랑 이야기가 나오는 드라마도 보지 않았고, 좋아하는 순정 만화도, 로맨스 소설도, 서희는 어느 것도 손에 쥐지 않았다.

여전히 아침에 일어나 씻고 옷을 갈아입고 간단히 아침을 먹고 학교로 가 일을 하고 점심을 먹고, 저녁을 먹고 또 일을 하고 그리고 돌아왔다. 나미와 쇼핑도 가고 외식도 했다. 웃었고 농담도 했다.

하지만, 쇼윈도에 비치는 자신의 모습은 보지 않았다.

지혁이 손가락을 대보며 좋아한 보조개가, 웃고 있는 뺨에서 느껴지면 서희는 얼른 미소를 거두고 입안을 살며시 깨물었다.

하지만, 지혁이 없어도 서희는 어떻게든 살아가고 있었다.

지혁은 열심히 공부를 했다. 아침에 일어나 세수를 하다 보면 코피가 쏟아질 만큼 공부를 했다. 미국에서 대학원 입시 준비하는 사람들이 다닌다는 학원을 다녀 보라고 그곳에서 만난 대학 선배가 권유를 해 잠시 갈등을 하기도 했다.

그러다 문득, 어느 날 서희가 한 말이 생각났다.

「고등학교 내내 학원 다닌 오빠랑 집에서 공부한 나랑 결국 우리 졸업장은 같은 거니까 경제학적인 측면에서 내가 좀 더 효율적인 삶을 산 거라 할 수 있지. 오빠가 수석 입학이라고 졸업장에 금테두리 둘려지는 건 아니잖아. 그러니까 오빠 한마디로 나에 비해 비, 효율적인 거지.」

그래서, 미국 와 처음으로 하하 소리 내 웃었다. 이번에는 내가 좀 더 효율적인 삶을 살 거다, 나쁜 계집애. 그리 서희가 앞에 있는 것처럼 혼자 중얼거렸다.

일주일에 한 번, 혹은 이 주에 한 번, 경호와 나미가 메일을 보내왔다. 언제부터인가 메일을 클릭하기 전, 손끝이 저리고 심장이 두근거렸다. 그래서 가끔씩 메일이 왔음에도 확인을 하지 않기도 했다.

그런 날이면 지혁은 서희를 원망했다. 어떻게 그렇게 쉽게 나를 놓을 수 있냐고 소리를 지르며 욕을 해 주고도 싶었다.

그러다 그 원망의 끝. 서희가 버렸던 시간들이 생각나면 지혁은 집 밖으로 나와 걷고 또 걸었다. 자기 하나만을 위해, 자기 곁에 머물기 위해 긴 시간, 서희 혼자 겪었을 죄책감과 갈등이 뒤늦게 지혁을 뒤덮으면 지혁의 원망은 고스란히 자신에게 향하게 되었다.

그리고 그럴 때면, 지혁은 다시 집으로 돌아와 공부를 했다. 모든 것을 잊을 수 있는 건 오로지 책과 함께할 때뿐이었다.

❖

세 번째 계절, 그 겨울.

서희의 실험실로 경호가 찾아왔다.

"늦었지만 지혁이 잘 갔다."

함께 점심식사를 한 후 후식으로 나온 커피를 마시던 서희의
손이 잠시 멈췄다. 아직까지 '지혁'이라는 이름에 심장이 두근거
리고 아팠지만 서희는 곧 고개를 끄덕였다.

"마지막까지 너 오나 돌아봤어. 울지는 않더라."

서희는 다시 고개를 끄덕였다. 지혁과 함께 만났을 때는 늘 짓
궂게 웃으며 농담만 일삼던 경호가 웃음기 하나 없이 서희를 바라
보았다. 지혁이 허락한, 유일하게 오빠라 불러도 되는 선배.

「경호는 오빠라고 해도 돼. 경호는 나를 너무 좋아해서 다른
생각 안 할 녀석이거든.」

갑자기 잘난 척하며 말하던 지혁이 떠올라 서희는 슬며시 미소
를 지었다.

"고마워, 오빠."

그래서, 오빠라 불러 보았다.

"지혁이는 지 녀석 간 후에 내가 너 바로 만나 위로라도 해 주
길 바랐지만 잘 안 되더라. 난 네 친구가 아니라 지혁이 친구니
까. 네가 많이 밉더라."

서희는 대답 대신 희미하게 미소를 지었다. 정말 오빠 많이 좋

아하네. 지혁이 앞에 있는 듯 입 속으로 중얼거리기도 했다.

그리고, 이야기를 나누었다. 아주 오래된 노래가사처럼 살아가는 이야기, 변한 이야기, 지루했던 날씨 이야기를 해 보았다. 변한 이야기가 마지막이었다.

경호는 초등학교 때 지혁 이야기를 하며 '신경 꺼.' 서희 이야기를 물으면 들려주던 지혁의 대답을 지혁의 말투로 따라 한 후 '재수 없는 자식'이라 이야기했다.

중학교 때 지혁을 이야기하며 '서희가 아주 잠깐 좋아한 녀석이야.' 중학교까지 후배였던 태현과 마주칠 때면 늘 불만스러운 표정으로 투덜거리던 지혁의 말투를 따라 하며 '덜 떨어진 자식'이라고 이야기했다.

고등학교 때는……

경호는 잠시 말을 멈췄다. 언제부터인가 불쑥 자라버린 내 친구.

"고등학교 때, 우리 담임이 그런 이야기를 하셨었어."

한동안 말없이 서희를 보던 경호가 조용히 입을 열었다.

"사람이 성장하는 건 비탈길을 오르듯 서서히 성장하는 게 아니라고. 한 번 크게 성장하고 성장한 후 안정기를 거치다 또 성장하고. 마치 계단을 오르듯 그리 성장을 하는 거라더라. 그리고, 그 층계를 오르는 계기는 사람마다 다르다고 말이야."

무슨 말을 하려고 그러는지 알 수 없어 서희는 그저 경호의 말을 기다렸다.

"선생님 말씀을 들을 때 난 지혁이를 떠올렸어. 그리고 지혁이를 볼 때면 가끔씩 그 말씀이 떠올랐고. 지혁이는 누구보다 먼저 계단을 올랐어. 쉬지 않고. 매번, 늘 그 계기는 서희, 너였고."

잘 알고 있었다. 그래서, 서희는 가끔 지혁에게 미안했다. 자기 때문에 일찍 자라 버린 강지혁. 자기 또래보다 많은 걸 고민하고 책임지려 했던 지혁을 서희는 잘 알고 있었다.

"그래서, 늘 미안했어."

"언젠가 나도 비슷한 말을 지혁이한테 한 적 있어. 너무 일찍 크는 거 같아 안됐다고. 그 때 그 자식이 오만과 편견 첫 문장을 영어로 읊더라. 해석도 해 줬어. 돈이 많은 미혼 남성은 반드시 아내를 필요로 한다는 말은 널리 인정되는 진리이다. 뭐 이거 비슷할 거야. 훗. 강지혁답지 않냐? 폼생폼사. 잘난 척하려고 영어 원서 딱 앞 문장 외우고 다니고. 재수 없게, 그 자식."

어떤 얼굴로 그 문장을 읊었을 지 알 거 같아 훗 소리 내 웃는 서희를 보며 경호는 말했다.

"행복하다 했어. 그 녀석은."

「편견. 일찍 자라면 안쓰럽다는 편견. 웃기지 않냐? 난 행복한 데. 일찍 자라서 서희가 나한테 기대는 게 행복해. 내가 초등학교 때처럼 철없는 아이였으면 서희, 나한테 기대지 못했을 거잖아. 내가 부족한데도 서희는 나한테 기대니까. 버거움과 행복함. 둘 중 하나를 고르라면 행복함이 훨씬 커. 그런데 왜 안돼 보인다고 하지? 이런 기분, 알지도 못하는 자식이.」

웃고 있던 서희의 표정이 묘하게 일그러졌다. 웃는 것도, 그렇다고 우는 것도 아닌 얼굴. 지혁을 보내고 울음을 참아 내는 법을 터득한 듯 서희는 큼, 미간에 인상을 쓴 후 다시 예의 얼굴로 돌아왔다.

"살면서 그 문장이 참 도움이 되더라. 내가 무언가를 망설일 때, 무언가를 하고 싶을 때, 하고 싶지 않을 때. 당연하다 생각한 걸 이야기하려고 할 때. 그 당연함으로 누군가를 설득하려고 하는 날 발견했을 때. 그 당연함으로 내 스스로를 설득하려고 하는 날 발견했을 때."

경호는 잠시 창밖으로 시선을 돌렸다. 추운 날이었다. 창밖의 풍경이 차가운 냄새를 풍기는 거 같았다. 그러고 보니 너희들. 따로 떨어져 처음 맞는 겨울이구나. 그런 생각도 스치듯 지나갔다. 쌤통이다, 강지혁. 네 겨울도 올해는 춥겠구나.

"지혁이 떠나기 전, 나 찾아왔었어. 그 날 지혁이가……."

경호가 무언가 말을 하려다 멈췄다. 작은 한숨이 경호의 입에서 튀어나왔다.

"제발이라는 말을 하더라. 자식. 나한테. 너한테나 쓸 법한 말을 나한테 하더라. 제발이라고."

경호와 헤어져 연구동에 들어선 서희는 3층으로 오르기 위해 층계 앞에 섰다.

오랫동안 나는 층계를 오르지 않았구나. 내가 머물러 있는 곳은 어딜까, 불현듯 그런 생각도 들었다. 어려서 12살인 채로, 그리 지혁이 자라 잡아 주는 손만을 보며 있었구나. 그런 생각도 들었다.

고개를 들어 층계 위를 보는 서희의 얼굴이 일그러졌다. 바보. 뭐가 행복했다고. 저 위에서 손을 내려 힘들게 나 잡아 주고는 뭐가 행복하다고.

미간에 주름을 잡고 큼, 헛기침을 해 보았지만 일그러진 얼굴은 펴지지 않았다.

대신, 그 층계 아래 앉아 서희는 지혁과 헤어진 후 처음으로 아이처럼 울고 말았다. 지나가던 후배와 선배, 동기들이 아무런 말도 시킬 수 없을 만큼, 서희는 울고 또 울었다. 층계에 앉아 뭐가 그리운지, 뭐가 그리 아픈지, 뭐가 그리 서러운지 눈물이 나 울고 말았다.

지혁과 헤어진 후 처음, 꿈속이 아닌 현실 속에서 서희는 울고 있었다.

대학원 진학 원서를 넣었다. 인터뷰를 다닌다고 미국 동, 서, 중, 남부를 돌다 보니 미국에 몇 년을 산 기분이었다. 버릇처럼 예쁜 곳을 보면 서희가 떠올랐다. 하지만 더 이상 그 생각 때문에 고개를 돌리지는 않았다.

여전히 경호와 나미는 메일을 보내왔다. 클릭하는 것이 겁이 나 바쁘다는 핑계로 겨울이 지나도록 메일을 읽지 않았다.

그러던 어느 날, 나미에게 메일이 왔다. 늘 제목 없이 메일을 보내던 나미가 그 날은 제목을 단 메일을 보냈다.

─서희 아직 혼자야, 오빠. 메일 읽어.

그 메일 제목에 지혁은 울고 말았다. 서희의 집에서 나온 후 울지 않았던 지혁은 그 메일 제목을 보며 울고 또 울었다.

그리워서 울었다. 아파서 울었다. 그리고, 자도 자도 풀리지 않은 피로 때문에 울었다.

❸

시간은 약이었다

〈2년 후〉

"서희야, 내일 시간 있냐?"

세포 배양실에서 서희와 나란히 앉아 실험을 하던 성준의 질문에 서희는 실험 노트를 뒤적이다 고개를 끄덕였다.

"4시면 실험 끝날 거 같은데, 왜요?"

"곧 우리 엄마 생신인데 선물 좀 같이 골라 줄 수 있냐? 매해 선물 사서 보내는데 늘, '내가 할무이가, 이게 뭐꼬?' 소리소리 지르시는데 증말 내 몬 살겠다."

투덜거림 뒤에 사투리가 툭 튀어나오는 성준의 대답을 들으며 서희의 눈은 보기 좋게 휘어져 갔다.

"나, 그런 재주 없는데."

"그래도 나보다야 낫겠지. 어머니가 서울 가시나한테 골라 달라고 하라며 며칠 전부터 전화해 난리다."

부탁한다면 두 손을 가슴에 모은 채 고개까지 숙이는 성준의 행동에 서희는 다시 소리 내 웃으며 고개를 끄덕였다.

"알았어요. 대신 만약 아주머니께서 이번에도 마음에 안 든다고 하시면 제가 고른 거 아닌 거예요."

"당연하지. 넌 이 오빠를 뭘로 보고."

"그럼, 내일 실험 끝나고 같이 나가요."

서희는 실험한 자리를 정리한 후 세포 배양실을 나왔다.

시간은 흘러갔다.

2년 전, 경호와 헤어져 실험실로 돌아오던 길, 층계에 앉아 운후로 서희는 다시 웃기 시작했다. 가까스로 버티듯 살아가던 서희는 깊은 물속에 빠졌다가 바닥을 치고 올라오는 사람처럼 서두르지 않고 안정적으로 호흡을 놓치지 않으며 수면 위로 나오려 하고 있었다. 서희는 층계를 오르고 있었다.

2년 전 경호는 헤어지기 전에 말했다.

「너도 층계를 올라 봐라, 서희야. 그러면 조금은 이해하게 되지 않겠냐, 지혁이 그 자식의 행복하다는 말을. 지혁이 네게 원한 건 너의 미안한 마음이 아니라는 걸 알게 되겠지.」

굳이 층계를 오르지 않아도 잡혔던 지혁의 마음이 층계를 오르니 더 확실히 손에 잡히는 것도 같았다.

이제 지혁이 서 있던 자리가 어디였나 서희는 더 이상 생각하지 않았다. 내가 서 있는 곳이 어딘가를 생각했다. 그것이 아프게 첫 계단을 오른 후 숨을 고르게 했다.

어려서처럼, 공부 잘하는 것 하나로 한껏 콧대를 높일 수 없다는 것을 스무 살을 넘기며 깨달았다면, 그래도 잘 견뎌 준 자신이 자랑스럽다는 생각을 이제는 하게 되었다. 불행한 줄 알았던 자신의 배경이 그리 불행하지 않았다는 것도 알게 되었다.

비록 돌아가셨지만 누구보다 자신을 사랑하고, 자신과 눈높이를 맞추며 공감하여 준 엄마를 가졌었다는 것을 서희는 깨달았다. 친딸도 아니건만 친딸만큼 귀히 여겨 준 옥희네 부부를 만날 만큼 운이 좋은 아이였다는 것도 알게 되었다. 서희 일을 자기 일만큼 아파하고 기뻐해 주는 자매보다 더 가까운 나미가 있었고, 평생을 가져갈 사랑을 준 지혁이 있었다.

모든 것이 같았지만 또 모든 것이 다르게 다가왔다. 그 안에 있을 때는 볼 수 없었던 것들이 그 안을 벗어나자 오히려 더 자세히, 그리고 더 정확하게 보이기 시작했다.

그렇기에 여전히 집 안에 있는 책장에 차마 손을 내밀지는 못하고 있어도 이제는 책장을 바라볼 수 있었고, 굳이 알려고 하지 않아도 들려오는 지혁의 소식에 희미하게나마 웃을 수도 있었다.

1년 전, 지혁이 꽤 유명한 실험실 박사과정으로 들어갔다는 소식을 들은 날, 같은 실험실의 기영이,

「독한 놈. 오랜 연애 끝내고 갔으면서 방황하지도 않았나 보네.」

라 말한 후 아차 하는 표정으로 서희에게 미안하다 말했지만 서희는 고개를 저으며,

「저도 강지혁 그런 면이 참 재수 없었어요.」

농담을 던지기도 했다.

남옥의 말이 맞았다. 시간은 약이었다.

주말의 오후, 비가 내렸다. 전철을 타고 백화점을 가면서도 성준은 연신 서희에게 미안하다고 말했다.

"괜찮아요. 날씨 좋았으면 백화점에 사람 많을 텐데 비가 내리는 덕분에 한산하지 않을까요? 난 사람 너무 많은 거 싫더라."

"대신에 내가 저녁 맛있는 거 사 줄게."

"하하, 그래요. 비싼 거 먹어야지."

성준은 등에서 살랑거리는 서희의 머리카락으로 눈을 돌렸다.

2년 전, 1층 층계에 앉아 서희가 운다는 말을 옆 실험실 석사과정생한테 전해 듣고 실험실 사람 몇 명과 급히 1층으로 갔지만, 정작 그곳에서 서희를 발견한 후에는 어느 누구도 서희에게 손을 내밀지 못했었다.

같이 갔던 박사과정이었던 인영이 오히려 서희를 보며 자기가 울음을 터뜨려 '누나는 왜 울고 난리야'라는 기영의 구박을 받았지만, 그리 말하는 기영조차 손을 들어 눈을 누르고 있었다.

그렇게 서희는 서럽게 울고 있었다.

그리고 그다음 날, 실험실에 평소보다 늦게 나타난 서희의 머리는 짧게 잘려져 있었다. 서희는 환히 웃으며 기분 전환하려고 잘랐어요, 라 수줍게 말했었다. 짧아진 머리카락이 자라며 서희에게 힘을 주듯, 서희는 그 날 이후 눈에 가득 담고 있던 물기를 지워 나갔고, 편하게 얼굴 안에 볼우물을 만들고 있었다.

너 삼손이냐? 언젠가 성준은 서희에게 농담을 건넸었다. 머리카락이 너한테 힘을 주는 거 같아서, 그 말에 서희는 눈이 보이지 않게 웃으며 그럼, 데릴라 조심해야지, 깊이 보조개를 만들어 보였었다. 지금, 그 머리카락이 자라 등 위에서 찰랑거리고 있었다.

"그런데 뭐 사려고요? 상의, 하의? 원피스?"

"그냥, 뭐. 예쁜 거."

성준은 서희가 이끄는 대로 백화점을 돌았다. 자기 옷이었다면 한두 번 보고 골랐겠지만, 다른 사람 옷이기에 조심스러워 서희는 서너 층을 왔다 갔다 하며 고민을 하였고, 성준은 매번 들르는 매장마다,

"이곳이 딱이다. 느낌이 와."

라고 말해 급기야 한 시간이 지날 무렵 서희는 버럭 화를 내며 백화점 내에 있는 의자를 손으로 가리켰다.

"선배, 저기 가서 앉아 있어요. 다 느낌이 온대. 나 혼자 다닐래."

그런 서희의 구박을 들으면서도 성준은 뭐가 좋은지 함박웃음을 지어 보였다.

첫 데이트였다. 서희는 데이트라 여기지 않고 있지만 성준에게 오늘은 서희와의 첫 데이트였던 것이다. 나란히 걸으며 이야기를 주고받는 것도 좋았고, 들르는 매장마다 '어머, 두 분, 너무 잘 어울리세요.' 라 눈치껏 말해 주는 점원들의 반응도 성준은 좋았다.

"미안, 서희야. 그런데 정말 다 예뻐 보이는 걸 어떻게 하냐.

내 이제 입에 지퍼 채운 채 조용히 하고 있을게. 그러지 마라. 여기 너무 넓어서 촌놈 길 잃어버리겠다."

"약속해야 돼요. 무조건 다 예쁘다고 하면 안 돼요. 나도 거절하기 힘들다고요."

30분이 지난 후, 성준은 서희가 고른 니트를 받아 들고 만족스런 얼굴로 서희를 바라보았고, 서희는 스스로의 안목을 자화자찬하며 볼에 깊은 보조개를 지어 보였다.

둘이 백화점을 나왔을 때 바깥의 공기는 오후 내 내린 비로 말끔히 씻겨 상쾌한 향기를 내뿜고 있었다. 지혁이 떠난 후, 세 번째 가을.

"저녁 뭐 먹고 싶냐?"

"음, 피자요."

서희는 이제 거울에 비치는 자신의 얼굴에 깊이 패는 볼우물을 보며 웃을 수 있었다.

남옥의 말이 맞았다. 시간은 약이었다.

"지혁, 승백과 내 방으로 와."

보스인 한스 박사의 호출에 지혁은 실험실의 다른 한국인을 찾았다. 이 실험실에 지혁을 뺀 유일한 동양인이 승백이라는 이름의 한국인이었다. 처음 면접을 보던 날, 지혁은 왜 이 실험실을 오고 싶냐는 한스 박사의 질문에 짧게 대답했었다.

「좋은 논문을 내는 실험실이어서 입니다.」

계획이 뭐냐는 질문에 대한 대답 역시 짧았다.

「되도록 빨리 졸업하고 싶습니다.」

그 대답을 한스 박사에게 전해 들었을 때 승백은 재수 없는 자식, 개념 없는 자식이라며 욕을 했다. 왜 그런 재수 없는 자식을 받으려 하냐는 승백의 질문에 한스 박사는 답했었다.

「대답이 재미있잖아. 그리고, 사촌이 지훈이래.」

아마 후자가 더 크게 작용했겠지, 그리 승백은 생각했다. 한스 박사가 탐을 내고 데려오지 못한 유일한 박사과정생이었던 강지훈은 아직까지 이 학교의 전설이었다. 이것조차도 승백은 마음에 들지 않았다.

「집안 배경 삼아서까지 이곳에 들어오고 싶었냐?」

그렇기에 처음 만났을 때 승백의 질문은 날이 서 있었다. 그런 승백을 고요히 가라앉은 눈으로 한참을 바라보던 지혁은 입을 열었었다.

「잘난 것 없는 배경의 기세를 먼저 누르지 않으면 제가 눌릴 수 있다는 걸 알았습니다. 그깟 배경의 추천서 따위에 눌릴 정도로 별 볼 일 없는 놈, 저 아닙니다. 이 박사님 이야기, 보스한테 들었습니다. 이 랩, 암과 노화 관련 좋은 논문, 박사님 아이디어였다고요. 가르쳐 주세요. 배울 겁니다. 밤새도록 일하고 공부할 겁니다. 부탁드립니다.」

"형, 보스 호출."

하던 실험이 끝나지 않은 승백은 잠시 인상을 쓰다 지혁을 돌아보았다.

"아마, 논문 때문일 거야. 먼저 가 있어. 15분 후 따라갈게. 샘플 수거 중이라고 해. 타임 코스라 멈추지 못해."

"예."

자리를 뜨던 지혁은 다시 뒤돌아서 승백을 향해 장난스런 표정을 지어 보였다.

"형, 형 실험실 세팅 시작한다며? 나 포닥으로 쓸 생각 없어? 탐나면 탐난다고 얘기해요. 괜히 자존심 세우지 말고. 내가 특별히 고민은 해 줄 테니까."

제 할 말만 하고 손을 흔들고 가는 지혁을 향해 승백은 중얼거렸다. 재수 없는 자식. 이제 그 의미는 완전히 달라도 지혁은 여전히 승백에게 재수 없는 자식이었다.

지혁은 자신이 승백에게 했던 말을 지켜 나갔다. 너 그러다 죽는다. 승백이 농담처럼 걱정을 할 만큼 지혁은 일만 했다.

처음, 어디 너 얼마나 버티나 보자. 그런 마음으로 턱없이 많은 양의 실험을 시키고 집으로 돌아간 후 다음 날 와 보면 지혁은 밤을 새서 그것을 하고 있었다. 승백의 과학적 사고, 실험 추론법, 실험 방법을 그대로 따르며 응용도 해 보였다. 가르치는 입장에서 이보다 더 마음에 드는 후배는 있을 수 없었다.

그렇기에 교수 자리를 알아보러 다니며 바빠지면서 자기가 공들여 끌고 오던 프로젝트를 넘겼다. 믿었기에 그랬고, 그 믿음에 지혁은 답했다. 그 덕에 박사과정 2년 만에 탑 저널 제1 저자로 논문을 내게 된 강지혁이었다.

승백은 그 논문에 한스 박사와 함께 책임 저자로 이름을 올렸다. 아직 논문 수락이 되진 않았지만 어디든 꽤 좋은 논문에 나가게 될 것이다.

이는 지혁이 최소 이수 학기인 6학기를 마치면 졸업을 할 수 있는 자격이 된다는 것이었고 한스 박사는 이미 허락을 한 상태였다.

간혹 지혁을 두고 운이 좋다 비아냥거리는 사람들도 있었지만, 그 운도 열심히 산 자에게 주어지는 하늘의 선물이라는 것을 승백은 알고 있었다.

「왜 그렇게 죽을 거처럼 일만 하냐?」

어느 날, 집으로 불러 밥을 먹이며 승백은 물었다.

「우주가 애매해서 확실한 한 가지 놓쳐 버릴까 봐 겁나서.」

「재수 없는 자식. 너 정말 밥맛인 거 알지?」

그런 승백의 타박에 형, 책 좀 읽어요, 장난스레 답을 하던 지혁이었다.

똑똑.

"앉아 봐."

"승백은 실험 중이라 조금 늦을 거랍니다."

지혁은 한스 박사 앞으로 가 앉았다. 승백의 말처럼 한스는 프린트한 논문과 실험 결과를 가지고 지혁에게 다가왔다.

"아무래도 몇 가지 실험을 추가로 미리 해 놓는 게 나을 거 같아. 어제 판돌피 박사와 로우 박사 만나 상의를 해 봤는데 의견들이 모두 같아."

지혁은 볼펜을 꺼내 지시 사항을 적어 나가기 시작했다.

「오늘은 들어가서 잠 좀 자라. 어차피 보스가 하라는 실험 오늘 할 수 있는 거 아니잖냐. 내가 세포들 키우고 있으니까 내일이면 너 실험 들어갈 수 있어. 장기전이야. 미리 힘 빼지 마. 이건 네 논문 책임 저자로서 하는 말이다.」

커피를 한 잔 사 들고 집으로 향했다. 잠이 부족한 탓에 피로한 눈이 아직 지지 않은 태양의 따사로운 빛을 마주하자 곧바로 따갑게 반응을 보이고 있었다. 오피스에 두고 온 선글라스가 뒤늦게 떠올라 작게 탄식을 했지만, 지혁은 다시 돌아가는 대신 잠시 눈을 감고 두 눈이 진정되길 기다렸다.

눈을 뜨자마자 들어오는 길거리 여러 인종의 사람들. 이리 해가 지기 전, 밝은 보스턴 길을 거닐다 보면 지혁은 간혹 꿈결인 듯 현실감을 잊곤 하였다.

지혁은 눈을 들어 주변을 둘러보았다. 실험실에서 생활하면 느낄 수 없는 계절의 변화를 지혁은 바라보았다. 나무에 단풍이 들었고 불어오는 바람에서 가을 냄새가 났다.

불현듯 어제 읽은 나미의 메일이 떠올랐다.

2년 전부터, 나미는 메일에 제목을 달았다. 〈서희는 씩씩해〉. 다행이네, 싶기도 하고 섭섭하기도 했다. 눈앞에 보이는 가을 하늘이 한국의 가을 하늘마냥 높고 청명해 걸음을 멈추고 어깨에 멘 가방을 내려 핸드폰을 꺼내 들던 지혁은 집 앞에 서 있는 여자를 발견하고 한숨을 내쉬었다.

"오늘은 일찍 퇴근하네."

1년 전, 뉴욕으로 유학을 왔다며 지혁을 만나러 왔던 주은은 그후로 몇 번 이곳으로 찾아왔지만 실험실에서 살다시피 하는 그를 만나기란 쉬운 일이 아니었다.

"오늘은 운이 좋네. 오늘도 허탕인가 했는데."

"이러는 거 힘들지 않냐?"

그냥 지나칠 줄 알았던 지혁이 걸음을 멈춘 채 말을 걸어오자 주은 역시 놀란 듯 대답을 바로 하지 못하고 머뭇거렸다.

"오랜 시간이잖아. 너 봐주지 않는 사람 따라다니는 거."

"그다지. 뭐, 오해는 하지 마. 나도 너만 바라본 건 아니니까. 대학 때도, 유학 오기 전에도 다른 남자들 사귀긴 했어. 나 싫다는데 나도 나 좋다는 사람 만나는 게 좋지 않을까 싶기도 했고. 또, 대학 때는 한서희가 있으니까 시간이 지나면서 포기하는 마음도 들었고."

"그런데?"

"너만큼 마음에 드는 남자가 없더라. 그러는 와중에 너랑 한서희 헤어졌다니까 다시 노력해 보자, 그런 마음 드는 거지."

지혁의 얼굴에 희미한 미소가 새겨지자 주은 역시 함께 미소를 지어 보였다.

"누가 나랑 한서희 헤어졌대?"

하지만, 뒤이어 들려온 지혁의 질문에 주은의 얼굴은 곧 굳어져 갔다.

"다 아는 사실이야."

"사람들은 참 재미있어. 언제나 자기가 들은 수많은 이야기 중에 자기에게 유리한 말들만 믿고 싶어 하거든."

사람들이 지나다니는 길 한복판에 서 있던 지혁은 아파트 가까이 자리를 옮긴 후 주은에게 고개를 돌렸다.

"난 너한테 분명히 이야기한 걸로 기억하는데. 나 한서희 놓아줄 생각 전혀 없다고."

"너도 이별을 받아들였으니까 여기 온 거 아냐?"

"아니. 같은 실수, 같은 절망감, 자괴감 느끼고 싶지 않아서 온 거야."

지혁은 꺼내 들었던 핸드폰을 다시 가방에 넣었다. 그런 지혁의 행동을 좇던 주은의 눈에 가방에 걸려 있는 돌하르방 모양의 열쇠고리가 들어왔다. 다시 한 번 더 그것을 확인하는 주은의 얼굴이 딱딱하게 굳어진 채 다시 지혁에게 향했다.

"전에 서희가 준 이 열쇠고리를 잃어버린 적이 있어. 그래서 여기 이 두 곳을 연결시켰어. 다신 잃어버리지 않으려고."

이제 이야기를 해도 된다. 이제 누구도 내게서 서희를 빼앗지 못할 거야, 서희 스스로도.

"내가 그냥 왔을 거 같아? 한서희를 또 잃어버리게? 그럴 리가. 이주은. 한서희 잃어버렸던 거. 초등학교 때 한 번으로 족해, 난."

지혁은 다시 가방을 어깨에 메며 웃어 보였다.

"우리 집에 연락하고 싶으면 연락해. 나도 이제 예전의 내가 아니니까. 그전에 알아서 누구든 서희 다시 힘들게 할까 봐 입 다물고 있었던 거야. 나 내년에 졸업이다. 서희 데리러 갈 거야. 내가 여기 온 이유? 아무도 나한테 있는 서희 건드리지 못하게 하려고. 서희, 함부로 상처 주지 못하게 하려고 온 거야."

❖

"나미도 있었구나."

방금 방에서 내려와 옥희 옆에 나란히 앉아 있던 나미는 집으로 들어오는 남옥을 발견하고 곧 서늘하게 얼굴을 굳혀 버렸다.

서희와 지혁이 헤어진 후, 서희는 지혁과 헤어진 것이 남옥 때문만은 아니라고 몇 번을 설명했지만 나미는 쉽사리 남옥에게 마음을 풀 수 없었다.

"안녕하세요."

딱딱하게 굳은 얼굴로 인사를 하는 나미를 향해 남옥은 웃어 보였다. 나미가 서희의 가장 친한 친구임을 알기에 남옥 역시 나미의 그런 반응이 서운하거나 괘씸하지는 않았다.

남옥이 오자마자 자리에서 일어나려고 하는 나미의 행동에 옥희는 눈에 힘을 주며 나무라는 표정을 지어 보였다.

"괜찮아. 아직 내가 미운 게지."

오히려 남옥은 나미를 두둔하며 옥희의 팔을 잡았다. 부모 욕심에 서희를 만났던 남옥이지만 그녀 역시 마음이 편한 것은 아니었다. 그 날, 앞에 앉아 파리하게 떨며 울던 서희의 모습이 떠오를 때면 남옥 역시 가슴이 아파 와 한숨을 내쉬기도 했다.

"오늘은 서희한테 가서 안 자니?"

지혁이 떠난 후, 주말만 되면 서희에게 가서 자고 오는 나미를 남옥 역시 알고 있었다.

"곧 갈 거예요."

퉁명스레 나오는 나미의 대답을 들으며 남옥은 고개를 끄덕였다.

"서희, 엄마한테는 가끔 가 보고?"

오늘따라 서희에 대해 많이 물어 오는 남옥이 나미는 못마땅해 한숨을 내쉬며 고개를 돌렸다.

"그게 왜 궁금하세요?"

"나미야!"

옥희가 소리를 높이자 남옥은 다시 옥희의 팔을 토닥이며 입을 열었다.

"나미야, 네가 아줌마한테 서운한 거 이해해. 하지만, 너도 부모가 되면 이해될 거야. 서희 생각하면 나도 가슴이 아파. 하지만…… 어느 부모가 바람피우는 아비랑 자살한 어미가 있는."

"서희 엄마 자살 아냐."

옥희가 조용히 남옥의 말을 막았다.

"서희 엄마, 사고였어. 나도 나중에 알았어. 서희도 알고 있고. 서희 엄마, 그 날 아침에 나한테 연락했었어. 내가 그걸 못 받은 거야. 만나고 싶다고 메시지 남겨 놨었어. 서희, 지혁이랑 유학 가기로 했어서……. 그거 때문이라고, 만나서 상의하고 싶다고. 그런 사람이 왜 자살을 하겠어."

남옥의 얼굴이 굳어진 채 옥희를 바라보았다.

"서희, 그거 알고 나 만난 거야?"

"응. 서희는 내내 불안했던 거야. 그 아이. 엄마 아픈 거 모른 척한 것도 죄책감이 컸겠지. 복합적이었을 거야. 서희랑 지혁이…… 아직 어리면서 어른처럼 책임지고 싶어 했으니까. 그게 쉬웠겠어? 둘 다……."

"아줌마, 너무 웃겨."

옥희의 이야기 사이로 이를 악문 듯 내뱉는 나미의 목소리가 파고들었다.

"아줌마, 참 웃겨. 아줌마는 뭐가 다르다고."

나미는 입술을 깨물며 자리에서 일어서 발걸음을 옮기다 다시 자리로 돌아와 남옥을 향해 섰다. 웃겨, 정말.

"아줌마랑 서희 부모님이 뭐가 그리 달라? 자식 가슴에 대못 박아 죽을 만큼 힘들게 했으면서 왜 아줌마가 서희 엄마 욕해요? 서희 엄마는 그래도 서희, 서희 엄마는 매번, 서희 마음 이해하려고 노력했어. 아줌마는 뭐야?"

나미의 목소리가 떨리고 있었다.

"아줌마가 한 건 지혁 오빠한테 어떤 일이었는데. 강지혁이 여기 어떤 마음으로 떠났는데. 떠날 때 오빠 나 찾아와서 뭐라고 하고 갔는데."

이를 악문 듯 힘주어 말하는 나미의 눈에 눈물이 차오르고 있었다.

"오빠, 나한테 뭐라고 하고 갔는 줄 알아요?"

숨이 들이마시며 나미는 잠시 말을 멈췄다. 나미야, 표정 없이 휑한 눈이던 지혁이 떠올랐다.

"서희. 서희 결혼만 못 하게 해 달라고."

무슨 말을 하려나 나미를 올려 보던 남옥의 얼굴이 일그러져 갔다.

"그 지 잘난 맛에 사는 강지혁이. 나 찾아와서 한 말 그대로 해 줘요? 서희, 남자 친구 사귀어도 되고 그 사람 만나 안든, 키스를 하든, 잠을 자든 다 괜찮으니까. 제발 결혼만 하지 못하게 해 달라고. 다시 올 거니까 제발 결혼만 하지 못하게 해 달라고. 그러고 갔어요. 울지도 않고 그렇게 말하고 갔어요."

나미는 흐르는 눈물을 닦지도 않으며 소리를 높이고 있었다.

"그 강지혁이! 그 대단한 아줌마 아들이 저한테, 제발 부탁한다, 나미야, 부탁한다. 제발, 서희, 결혼만 못 하게 해 줘."

울음에 숨이 막혀 나미는 잠시 말을 멈췄다. 눈앞에 창백해진 채 멍하니 나미를 보고 있는 남옥이 있었지만 그녀는 말을 멈추지 않았다.

"그래 놓고, 지혁 오빠. 혹시 서희, 서희, 다른 사람 생겼을까 봐, 메일 보내라고, 장난처럼, 장난처럼, 매주 보고하라고 해 놓고."

"나미야."

"나 얘기 다 할 거야, 엄마 말리지 마······. 오빠, 그래 놓고, 아줌마. 메일 읽지도 못해요······. 혹시 정말 서희 다른 사람 생겼을까 봐. 그래서, 제가 서희 혼자라고 해야, 그 때서야, 그 인간.

그 강지혁이. 메일 읽어요, 아줌마. 강지혁이요."

"⋯⋯."

"서희 방 비밀번호가 뭐였는 줄 아세요? 0514. 오빠 생일 0701 쓰다 바꾼 게 0514예요. 지 생일 0520을 헷갈려 오빠 음력 생일 입력해 놓고 1년간 그걸 몰랐어요. 그거 누르면서도 지 생일인 줄 알았어요, 그 바보가."

나미는 숨을 들이마시며 차갑게, 짓눌린 목소리로 말을 이어 갔다.

"지혁 오빠 졸업하면 아줌마 절대 지혁 오빠 못 이길 거야. 지혁 오빠. 아줌마 아들 하기에 너무 아까워."

❖

"고마워요, 선배. 전 들어가 볼게요."

저녁까지 먹으니 이미 날은 어두워져 있었다. 성준은 자기 때문에 늦어진 거라며 괜찮다는 서희의 말에도 고집을 굽히지 않고 서희 집 앞까지 데려다 주었다.

간혹 실험이 늦어지는 날이면 기영과 함께 서희를 데려다 주곤 하던 성준이기에 편히 생각하려고 해도, 밤늦은 시간, 단둘의 귀가에 서희는 어색한 마음이 들어 성준의 눈길을 피하며 손을 들어 인사를 했다.

지혁이 떠난 후, 자기 마음을 표현하지 않으면서도 늘 곁에 있어 준 성준을 서희는 알고 있었다. 그 마음을 표현하지 않기에 차마 먼저 성준에게 그 마음에 대해 이야기할 수 없었지만, 서희는 자신이 부담스러워하지 않을 그 거리에 그가 늘 서 있었다는 것을 알고 있었다.

"때때로 짝사랑이 좋다, 서희야."

잘 들어가라는 인사 대신 밝은 목소리로 말하는 성준의 말에 서희는 고개를 들어 그의 눈을 바라보았다. 언제나 그 눈빛 그대로, 맑고 곧은 눈빛이었다.

"짝사랑은 말이다, 혼자 상상할 수 있거든. 너는 아니어도, 나는 데이트다 생각하면 되는 거고, 너는 선배 부탁 들어주는 것이어도, 난 여자 친구랑 엄마 선물 고르는 행복한 남자일 수 있으니까."

서희는 성준에게 미소를 지어 보였다. 지혁과 헤어진 후 처음으로 성준이 자기 마음을 다시 보이고 있었다. 처음 그 고백을 들었을 때 당황하며 정색을 하던 서희는 두 번째 그의 고백에 미소를 지어 보였다. 남옥의 말이 맞았다. 시간은 약이었다.

"전철 지나가는 거 본 적 있어요?"

뜬금없이 전철 이야기로 자신의 말을 받는 서희에게 성준은 무슨 말이냐는 듯 눈을 크게 떠 보였다.

"언젠가 전철을 하염없이 그냥 보낸 날이 있었어요. 지나가는 전철들을 멍하니 보고 또 보고. 그러다 희한한 걸 발견했어요. 어느 칸은 사람들이 꽉 차 있는데 그 바로 다음 칸은 한산한 경우가 참 많더라고요. 그리고 그다음 칸은 앉아서 갈 정도로 비어 있기도 하고."

어렴풋한 기억 속에 자기도 그런 광경을 본 것 같아 성준은 희미한 미소를 지으며 말하는 서희를 따라 미소를 지어 보였다.

"조금만 옆을 보거나 문만 열어 봐도 숨 막히는 그 칸에서 나올 수가 있을 텐데……. 붐비는 칸에 탄 사람들은 그걸 모르고 계속 그렇게 종착역까지 가는 거예요."

성준은 그저 말없이 고개만 끄덕였다. 이야기를 하는 서희의 표정이 평화로워 보였다.

"사는 것도 그런 게 아닐까 싶더라고요. 지금 내가 탄 칸에 사람이 꽉 차서 숨이 막힌다면…… 조금 고개를 돌려 다음 칸을 보면 되었을걸. 조금 움직여 문을 열면 그다음 칸에서는 아주 여유롭게 종착역까지의 여행을 즐길 수 있을지 모르는데."

설핏 서희의 얼굴에 슬픔이 스며드는 것 같았지만 그녀는 곧 다시 미소를 지어 보였다.

"내가 그 문, 열어 줄 수 있어. 넌 그저 건너면 돼. 다음 칸으로."

성준의 말에 서희는 하하, 소리 내 웃었다. 늘 고마운 선배.

"전에 바보처럼 전 그 전철을 내려 버렸어요. 그러면서 기다리려고 했어요. 텅 빈 전철이 올 때까지요. 그 전철에 바보 하나 남겨 놓고. 같이 손잡고 다른 칸으로 가 볼까. 물어보지도 않고. 그 바보는 어디든 같이 가 준다 했을 텐데."

"다른 전철에 다른 사람이 타고 있어, 서희야."

서희는 웃으며 고개를 저었다.

"전요, 제가 탔던 전철이 순환선이었으면 해요. 그래서, 그 바보가 그냥 거기 타고 돌고 있으면 해요. 그 전철이 다시 제 앞에

와 서면 그 전철을 타고 싶어요. 그 사람 옆에 다른 사람이 있어
도 인사라도 하고 싶어요."

남옥의 말이 맞았다. 시간은 약이었다. 그와 헤어진 후 아픔,
슬픔, 때때로 그래도 그렇지 어떻게 그리 쉽게 떠나. 간혹, 적반하
장이지, 스스로를 비웃으면서도 떠오르던 원망. 이 모든 것은 잊
혀져 갔다.

"선배, 전에 선배가 그랬잖아요. 사랑이 다른 사랑으로 잊혀진
다고."

서희는 고개를 들어 똑바로 성준의 눈을 마주했다.

"전 다른 사랑 하고 싶지 않아요. 내 사랑을 잊고 싶지 않아서
요. 다 잊어도 내 사랑은 잊혀지게 하고 싶지 않아서요."

방으로 들어왔다. 그리고 용기를 내 책장 앞으로 갔다.

쉽사리 손이 뻗어지지 않았다. 보고 있을 때는 괜찮았는데 이
리 가까이 다가서니 눈물이 나올 거 같았다. 바보. 서희가 나미네
서 읽었던 삼국지 전집과 세계 문학 전집이 보였다. 쉴 때 보라고
지혁이가 사 준 아가사 크리스티 추리 소설 전집도 보였다.

그러다 문득, 지혁이 읽어 줬던 책이 떠올랐다.

메디슨 카운티의 다리.

불륜 소설이라 욕을 하며 몇 년 동안 거들떠도 보지 않던 지혁
이 어디서 듣고 왔는지 들어서자마자 찾아 읽어 준 유명한 문장.

「서희야, 꼭 기억해야 돼.」

그 책의 문장이 자기 이야기인 양 책을 펼치기 전 장난스런 미

소를 띠우던 지혁이었다.

애매함으로 둘러싸인 이 우주에서, 이런 확실한 감정은 단 한 번만 오는 거요. 몇 번을 다시 살더라도, 다시는 오지 않는 거요.
— '로버트 제임스 윌러' 의 『메디슨 카운티의 다리』

「불륜남이 이런 말을 하는 건 반칙이지만, 말은 멋져.」

읽어 주고 난 후에도 주인공을 불륜남이라 칭하던 지혁의 엉뚱한 고지식함이 떠올라 훗, 웃으며 서희는 그 책을 잡아 들고 침대로 가 앉았다.

어디였더라. 책을 들자마자 싸아 하니 아파 오는 심장 때문에 큼. 헛기침을 했지만 참을 만했다. 표지를 넘기고, 책장을 넘겨 목차를 찾았다. 목차를 손가락으로 짚으며 그 내용이 어디에 있었더라. 기억을 더듬어 보았다. 이쯤, 아니면 여기쯤. 서희는 손에 잡히는 페이지를 잡아 펼쳐 보았다. 탁. 펼쳐진 페이지 안에 작은 쪽지가 하나 들어가 있었다.

뭐지? 서희는 고개를 갸웃거리며 쪽지를 펴 보았다.

기다려 줘. 기다릴게.

헉, 숨을 들이켜고 훗 작게 웃었다. 언제 이런 걸 써 놓았대. 바보.

우연히 집어 든 책에서 발견한 쪽지에 서희는 웃었다. 큼. 코끝이 찡해 와 다시 헛기침을 해 보았다.

그러다, 불현듯 드는 생각에 서희는 자리에서 일어나 책장으로 갔다.

바로 손을 뻗지도 못하고 손을 내밀기를 몇 번. 서희는 아무 책이나 한 권 집어 들고 눈을 감았다. 책을 커버에서 꺼내자 또 툭 종이 한 장이 떨어졌다.

기다려 줘. 기다릴게.

이 바보. 다른 책을 들었다. 또다시 떨어지는 종이 한 장.

기다려 줘. 기다릴게.

남옥의 말이 맞았다. 시간은 약이었다. 그와 헤어진 후 아픔, 슬픔, 때때로 그래도 그렇지 어떻게 그리 쉽게 떠나. 간혹, 적반하장이지, 스스로를 비웃으면서도 떠오르던 원망. 이 모든 것은 잊혀져 갔다. 시간은 약이었다. 시간 속에서 그에 대한 사랑과 고마움은 정제되어 가고 있었다.

정제된 시간 속에 그는 빛났고 그와의 시간은 찬란했다.

Chapter 6

너, 또 다른 너.
그렇게 우리

나미가 서희 방에 들어섰을 때 서희는 책장 앞에 앉아 있었다. 책을 꺼내며 서희는 울고 또 웃고 있었다.

서희 옆으로 수북하게 쌓여 있는 종이를 펼쳐 본 후 나미는 그저 한마디, 강지혁, 별짓 다 한다, 그리 말하며 물끄러미 친구를 바라보았다.

책 한 권, 그 안의 종이 한 장, 또 한 권, 그 안에 종이 한 장. 어떤 마음으로 저리 써 놓았을까. 그리고, 그것을 읽고 있는 넌 어떤 마음일까.

책장의 수많은 책, 마지막 권에서 같은 종이 한 장을 꺼내 그것마저 처음 읽는 양 곱게 펴 읽은 서희는 나미에게 고개를 돌리며 미소를 지었다. 눈물을 흘렸던 눈은 맑았고, 얼굴은 그 어느 때보다 맑게 개어 있었다.

"오빠가 기다린대."

나미는 고개를 끄덕이며 서희 방에 있는 테이블 위 노트북을 켰다. 그러자 서희는 나미 옆으로 와 앉았다. 한국과 미국이 무비자라 다행이다. 서희는 어린아이처럼 해맑게 웃으며 나미 어깨에 기댔다. 너 비자 신청 할 줄 알아? 너무나 자신 있게 컴퓨터 앞에 앉은 나미에게 서희가 물었고, 나미는 당당히 고개를 끄덕였다.

"우리에겐 검색엔진이 있어."

눈이 마주치자 둘은 깔깔거리며 웃기 시작했다. 아가씨가 되어 버린 11살의 꼬마들은 그 어린 시절 서로의 비밀을 공유하며 수줍게 웃고 작은 일에도 배를 움켜쥐고 웃었던 것처럼 한참을 웃고 난 후 서로의 눈에 고인 눈물을 보았다.

서희는 행복해 울먹였고, 친구의 그 모습에 나미는 다행이다 눈물이 고였다. 친구의 고운 마음이 고마워 눈물이 고였고, 이제야 그늘 없이 웃는 친구가 고마워 울먹였다.

"서희야, 여기 정말 자세히 설명되어 있다."

둘은 그렇게 준비를 했다. 이렇게 쓸까, 저렇게 쓸까, 동네 이름 영어로 바꾸는 게 제일 싫어, 투덜거리기도 했다. 넌 어떻게 학회도 한 번 안 갔었냐. 나미가 그리 구박도 했다. 도착시간 가장 빠른 걸로 고르자. 그렇게 비행기표도 예약했다.

"오빠, 보고 싶지?"

컴퓨터를 끄고 자기 다리를 베고 누운 서희를 보며 나미가 물었다.

"응, 많이."

나미는 서희의 긴 머리를 손장난 치듯 땋으며 이야기를 시작했다. 울지 말고 들어. 오빠 떠나기 전 나한테 왔었어. 그렇게 이야기를 시작했다. 너 결혼 못 하게만 해 달라고 그러더라. 내가 매일 보내면 겁이 나 읽지도 못하더라.

그리 울고도 또 눈물이 남았는지 잠시 일그러지던 서희의 얼굴에 곧 장난스런 미소가 지어졌다. 나미 너, 그래서 주말마다 와서 잔 거구나. 나 데이트도 못 하게.

밤새 이야기를 나누었다. 오랜만에 '강지혁' 이야기를 편하게 나누었다. 서희가 모르던 시절, 아주 어린 시절의 강지혁 이야기도 들었다.

"지혁 오빠가 2학년 땐가, 아주 쉬운 문제를 틀린 적이 있어. 바다에서 싸우는 군인을 뭐라고 하는가 였는데 오빠가 그걸 육군이라고 쓴 거야."

"크크, 무식한 강지혁."

"그런데 그렇게 답한 이유가 더 웃겼어."

"뭔데?"

"갑자기 흘러간 노래 생각이 났대. 바다가 육지라면, 바다가 육지라면. 그래서 육군이라고 했대."

"그리고, 그거 알아? 지혁이 오빠, 어려서부터 시험 보고 온 날은 언제나 백 점이라는 거야."

"정말?"

"응, 매번 시험 보고 오는 날은 올백이라니까 그런가 보다 했는데 이상하게 지욱 오빠 공부 잘한다는 말은 들려도 지혁 오빠 공부 잘한다는 말은 안 들리는 거야."

"내 기억에도 지혁 오빠 초등학교 때는 공부 그냥 그랬잖아."

"그러니까. 시험 보고 온 날이면 아줌마가 늘 시험 잘 봤냐 물으셨거든. 지욱 오빠 때부터. 오빠가 학교 들어가기 전부터 그걸 유심히 봐 왔는데 지욱 오빠 같은 경우는 늘 솔직하게 하나 틀린 거 같아요, 다 맞은 거 같아요. 그리 대답을 하더래. 그런데 틀린 게 있으면 아줌마한테 혼나고 그랬나 봐. 시험 보고 온 날 혼나고, 성적표 나오면 또 혼나고. 그 때 지혁 오빠가 마음을 굳혔대."

"무슨 마음?"

"어차피 혼나는 거 성적표 받고 난 후에 한 번만 혼나자. 시험 보고 온 날까지 내가 왜 혼나야 되냐. 그래서 시험 보고 온 날은 무조건 백 점이라고 하고 성적표 나오면, 백 점인 줄 알았지. 내가 맞는다고 생각하는 답 쓸 거 아냐. 그러니까 백 점이라 생각하지."

"그리고, 유명한 사건 있었어."

"뭔데?"

"오빠 10살 되는 해, 설날에 떡국 먹으면서 그랬대."

"뭐라고?"

"저도 이제 십 대예요. 건드리지 마세요."

둘은 그리 밤새 이야기를 나누었다.

그리고, 다음 날 오후, 서희는 미국행 비행기에 올랐다. 서희가 떠나자마자 나미는 경호에게 전화를 했고, 통화가 끝나자마자 둘은 번갈아 지혁에게 전화를 걸고 메일을 보냈다. 집으로, 핸드폰으로, 실험실로.

지혁이 전화를 받은 건 미국 시각으로 일요일 오후, 실험실에서였다. 서희 도착 8시간 전이었다.

"천천히, 다시 말해 봐, 나미야. 지금 누가 이리로 온다고?"

정신없이 차를 몰고 왔다. 아직 시간이 많이 남았지만 실험실에 있을 수 없었다.

화장실을 몇 번씩이나 다녀오고 거울 앞에 서서 자신의 모습을 살펴보았다. 오늘따라 옷도 아무렇게나 입고 나온 거 같아 후회도 되었다.

읽히지도 않을 책을 사 손에 들고 들추기만을 몇 번. 시간이 더뎌 조바심이 나기도 했다. 커피를 몇 잔 마셨고, 하염없이 밖을 내다보기도 했다. 지나가는 사람들을 바라보고, 눈을 감아 보기도 했다.

한서희. 그리 눈을 감고 그리운 이름을 불러 보았다.

뉴욕에서 보스턴행 비행기를 기다리며 서희는 시간을 확인했다. 이곳까지 긴 비행이었다. 자고 일어나 식사를 한 후, 세상이 좋아졌다지만 여전히 한국과 미국의 비행시간이 너무 길다 생각도 해 보았었다.

내용이 제대로 머리에 들어오지 않는 영화를 멍하니 쳐다보기도 하고, 달랑 하나 들고 온 기내용 가방을 열어 책을 펼쳐 보았지만 그 역시 무슨 내용인지 머릿속에 남는 것이 없었었다. 오래 잔 것 같은데 30분도 채 지나지 않아 괜히 뾰로통 입술도 내밀어 보았다.

기다리던 보스턴행 비행기에 올라 자리에 앉으며 서희는 깊이 숨을 들이마셨다. 참고 누르고 있던 그리움이 그 벽을 허물어 버리자 밀물처럼 가슴으로 밀려 들어왔다.

보고 싶었다. 한서희, 부르는 목소리가 듣고 싶고, 머리를, 얼굴을 쓰다듬어 주는 손길을 느끼고 싶었다.

❖

서희가 탄 비행기가 도착했다는 알림이 떴다.

보스턴 로건 국제공항에 도착했다. 뉴욕부터 보스턴까지 타고 온 작은 국내선에서 내리며 서희는 몸을 길게 늘려 보았다.

밤이었다. 지혁이 있는 곳의 밤이었다. 장시간 비행 동안 잠시 진정이 되었던 가슴이 다시 두근거리기 시작했다.

짐을 찾으러 이동하는 사람들 무리에서 서희는 근처 화장실을 찾았다. 뉴욕에 머무르는 동안 여러 번 확인하였건만 다시 세수를 하고 머리를 말끔히 빗었다. 가방에서 비비 크림을 꺼내 다시 바르고 하얗게 변한 입술을 닦으며 립글로즈도 발라 보았다. 얼굴에 생기가 없어 보며 탁탁 손바닥으로 따끔거리게 때려도 보았다.

❖

사람들이 나오기 시작했다. 문이 열릴 때마다 지혁은 잠시 숨이 멎곤 하였다. 몇 번 문이 열리고 닫힌 뒤, 기내용 여행 가방을 끌며 한 여자아이가 걸어 나오고 있었다. 두리번거리던 그 아이의 눈이 지혁과 마주친 순간 둘은 잠시 서로를 바라보고 서 있었다.

비틀거리는 세상 속에 오로지 그만이 그 자리에 서 있었다. 슬로우 모션처럼 움직이는 사람들과 테이프를 길게 늘여 놓은 듯 늘어지는 사람들의 목소리 사이로 오로지 지혁만이 제 속도로 움직이고 있었다.

서희는 천천히 지혁의 앞으로 걸어갔다. 변한 게 있나. 그리 살펴보기도 했다. 머리가 조금 더 길었구나, 살은 찌지 않았네, 그러다 미간에 주름을 잡는 지혁을 보며 서희의 눈이 흐려져 갔다. 저 바보, 울려고 그래.

"나 왔어."

천천히 서희가 입을 열었다. 잠시 아무런 말없이 서희를 내려다보던 지혁의 미간에 다시 살짝 주름이 잡혀 갔다.

"오래 기다렸어?"

울지 않으려 했는데 말끝이 흔들려 서희는 고개를 숙였다. 지혁의 손이 서희를 감싸 품에 안았다. 처음은 그저 토닥이듯 서희를 감싸 안던 지혁의 팔은 품 안의 서희의 울음소리가 커 갈수록 힘이 들어갔다.

"미안, 오빠."

"나도 미안."

뭐가 미안한지 둘은 굳이 묻지 않았다. 둘이 함께할 때 그랬던 것처럼, 지혁의 얼굴이 서희의 머리 위에 올려졌고, 둘이 함께할 때처럼 서희의 손이 지혁의 허리를 감싸 안았다.

그걸로 됐다. 이제 놓치지 않을 서로의 체온. 그걸로 된 것이었다.

한서희, 따라와. 그렇게 지혁은 말했다. 서희의 가방을 끌고 서희의 손을 잡았다. 공항 안을 걸으며 서희의 머리에 입술을 가져갔고, 주차장으로 가면서 서희의 이마에 입술을 가져갔다. 나쁜 계집애. 그리 욕도 해 주었다. 내가 뭘? 또 그리 뾰로퉁히 답도 해 주었다.

두 눈이 마주치면 눈에 눈물이 고이면서도 코를 찡긋거리며 장난스런 표정으로 웃어 보였다. 매일매일 만나 온 연인처럼, 그 옛날부터 해 오던 것처럼 서희가 뾰로퉁히 대답하면 지혁은 서희를 잡고 있던 손을 잡아당기며 헤드락을 걸었다. 까불지.

가슴속에 묻힌 서희가 지혁의 냄새를 폐 속으로 깊이 집어넣으면 지혁 역시 고개를 숙여 서희의 냄새를 한껏 맡아 보았다.

피곤하지? 지혁이 물었고 아니, 서희는 답했다. 오빠는? 서희
가 물었고, 이젠 안 피곤해. 지혁은 대답했다.

넓은 주차장을 돌며 주차해 놓은 차를 찾던 지혁이 자기 손을
코에 가져가며 '아, 오빠 냄새', 또다시 눈에 눈물을 그렁이면서
도 환히 웃는 서희를 보다가 갑자기 무언가 생각난 듯 아, 라는
감탄사와 함께 자리에 멈춰 섰다. 왜? 서희는 눈을 동그랗게 뜨고
지혁을 올려다보았다.

"큰일 날 뻔했다."

지혁이 얼굴을 찌푸리며 서희의 손을 놓자 서희는 다시 눈을
크게 뜨며 지혁을 올려다보았다.

"왜? 뭔데? 키 잃어 버렸어?"

"아니."

"그럼?"

"키스를 했어야 했어. 만나자마자. 원래 그렇거든, 영화에서 보
면. 다시 갈까? 공항에서 한서희 나오는 것부터 우리 다시 하자."

"오빠는."

물론, 서희는 다음 말을 이을 수 없었다. 그냥 여기서 하지, 뭐.

그렇게 지혁은 서희의 얼굴 위로 고개를 떨궜다. 사이사이, 사
람들, 이라고 말하는 서희의 목소리를 삼키며 지혁은 대답했다.

"괜찮아, 어차피 저 사람들 눈에 동양인은 다 똑같아 보여."

지혁의 차를 타고 지혁의 아파트로 왔다. 오는 동안, 지혁은 서

희의 손을 잡고, 손을 들어 서희의 머리를 쓰다듬었다. 나 보지 마, 사고 나. 서희는 버럭 소리도 질렀다. 누가 이렇게 뜸 들이고 한참 있다가 오래? 느물느물 지혁은 웃어 보였다.

주차장에 차를 파킹 한 후 지혁은 몸을 돌려 서희를 보았다. 손을 들어 서희의 머리를 다시 만져 보고 그 손을 내려 얼굴을 쓰다듬었다.

정말 서희가 손끝에 있었다. 농담을 해도 자꾸 울컥울컥 뜨거운 것이 치밀어 올라 지혁은 큼 헛기침을 하며 치밀어 오르는 감정을 내려 눌렀다.

"서희야."

지혁이 조용히 서희의 이름을 불렀다.

"응."

"들어가자마자 나 너 안을 거야."

그렇게 둘은 다시 만났다. 그리고, 다시 하나가 되었다.

나 먼저 씻을래. 서희가 반항을 했지만 어차피 땀나면 또 씻어야 돼. 지혁은 막무가내였다. 이야기부터 해, 서희가 밀쳤지만, 우리에게는 이야기 나눌 긴 시간이 있어. 지혁은 밀치는 손을 잡아 가슴으로 끌어당겼다. 오빠, 소리 내 막으려 해도 응, 지혁은 입술 끝을 올리며 대답만 했다.

"얼굴."

지혁은 불을 끄지 못하게 했다.

"보여 줘."

부끄러운 마음에 자꾸만 숙여지는 얼굴을 감싸 안는 손이 뜨거웠다. 한동안 서희의 얼굴을 바라보다 다가오는 입술은 거칠면서도, 얼굴을, 머리를, 몸을 쓰다듬은 손길은 따스했다.

가을이었다. 지혁이 말한 사랑하기 좋은 계절, 가을. 선선한 바람이 벗은 몸에 오돌한 한기를 주면 사랑하는 이의 따뜻한 체온이 그 한기를 감싸 주었다.

"없었어. 아무도."

둘이 하나가 되기 전 서희는 손을 들어 지혁의 얼굴을 어루만졌다.

"알아, 나도 그랬어."

그렇게 하나가 되었다. 안아도 안아도 채워지지 않는 지난 시간의 그리움을 둘은 서로를 부둥켜안으며 서로를 원하는 뜨거운 마음으로 채워 나가고 있었다.

그동안 할 수 없었던 사랑한다는 말을 모든 질문에 대한 대답인 듯 들려주었고, 서로의 이름을 자신의 목소리로 불러 주었다.

사랑하는 이와 하나가 될 수 있는 특별한 축복 앞에서 말할 수 없는 쾌락을 느끼며 둘은 서로의 이름을, 그 이름 뒤 사랑한다는 말을 속삭였다.

어두운 하늘, 삐걱거리는 침대 소리, 사랑하는 이의 거친 숨소리와 따뜻한 체온, 얼굴에, 온몸에 내려지는 입술과 안아 오는 손길.

이걸로 된 것이었다. 무엇이 더 필요할까. 너에게, 나에게. 그렇게 우리에게.

"쪽지는 왜 책 안에 넣어 둔 거야?"

샤워 후, 지혁은 서희에게 팔베개를 한 채 아직 물기가 조금 남아 있는 서희의 머리를 손으로 만져 주고 있었다.

"테이블 위에 뒀으면 보자마자 버렸을 거 아니야? 나 잊는다고."

맞다. 그 당시라면 아마 그랬을 것이었다.

"도박이었어. 내가 사 준 책장, 책들. 한서희 가슴 아파 쳐다보지도 못하겠지. 한서희가 언제 저 책들을 들출 수 있을까. 나한테 돌아올 거라 마음먹을 때, 혹은 다른 사랑이 생겼을 때. 둘 중 하나겠지."

지혁은 서희의 머리에 입을 맞췄다. 나쁜 계집애. 그래도 예쁜 계집애.

"다른 사랑이 생기기까지는 꽤 시간이 걸릴 거라 여겼어. 하지만, 나한테 돌아온다는 생각을 갖게 되는 건 조금 더 이르지 않을까. 언제일까. 그러니까 마음이 급해지더라. 서희 너 돌아오려고 하는데 그때, 내 상황 똑같으면 어떻게 하나. 그래서 서둘렀어."

"오빠 졸업하도록 나 안 왔으면?"

"내가 가려고 했어. 이번에. 논문 내자마자 가려고 했어. 한서희, 기절시켜서라도 데려와 내 옆에 두려고 했어."

안다. 그랬을 거야, 오빠라면.

다시 입술이 비죽거려져 서희는 몸을 돌려 지혁을 꼭 안았다. 얼굴에 닿아 오는 지혁의 가슴이 서늘해진 서희의 얼굴을 따뜻하게 덥혀 주고 있었다.

"오빠, 노래 불러 줄까?"

"훗, 그래."

지혁의 손이 서희의 머리카락 속으로 들어와 머리를 지그시 눌러 주었다.

"큼큼. 슬픔은 없을 것 같아요. 우산 없이 비 오는 거리를 걸어도, 나는 행복할 것 같아요. 내 안에 그대가 왔잖아요."

장난스럽게 '그대'라는 대목에서 손가락을 들어 지혁을 가리키자 지혁이 하하, 소리 내 웃으며 서희의 머리에 다시 입술을 가져갔다. 침대에 누우면 보이는 검은 밤하늘 위로 서희의 노래 소리가 퍼져 가고 있었다.

"그대가 내 이름을 부를 때 나는 내가 나인 게 너무 행복하죠. 그대가 날 보고 웃을 땐 난 모든 세상에 감사해요. 난 괜찮아요, 혹시 어려워 마요. 다시 혼자가 된다……."

"잠깐, 잠깐."

"왜?"

"가사 별로야. 다시 혼자 된다니? 누구 속 뒤집어 놓을 일 있어? 다른 거 해."

서희는 눈동자를 굴리며 좋은 가사의 예쁜 노래를 생각해 보았다.

"너에게 난 해질녘 노을처럼 한편의 아름다운 추억이 되……."

"잠깐, 그것도 안 돼. 추억이 돼? 그거 우리 기억이 후회 없이 그림처럼 남네 어떠네 그런 거잖아. 너, 누구 속 터져 죽는 거 보

382

고 싶어서 그래?"

"그럼, 뭐해?"

서희가 버럭 화를 내자 지혁은 눈이 보이지 않게 웃으며 서희를 안아 자기 위에 올려놓았다. 서희의 긴 머리가 지혁의 얼굴 위로 내려와 얼굴을 간지럽혔다.

"머리 끈 어디 있어?"

지혁이 손을 들어 서희의 머리를 하나로 모아 잡으며 물었다.

"몰라, 소파에 있나?"

"음. 너무 정신없이 앉았나 보다."

너무나 진지한 얼굴로 놀리는 지혁을 서희는 입술까지 앙다물며 노려보았다. 그 모습에 지혁은 하하, 소리 내 웃으며 그녀를 품에 깊이 안았다.

"이씨. 이거 놔. 이 변태 아저씨."

"싫어."

"나이 들더니 입만 야해져 가지고."

"크크크, 한서희. 너 이상해. 입 말고 다른 데도 야해지라고?"

"오빠!"

서희를 안은 지혁의 팔에 힘이 들어갔다.

"서희야."

"왜?"

"계속 말해 봐."

"뭘?"

"아무 말이나……. 내 귀에 네 목소리 계속 들리게."

가슴이 시려 와 서희는 큼, 헛기침을 하면서도 짐짓 토라진 목소리로 말했다.

"싫어. 강지혁 나빠. 못생겨졌어. 3년 새에 폭삭 늙었어. 아저씨 같아."

"크크, 그리고?"

서희를 안은 지혁의 손이 그녀의 머리를 쓰다듬고 있었다.

"미국에서 살더니 오빠 느물느물, 느끼해졌어."

"에이, 그건 아니다. 난 원래 한서희한테는 느물거렸다."

"무튼, 그렇다고. 국어 선생님이 나중에 커서 고등학교 때 좋아한 사람 만나면 후회한다고 했는데 맞는 거 같아. 내가 아까워. 완전 못생겨졌어, 오빠. 난 완전히 섹시해졌는데."

"응."

"응?"

"계속 말해 봐, 서희야."

귓가에 들리는 지혁의 목소리가 떨리고 있었다. 바보. 목에 묵직한 것이 걸리는 것 같아 서희는 침을 삼켰다.

"바보."

"훗, 다 나쁜 말만 하네, 한서희."

"바보."

"응."

"바보."

지혁이 대답 대신 서희를 힘줘 안았다. 품 안에 서희가 있었다. 꿈이 아닐까. 이대로 잠이 들어 일어나면 빈 침대가 아닐까.

"오빠."

"……."

"나 옆에 있으니까 불안해하지 마."

"응."

마치 그 마음을 아는 듯 토닥이는 서희의 목소리에 지혁의 목이 잠겨 갔다.

서희는 고개를 들어 올렸다. 바보. 지혁의 눈에 눈물이 고여 있었다. 울지 마. 지혁이 손을 들어 서희 눈에 고인 눈물을 닦아 주었다. 오빠도 울지 마, 서희가 입술을 내려 지혁의 눈물을 닦아 주었다. 이걸로 됐다. 이제 우리.

아침부터 둘은 실랑이를 벌였다. 집에서 기다리겠다는 서희와 실험실에 같이 가자는 지혁의 티격거림은 결국 '그럼, 나도 안 가.' 라며 침대에 벌러덩 누워 버린 지혁의 승리로 끝나고 말았다.

서희 손을 잡고 한스 박사에게 간 지혁은 피앙세예요, 라고 서희를 소개해 그녀는 졸지에 그의 약혼녀가 되었다. 승백 앞으로 가 큼큼, 헛기침을 하며 결혼할 여자, 그리 서희를 소개시켜 서희는 졸지에 결혼 날짜 잡았냐는 질문을 받아야 했다.

"내 오피스에서 자고 있어."

지혁은 얇은 외투를 서희 몸에 덮어 주며 실험을 하러 갔다.

잠을 여기서 어떻게 자? 작은 목소리로 따지던 서희는 어느새 지혁의 자리에 앉아 잠이 들었고, 시간이 날 때마다 오피스로 온 지혁은 잠이 든 서희의 얼굴을 하염없이 바라보다 실험실로 들어

385

가곤 하였다. 손을 대면 깨어날까 차마 만지지도 못하고 머리카락을 쓰다듬었다.

사춘기 시절, 서희가 그랬던 것처럼, 그녀 옆에 앉아 책상에 엎드려 그리 한동안 잠이 든 서희의 얼굴을 바라보았다. 나쁜 계집애. 예쁜 내 계집애.

"저 여자분이시냐? 우주 어쩌고저쩌고, 한 가지 어쩌고저쩌고, 잘난 척하면서 이야기한 이유가?"

세포 배양실로 들어서는 지혁을 보며 승백이 물었다.

"응."

"아주 온 거야?"

"아니, 금요일에 가야 돼. 한국에서 학위 중이거든."

승백은 황당하다는 표정으로 지혁을 보며 그의 손에 있는 샘플을 빼앗듯이 건네받았다.

"쉬어라. 뭐하는 짓이냐? 일주일도 채 못 머무르는 거잖아. 너 2년 내내 하루도 빼놓지 않고 나왔잖아. 보스도 허락할 거야."

"그럴려고. 이거 얼려 놓고 내일부터 쉬려고 했어. 그래도 형이랑 보스한테 허락은 받아야지. 어제 실험한 건 샘플링 해 놓을게요. 부탁 좀 해요, 형."

"징하다, 너. 샘플링 끝내려면 밤이야. 내가 할게."

"안 돼, 그러면 서희한테 혼나. 오늘은 괜찮아요. 서희도 스케줄 다 알아. 뒤로 가면 샘플 수거 간격 길어지니까 그때 서희랑 근처 구경 좀 하고 오지, 뭐. 고마워요, 형."

서희의 손을 잡고 보스턴 거리를 걸었다. 어디를 좋아할까. 미국에 처음 온 서희는 모든 것이 신기한 듯 지혁의 손을 잡고 주변을 두리번거렸다. 길거리에 지나다니는 외국인들만으로도 낯설건만 주변에 서울에서 보기 힘든 고풍스런 건물들도 서 있었다.

누군가 보스턴을 말끔하게 고급 슈트를 차려입은 멋진 중년 남성과 같다고 표현했었는데 서희는 거꾸로 아, 이런 느낌이 멋진 중년 남성의 느낌인가 그리 생각을 했다.

지혁은 자기 손 안에서 흥미로운 것을 발견할 때마다 손가락을 움찔거리며 주변을 두리번거리는 서희를 보았다. 그러다 자기에게 한동안 눈길을 주지 않는 서희가 알미워 손을 잡아당겨 품에 안기도 하였다. 왜? 놀라서 묻는 서희의 질문에 그냥, 뚱하게 대답을 하기도 했다.

지혁의 손에 이끌려 전철을 타고 도착한 보스턴 공립 도서관으로 들어서며 서희는 눈을 동그랗게 떴다.

"와아, 성 같아."

"하버드 도서관까지는 시간이 안 맞아서. 여기가 미국 최초 도서관이야."

혹 발소리가 날까 운동화 신은 발임에도 발뒤꿈치를 들어 올리고 걸으며 서희는 깊게 볼우물을 만들었다.

오빠, 오빠. 서희는 지혁의 손을 잡고 있으면서도 끊임없이 지혁을 불렀다. 대리석으로 만들어진 입구와 앤티크한 도서관 내부의 모습에 지혁을 불렀고, 휴식공간인 듯 만들어진 야외 테라스와 분수대를 발견하고 지혁을 불렀다.

끝없이 펼쳐진 책장과 책들. 우와. 저절로 입이 벌어지는 방대한 양의 책들을 보며 서희는 다시 지혁을 불렀다. 오빠.

서희는 지혁의 손을 잡고 책장 사이를 걸어 다녔다. 이 책들을 다 읽은 사람이 있을까. 손을 들어 책장에서 책 한 권을 꺼내 들었다. 읽는 대신 책장을 넘기며 바람결에 실려 오는 오래된 책 향기를 맡아 보았다.

기억 속에 익숙한 서희의 모습에 그 기억 속 어느 날들처럼 지혁은 잡고 있던 서희의 손을 놓고 팔 안에 그녀를 가두었다. 지난날처럼 사람 없는 책장 사이를 찾지는 않았지만, 그 지난날처럼 지혁은 서희의 입술을 찾았다.

"사람들."

부끄러워하면서도 서희는 지혁의 입술을 받아들였다.

"괜찮아. 나만 보일 거야."

달콤한 책 향기 속에 그리웠던 사랑하는 이의 체취가 섞여 갔다. 무심히 지나치는 사람들, 한산한 도서관 내부. 부드럽게 다가와 입술을 머금은 그의 숨결까지 서희는 삼키고 있었다.

입맞춤 후 지혁의 손가락이 서희의 입술 위에 잠시 머물렀다. 살포시 패이는 볼우물에 손가락을 대어보고, 붉게 물든 얼굴을 쓱 손등으로 만져 주었다. 그 손을 거머쥐며 서희는 걸어갔다. 걸으면서도 두 눈을 마주했다.

여기는 어린이 도서관, 여기는 청소년 도서관. 아기자기한 카페처럼 꾸며진 도서관 내 작은 도서관들을 들여다보았다.

"오빠, 우리 내일은 하루 종일 여기 와 있자."

발돋움하며 지혁의 귓가에 속삭이는 서희의 목소리는 한껏 행복에 들떠 있었다. 그 목소리에 가슴속에 따뜻한 것이 차오르는 것 같아 지혁은 하하, 소리 내 웃었다. 하지만,

"안 돼, 집에만 있을 거야."

대답은 냉정했다.

다음 날은 지혁의 말처럼 집에만 있었다. 한 몸처럼 붙어서 보냈다. 서희 뒤에 앉아 지혁은 서희를 품에 안고 있었다. 서희의 어깨에 턱을 올려놓고, 머리에 얼굴을 올려놓고 이야기를 나누었다.

서로가 모르는 3년의 시간을 아쉬워하고, 그래도 잘 견뎠다 서로를 쓰다듬었다. 눈이 마주치면 입을 맞췄고 입을 맞추면 서희를 안아 무릎에 올려놓았다. 코끝을 비비고 뺨을 맞댔다. 손을 들어 서로의 얼굴을 만져보고, 입술 끝에 닿아오는 손에 혀끝을 대어보았다. 서로의 눈이 열기로 젖어 가면 누가 먼저랄 것도 없이 서로를 품에 안았다.

그렇게 꼬박 하루를 보냈다. 잠이 들고 누군가 일어나면 또 서로의 품을 찾았다.

혼자 살면서 늘었다는 지혁의 형편없는 음식 솜씨에 웩, 거리면서도 식사를 했고, 너 그러면 먹지 마, 씩씩거리면서도 그나마

맛이 괜찮은 것들을 서희 앞으로 밀어 주었다. 식기 세척기가 있음에도 물장난을 치자며 둘이 나란히 서서 설거지를 하였다.

서희 집에서처럼 서희가 지혁의 칫솔에 치약을 짜 주었고, 서로 얼굴을 보며 양치질을 했다. 입 안 가득 치약을 물고 더러워, 서로 흉을 보았다.

함께 샤워를 했다. 커다란 타월로 서희를 감싸고 지혁은 서희를 침대에 올려놓았다. 잠시만 기다려. 드라이기를 가지고 나와 서희의 머리를 말려 주었다. 서희의 긴 머리가 말라 가자 지혁은 늘 함께했던 것처럼, 어제 헤어져 오늘 만난 것처럼 변함없이 그 머리에 입을 맞춰 주었다.

그러다, 또 울컥, 눈물이 나오기도 했다. 행복해서 눈물이 나왔고, 눈앞에 있는 사랑하는 이의 숨결에 눈물이 나왔다. 그리움이 컸던 만큼 순간순간 가슴이 벅차 눈이 젖어 갔지만 이제 더 이상 울지 말라 하지 않았다. 그 말 대신, 손을 들어 눈물을 닦아 주고, 입을 맞춰 주었다. 미안해, 서희가 말했고, 나도 미안해, 지혁은 말했다.

3일째 되는 날, 서희는 물었다. 오빠는 뭐가 미안해?

"너무 늦게 울타리 만들어서. 너 울게 해서. 그게 미안해."

그래서 서희는 또 바보, 그랬다.

다투기도 했다. 작은 투닥거림이었다. 맛있는 거 사 줄게, 서희 손을 이끄는 지혁에게 그냥 집에서 만들어 먹자, 오빠 매일 사먹을 거 아냐. 그걸로 다퉜다. 길거리를 걸으며 자꾸만 뽀뽀를 하자는 지혁을 피하다 다퉜다. 일주일만 더 있다가 가, 서희야. 아이처럼 조르는 지혁에게 안 돼, 단호하게 들려준 서희의 대답 때문에 다퉜다.

때로는 조용히 다가간 서희가 지혁의 손을 잡으며 화해를 했고, 때로는 지혁이 서희를 간지럽히며 화해를 했다. 때로는 서희가 지혁의 볼에 입을 맞추며 화해를 했고, 때로는 말없이 그저 서로를 품에 안으며 화해를 했다.

일주일은 그렇게 지나갔다. 사랑하고 또 사랑하고 사랑했다. 무슨 말이 우리 사이에 더 있을 수 있을까.

사랑, 이었다. 나와 같은 너, 너와 같은 나. 그렇게 다시 만난 우리, 였다.

세상에서 가장 아름다운 말, 사랑하는 우리, 였다.

새벽에 눈을 뜬 지혁은 잠시 눈을 깜박이며 손을 뻗어 시간을 확인했다.

3시.

밤새 잠이 든 서희 얼굴을 보고 있으려 했는데 어느새 잠이 든 모양이었다.

날이 밝으면 서희가 돌아가야 하는 날이었다. 품에 안겨 잠이 들었던 서희가 잠결에 돌아누운 채 고른 숨소리를 내고 있었다.

맨살에 닿아 오는 서희의 체온을 느끼며 지혁은 그녀의 머리에 입술을 가져갔다. 돌아누운 서희의 둥근 어깨가 달빛을 받아 서늘할 것 같아 그 어깨에 입술을 내리기도 했다. 서희의 냄새를 기억하려는 듯 목에 코를 묻었고, 그러다 두 눈에 잡힌 둥글고 도톰한 귀를 아프지 않게 물기도 했다.

팔베개를 해 준 손으로 어깨를 감싸고 다른 손을 들어 그녀의 허리를 감싸 안자 서희의 손이 어깨 위, 그의 손 위로 올려졌다. 지혁은 좀 더 깊이 서희를 품에 안았다.

"안 잤어?"

"이러는데 어떻게 자?"

막 잠에서 깨어난 허스키한 목소리로 서희는 웃었다.

"응."

지혁이 무엇에 대한 대답인지도 모를 대답을 하며 다시 서희의 목에 얼굴을 묻자 그녀는 손을 들어 그의 머리카락을 쓰다듬었다.

"하고 싶으면 해도 돼."

훗. 작은 웃음이 목에서 울리자 서희는 간지러워 고개를 숙였다.

"내일 가는데 피곤할 거 아냐."

"치이. 여기 도착한 날 오자마자 쉬지도 못하게 한 사람이 누군데."

서희는 지혁의 팔 안에서 돌아누워 그를 마주 보았다. 돌아눕자마자 맞닿아지는 서희의 가슴이 주는 감촉에 지혁의 목울대가 움직였다.

둘은 잠시 서로를 바라보았다. 또 한동안 볼 수 없는 사랑하는 이의 얼굴을 눈에 새기듯 둘은 서로의 눈을 코와 입술, 머릿결이 흩어진 이마를 찬찬히 바라보았다.

서로를 바라보는 눈길에 그리움과 안타까움, 그리고 열기가 숨김없이 전해지고 있었다.

"보내기 싫어."

지혁의 커다란 손이 얼굴을 감싸자 서희는 얼굴을 올려 그의 입술에 입을 맞췄다. 처음은 그저 가벼운 입맞춤이었다. 서희의 얼굴이 멀어져 가자 지혁의 입술이 다시 다가왔다. 눈을 감고 짧게 짧게 서로의 입술을 욕심내며 둘의 호흡이 가빠져 갔다.

누가 먼저인지 알 수 없었다. 서희의 팔이 지혁의 목을 감쌌고, 지혁의 손이 서희의 등을 감싸 안으며 서로의 다리가 엉겨 들어갔다. 함께하는 이 며칠간, 내 몸인 듯 어루만진 서로의 몸을 둘은 팔과 다리로 감싸 안았다. 지혁의 혀가 깊이 입안으로 들어왔고 서희의 혀가 그 혀를 기다린 듯 감아 들었다.

"안아 줘."

"괜찮겠어?"

서희의 입술을 놓지 못하며 지혁이 물었다. 대답 대신 서희는 지혁의 입술을 베어 물었다. 홋, 작은 웃음소리가 서희의 귓가에 들려오자 가쁘게 숨을 들이마신 서희의 얼굴에도 볼우물이 만들어졌다.

"안 봐줄 거야."

"응."

부드러운 살결이 녹아들듯 지혁의 품 안으로 들어왔다. 다시금 피어오르는 서희의 향기를 놓치지 않으려는 듯 지혁은 그녀의 얼굴과 목에 코끝을 가져가며 입을 맞추었다.

"오래 안을 거야."

지혁의 코끝이 서희의 살결을 부드럽게 쓸고 갔다.

"내 몸에 한서희 냄새 스며들게."

지혁은 천천히 서희의 몸을 따라 입술을 내렸다. 자신의 몸 구석구석에 서희의 냄새를 스며들게 하듯, 서희의 몸 구석구석에 자신의 냄새를 스며들게 하듯 천천히, 정성스럽게 서희의 몸을 만지고 입을 맞춰 갔다. 이마에 입술을 내리고 열기에 젖어 가는 서희의 눈에도 입술을 가져갔다. 손을 들어 서희의 얼굴을 감싸고 그 손을 내리며 목을, 어깨를 쓰다듬었다.

땀에 젖어 가는 서희의 등을 두 손으로 어루만지며 지혁은 서희의 목과 쇄골에 차례로 입술을 내렸다. 봉긋이 솟은 가슴을 두 손으로 감싸자 서희의 허리가 움찔거리며 밭은 호흡이 입술 사이로 흘러나왔다.

저절로 몸이 지혁 가까이로 움직여 갔다. 서희의 몸을 만져 가는 그의 손이, 서희의 몸에 내려진 그의 입술이 점점 열기를 띠며 뜨거워졌지만 지혁은 서두르지 않으며 서희를 안아 갔다.

"오빠."

그 손끝에 받아지는 호흡으로 서희는 지혁을 불렀다. 목이 꽉 막혀 갈증이 났고, 미칠 것 같은 두근거림과 손끝이 저리도록 아파 오는 날것의 흥분으로 서희는 지혁의 팔을 잡았다.

두 손에 감싸인 서희의 가슴 위에 봉긋한 봉오리가 빳빳해져 갔다. 지혁의 입술이 서희의 가슴을 입안으로 삼켰다. 혀끝에 닿아 오는 작은 봉오리를 아프지 않게 잘근거렸고, 빨고 핥으며 땀에 젖어 더 짙어져 가는 서희의 향기를 빨아들였다.

"오빠."

허리가 저절로 휘어 갔다. 가슴에 머문 지혁의 입술만으로도 아득한 쾌감에 괴로운데 지혁의 손은 집요하게 서희의 몸을 만져 가고 있었다. 손이 내려진 곳으로 입술이 따라갔고, 입술이 머문 곳에 아찔한 느낌이 전해졌다. 어느 한 곳도 놓치지 않으려는 듯 지혁은 서희의 온몸을 손으로 입술로 만지고 핥아 갔다.

지혁의 손이 젖어 든 서희의 몸으로 내려갔다. 다시금 그 손길을 따라가는 지혁의 입술에 서희는 놀라 다리를 오므리며 지혁을 잡았다. 그곳에 지혁이 입술이 닿은 적은 없었기에 서희는 고개를 저으며 흥분과 함께 부끄러움으로 달아오르는 몸을 자신의 손으로 감쌌다.

"싫어, 오빠."

지혁의 손이 서희의 손 위에 올려졌다.

"다 보여 줘, 오늘은 다 보고 입 맞출 거야."

다독이듯 지혁의 손이 서희의 손가락을 어루만졌다. 지혁의 입술이 그 손 위를 움직였다. 괜찮아, 서희야. 머뭇거리며 서희의 손이 떨어져 갔다.

지혁의 숨결이 느껴지고 조심스럽게 다가오는 입술이 느껴지자 서희는 다시 몸을 비틀었다. 지혁은 서희를 안심시키듯 서희의 몸을 쓸어 갔다. 괜찮아, 서희야. 지혁의 입술이 깊이 서희의 꽃잎을 빨아들이자 다시 밭은 신음이 저절로 입술로 새어 나왔다. 배 속 깊은 곳에서 끓어오르는 욕망으로 서희의 신음 소리가 높아져 갔다.

"아…… 오빠, 오빠."

귀에 들려오는 달뜬 서희의 목소리가 지혁을 더더욱 열에 들뜨게 만들고 있었다. 한동안 안을 수 없는 서희의 몸이었다. 이미 오래전부터 부풀어 오른 지혁의 분신이 서희 안으로 들어가고 싶은 욕망으로 지혁을 괴롭히고 있었다.

지혁은 몸을 일으켜 서희의 얼굴을 바라보았다. 욕망으로 몽롱해진 얼굴로 지혁을 올려다보던 서희는 두 팔을 지혁에게 뻗어 왔다. 그를 느끼고 싶었다. 안고 싶고, 입 맞추고 싶었다.

그 마음을 느낀 듯 지혁은 서희의 입술을 삼켜 버렸다. 몇 번을 안아도 이는 갈증. 다시 한동안 볼 수 없는 시간 동안 서로를 위로해 줄 표식을 남기듯 서희의 몸에 자국을 남겼다.

"들어갈 거야."

서희는 고개를 끄덕이며 땀에 젖은 지혁의 머리를 넘겨주었다. 그 손에 입을 맞춘 후 지혁은 서희의 두 눈을 바라보며 이미 젖어든 서희의 몸에 자신을 밀어 넣었다.

온몸으로 전해지는 동물적인 쾌락 앞에 지혁 입에서는 저절로 신음 소리가 튀어나왔다. 늘 부드럽게 자신을 감싸 오는 서희의 감촉에 온몸에 도돌하게 소름이 돋아 올랐다.

지혁은 가슴 아래 누워 있는 서희의 입술을 베어 물었다. 사랑해. 입술을 맞닿은 채 지혁은 말했다.

"사랑해."

자신을 가득 채운 지혁을 느끼며 서희 역시 대답했다. 서서히 지혁의 몸이 움직였고, 그 움직임에 따라 서희의 숨결은 가빠져 갔다. 그 모습 하나하나 새겨 넣듯 지혁의 눈은 한시도 서희에게서 떨어질 줄 몰랐다.

"오빠."

온몸이 울리는 쾌감에 서희가 부르면,

"응."

지혁은 대답하며 입술을 내렸다.

"눈 감지 마, 서희야."

그 쾌락 앞에 저절로 눈이 감기는 서희를 향해 지혁은 말했고,

"응."

서희는 다시 눈을 뜨며 눈앞에서 움직이는 사랑하는 이를 바라보았다.

하나가 된 몸이 뜨거워질수록, 마주한 눈이 짙어져 갔고, 받아지는 호흡을 받아먹듯 서로가 서로의 입술을 찾았다.

하나였다. 지혁의 움직임이 빨라져 서로의 입술에서 달뜬 신음이 새어 나와 서로를 찾고, 마지막 온몸의 세포 하나하나가 폭발하듯 아득한 절정을 느끼고 난 후에도 둘은 하나인 채 서로를 놓아주지 않았다.

그렇게 두 연인은 그 밤, 온전히 서로를 느끼며 아침을 맞이하였다.

❖

"보내기 싫어, 한서희."

공항으로 떠나기 전, 식탁에 기대서 있던 지혁은 서희에게 손을 뻗었다. 서희는 자연스레 지혁의 품 안으로 들어가 말없이 그 가슴에 얼굴을 묻었다.

"나도 가기 싫어."

"졸업 언제라고?"

"후년 2월에 할 거 같아."

지혁의 입에서 작은 한숨이 새어 나왔다.

"그 안에 내가 한 번 한국 들어갈게."

그렇게 서희는 한국으로 돌아왔다. 공항에서도 한참 서로를 놓지 못하던 둘은 시간이 임박해서야 헤어질 수 있었다. 헤어질 때, 코끝이 아파 고개를 숙였지만, 이 정도야 아무것도 아니야, 둘은 생각했다.

비행기에 오르기 전까지 통화를 했고, 뉴욕에 도착해 전화를 했고, 한국에 도착하자마자 통화를 했다. 공항에는 경호와 나미가 나와 있었다. 서희를 보자마자 경호는 미간에 한껏 주름을 만들어 보이며 지혁의 욕을 하였다.

"그 자식, 내내 전화해 너 마중 나가라고 들들 볶아서 온 거야. 너 조금이라도 불편하면 가만 안 둔단다. 너희 그냥 또 싸워라."

그러다, 나미의 손에 세게 등짝을 얻어맞고 또 혼자 투덜거리기 시작했다. 경호는 서희의 집에 나미와 서희를 데려다 주고 손을 흔들고 갔다.

"그냥, 혼인 신고부터 해라. 여러 사람 힘들게 하지 말고."

나미와 서희는 밤새 이야기를 나누었다. 그리고 그 날 밤, 나미는 서희에게 비밀을 이야기 해 주었다.

"서희야, 나 경호 오빠 고백받았다."

"꺄아~ 언제 어떻게 어디서? 언제부터 오빠가 좋아한 거래?"

둘은 때로는 부끄러워 이불을 뒤집어쓰고 눈만 내민 채 서로의 사랑을 이야기했다.

그렇게 그 밤을 지새웠다. 12살 꼬맹이가 되어 그 옛날 그랬던 것처럼 상대방의 행동을 따라 하며 실감나게 상황 설명을 해 주었고, 사춘기 소녀가 되어 꺄아, 소리도 질러 보았다.

❖

"죄송해요, 교수님. 갑자기 떠나느라 늦게 메일밖에 드리지 못해서……."

월요일, 실험실에 도착하자마자 서희는 현정의 오피스를 찾았다. 아무리 여름방학 동안 휴가를 쓰지 않았다지만 미리 이야기를 드리지 못한 채 메일만 띄우고 일주일을 나오지 않은 것이 죄송해 현정 앞에서 고개를 숙이고 있었다.

"지혁이한테 갔다 온 거야?"

"예."

참내. 현정이 가볍게 웃는 소리가 들려 서희는 고개를 들어 그녀를 바라보았다.

"강지혁이 이겼네."

무슨 말이냐는 듯 서희는 고개를 갸웃거리며 눈을 멀뚱히 뜬 채 현정의 다음 말을 기다렸다.

"지혁이 떠나기 전, 나한테 왔었거든. 우리 실험실 오려고 했었는데 유학 결정했다고 죄송하다고. 서희 너, 그때 지혁이랑 헤어지려고 숨어 있느라 실험실도 안 나왔었잖아. 그거 대신 해명도 해 줄 겸 왔었어."

현정은 슬며시 미소를 지었다.

너희 진짜 헤어졌냐? 그 날, 현정은 물었었다. 모든 것을 잃은 듯 휑한 얼굴이면서도 지혁은 고개를 저었었다.

「4년 안에 서희 찾으러 올게요, 교수님.」

지금이야 그렇지, 헤어지면 잊기 마련이야. 그 날, 현정은 그리 위로를 해 주었었다. 그런 현정에게 지혁은 장난스럽게 웃어 보였었다.

「그럼, 저 서희 찾으러 오면 서희 놓아주셔야 돼요. 졸업 때문에 안 된다고 하시면 안 돼요.」

"언제 너 찾으러 올 거래?"

현정은 서희에게 물었다.

"모르겠어요. 내년쯤 한 번 온다고는 하는데."

현정은 손을 들어 이마를 눌렀다.

"서희 너, 하고 있는 프로젝트 얼른 마무리 지어서 내년 안에 논문 한 편 더 내자. 지혁이 자식 오기 전에."

현정과 이야기를 마친 후, 서희는 실험실로 들어갔다.

"서희야."

일주일 전, 자신의 고백 후 나오지 않았던 서희 때문에 성준은 마음고생이 심했는지 핼쑥해진 얼굴로 서희를 불렀다. 그녀는 성준을 비롯한 실험실 사람들에게 고개를 숙여 사과를 했다.

"죄송합니다, 모두 걱정했었죠?"

일주일 전보다 충만해진 서희의 표정을 보며 실험실 사람들은 무슨 일이 있었냐 앞다퉈 물었지만 그녀는 얼굴을 붉힌 채 미소만 지어 보였다. 다만, 서희의 대답을 포기하고 모두가 돌아섰을 때 서희는 성준을 휴게실로 불렀다.

환한 미소, 반짝이는 눈동자. 성준은 오랜만에 서희의 얼굴에 다시 나타난 표정에 목이 타들어 가 침을 삼켰다. 욱신. 이유 없이 심장이 아파도 왔다. 마음 같아서는 나중에 이야기하자 그 자리를 피하고 싶었지만 성준은 다리에 힘을 주며 반짝이는 서희의 눈을 마주했다.

"선배, 저 미국 갔었어요."

순간, 성준의 얼굴이 굳어졌지만 그는 곧 고개를 끄덕이며 미소를 지어 보였다.

"강지혁 만났냐?"

"예. 선배한테는 미리 말씀드리는 게 맞는 거 같아서요."

미안한 마음에 고개가 숙여지려 했지만 서희는 성준의 눈을 피하지 않으려 목에 힘을 주었다.

"좋냐?"

"예. 선배. 너무 행복해요."

성준의 목울대가 움직였다. 활짝 웃으며 다행이다 해 주고 싶었지만 가슴이 아픈 건 어쩔 수 없는 일이었다.

"미안, 서희야. 지금은 이 오빠가 축하한다 못 해 주겠다."

그러면서도 서희가 미안해할까 봐 마지막까지 스스로를 오빠라 너스레를 떨어 보았다. 죄송해요. 서희는 고개를 숙여 인사를 하였다. 고마운 선배. 그 마음에 상처를 주는 것이 서희 역시 쉬운 일은 아니었다.

먼저 가볼게요. 성준 곁을 지나치는 서희의 손목을 성준이 잡았다. 하지만 그뿐, 잠시 한 번 더, 서희의 손목을 힘줘 잡은 후 그는 서희의 손을 놓아주었다. 머뭇거리는 서희를 쳐다보지 못한 채 성준은 말했다.

"자식, 이 오빠 마음이 너무 아프다. 걱정 마, 내가 그랬잖아. 사랑이 다른 사랑으로 잊혀진다고. 또 다른 사랑이 시작되겠지. 가 봐라. 나 눈물 나올 거 같다. 쪽팔리게."

그렇게 가을이 저물고 겨울이 왔다. 지혁과 서희는 매일 통화를 했고 매일 메시지를 주고받았다. 간혹, 연락이 잘 안 되면 다투기도 했다. 그렇게 연애를 했다.

그 겨울 동안 지혁은 논문을 냈고 한 달 후, 논문을 낸 저널 측에서 요구하는 추가 실험을 진행 중이라 하였다. 실험하라는 거 엄청 많다, 투덜거리면서도 조금만 기다려, 서희야. 그리 밝게 이야기를 했다.

밤새 일을 한다 했다. 그래서 서희도 밤새 일을 했다. 보고 싶다 말하고 사랑한다 말했다. 바람피우지 마, 서로에게 하는 뾰족한 협박도 잊지 않았다.

그리고, 봄이 왔다. 봄이 깊어 여름이 다가오던 어느 날, 이틀간 지혁과 연락이 안 돼 서희가 걱정하던 그 날, 연구동으로 들어서는 키가 큰 남자의 모습에 그를 알아본 사람들의 수군거림이 들려왔다.

큰 키를 움직이며 남자는 급히 3층으로 뛰어 올라갔다. 실험실이 모여 있는 3층 복도에는 더 많은 사람들이 오고 가고 있었고, 남자를 알아보는 사람들마다 반가운 인사보다는 놀라움으로 눈이 커진 채 그 자리에 멈췄다.

그리고, 서두르던 그의 발걸음은 한 실험실 앞에 멈춰 선 후, 어떤 주저함도 없이 실험실 문을 열고 들어섰다.

"어? 이게 누구야? 강지혁?"

제일 먼저 지혁을 알아본 기영의 목소리, 그 후 하나둘 사람들이 무슨 소리인가 의아해하며 소리가 들린 쪽으로 모여들었다.

"한서희 있습니까?"

가볍게 고개를 숙인 후 지혁은 물었다. 영문을 모르는 석사과정 여학생 한 명이 후다닥 현미경실 문을 두드리며 '언니.' 라 부르는 소리가 들렸고, 곧 그 문을 열며 서희가 얼굴을 내밀었다.

"왜, 소현아?"

"언니, 저기."

서희를 발견한 지혁의 얼굴이 환히 웃기 시작했다. 성큼성큼 서희 앞으로 간 지혁은 아직도 놀라 멍하니 자기를 바라보는 그녀의 머리를 쓰다듬었다.

"말도 없이……."

"서프라이즈 선물."

치이. 눈물이 글썽이는 서희를 보던 지혁이 갑자기 무언가 생각난 듯 아, 라는 감탄사와 함께 자기 머리를 톡 가볍게 때렸다. 왜? 서희는 눈을 동그랗게 뜨고 지혁의 얼굴을 올려다보았다.

"큰일 날 뻔했다."

문득 오버랩 되는 기억에 서희는 경계하는 눈빛으로 뒷걸음질 치며 지혁에게 다시 물었다.

"왜?"

"준비한 대사를 안 했다."

안심한 듯 한숨과 함께 미소를 지으며 고개를 돌린 서희의 얼굴을 잡아 자기를 바라보게 한 후 지혁은 말했다.

"다녀왔어, 한서희."

그리고, 고개를 숙여 서희의 귀에 조그맣게 속삭였다.

"한서희가 기대한 건 집에 가서 해 줄게."

Chapter 7

그리고 오랫동안

❶

※※※※※※※

사랑합니다

"오빠."

지혁의 손을 이끌고 휴게실로 들어선 서희는 그곳에 아무도 없는 것을 확인한 후 그의 품으로 들어갔다.

"훗, 잡았다."

지혁은 품 안으로 들어온 서희를 힘줘 안았다. 계집애, 얼마나 보고 싶었는데.

"너무하네, 한서희. 난 미국에서 만나자마자 뜨겁게 반겼는데 이제야 품 안으로 들어오고."

"말도 없이 오고. 말하고 왔으면 오늘 실험 시간 조정해 놓았을 거 아냐."

가슴 안에서 뾰로통한 목소리로 투정을 부리면서도 지혁의 품 안으로 좀 더 깊이 들어오는 서희의 몸짓에 그는 작게 소리 내 웃었다.

"둘만 있으니까 좋네. 여기서 한서희가 기대한 거 해 줄까?"

"오빠, 진짜."

지혁은 서희의 머리 위에 얼굴을 비볐다. 품에 꼭 안겨 있는 작은 몸이 따스한 온기를 전해 주고 있었다. 바깥 날씨만큼이나 따스하고 달콤한 서희 냄새가 코끝으로 전해져 가슴을 가득 채우고 있었다.

"음, 한서희 냄새."

서희는 지혁의 품 안에서 고개를 들어 지혁을 바라보았다.

3년을 기다리고 6일을 마주 보았고, 세 계절을 지나 보내고 이리 다시 마주한 얼굴이었다. 처음 3년의 기다림은 아픔이었다면 후의 세 계절은 설레임의 기다림이었다.

하지만 설레임의 세 계절이 아픔의 3년보다 더 길게 느껴졌던 두 사람이었다.

눈앞에 있는, 보고 싶었다는 말로는 다 표현할 수 없을 만큼 그립던 얼굴에 서희의 입술이 비죽거려지자 지혁은 미간을 잠시 찡그리다 고개를 숙여 가볍게 입술을 쪽 대었다 떼었다.

"학교니까 지금은 가볍게."

지혁의 말에 서희는 하하 소리 내 웃기 시작했다. 얼굴에 깊이 패이는 보조개를 보며 지혁의 입술도 길게 늘어져 갔다.

어려서부터 이랬다. 서희가 웃으면 이리 가슴이 부풀어 올랐다. 그래서 어려서는 서희의 웃음소리를 들으면 풍선에 바람을 넣는 펌프 생각이 났었다. 바람을 너무 많이 넣어 풍선이 팡 터지는 것처럼 내 가슴이 서희를 보다 팡 터지면 어떻게 하지. 자신의 감정을 잘 모르던 재수탱이 강지혁은 그런 고민도 했었다.

"보고 싶었어, 한서희."

지금은 가슴이 부풀어 오르면 때때로 심장을 욱신거리게 만든다는 것을 지혁은 알게 되었다.

지혁은 손을 들어 흘러내린 서희의 머리를 올려 주었다. 못생겨 가지고. 지혁은 중얼거리며 입술을 쭉 내미는 서희의 얼굴을 만져 보았다. 볼록한 이마를 톡 검지손가락 끝으로 가볍게 밀어내었고, 아프지 않게 코를 쥐었다. 양손으로 서희의 얼굴을 감싼 채 엄지손가락으로 자꾸만 눈물이 고이는 서희의 두 눈을 눌러 보았다.

"못생겼어, 한서희."

"거짓말."

"응, 거짓말."

지혁의 얼굴이 다시 서희를 향해 내려갔다. 부드럽게 입술을 겹쳤고 장난스럽게 서희의 입술을 물어도 보았다.

홋. 지혁의 입술과 맞닿은 서희의 입술에서 작은 웃음소리가 새어 나왔다. 지혁이 후, 서희의 입안에 바람을 불어 넣자 서희 역시 눈이 보이지 않게 웃으며 지혁의 입안으로 바람을 집어넣었다.

서로의 입안에 바람을 가득 넣는 것을 경쟁하듯 둘은 그리 후, 후, 상대방의 볼이 불거지도록 바람을 넣었다.

"행복해."

입술을 맞닿은 채 서희가 말했다. 행복해, 오빠. 지혁이 코를 찡긋거리며 서희의 입술을 이로 자근거리자 서희는 다시 크크 작게 웃으며 지혁의 허리를 안았다.

"언제 온 거야?"

잠시 입술이 떨어진 틈을 타 서희가 물었다.

"2시간 전. 도착하자마자 이리로 온 거야."

"음……."

서희가 미묘한 표정으로 지혁을 올려다보았다. 잠시 눈을 가늘게 뜨며 표정을 굳혔다가 곧 다시 볼에 옅은 볼우물을 만들며 미소를 짓다가도 곧 다시 입을 꾹 다물며 지혁을 향해 눈을 크게 떠 보였다. 그는 왜 그러냐는 듯 눈썹을 들어 올렸다.

"음. 머리와 가슴의 반응이 달라서 오빠 말에 어떻게 반응해야 하나 갈등하는 중."

"어떻게 다른데?"

"머리는, 오빠, 그래도 부모님 먼저 뵙고 왔어야지. 그러면 안 돼."

지혁의 눈이 휘어져 갔다.

"가슴은?"

"정말? 이리로 바로 온 거야? 내가 제일 보고 싶었어? 와아."

서희는 얼굴까지 붉히며 환히 웃는 얼굴로 지혁의 가슴에 다시 얼굴을 묻었다.

큼. 빵빵하게 바람이 들어간 풍선. 지혁의 미간에 살짝 주름이 잡혔다. 자신을 안은 지혁의 팔에 힘이 들어가는 것을 느끼며 서희 역시 그의 허리를 힘줘 안아 주었다.

"한서희."

서희를 부르는 지혁의 목소리가 낮게 가라앉아 있었다.

"응?"

"너 나 유혹하는 거지?"

크크, 품 안에서 들리는 서희의 웃음소리에 지혁은 잠시 눈을 감았다 떴다.

안다. 아마 한동안 이럴 것이다. 품에 안기는 서희를 안으며, 입술에 입을 맞추며, 사랑을 나누면서도, 한동안은 이리 가슴이 욱신거릴 것이다. 너무 행복해서, 지난 시간이 아팠던 만큼 이 행복이 너무 소중해서, 감사해서. 아니……. 지혁은 서희의 머리에 입을 맞추었다. 어쩌면, 생각보다 오래 이럴지 모른다.

지혁은 그에게서 몸을 떼어 내며 다시 그를 올려다보는 서희의 눈을 마주 보다 손을 들어 그녀의 머리를 올려 주었다.

"왜, 오빠? 왜 아무 말도 안 해?"

"난 네가 왜 이렇게 좋을까, 서희야?"

다시 서희의 얼굴에 볼우물이 패기 시작했다.

"예쁘길 하나."

눈앞에서 눈을 반짝이며 하얀 얼굴에 볼우물을 만들고 있는 서희는 예뻤다.

"뭐, 예쁘긴 하네."

툭 내뱉는 지혁의 말에 서희는 하하, 소리 내 웃기 시작했다.

"똑똑하길 하나."

어린 시절, 야무지게 대들던 서희가 떠올라 지혁은 슬며시 미소를 지었다.

"뭐, 똑똑도 하지."

서희는 지혁의 말이 재미있어 눈을 반짝이며 다음 말을 기다렸다.

"섹시하길 하나."

지혁의 눈이 지그시 서희의 가슴으로 향하자 그녀는 손을 들어 그의 팔을 탁, 한 대 때려 주었다.

"뭐, 나름 섹시도 하고."

지혁이 팔을 들어 서희의 허리를 안았다.

"그래서, 내가 한서희한테 폭 빠진 거구나. 그치?"

"이제 알았어?"

어쩌면, 생각보다 오래 이럴지 모른다. 네가 너무 예뻐서, 너를 너무 사랑해서.

장난스럽게 웃어 보이는 서희를 바라보는 지혁의 눈이 휘어져 갔다. 그 눈이 좋아 서희는 손을 들어 지혁의 얼굴을 만져 보았다. 나만 보면 휘는 눈. 그렇게 서희는 말했다.

"언제 들어가 봐야 돼?"

얼굴 위에 장난치듯 움직이던 서희의 손을 아프지 않게 입술로 자근거리다 지혁은 물었다. 실험실에서 나오기 전 서희가 타이머를 챙기던 것이 생각나 지혁은 손 하나를 그녀의 가운 속에 집어넣어 타이머를 꺼내 들었다. 남은 시간은 2분 정도. 서희는 지혁의 손에서 타이머를 빼 들고 다시 10분을 맞춘 후 주머니에 다시 집어넣었다.

"안 들어가도 돼?"

지혁의 물음에 서희는 대답 대신 지혁의 가슴에 얼굴을 묻었다. 안 갈 거야? 그런 서희의 머리에 턱을 올려놓고 지혁은 물었다.

"조금 더 있어도 돼."

서희는 손을 들어 지혁의 옷자락을 거머쥐었다. 그래. 지혁의 입술이 서희의 정수리에서 움직였다. 품에 안겨 손만 꼼지락거리는 서희를 지혁은 감싸 안았다.

"서희야."

조용히 부르는 지혁의 목소리에 서희는 품 안에서 지혁을 올려다보았다.

"나도 행복해."

아주 많이.

❖

똑, 똑.

"예."

서균은 자리에 앉아 고개를 들어 오피스로 들어서는 둘째 아들을 바라보았다. 독한 놈.

"언제 온 거냐?"

"2시간 전쯤요. 건강하시죠?"

"그게 궁금하면 연락이라도 자주 하지 그랬냐?"

타박을 하면서도 그 말투에 녹아 있는 서균의 부정(父情)에 지혁은 슬며시 미소를 지었다.

"집에 안 가고 이리 바로 온 거냐?"

"예."

서균은 자리에서 일어나 아들이 앉아 있는 테이블로 가 앉았다.

"차라도 마실래?"

"아버지가 끓어 주시려고요?"

"녀석. 커피 내려놓은 거 있으니 그거나 마시자."

오랜만에 듣는 둘째 아들의 너스레에 서균은 너털웃음을 지어 보이며 내려놓은 커피를 두 개의 커피잔에 따라 내놓았다.

"커피 향 좋아요."

스승의 날이라고 찾아왔던 제자가 선물로 들고 온 원두커피였다. 한 봉지는 오피스에 두고 나머지 한 봉지는 집에 가지고 갔던 날, 서균은 아내에게 커피를 내려 주었었다. 커피 향 좋네. 아내의 첫마디도 아들과 같았던 것이 생각나 서균은 미소를 지으며 아들을 바라보았다. 많이 컸네, 자식.

문득 약주를 하시면 흥얼거리시던 돌아가신 아버지의 노랫말도 생각이 났다. 아가들이 자라나서 어른이 되듯이 슬픔과 행복 속에 우리도 변했구료.

1년 전쯤, 집으로 들어서던 서균은 거실에 앉아 울고 있는 아내를 발견했었다. 언젠가, 지혁이 유학을 떠나기 전, 서희를 만나고 온 아내가 밤새 잠을 못 자고 뒤척이며 한숨과 함께 숨죽여 울곤 하던 것을 서균은 알고 있었다. 아내의 마음을, 그리고 그 선택을 이해하기에 서균은 그저 묵묵히 모르는 척 시간이 지나가길 기다렸었다.

하지만, 1년 전 그 날, 아내는 상처받은 얼굴로 거실에 앉아 하염없이 울고 있었다. 나미에게 들은 이야기를 흐느끼며 들려주던 아내 곁으로 다가가 서균은 말없이 아내를 안아 주었었다.

「여보, 내가 잘못한 걸까?」

서균은 그날 아내의 질문에 고개를 저었다.

「아냐, 우리는 그냥 평범한 부모였을 뿐이야. 그게 뭐 그리 나빠.」

무얼, 그리 잘못한 거라고, 당신이. 서균은 쯧쯧 혀까지 차며 울고 있는 아내를 토닥였다. 아내의 울음이 진정이 되어 갈 무렵, 서균은 잠시 생각에 잠겼다가 서재에 보관해 두었던 지혁의 통장을 꺼내 와 아내에게 내밀었었다. 그리고, 그 통장들을 내밀던 날의 지혁의 이야기를 들려주었다. 훗, 희미하게 웃으며 통장을 들추던 남옥은 다시 눈물이 그렁해진 눈을 들고 서균에게 말했었다.

「수학여행 생각나네. 선물 사 가지고 와서, 서희 거, 서희 거, 서희 거. 그러더니. 똑같네. 통장도 세 개면서 우리 건 하나도 없네, 나쁜 자식.」

서균은 허허 웃으며 오랜만에 장난스런 표정으로 아내를 바라보았었다.

「우린 안 그랬나? 나도 학회 다녀오면 부모님 선물은 안 사 오고 당신 것만 잔뜩 사 가지고 왔었잖아.」

서균은 그날 일을 떠올리며 눈앞에 앉아 있는 아들을 바라보았다.

"집에는 갔었냐?"

"아뇨."

나도 그랬었지. 우리 부모님도 내게 참 서운하셨겠구나. 불현듯 돌아가신 부모님 생각도 났다.

"네 엄마, 너 온다고 며칠 전부터 잠도 제대로 못 자더라. 오늘 은 가서 엄마 옆에 있어 드려."

"아버지랑 이야기 끝나면 바로 집에 가려고 했어요."

몇 년 전, 그 어느 날처럼, 꼭 닮은 둘은 잠시 서로를 바라보았 다.

"아버지."

지혁이 입을 열자 서균은 손을 들어 그 말을 막았다. 네 녀석, 뭘 말하려는 줄 안다. 툭 던지는 자신의 말에 눈에 힘이 들어가는 아들 녀석 모습을 보며 서균은 허 참, 헛웃음을 지어 보였다.

"서희, 집에 왔었다. 작년 가을인가, 네 녀석한테 다녀왔다더구 나."

처음 듣는 이야기에 지혁의 눈이 크게 떠졌다.

"너 행복하게 해 줄 자신 있다고 그러더구나. 그러니까 자기 그냥 예쁘다 생각해 달라고. 죽어도 못 헤어진다고, 그냥 너희들 에게 져 달라고 하더라."

"그 자식."

지혁의 눈썹이 모아지며 목울대가 움직였다. 한서희, 너.

"……서희, 울지 않았어요?"

"처음에는 참더니 울더구나."

코끝이 찡해 지혁은 눈을 깜박였다. 넌 정말, 한서희.

뭐라 말을 하러 입을 열려고 했지만 금세 눈이 흐려지는 것 같아 지혁은 큼 헛기침을 했다. 침을 삼켜도, 몇 번씩 헛기침을 해도 눈이 자꾸 뜨거워져서 지혁은 고개를 들어 천장을 보았다. 나쁜 계집애.

"많이 울더구나. 그래도 제 할 말 다 하더라. 죄송하다고 말씀드리지 않겠다 했다. 대신 잘 사는 모습 보여 드리겠다더구나. 거참, 그 녀석."

서균은 아들 녀석을 바라보았다.

"너한테 주는 깜짝 선물이라고 너 한국 올 때까지 이야기하지 않겠다더니, 정말 이야기하지 않았나 보네. 12살 때부터 네 울타리에서 살았다고. 이제 자기도 네가 편히 쉴 수 있는 울타리 되어 주고 싶다고 했다. 힘들게 우리와 다퉜을 너 안다고. 자기한테 져 달라면서 허허, 그 녀석이. 네가 돌아왔을 때는 너 마음 편히 아무 걱정 없이 웃게 해 주고 싶다고 했다."

지혁은 다시 뜨거워지는 눈을 감추려 두 눈을 감았다. 큼, 다시 헛기침도 하였다. 아마도, 아주 오랫동안 계속될 것이다. 이리 너를 생각하면 욱신거리는 내 가슴.

서균은 시선을 돌려 자신의 오피스에 있는 책들을 둘러보았다. 천천히 오래오래. 아들 녀석이 숨기고 싶어 하는 마음이 진정이 될 때까지 그리 시간을 흘려보냈다.

"내 책장 참 안됐다. 그 흔한 베스트셀러도 없고."

그리 필요 없는 말도 주절거려 보았다. 어느새 식어 버린 커피

를 입에 넣으며 난 뭐, 커피 맛 잘 모르겠어, 가벼이 이야기를 던
지던 서균은 불현듯 아, 라는 감탄사와 함께 아들을 바라보았다.

"지훈이 결혼한단다, 들었냐?"

"예? 지훈 형이요?"

"그래. 빨리 해야겠다며 통보했다더라."

그 말 뒤에 서균은 무어가 그리 좋은지 껄껄거리며 웃기 시작
했다.

"서구 녀석, 아주 쌤통이다."

그제야, 왜 아버지가 그리 좋아하는지 이해가 돼 지혁도 서균
을 보며 웃어 보였다. 내 언젠가 제 녀석도 똑같이 당할 줄 알았
지. 그리 서균은 신이 나 이야기를 했다. 그러다 아들 녀석을 못
마땅한 눈으로 보며 다시 쯧, 혀를 찼다.

"왜 그러세요?"

"그냥……. 왠지 불안하다."

못마땅한 듯 무심한 말투로 말하는 아버지의 장난에 지혁은 하
하 큰 소리로 웃기 시작했다. 서균은 그런 아들을 따스하게 바라
보다 입을 열었다.

"혁아."

"예."

"살다 힘들면 네가 잘 견뎌 낸 시간을 생각해라."

잠시 말을 멈추며 서균은 톡, 톡, 손가락으로 앉아 있는 소파의
팔걸이를 쳐 보았다.

"추억이 아름다운 이유가 뭐일 거 같냐? 시간이 약이라서? 맞

을 수도 있지. 하지만 난 조금 생각이 다르다. 추억이 아름다운
건, 추억 속의 내가 짊어지고 있는 짐이 현재의 나에게는 가볍게
여겨져서가 아닐까 싶다."

교정에는 학교 방송을 통해 봄에 어울리지 않는 옛 노래가 흘
러나오고 있었다. 잠시 말을 멈추고 그 노랫말을 들으며 서균은
빙긋이 미소를 지었다. 좋은 배경 음악이네. '철없이 뜨거웠던 첫
사랑의 쓰렸던 기억들도 이젠 안주거리. 딴에는 세상이 무너진다
모두 끝난 거다 그땐 그랬지.' 저런 노래도 있었나. 이야기를 멈
추며 서균은 아주 짧은 찰나 그런 생각도 했다.

"혁아, 다섯 살 아이는 다섯 살만큼의 짐을, 스무 살의 나이 때
는 또 그만큼의 짐을. 그리 누구나 그 나이만큼의 짐을 지고 가는
게 인생인 거 같다. 60이 훌쩍 넘는 짐을 짊어진 내게 십 대, 이
십 대 때 짊어진 짐은 얼마나 가벼워 보이겠냐, 그땐 등에 짊어지
고 헉헉 힘들어하던 짐들이 지금 이 나이가 돼서 돌이켜 보면 그
저 손가락에 걸고 돌릴 만한 것들인 걸, 싶더구나."

서균은 앞에 앉아 있는 총명하게 빛나는 검은 눈동자를 마주
보았다.

내 아들. 어쩜 나보다 더 훌륭하게 그 짐들을 견뎌 낸 내 아이.

"어려서의 짐이 가볍다고 중요하지 않은 건 아니다. 5살 아이
도, 그 아이한테는 현재 지고 있는 5살만큼의 짐은 꽤 무거운 법
이거든. 왜 엄마가 저 장난감을 안 사 주나, 왜 저 과자를 더 주지
않나. 얼마나 고민이 되겠냐."

"하하, 예, 아버지."

"훗날, 네가 살다가 마음이 버거워지면 잠시 생각해 봐라. 네 이십 대 중반, 후반의 짐. 너는 꽤 멋지게 지나갔다는 걸 말이다. 꽤 멋진 방법으로 넘겼더구나."

"감사합니다."

철없던 아들이 어느새 자라 청년으로 눈앞에 있는 것이 뿌듯하면서도 한편으로는 아쉬워 서균은 소파에 몸을 깊숙이 묻으며 잠시 눈을 감았다 떴다.

"오늘은 엄마랑 있어 드려라. 다른 엄마들, 자기 아들 딴 여자한테 스물 넘어서 빼앗긴다는데, 네 엄마는 너 열두 살 때 빼앗겼잖냐. 네가 마음 아프게 하는 여자가 내 여자다, 녀석아. 나중에 네 아들이 서희 마음 아프게 하면 너도 내 마음 알 거다. 그거 속상해."

"아버지로는 안 된다고 하세요?"

"내가 아무리 노력해도 너여야 메워지는 부분이 있는 거야. 부모 자식은 그게 또 그래."

"난 자식 낳지 말까."

지혁이 장난스럽게 중얼거리며 다시 쯧, 혀를 차는 아버지에게 웃음을 지어 보였다.

"서희도 그럴 거 아니에요. 지금은 저만 있으면 된다고 하는데, 자식 생기면 저 찬밥 신세 될 거잖아요. 그거 싫은데."

"자식 낳아 봐라. 눈에 넣어도 안 아프다는 게 이런 거구나, 할 거다."

"아버지도 그러셨어요?"

"넌 내 자식 아니냐?"

뭉클한 마음에 아무 말도 못 하고 그저 아버지를 바라보는 지혁을 향해 서균은 입술 끝을 올려 보였다.

"그리고, 너도 너랑 꼭 닮은 녀석 때문에 속이 썩어 봐야 세상이 공평한 거지."

하하. 제 욕을 하는데도 뭐가 그리 좋은지 기분 좋게 웃던 지혁이 진동 소리에 바지에서 핸드폰을 꺼내 들었다.

"서희냐?"

문자를 확인하는 지혁의 얼굴에 깊은 미소가 지어지자 서균은 다시 따뜻한 커피를 잔에 부으며 물었다.

"예."

무어라 답을 보낸 후 핸드폰을 다시 바지에 집어넣는 지혁에게 서균은 툭 한마디 던졌다.

"너 잡혀 살겠더라."

"13살 때부터 잡혔는걸요, 뭘."

"자랑이다. 네 엄마가 들으면 참 좋아하겠다."

못난 녀석. 그만 가라. 쯧쯧, 혀를 차며 서균이 자리에서 일어나자 지혁이 따라 일어서며 아버지를 불렀다.

"아버지, 저 꼭 저랑 꼭 닮은 아들 낳아서 아버지만큼 속 썩을 테니까, 한 번만 더 썩어 주시면 안 될까요?"

"뭘?"

창밖으로 보이는 계절은 봄을 지나고 있었다. 그리고, 창밖으로 보이는 아들 녀석의 얼굴은 자연이 보여 준 그 어느 날의 봄날보다 더 화사한 봄날이었다.

"저, 저, 저, 저."

옆으로 나란히 걸으며 서희의 가방을 제 어깨로 옮겨 간 지혁은 한시도 서희를 가만두지 못하고 있었다. 지혁이 서희의 머리를 쓰다듬고 어깨를 감싸는 모습을 바라보던 서균은 급기야 길을 걸으며 서희를 품에 안는 아들의 모습에 혼자 혀를 차다 다시 자식, 헛웃음을 짓고 말았다. 저리 좋을까.

뒷걸음질 치며 서희 앞에 서서 걷던 지혁이 서희를 향해 두 팔을 벌리자 오빠는 맨날이라며 목소리를 높이던 서희 역시 그의 팔 안으로 들어갔고 그리 서희를 안은 지혁은 하하, 눈이 보이지 않게 웃기 시작했다.

"저리 좋으면서 어찌 떨어져 있었냐, 녀석들."

서균은 한동안 창가에 서서 멀어지는 아들의 모습을 지켜보다 자리에 앉아 전화기를 들었다. 아들 녀석 좋아하는 음식을 하느라 바쁠 아내 생각이 났다.

그러게, 자식새끼 필요 없다니까. 평생 짝사랑인걸.

며칠 잠도 못 자고 눈만 마주치면 혁이 뭐 해 줄까 물어 오던 아내 생각에 가슴이 싸아 하니 아파도 왔다.

— 여보세요.

한창 바쁜지 숨까지 헐떡이며 전화를 받는 아내의 목소리에 서균은 작게 한숨을 내쉬었다. 나야.

— 응, 왜?

"우리 외식하자."

— 외식? 당신 오늘 무슨 날인지 잊어버렸어?

외식이라는 말에 좋아하기보다 아들 오는 날을 잊어버린 남편에 대한 서운함에 목소리를 높이는 아내에게 서균은 다시 으그, 애정 어린 타박을 해 줬다.

"혁이 녀석, 서희랑 먹으라 하고, 우리는 우리끼리 외식하자고, 이 사람아. 외식하고 오랜만에 손잡고 걸어도 보고."

— 바쁜데 농담할 거면 끊어. 서희도 오라고 했으니까 당신 늦지 말고요.

문득 다시 아버지의 노랫말이 떠올랐다. 아가들이 자라나서 어른이 되듯이 슬픔과 행복 속에 우리도 변했구료. 젊어서 떨어져 걷는 것이 싫어 늘 손을 잡고 걸었던 날들도 떠올랐다.

아이들이 태어나 어느새 그 손의 주인이 자식들이 되어 버렸던 시간들. 이제 그 손을 잡아 줬던 아이들은 자라 제 손을 잡아 줄 다른 손을 찾았건만 오래도록 서로의 손이 비어져 있었구나. 그런 생각도 들었다. 그래서 남옥아, 오랜만에 아내의 이름을 불러 보았다.

잠시 가만히 아무 말도 못하던 아내가 무엇이 재미난지 깔깔거리며 웃기 시작했다. 당신 이상하네. 왜요, 서균 씨? 장난기 가득 실은 아내의 대답을 들으며 서균은 작게 웃음소리를 내 보았다.

— 응, 왜?

"고생했어. 건강하자, 우리."

자식이 뭔 소용이야. 늙으면 우리 둘뿐인데. 내가 혁이 녀석 생각을 해 봤는데 말이야. 바쁘다는 아내를 붙들고 서균은 이야기를 시작했다. 내 아내에게 내 아들의 흉을 보았다.

❖

서균과 이야기를 마치자마자 지혁은 오피스를 나와 계단을 뛰어 내려갔다.

[오빠, 나 어디게?]

서균과 이야기 도중 왔었던 서희의 문자. 건물 앞에 서서 배시시 웃고 있는 서희를 발견하자마자 지혁은 서희의 머리를 흐트러뜨리며 물었다.

"어떻게 온 거야? 실험은?"

"급한 것만 마무리하고 왔지. 흐흐. 놀랐지?"

둘은 교정을 걸어갔다. 봄이 깊어 여름이 다가오는 날. 햇살이 따스하고 연한 나뭇잎은 짙어지고 있었다.

서희의 머리를 쓰다듬으며, 또 서희의 어깨를 감싸며 지혁은 물었다. 너 우리 집에 왔었다며? 나 다른 사람한테 빼앗길까 봐 죽어도 그건 안 된다고. 오빠 없으면 못 산다고. 저한테 오빠 주십시오, 했다며?

아버지에게 들은 이야기를 장난스럽게 되물으면서도 집으로 찾아가는 동안 혼자 떨었을 서희 생각에 가슴이 아파 지혁은 그녀를 품에 안았다. 왜 혼자 갔어, 속상하게. 조그만 게, 겁도 없이. 서희는 지혁의 품에 안긴 채 고개를 들고 이야기를 시작했다.

"층계를 올라보니 보이더라. 내가 뭘 해야 하는지."

가만히 서희의 눈을 들여다보았다. 저절로 미간에 주름이 잡혀 지혁은 서희를 다시 품 안으로 끌고 왔다. 너 자꾸 그러면 여기서 뽀뽀해 버린다. 그리 협박도 해 보았다.

오빠. 버럭 소리를 지르는 서희를 피하는 척 지혁은 얼른 서희를 놓아주었다. 다리도 짧아 따라오지도 못하면서. 성큼성큼 앞으로 걸으며 지혁은 그리 서희를 놀렸다. 그리 놀리면서도 서희 얼굴이 보고 싶어 뒤돌아 서희를 보며 걸었다. 이씨. 그렇게 걷다 넘어져라. 아이 같은 서희 투정에 지혁은 하하, 소리 내 웃었다.

"이리 와."

두 팔을 벌려 서희에게 고개를 까딱였다. 싫어. 처음에 자리에서서 입술을 비죽이 내밀던 서희는,

"얼른 와."

지혁의 눈이 휘어져 가자,

"오빠는 맨날."

못이기는 척 지혁의 품 안으로 들어갔다. 지혁은 작은 몸을 힘줘 안았다. 향긋한 냄새가 코끝을 자극하고, 품 안의 작은 몸이 꼼지락거리며 온몸을 간지럽혔다. 오빠. 서희의 입술이 딱 심장 그 근처에서 움직이면서 그녀를 알아보며 두근거리는 심장을 더 빨리 움직이게 하고 있었다. 오빠 심장 소리. 고개를 돌려 귀를 심장에 가져가는 서희의 얼굴에 지혁은 얼굴을 내렸다. 뺨에 맞닿

는 서희의 이마가 열기가 오르는 지혁에게 서늘하게 느껴지기도 했다. 안고 싶었다. 그러다 픽, 지혁은 작게 소리 내 웃기 시작했다

"왜? 왜 웃어, 오빠?"

"서희야."

"응."

"하고 싶어."

예상했듯 서희는 기겁을 하며 지혁을 밀어내기 시작했다.

"이 변태, 말하지 마. 더 이상 말하지 마."

예상한 서희의 반응에 지혁은 다시 크게 웃기 시작했다. 이 짐승. 서희는 지혁의 가슴을 두 손으로 밀어내고 있었다. 건강한 짐승. 서희의 팔을 잡으며 지혁은 서희의 말을 정정해 주었다. 그런 지혁에게서 마침내 떨어져 나간 서희는 팔짱을 낀 채 그를 노려보다 야무진 충고를 아끼지 않았다.

"오빠는 너무 허리 아래 감동만 추구하려는 거 같아. 그건 옳은 게 아니라고. 자고로 사랑이란……."

길게 늘어지는 서희의 충고를 듣는 내내 웃음을 숨기느라 고개를 숙이고 있던 지혁은 집으로 가는 전철 안에서 가만히 서희의 귀에 속삭였다.

"난 자신 있는데, 한서희."

"뭐가?"

생뚱맞은 지혁의 말에 서희는 눈을 반짝이면 되물었지만 그는 혼자 하하, 소리 내 웃으며 그녀의 머리를 쓰다듬었다.

"어머니, 저희 왔어요."

지혁은 부엌에서 나오는 남옥을 향해 환한 미소를 지어 보였다.

"어떻게 둘이 같이 와?"

"그야 학교에서 만났으니까……."

"뭐?"

지혁의 말에 서희는 당황한 표정으로 가슴 앞에 두 손을 모아 작게 흔들었지만 이미 남옥은 도끼눈을 뜬 채 둘을 번갈아 노려보기 시작했다.

"너, 도착하자마자 서희 보러 갔었어?"

"그게, 뭐."

"서희 너도, 지혁이 못 봤다며?"

"그게, 저."

인사도 제대로 하기 전 거짓말을 들켜 얼굴을 붉히는 서희를 잡아 자기 뒤로 세우며 지혁은 남옥의 팔을 잡았다.

"오랜만에 봤는데, 우리 포옹이나 한 번 해요, 어머니."

"이게, 어디서 벌써부터."

"하하, 어머니. 하나도 안 늙으셨네. 나랑 다니면 누나라고 하겠어요."

지혁은 팔을 벌려 기막힌 듯 헛웃음을 짓는 남옥을 가슴에 안았다. 으그, 하면서도 남옥은 아들의 등을 두어 번 툭툭 두들겨 주었다.

"고생했다. 남들 빨라야 5년이라는 거, 3년 안에 해냈으니. 독한 자식."

"엄마 아들인데 남들하고 같으면 되나."

지혁은 가슴에 안기는 엄마의 작은 등을 쓰다듬다 꼭 힘주어 안았다.

"고마워요, 엄마."

"서희가 가장 고맙지? 얼른 올라가서 씻고. 오랜만에 네 형도 올 거니까 우리 식구들끼리 식사나 같이 하자."

남옥이 지혁의 등을 다시 한 번 툭, 쳐 준 후 부엌으로 들어가자 서희도 얼른 그 뒤를 쪼르르 따라 들어갔다.

"거짓말을 했다 이거지?"

짐짓 화가 난 척 토라진 남옥의 목소리 뒤로,

"그건 선의의 거짓말이에요. 아주머니."

살갑게 웃음 짓는 서희의 목소리가 들려오자 지혁의 입술이 길게 늘어져 갔다.

"하나도 도움 안 되니까 가서 지혁이랑 밀린 이야기나 해."

"여기 있을게요."

"올라가. 올라가는 게 도와주는 거야. 너 여기 있으면 저 자식까지 여기 들러붙어 있을 텐데. 저 봐라. 슬금슬금 들어오는 거."

서희가 쭈뼛거리며 거실로 나가지도, 부엌에서 자리를 잡지도 못하고 서 있자 지혁은 그녀의 손을 잡아챈 후 남옥에게 눈을 찡긋거렸다.

"엄마, 서희 보낸 뒤에는 나 어머니 옆에 있을게요."

"관둬라. 참, 그리고 서희 너!"

지혁의 손에 잡혀 부엌을 나서던 서희는 얼른 뒤돌아 남옥을 돌아보았다.

"언제까지 아주머니라고 할 거야. 그거 안 고치면 정말 아주머니로만 있을 거야."

오랜만에 지혁의 방으로 향하며 서희는 새삼스레 거실과 층계를 만져 보았다.

언제부터인가 오는 것이 꺼려져 멀리했던 곳. 여전히 거실 1층에는 심통 사나운 얼굴의 지혁과 해맑게 웃고 있는 지욱의 돌 사진이 걸려 있었다. 달라진 것이 있다면 형제가 자라 온 기간만큼의 가족사진이 늘어나 있다는 것.

층계를 오르며 서희는 아주머니 서운해하실까 봐 오빠 못 봤다고 했는데 거기서 그러면 어떻게 해? 지혁을 눈치 없다 흘겨보았고, 미리 이야기했어야지, 지혁은 그런 서희의 목에 헤드락을 걸며 자기 방으로 향해 갔다. 아, 불현듯 떠오른 생각에 서희는 지혁의 팔에서 벗어나 후다닥 지혁의 방 앞으로 뛰어갔다.

여전히 서희 오빠 방일까? 아니면 바꿨을까? 바꿨다면 뭘까? 하지만, 지혁보다 먼저 방 앞에 도착한 서희는 텅 비어 있는 방문을 보며 서운한 마음에 입을 비죽거렸다.

"왜, 한서희?"

"서희 오빠 방. 그거 떼어 낸 거야?"

지혁은 아, 하는 얼굴로 고개를 끄덕이다 입술을 삐죽이 내밀고 침대에 앉아 있는 서희에게 다가갔다.

"서운해?"

"응."

"이제 서희 오빠 아니니까 떼어 냈지."

"그래도."

잠시 무언가 생각하던 지혁은 살짝 얼굴을 붉히며 서희 옆에
앉았다.

"보고 웃지 않는다고 약속하면 보여 줄 게 있는데."

"뭐?"

"설마 내가 그걸 쓰면서 서희 오빠 방만 썼겠냐?"

지혁을 향해 고개를 홱 돌리는 서희의 눈은 호기심에 반짝거리
고 있었다.

"뭔데? 보여 줘, 응?"

"정말 웃으면 안 된다."

서희는 선서를 하듯 가슴에 손을 얹고 다른 손을 들어 보였다.

"안 웃을게, 절대로. 약속, 약속."

"웃으면 내 소원 하나 들어주기."

"소원?"

소원이라는 지혁의 말에 서희가 움찔거리자 지혁은 싫으면 관
둬, 라며 침대에 벌러덩 누워 버렸다. 설마 집에서 이상한 짓이야
하려고. 서희는 고개를 끄덕이며 지혁에게 대답했다.

"알았어, 들어줄게."

서희의 대답에 지혁의 입술은 길게 늘어져 갔다. 자식. 지혁이
자리에서 일어나 책상 마지막 서랍 속에서 상자를 꺼내 그 안에

접어 놓은 종이 세 장을 꺼내 들자 서희는 쪼르르 그 옆으로 바싹 다가가 앉았다.

"정말 너 웃으면 안 된다."

종이를 다시 확인한 지혁은 얼굴을 붉히며 다짐을 받듯 눈에 힘까지 주었다.

"맹세, 맹세."

지혁은 한숨을 내쉰 후 서희에게 종이 세 장을 내밀었다.

《서희 오빠 방, ㅇㅈㅇ》

《서희 남친 방, ㅇㅈㄴ》

《서희 남편 방, ㄷㄷㅇ》

잠시 눈앞에 놓인 종이들을 유심히 보던 서희의 입에서 쿡쿡, 웃음을 참는 소리가 들리더니 마침내 그 웃음소리는 아하하, 큰 소리로 바뀌어 있었다.

"아하하, 풋, 유치해. 너무 유치해, 강지혁."

"너 안 웃는다고 약속했잖아?"

지혁이 얼굴을 붉히며 노려보자 서희는 다시 웃음을 참으려 입술을 깨물었지만 결국 그마저도 실패하고 눈물까지 흘리며 방에 쓰러져 깔깔거리기 시작했다.

"한서희, 너."

"아하하, 오빠. 크크."

"그거 내놔."

430

"싫어. 가서 나미도 보여 주고, 서울 엄마도 보여 드릴 거야."

"내놔, 한서희."

지혁이 서희에게 달려들어 종이를 빼앗으려 하자 서희는 뒤로 감추며 도망쳤다. 지혁이 달려들자 서희는 침대를 넘으면서 지혁을 피했다. 이게. 서희 뒤를 따라 지혁이 침대를 넘어서자 꺅, 그녀는 소리를 높이며 다시 침대 위로 몸을 올렸다.

잡으려는 지혁과 도망치는 서희가 장난스런 몸싸움을 하는 동안 어느새 침대 위에 눕혀진 서희 위로 지혁이 올라가 있었다.

"아하."

두 팔을 잡힌 채 아직까지 웃음을 참지 못하며 숨을 헐떡거리는 서희를 내려다보는 지혁의 눈이 깊어져 갔다.

"무슨 말인지 알아?"

지혁의 목소리가 낮게 가라앉았다.

"응, 서희 오빠 방, 아직은. 큭큭, 서희 남친 방, 이제는. 서희 남편 방, 드디어."

자기가 썼었지만 남에게 보이기 민망한 문장이 서희의 입술을 통해 나오자 지혁의 얼굴은 물론 목과 귀까지 붉게 물들어 갔다. 그러면서도 그의 눈은 장난기로 반짝였고 그의 입술에는 미소를 번져 갔다.

"나 지금 완전 쪽팔린 거 알지, 한서희?"

"응, 내가 오빠라면 나 못 볼 거 같아, 크크크."

"너 웃었으니까 내 소원 들어줘야 한다."

"알았어, 뭔데?"

대답 대신 지혁은 서희의 눈을 바라보았다. 미소를 머금었던 얼굴이 팽팽히 긴장되어지고 그의 눈길이 깊어져 갔다. 그에게 두 손을 잡힌 채 장난스럽게 웃고 있던 서희의 얼굴이 그의 눈빛과 함께 붉어져 갔다.

"오빠, 아주머니 1층에 계시는데 안 돼."

다급히 목소리를 낮추며 서희는 고개를 돌려 그의 시선을 피했다.

"뭐가 안 돼?"

지혁은 장난스레 웃으며 그녀의 볼에 입술을 가져갔다.

"그러니까, 지금은 안 돼."

서희가 몸부림을 치며 한껏 목소리를 낮춰 나무랐지만 그는 쿡쿡 웃으면서 서희의 볼에 머문 입술을 서희 귀로 가져갔다. 그 감촉이 간지러워 싫다고 말을 하면서도 서희의 입술에서는 웃음소리가 흘러나왔다.

"오빠, 안 된……."

"결혼하자."

헐떡거리던 서희의 숨소리도, 숨소리 사이 새어 나오던 웃음소리도 순간 멈춘 채 서희는 지혁을 올려다보았다.

"결혼하자, 우리. 나 네 남편 되고 싶어."

"새, 새삼스럽게. 당연한 거잖아."

"빨리 하자. 내년 2월에 한서희 학위 따잖아. 내년 3월이나, 4월. 어때?"

"오빠, 그건."

"전에 나한테 그랬잖아. 뻔뻔스러워져 보겠다고. 그때, 한서희, 뻔뻔스러워질 기회 놓쳤잖아. 이번에 그 기회 줄게. 몸만 와. 너만 오면 돼. 그렇게 해 줘, 서희야."

서희는 말없이 지혁을 올려다보았다.

"내 소원 그거야. 예쁘게, 세상에서 제일 예쁜 신부 만들어 줄게. 같이 드레스 고르고, 한서희랑 내 손에 낄 반지도 고르고 그러자. 아주 좋은 건 아니겠지만, 내가 모은 걸로 우리 할 수 있어."

서희의 눈에 눈물이 고여 갔다. 이 바보.

"행복하게 해 줄게. 외롭지 않게 해 줄게. 네 편 되어 살아갈게. 다투기도 하고 괜히 결혼했다 후회하는 순간이 우리에게 올지도 모르지만, 그래도 서희야, 나이 들어 우리 손잡고 사랑한다 말할 수 있도록 그리 살아가자. 너랑 자고 너랑 눈뜨고, 네가 내 아이 임신해 입덧하면 네가 먹고 싶다는 거 새벽에 사러 다니고, 아이들 자라 교육 문제로 싸우기도 하고."

하하, 지혁의 말에 서희의 볼에 볼우물이 패어 갔다.

"애 성격 까칠하면 한서희 아이한테 소리 지르겠지. 지 애비 닮아 저놈의 성질머리."

지혁이 서희의 팔을 잡은 손을 놓고 서희의 머리를 쓸어 올려 주었다.

"그렇게 살자, 서희야. 지지고 볶고. 우리 둘이. 그렇게, 응? 아이들 다 떠나보내고 다시 우리 둘 되면 우리 이 시절 이야기하면서 살자. 우리 처음 만난 것부터 모두 이야기하면서 살자, 서희야."

"오빠가 나 먼저 좋아한 거라고 아이들한테 꼭 얘기해야 돼.
알았지?"

지혁의 입술이 길게 늘어져 갔다. 자식. 지혁의 미간에 주름이
잠시 잡혔다 펴졌다. 그리고 곧 그는 서희 위로 몸을 내렸다. 두
팔로 서희의 몸을 감싸고 서희의 뒷머리와 등을 손으로 쓰다듬었
다.

"당연하지. 내가 한서희 좋아서 축구공 찬 것도 이야기할 거야.
아빠가 엄마 얼마나 사랑하는지 꼭 이야기할 거야."

지혁은 서희의 머리에 입술을 내렸다. 결혼하자, 서희야. 이제
아무도 우리 떨어뜨리지 못하게. 그러자, 서희야. 가슴속에서 울
먹이는 서희를 떼어 내며 지혁은 물었다.

"그렇게 좋아? 울 만큼?"

"응. 너무 좋아."

서희는 손을 들어 지혁의 머리를 헝클어뜨렸다.

"오빠가 너무 좋아. 하늘만큼 땅만큼 좋아."

지혁의 입술이 서희에게 다가갔다. 입술이 겹쳐지고 서로의 호
흡을 삼켜 갔다. 서로의 혀가 맞닿고 서로의 팔이 서로를 부둥켜
안았다. 네가 너무 좋아, 서희야. 서희를 안은 지혁의 팔에 힘이
들어갔다.

"참, 하나 빼먹었다."

잠시 서희에게서 떨어지며 지혁은 서희를 향해 눈을 찡긋해 보
였다.

"난 자신 있어, 한서희."

"아까부터 뭐가?"

지혁은 보기 좋게 입술 끝을 올리며 다시 서희의 귀에 속삭였다.

"허리 아래 감동을 허리 위 감동으로 승화시킬 자신."

❷

⊗⟨⊗⟩⊗⟨⊗⟩⊗⟨⊗

한서희

롤러코스터의 스타트라인. 서희는 지혁의 프러포즈가 바로 이 롤러코스터의 스타트라인이었다고 생각했다. 서희의 대답을 듣기까지 천천히 레일을 따라 올라가던 열차가 '응.' 서희의 대답을 듣자마자 속도를 높이기 시작을 했다.

그날, 함께 식사를 하고 지혁은 서희를 나미네 집으로 데려다주었다. 오랜만에 지혁은 나미네 가족들과 인사를 나누었다. 오래 머물지는 않았지만 지혁은 옥희에게 저, 서희한테 프러포즈했어요, 활짝, 누구보다 행복한 얼굴로 이야기를 전했다.

"잘했다, 잘했다. 장하다. 고맙다."

옥희는 자기 자식 일인 양 기뻐하며 지혁의 등을 두드렸다. 손을 들어 눈가에 고이는 눈물을 훔쳤지만 옥희는 뿌듯한 얼굴로 딸 같은 서희와 아들이길 바란 지혁을 바라보았다.

아버지 회사에 들어가 일을 배우고 있는 나영은 나미와 나나에게 '언니는 뭐해, 빨리 시집가, 이 노처녀.' 구박을 받았지만, 그녀는 서희의 손을 두드리며 말했다. 지혁이 시계는 언니가 해 줄 거다.

"프러포즈 어떻게 받았어? 어디서, 응, 언니?"

눈을 반짝이며 동화 속 프러포즈를 기대하는 듯한 나나의 질문에,

"내 침대에서."

지혁은 찬물을 끼얹었고, 대답이 주는 묘한 뉘앙스에 순간 모두가 조용해지자 서희는 손을 내저으며,

"그냥 침대에서야. 그런 거 아냐."

얼굴을 붉혀 그런 게 뭔데? 라는 나나의 장난 어린 질문을 되받아야 했다.

익숙한 따스함이었다. 십여 년의 시간을 건너 뛰어온 듯 여전히 변함없는 지혁의 퉁명스런 대답, 예전과 똑같은 나미네 자매의 수다와 지혁에게 향하는 무조건적인 야유, 그 모습에 까르르 웃으며 볼우물을 만들게 되는 서희, 그리고 그들을 흐뭇하게 바라보며 과일과 차를 내오는 옥희.

불현듯 이리 함께 웃고 떠들고 장난치던 어린 시절이 떠올라 서희는 가슴 벅찬 행복감에 고개를 숙였다.

"고마워, 고마워요, 모두."

환히 웃으며, 그 어느 때보다 예쁜 볼우물을 만들면서도 두 눈에 눈물이 고인 서희에게 나영은 짐짓 토라진 목소리를 내었다.

"난 서희가 고맙다고 하면 서운해. 난 네 언니다."

나영은 장난스럽게 팔짱을 끼며 다리를 꼬고 앉았다.

"지혁이 넌, 이제 나 처형이라고 불러."

옆에 앉은 서희의 머리를 쓰다듬으며 지혁은 나영에게 고개를 끄덕였다.

"결혼 후에는 그렇게 부를게."

"그럼 난 처제야? 오빠 나 예뻐해 줘야 한다."

형부의 사랑은 처제라며 나나가 한껏 흥에 겨워한 사이 나미는 눈을 돌리며 생각에 잠기다 그럼 나는 뭐지? 혼잣말인 듯 중얼거렸다.

"넌 제수씨지. 물론, 경호랑 잘된다는 가정하에."

장난기 가득한 지혁의 말에 나미는 얼굴을 붉히며 지혁을 노려보았다.

"오빠가 나한테 이러면 안 되지. 내가 얼마나 두 사람을 위해 노력했는데."

다시 시작된 나미와 지혁의 토닥거림을 보며 서희는 얼굴 깊이 볼우물을 만들어 갔다.

늦어지는 윤식을 만나지 못한 채 다음에 또 찾아뵙겠다 인사를 드린 후 집으로 돌아온 지혁은 부엌에서 차를 마시고 있는 부모님 곁으로 가 앉았다.

"곧 졸업하면 계획이 어떻게 되니?"

남옥의 질문에 지혁이 서균을 바라보자 그는 아들에게 한쪽 눈을 찡긋거리며 아내의 말을 받았다.

"어떻긴. 거기서 포닥 하겠지."

지혁은 고개를 끄덕였다. 졸업 후에 현재 있는 실험실에서 1, 2년 포닥 하면서 새로 들어간 프로젝트 끝내고 싶어요. 그리 아버지 말을 이어 받았다.

"서희도 졸업하면 데려갈 거지?"

지혁은 다시 고개를 끄덕였다. 이번에 들어가면 제가 있는 실험실이나 승백이 형이 새로 세팅할 실험실로 서희 이력서 제출해 보려고요.

"그래서 말인데."

남옥은 그리 말을 받았다. 아버지랑 이야기 끝냈다. 네 성격 모르는 것도 아니고 네가 서희 데려가 따로 살 놈도 아니고, 괜히 배불러 결혼한다는 소리 하지 말고 서희 데려가기 전에 식 올리자.

이미 모든 것은 예정되어진 듯 흘러갔다. 서희야, 아무 걱정 마. 그리 지혁은 말했다. 승백이 형 동생이 디자이너인데 웨딩샵 하고 있대. 이번 휴가의 목적은 결혼 준비였던 사람인 양 매일 만날 때마다 지혁은 준비해 온 결혼 계획을 서희에게 나열하고 있었다.

우리 포닥 하는 동안 집은 렌트할 거야. 내가 근처에 하나 봐 둔 게 있어. 서재가 있는 집이야. 서재 예쁘게 꾸며 줄 거야, 한서희한테. 종이 한 장을 가방에서 꺼내 들고 봐 놓았다는 집의 구조를 그리며 지혁은 한껏 들떠 있었다.

방은 여기, 화장실은 여기, 옷장이 크게 들어서 있고, 서재가 바로 여기야. 책장이 이렇게 양쪽 벽으로 있어. 내가 예쁜 소파랑 테이블 사서 여기 중간에 놓아줄게, 서희야. 작은 장식장을 벽으로 두고 커피 내려 마시기도 하자.

그리 말하며 커다란 손을 들어 서희의 머리를 쓰다듬었다. 여기서 우리가 같이 밥 먹고, 같이 씻고, 같이 자고, 같이 책 읽고 그럴 거야. 좁아서 우리 다퉈도 멀리 떨어지지도 못해.

"지금 오빠 살고 있는 곳도 괜찮던데."

서희의 말에 지혁은 고개를 저으며 단호히 대답했다.

"방음이 잘 안 돼."

지혁이 오고 나흘이 지나던 날, 서희의 핸드폰에 낯익은 전화번호가 떠올랐다. 오래전, 그 어느 날처럼, 서희야, 이야기 좀 할 수 있겠니, 남옥의 목소리가 들려왔다.

점심시간. 서희는 남옥을 만났다. 그날 같네. 같은 카페, 같은 자리에 앉아 있는 남옥을 보며 잠시 서희는 그리 생각을 했다.

하지만 꼭 그날 같지는 않았다. 왔니? 환히 웃으며 서희를 반기는 남옥은 그날과는 달리 흔들리는 눈빛으로 심호흡을 하지 않았다. 대신 쯧쯧 혀를 차며 서희를 바라보았다.

"너도 참…… 어쩌다 그리 독한 놈한테 잡혀서. 이제 니가 걱정이다. 그 자식 평생 데리고 살려면 속깨나 썩을걸. 나중에 나한 테 어머니, 그때 왜 반대 더 하지 않으셨어요. 그러지나 마."

남옥은 밉지 않게 서희를 흘긴 후 미안한 마음이 깃든 미소를 지어 보였다.

"지혁이가 꼭 같은 카페, 같은 자리에서 너랑 이야기하라고 하 더라."

무슨 말인가 눈을 동그랗게 뜨는 서희에게 남옥은 말했다. 내 가 너 울게 한 곳이잖니, 여기가. 남옥은 서희의 손을 잡았다.

그 손길에 코끝이 찡해져 서희는 눈을 깜박였다. 이미 지난 일 이건만 아직도 가끔 지나칠 때면 가슴이 아리던 장소. 지혁이 왜 그런 말을 했는지 알 거 같아 서희는 깊이 눈을 감았다 떴다.

"지혁이가 행복한 기억으로 나쁜 기억 지워 주라더라."

그 바보. 저절로 입술이 비죽거려져 서희는 고개를 숙였다.

어려서 친구들과 어울려 갔었던 놀이동산에서 마음이 상해 돌 아온 서희를 이끌고 다시 그곳으로 갔었던 지혁이 생각났다. 그곳 에서 많이 웃게 해 주던 지혁은 돌아오는 길, 서희 옆으로 걸으며 손을 들어 서희 머리 위에 올려놓았었다.

「이제 거기 생각하면 행복할 거야. 메모리 체인지.」

몇 살의 오빠였더라. 왜 그 바보는 변하지도 않는 걸까.

"오빠는 바보 같아요."

"너한테나 바보지. 다른 사람들한테 하는 거 봐라. 그놈의 성 질."

그렇네요. 눈물이 그렁한 눈으로 서희는 훗, 소리 내 웃었다.

"울지 마! 웃게 해 주려고 했는데 왜 울어!"

타박을 하면서도 꼭 서희의 손을 잡아 주는 남옥을 향해 서희는 울며 웃어 보였다. 너무 행복해서요. 주문한 커피가 나왔다. 그리 둘은 커피를 마셨다.

내가 너 어려서 핫초코 마실 때부터 왠지 남 같지 않더라. 큼, 우리 중간에 안 좋은 기억은 잊자. 남옥의 농담을 들으며 지혁의 장난기가 아버지보다 어머니 쪽인가 보다고 서희는 생각했다.

그리고 너, 오늘 내가 그 아주머니 소리 뿌리 뽑아 버리고 말 거야. 아주머니라 부를 때마다 도끼눈을 뜨는 남옥을 보며 서희는 지혁의 고집이 아버지보다 어머니 쪽이었구나 생각했다.

"언제 우리 지혁이가 좋아하는 거 안 거야?"

친구처럼 남옥은 수다를 떨기 시작했다.

"고등학교 때요."

"서희 너, 눈치 정말 없구나. 난 초등학교 때부터 알았는데."

남옥은 비밀이라며 지혁의 일기를 몰래 훔쳐봤었다고 이야기했다. 훔쳐본 일기 내용은 이야기 안 해 줄 거라 약 올리던 남옥은 갑자기 무언가 생각난 듯 눈까지 반짝이며 질문을 던졌다.

"참, 서희야, 내가 혁이 오기 전에 이야기했었지? 혁이 사촌 형 결혼식. 같이 갈 수 있니?"

전날, 지혁도 같은 질문을 한 것이 생각나 서희는 미소를 지으며 고개를 끄덕였다.

"예, 어머니."

예, 가 마음에 드는지 어머니, 가 마음에 드는지 남옥은 하하 호탕하게 웃었다.

"그럼, 그전에 시간 내서 우리 옷이나 사러 가자. 우리 동서가 자기 아들이랑 며느리 자랑을 얼마나 했었는데……. 나도 내 아들이랑 예비 며느리 양옆에 끼고 가야지. 내가 우리 혁이 박사학위 3년 만에 받았다고 전화했더니 혁이 작은엄마가 뭐라고 했는지 아니? 아이, 형님, 우리 지훈이는 그 나이에 교수였잖아요."

점심시간이 끝나 가도록 남옥은 동서의 흉을 서희에게 보았다. 남옥의 말에 정말요? 지욱 오빠랑 지혁 오빠면 최상이죠, 맞장구 쳐 주는 서희를 보며 남옥은 다시 흡족한 미소를 지어 보였다.

"이래서 딸이 있어야 돼. 아, 속이 다 후련하다."

그러다 다시 목소리를 낮추며 덧붙였다.

"그렇다고, 네 작은엄마 이상한 사람은 아냐. 사람은 좋은데 그게 자식 이야기를 하다 보면……."

서희는 하하 눈이 안 보이게 웃으며 깊은 볼우물을 만들어 보였다. 예. 아주…… 어머니.

그 주말, 아침 일찍 지혁은 서희와 함께 수연에게 찾아갔다. 국화 대신 수연이 좋아한 장미꽃을 안개꽃과 함께 사서 품에 안고 간 서희는 수연의 앞에 서서 한동안 엄마의 사진을 바라보았다. 그 옆에 놓인 어린 서희와 함께 웃고 있는 젊은 시절의 엄마도 바라보았다.

내가 엄마를 많이 닮았구나. 사진 속 엄마와 비슷한 나이가 된 서희는 그리 생각했다.

지혁은 서희 옆에 나란히 서서 수연에게 절을 했다. 납골당 안에 수없이 늘어선 납골함들을 가리키며,

"오빠가 절해도 정작 받으시는 분은 엄마가 아니라 이분들이신 거 같아."

라 눈물이 그렁한 눈으로 서희가 웃어 보이자 지혁은 일어나 그녀의 얼굴을 톡톡 두드렸다.

"어머님은 아실 거야."

지혁의 눈을 마주 보며 웃어 보이고 싶은데 자꾸 입술이 비죽거려져 서희는 고개를 숙이며 그의 옷을 거머쥐었다.

"울고 싶으면 울어. 참지 마."

지혁의 손이 서희의 머리를 쓰다듬었다. 톡. 서희의 머리가 지혁의 가슴으로 떨어졌다.

오랜만에 정장을 차려입은 지혁은 너무나 듬직하고 멋있었다. 지혁의 차를 타고 엄마에게 오기 전에 들른 커피 전문점에서부터 지혁에게 향하던 시선들을 서희는 느낄 수 있었다. 엄마에게 보여드리고 싶었다. 엄마, 이렇게 멋진 남자가 엄마 사위예요. 그렇게 자랑도 하고 싶었다.

결혼하기 전, 엄마와 단둘이 방에 누워 사랑하는 내 남자 이야기를 들려주며 엄마의 놀림을 받고 싶었다. 이 사람이 그 재수탱이 강지혁이야. 그리 장난도 치고 싶었다. 엄마가 너랑 같이 욕했던 거 비밀이다. 엄마가 옆에 있다면 했을 이야기가 머리에 떠올

라 울면서 서희는 미소도 지었다.

지금 생각하니, 대학 입학 후 몇 번이고 엄마한테 인사드리고 싶다던 지혁을 만류했던 것이 후회도 되었다. 평생 옆에 계실 줄 알았다. 그래서, 좀 더 엄마 편해지면…… 이란 말로 미뤄 온 것이 가슴 아프게 후회가 되었다.

서희의 등에 머문 지혁의 손이 따뜻하게 서희를 토닥여 줬다. 울지 말라는 말도, 어머님은 보고 계실 거야, 라는 말도 하지 않았다. 그저 따뜻하게 서희를 품에 안고 그는 그녀의 아픔을 함께 하고 있었다.

"엄마한테 뭐라고 했어?"

돌아오는 길, 서희는 지혁에게 물었다. 서희의 울음이 진정이 되고 수연 앞에 선 지혁은 한동안 말없이 수연을 바라보다 다시 고개를 숙였었다. 지혁은 운전을 하며 한 손을 들어 서희 머리 위에 올려놓았다.

"서희 낳아 주셔서 감사하다고."

"그 말만 했어?"

"매해 찾아뵙겠다고."

"그리고?"

신호에 걸려 차가 멈추자 지혁은 서희를 바라보며 조용히 입을 열었다.

"매해 찾아뵐 때, 서희가 그전보다 조금이라도 더 행복해져 있게, 그렇게 살아가겠다고."

점심 무렵, 서희를 집 앞에 내려놓으며 지혁은 다녀올 곳이 있어 오후에는 함께 있지 못할 거라 했다. 지혁이 어디를 다녀오려고 하는지 서희는 알았다. 다만, 들어가, 서희야. 서희가 집으로 들어가길 기다리는 지혁의 손을 잡으며 말했다.

"오빠."

"응?"

"나 동시 입장할 거야."

아무 말 없이 지혁은 서희의 눈을 마주 보았다. 그 말속에 담겨진 서희의 지난날이 아파 지혁은 대답 대신 고개를 끄덕이다, 응, 그리 답해 주었다.

"이 손이야."

뭐가? 그리 지혁은 물었다.

"결혼할 때, 나를 내 신랑한테 '건네줄' 자격 있는 손. 내 손을 건네받을 사람도, 내 손을 건네 줄 사람도 나한테는 이 손 하나야. 다른 누구 손도 그럴 자격 없어."

지혁은 그 손을 들어 서희의 머리를 감싸 안았다. 그 손으로 소중히 서희의 얼굴을 감싸며 고마워, 그리 입을 맞춘 후 다녀올게 인사를 하고 출발했다.

몇 시간, 운전을 해 도착했다. 그리고 그곳에서 지혁은 서희의 아버지를 만났다. 가장 좋은 한정식집으로 지혁은 성우를 모셨다. 내 무슨 자격이 있다고. 성우는 손을 들어 눈을 꾹꾹 누르며 지혁의 큰절을 받았다.

"댁으로 찾아뵙지 못해 죄송합니다. 그러면 서희가 많이 아파할 거 같아서요."

그리 지혁은 말했다. 놓이는 음식들을 둘은 천천히 먹었다. 고맙네, 자네 이야기는 많이 들었었네. 그리 성우는 이야기했다.

"서희와 결혼하고 싶습니다, 아버님."

성우는 고개를 끄덕였다. 자네 전화받았을 때부터 그럴 거라 생각했네. 성우는 다시 손을 들어 눈을 눌렀다. 어려서 아빠, 소리를 높이며 품으로 안겨 들던 딸.

"내 이리 말하는 거 참 부끄럽네만, 아껴 주게. 많이 사랑해 주게. 부탁하네."

지혁은 고개를 끄덕이며 예, 대답했다.

식사를 마치고 후식이 나오기 전, 지혁은 몇 번을 망설이다 입을 열었다. 어려서 자신이 서희를 알게 된 그날을 들려 드렸다. 야무지게 이야기하던 서희의 이야기.

그 이야기에 성우는 결국 눈물을 떨구고 말았다. 그랬구나, 그랬지, 내 딸은. 이제 내 부끄러운 애비이니 미안해서 어떻게 해야 하나.

생각하면 십 년이 조금 더 지난 시간이건만, 그냥 그런 시간이 건만 너무나 많은 것이 변해 버린 것이, 그 시간이 야속도 했다. 잘못 끼워졌던 단추 하나, 내 고치지 않고 계속 잘못 끼웠었네. 그리 후회도 해 보았다. 행복을 내 손으로 깨 버린 내가 무슨 자격이 있겠나. 성우는 허한 눈을 들어 창밖을 바라보았다.

"서희한테 먼저 전화라도 해 주세요, 아버님. 기다릴 거예요."

서울로 올라오며 지혁은 서희에게 전화를 걸었다. 왜 네가 이리 보고 싶을까. 그리 지혁은 말했다. 그래서, 지혁은 서희에게 갔다. 불이 켜져 있는 서희 방을 확인하고 다시 지혁의 생일로 바꿔 놓은 비밀번호를 누르고 서희에게 들어갔다.

오빠, 놀라는 서희를 지혁은 품에 안았다. 오늘따라 작은 서희 몸이 더 아리게 가슴으로 들어와 그 어느 날보다 소중히 입을 맞추고 뜨겁게 안았다.

"오빠."

점점 익숙해져 가는 서로의 몸과 손길이었다. 서로를 통해 남자와 여자가 되어 간 둘이었다. 손안에 들어오는 서희의 가슴을 어루만지며 지혁은 서희의 입술을 삼켜 갔다. 부드럽게 감겨 오는 혀를 맛보고 짙은 입맞춤으로 차오르는 타액을 나누었다.

서희가 입고 있는 민소매 원피스를 벗겨 내고 오랜만에 입은 양복의 셔츠를 풀어 갔다. 길고 모양 좋은 손가락이 하나둘 셔츠의 단추를 푸는 걸 지켜보며 서희는 침을 삼켰다.

"오늘 여기 있을 거야."

셔츠의 단추를 풀면서도 지혁의 입술은 서희의 입술을 머금고 있었다. 오늘은 안 놔줄 거야.

"응."

서희는 손을 들어 지혁의 바지 버클을 풀었다. 처음, 사랑을 나눌 때 어려웠던 일들이 이제는 제법 손에 익은 게 신기해 지혁의 입술 안에서 서희는 미소를 지었다. 지혁의 손이 서희의 등으로 돌려지며 등에 있는 브래지어 호크를 벗겨 냈다. 처음 브래지어를 벗기지 못해 얼굴을 붉히던 지혁이 생각나 서희는 다시 훗 작게 소리를 내며 웃었다.

"왜?"

"처음 우리, 여기서, 함께한 날. 생각나서."

목으로 내려간 지혁의 입술에서 작은 웃음소리가 새어 나왔다. 그 웃음소리가 간지러운 듯 서희는 고개를 숙이며 또 훗 소리 내 웃었다.

지혁의 입술이 서희의 몸을 따라 내려갔다. 지혁의 손끝에서, 그 움직임에 따라 흥분으로 부풀어 오른 젖가슴을 입에 물었다. 빳빳이 솟아오른 작은 봉오리를 이로 자근거리기도 했다.

"오빠."

서희의 몸이 움찔거리며 목소리가 떨려 왔다.

자신의 손끝에서, 자신의 움직임에 따라 호흡이 밭아지는 서희의 얼굴을 보며 지혁은 잠시 움직임을 멈췄다.

"한서희."

지혁의 품 안에서 땀에 젖은 채 몽롱하게 젖어 든 눈을 들어 올리며 서희는 대답했다. 응?

"네가 좋아. 난."

손끝에 피어오르는 향기도, 밭아지는 호흡으로 가쁘게 나를 부르는 목소리도, 맑은 눈동자와 볼우물, 도톰한 입술과 부드러운 혀, 왼쪽 젖가슴 옆으로 나 있는 작은 점과 전부터 하나인 듯 겹쳐져 오는 이 피부도, 나를 만져 오는 손끝, 작은 발. 초등학교 때 맞은 예방주사 자리가 그대로 남아 있는 하얀 어깨, 한서희, 네 이름도.

"미치도록 좋아. 네가 난."

밤새도록 둘은 하나가 되었다. 때때로 지친 듯 그만, 서희가 외쳤지만 지혁은 그조차도 귀여운 듯 훗 웃으며 품으로 안아 갔다. 새벽녘, 서희가 지혁을 밀쳐 내며,

"오빠, 나 허리 위로 감동이 왔어."

라고 말하고 나서야 지혁은 눈이 휘도록 웃으며 서희 등을 토닥였다. 거봐, 나 능력 있는 남자라니까, 한서희 세상에서 최고로운 좋은 여자라니까.

지혁의 품 안에서 잠이 들기 전 서희는 말했다.

"아빠가 전화하셨더라."

지혁은 말없이 서희의 등을 손으로 훑어 갔다. 아직 그 아주머니랑 사신대. 지혁은 고개를 끄덕였다. 내가 더 나이 들어서 좀 더 어른이 되면 아빠를 이해하게 될는지 모르겠지만 지금은 아니라고 했어. 지혁은 한마디, 한서희답네, 작게 소리 내 웃었다.

하루하루 시간은 흘러갔다. 지혁이 다녀간 후 성우는 지혁의 부모에게 전화를 하였다. 상견례라는 거창한 형식 대신 성우는 시간을 잡고 지혁의 부모와 마주했다.

무슨 이야기를 주고받았는지 지혁도 서희도 자세히 알 수는 없었다. 다만, 남옥에게 무슨 이야기인가를 전해 들은 옥희는 성우

에게 전화를 걸어 자신이 친정엄마 역할을 할 테니 걱정 마시라 전했다고 한다.

옥희는 내년 2월 전후 좋은 날을 알아보았고, 12월부터 3월까지 결혼하기 좋은 날이라는 날짜들을 남옥에게 알려 주었다. 물론, 지혁이 원한 날은 12월이었다.

우연처럼, 지혁이 서희의 나이를 반올림한 그 날, 서희가 예정보다 일찍 반올림한 결혼식을 하게 된다고 지혁은 서희에게 전화해 우리는 정말 천생연분이라고 했다.

물 흐르듯 무난히 준비되어 가던 결혼식의 마지막 복병이 윤식이 될 줄 아무도 예상하지 못했다. 윤식은 왜 이리 일찍 결혼하냐며 서운해했고, 결혼식 날, 성우가 서희의 손을 잡지 않을 거라는 것을 알고 내심 기대를 했었는지, 지혁과 동시 입장할 거라는 서희의 말에 또다시 서운한 표정이 되어 버렸다.

"당신은 서울 엄마면서 나는 왜 아저씨야?"

그리 옥희에게 투정을 부려,

"나이 들더니 당신 말만 많아지네."

옥희의 핀잔도 들어야 했다. 지혁과 서희가 결혼식장을 알아보자 그마저 불만이었던 윤식은 지혁을 불러 놓고 술잔을 기울이며,

"내 자네에게 참 서운하네. 내가 결혼식장 하나 내 딸 아이한테 빌려 주지 못할까 봐 그러나."

라며 지혁을 자네라 불러, 두고두고 서균의 놀림거리가 되었다.

지혁과 함께 사촌 형 결혼식에 참석하기 위해 미국으로 출발하기 이틀 전, 서희는 옥희의 전화를 받았다.

— 서희야, 오늘 집에 와 줄 수 있니? 아저씨가 너무 서운하다고. 지혁이랑 둘이 좀 와 줘. 내가 아주 네 서울 아빠 때문에 요즘 스트레스가 이만저만이 아니다.

그 날 오후, 지혁과 서희는 나미네 집으로 갔다. 둘이 들어서자 나미와 외출을 하려던 옥희는 서희에게 말했다.

"잘됐다. 급히 나갈 일이 있어서 걱정이었는데. 일하시는 아주머니들도 휴가 드려서 집에 아무도 없는데 빈집에 네 서울 아버지 먼저 도착하면 어떡하나 걱정이었거든."

텅 비어 버린 집에 있던 서희는 서재나 가 보자, 지혁의 손에 이끌려 서재로 들어갔다. 지혁의 말을 빌리면 우리들 추억의 응집소. 그곳에 또 하나의 추억이 새겨져 있었다.

소파 앞으로 옮겨진 테이블 위에 놓인 장미꽃. 작은 케이크. 화려하지 않지만 아기자기 예쁘게 꾸며진 테이블 위에 놓인 두 권의 노트. 그 노트 옆에 놓인 수십 가지 색의 펜들, 서희가 가지고 싶어 했던 만년필.

천천히 테이블 앞으로 간 서희는 노트 한 권을 집어 들었다.

심통맞은 표정의 보이스카웃 옷을 입고 있는 12살 지혁의 사진이 있었다. 그 밑으로 어려서 쓴 일기의 한 부분이 복사되어 붙여져 있었다.

이름이 한서희란다.

서재에서 함께 찍은 초등학교 시절의 지혁과 서희가 그 뒤에 붙어 있었다. 서희와 지혁, 나미네 세 자매들이 테이블에 앉아 공부하는 사진, 지혁과 서희가 소파에 앉아 서로에게 기댄 채 잠이 들어 있는 사진, 높은 책장 위에 있는 책을 꺼내려고 엎드린 지혁을 밟고 올라가 책을 꺼내는 서희 사진, 활짝 웃고 있는 서희를 보며 눈이 안 보이게 웃고 있는 13살의 지혁도 있었다.

무엇 때문이었는지 화가 잔뜩 난 서희와 지혁이 서로 멀찌감치 떨어져 찍은 사진도 있고, 울고 있는 서희 머리를 툭 누르고 있는 지혁도 있었다. 그 밑으로 어려서 쓴 일기의 한 부분이 복사되어 있었다.

난 서희가 웃으면 가슴이 이상하다. 그런데 서희가 울어도 가슴이 이상하다.

중학생인 지혁과 서희가 서재에 있는 사진들이 그 뒤를 이어 갔다. 제법 자란 둘이 테이블에 마주 보고 앉아 공부를 하고 있는 사진, 연필 끝을 입술에 대고 인상을 쓰면서 문제지를 들여다보고 있는 서희를 가만히 쳐다보고 있는 지혁의 모습도 있었다. 나미 자매와 서희가 환히 웃고 있는 사진 속에서 지혁이 인상을 쓰고 있기도 했다.

가끔 지혁과 왔었던 경호가 나미와 다퉈 씩씩거리고 있는 그 옆으로 무심히 공부하는 지혁과 둘을 바라보고 앉아 있는 서희도 있었다. 그 밑의 일기 한 장.

내 하루를 서희로 끝마칠 수 있다는 것이 좋다.

고등학생이 된 서희와 지혁이 있었다. 대부분 지혁이 핸드폰으로 찍은 듯 그 사진 속에는 서희 혼자 있는 것들이 많았다. 피곤해 자고 있는 서희, 셀카를 찍는 지혁의 모습 뒤로 혀를 쏙 내밀고 있는 서희, 문제지를 풀고 있는 듯 숙인 얼굴 위로 흘러내린 머리카락을 지혁이 들어 올리며 찍은 사진 속에는 그의 손과 그녀의 얼굴이 함께 놓여 있었다. 그 밑의 글 하나.

한서희.

추억 속의 많은 사진들을 보며 서희는 울먹였다. 진짜 오빠는 바보야. 눈을 마주하면 울 거 같아 서희는 고개를 숙인 채 두 번째 노트를 집어 들었다.

"그건 내 설명이 필요한데."

지혁은 서희 옆으로 가 앉았다. 잠시만, 지혁은 서희 뒤로 앉으며 서희를 감싸 안은 채 노트를 손에 쥐었다.

"한서희!"

노트 첫 장을 넘기며 지혁은 말을 이었다.

"때문에 우리가 떨어져 있었던 3년. 홋. 어릴 때부터 사진 정리하다 보니까 우리 함께하지 못한 3년이 너무 억울하더군. 그 3년 동안 한서희 보여 주고 싶은 거 핸드폰으로 찍어 놓았었어."

그렇게 지혁은 사진들을 설명해 나갔다. 여기 공항부터. 잠시 떨어져야 했던 그 시간으로 되돌아가 서희는 지혁과 함께 3년의 시간을 보냈다. 중간에 찍힌 진열장 속 케이크 사진.

"한서희 생일날."

지혁은 그리 말했다. 산 건 아니야. 그냥 예쁜 케이크 사진 찍어 놓은 거야. 너무 감동은 하지 마. 지혁은 서희의 머리에 입술을 가져갔다. 거의 다 실험실이긴 해. 스스로도 허탈한 듯 툭 던지는 지혁의 말에 서희는 작게 소리 내 웃기도 했다.

내 방에서 보이는 풍경. 그 풍경의 계절이 바뀌고 있었다. 지혁은 서희에게 기억을 심어 놓듯 자세히 사진들을 설명해 주었다. 비슷한 장소, 거의 같은 사람들, 비슷한 장소의 계절이 바뀌고, 거의 같은 사람들의 옷이 긴팔에서 반팔로, 반팔에서 긴팔로, 두꺼운 외투로 바뀌어 가길 몇 번, 세 번의 케이크 사진이 지난 뒤 마지막 장에는 보스턴, 지혁의 침대에서 자고 있는 서희가 찍혀 있었다.

노트를 넘기던 지혁의 손이 사진 속 서희를 어루만졌다. 정말 행복했어. 그리고 그 손을 들어 지혁은 품 안의 서희를 꼭 힘줘 안았다.

"우리 이제 이 3년도 함께 있었던 거다, 한서희."

지혁은 서희의 머리에 입술을 가져가고 손끝에 와 닿는 서희의 눈물을 닦아 주었다. 서희야, 돌아앉아 봐. 언제나처럼 서희는 지혁의 무릎 위로 앉아 그를 마주 보았다. 그만 울어. 지혁은 서희의 눈물을 닦아 주며 짐짓 구박을 하듯 소리를 높였다.

"이런 건 언제 다 준비한 거야?"

"나미랑 서울 어머니 도움 많이 받았지."

"또 프러포즈 하려고?"

서희의 질문에 지혁은 고개를 끄덕였다.

"응, 한서희, 남들 받은 건 다 받게 해 줘야지."

지혁의 손이 서희의 얼굴을 어루만졌다. 눈물을 걷어 낸 반짝이는 서희의 눈을 마주 보다 지혁은 바지에서 반지 두 개를 꺼내들었다.

"커플링. 결혼해서 예물반지 불편해 빼고 다녀도 이건 꼭 끼고 다녀야 한다."

대답 대신 서희는 미소 지으며 지혁의 앞으로 손을 내밀었다. 작은 손을 마주 잡고 지혁은 서희의 네 번째 손가락에 반지를 끼워 주었다. 꼭 맞게 들어가는 반지. 그저 작은 반지 하나 서희 손가락에 끼워 준 것이건만 평생의 약속을 주고받은 듯 지혁의 가슴은 벅차게 부풀어 올랐다.

"자, 나도."

자신의 반지를 서희 손에 들려주며 지혁은 네 번째 손가락을 그녀 앞으로 내밀었다. 서희 역시 지혁의 손에 반지를 끼워 주었다. 둘은 나란히 손을 펴 보았다. 똑같은 모양의 반지가 서로의 손가락 위에서 반짝이고 있었다.

"강지혁, 한서희 남편 되는구나."

혼잣말처럼 이야기하는 지혁의 입술이 길게 늘어져 갔다. 고개

를 들어 환히 미소 짓는 서희를 바라보며 지혁은 한쪽 눈을 찡긋
거렸다.

"드. 디. 어."

—fin.

에필로그

교정은 따뜻했다. 따사롭다는 표현이 더 맞을 만큼 눈부신 6월의 햇살이 피부 위에 내려앉았다.

건물 사이 자리 잡은 잔디밭에는 삼삼오오 모여 이야기를 나누는 사람들도 있었고, 그늘을 찾아 나란히 누운 커플들도 있었고, 홀로 앉아 논문이나 책을 보고 있는 이들도 있었다.

시간은 상대적이라는 말이 맞는 듯했다. 확실히 실험실에서의 시간과 이곳 교정에서의 시간은 다른 속도로 움직이고 있었다.

몇 분, 몇 초 단위로 쫓기듯 실험실에서 생활하다 이리 교정에 나와 있으면, 시간 역시 쉼 없이 흘러가던 것에 지친 듯 이곳에서 한숨을 돌리며 쉬어가고 있는 듯했다.

오늘은 게으름 부리자, 지혁은 품 안에 있는 서희 머리에 얼굴을 묻었다.

지혁의 PI인 한스 박사와 서희의 PI인 승백이 컨퍼런스 때문에 자리를 비운 날이었다. 이런 날의 게으름은 꿀맛이라며 지혁은 점심식사 후 서희 손을 이끌고 이곳 잔디밭으로 왔다. 그늘이 아닌 햇살이 비추는 곳에 누워 지혁은 서희의 허리를 감싸 안았다.

커플링이 끼워진 두 손을 맞잡고 지혁은 서희의 뒤에서 눈을 감았다.

"더우면 말해. 그늘로 옮기면 되니까."

"응."

그의 품처럼 햇살도 부드러웠다.

처음에는 부끄럽고 낯설었다. 이리 그의 품에 안겨 교정에 눕는 것도, 같은 층에서 일하며 마주칠 때마다 그가 장난처럼 볼에 입을 맞추는 것도, 일하고 있으면 뒤에서 안아 오는 그를 느끼는 것도. 낯설고 부끄러워 서희는 하지 마, 목소리를 낮추고 때로는 토라지기도 했었다.

하지만, 이제 모든 것이 익숙해졌다. 이제는 이리 교정에 오면 자연스럽게 그의 품을 찾았고, 복도에서 마주치면 주변에 아무도 없는 것을 확인하고 쪽, 서로의 입술을 맞대었다.

"다음 달에 며칠 휴가 낼까?"

따스한 햇살에 저절로 눈이 감겨 오는 사이 지혁이 물었다.

"왜?"

"형수. 입덧이 심한가 봐."

서희의 얼굴에 볼우물이 패였다.

결혼 전, 사촌 형의 결혼식이 있어서 찾아간 미네소타 로체스터에서 처음 만난 그의 사촌 형 강지훈 박사. 굳이 서희와 먼저 가 있겠다던 지혁의 고집으로 서균, 남옥보다 며칠 일찍 도착한 로체스터라는 도시는 작고 조용했다.

첫날, 마중 나온 지훈이라는 이름의 사촌 형은 지욱보다 더 지혁과 닮은 모습이었다. 친탁이었던 지혁과 외탁이었던 지욱은 친형제임에도 불구하고 그리 닮은 곳이 없었는데 오히려 지훈은 친형이라고 해도 믿을 만큼 지혁과 비슷한 외모와 분위기였다.

다른 사람들에게 무심한 듯 행동하면서도 같이 나온 세연이라는 이름의 예비 신부에게는 눈이 보이지 않게 웃어 보이는 것도 지혁과 비슷해 서희는 이 집안 남자들 내력인가, 생각도 해 보았다.

무엇이 부끄러운지 '안녕하세요.' 인사하면서도 얼굴을 붉히는 세연을 바라보며 길게 입술을 늘이던 지훈은 지혁에게 그녀를 소개시켰었다.

「김세연. 형수님이시다.」

「처음 뵙겠습니다. 지훈이 형 사촌 동생, 강지혁이라고 합니다. 이쪽은 제 약혼녀, 한서희입니다.」

그 날의 기억에 서희는 훗 작게 소리 내 웃었다.

"왜?"

여전히 서희의 머리에 얼굴을 묻은 채 지혁은 질문을 던졌다.

"강 박사님 결혼식에 간 날."

아주버님이라 부르는 것이 아직은 어색해 지훈을 강 박사님이라 부르는 서희의 호칭에 지혁은 싱긋이 미소를 지었다. 장난처럼, 나도 강 박사님인데, 그리 조그맣게 덧붙이기도 했다.

"나는 세연 언니한테 우리가 렌트한 차 같이 타자고 하고, 언니는 나한테 강 박사님 차에 같이 타자고 하고 있는데."

"훗."

지혁 역시 떠오르는 기억에 소리 내 웃기 시작했다. 강씨 집안 남정네, 어디 가겠어. 재수 없는 강지훈. 웃음을 머금는 목소리로 그리 작게 중얼거리는 것도 잊지 않았다.

그날 로체스터 공항에 도착한 후, 지혁이 예약한 렌터카를 건네받으러 지훈과 함께 움직이는 동안 서희는 세연과 이야기를 나누며 서로의 정보를 주고받았었다.

짧은 시간 동안, 서희는 세연이 지혁과 동갑이라는 것을 알았고, 지훈이 PI로 있는 실험실 포닥으로 일하고 있다는 것을 알게 되었다. 뭐라고 부를까요, 조심스런 서희의 질문에, 세연은 환히 웃으며 언니라고 불러요, 대답을 했다.

검은 눈동자를 유난히 반짝이며 쉽게 얼굴을 붉히는 세연이 서희는 마음에 들었고, 웃을 때면 볼에 쏙 들어가는 서희의 보조개가 귀엽다고 세연은 생각했다.

「두 분 어떻게 사귀게 되신 거예요?」

「얘기 하자면 긴데, 내가······.」

남자들이 렌터카 키를 받아 들고 돌아왔을 때 둘은 이미 사이 좋은 자매가 되어 있었다.

둘은 각자 따로 차를 타고 가야 한다는 것이 못내 아쉬웠다. 서희는 세연에게 지혁의 차로 함께 목적지까지 가자고 졸랐고, 세연은 서희에게 함께 지훈의 차에 타자며 살며시 그녀의 손을 잡아당겼었다. 하지만, 서희와 세연의 실랑이는 싱겁게 끝나고 말았었다.

차 문을 열고 '호텔 앞에서 다시 뵙죠, 형수님.' 세연에게 정중히 인사를 하던 지혁과 차 문을 열고 '김세연이', 고갯짓과 함께 세연을 부르던 지훈의 목소리에 서희와 세연은 터벅터벅 각자 예비 신랑의 곁으로 가야 했다.

호텔방에 짐을 풀고 넷은 함께 식사를 하려고 했다. 적어도 그날, 서희와 세연은 그랬다. 하지만,

「죄송합니다, 제가 너무 피곤해서요.」

지혁은 너무나 초롱하게 빛나는 눈으로 정중히 함께 시간을 갖는 것을 거절했고,

「그래, 피곤해 보인다. 좀 쉬어라.」

지훈은 그런 지혁이 피곤해 보인다며 세연의 손을 잡고 사라져 버렸었다.

"그때 다음 날 저녁 식사도 난 같이 하고 싶지 않았다고."

"왜?"

몸을 돌려 남편의 품 안으로 들어가며 서희는 물었다. 눈을 감아도 따갑던 햇살을 등 뒤로 두고 남편의 품 안이 그늘인 양 서희

는 깊이 머리를 묻었다.

"처음으로 한서희랑 둘이 호텔방에서 뒹굴뒹굴하고 있는데."

딱. 서희의 손이 지혁의 가슴을 때렸다. 크크, 짓궂은 웃음소리
가 머리 위에서 들려와 서희의 얼굴에도 미소가 지어져 갔다.

금요일 오후, 퇴근 후 둘은 일주일치 식량을 사러 갔다.

들어서자마자 지혁은 과일코너로 갔다. 향이 좋은 딸기를 들어
올리며,

"향은 정말 좋은데 왜 달지는 않을까?"

그리 서희에게 물어보았다. 잠시 고민하다 카트에 넣으며 다시
한 번 속아 넘어가 주지, 제법 비장한 표정으로 말을 했다. 사과
를 챙겨 넣었고, 바쁜 아침이면 들고 나와 서로의 입에 넣어 주는
바나나도 잊지 않았다.

주말에 김밥 만들어 먹을까? 야채코너 앞에서 서희는 김밥 거
리를 생각하며 손을 꼽아 보았다. 그러면서, 한국에서 가져온 자
취생의 레시피가 있어 다행이라고 다시 한 번 생각했다.

물을 사러 가는 길, 콜라 앞에서 머뭇거리는 지혁을 서희는 말
없이 노려보았다. 주춤, 콜라를 향해 뻗던 손을 다시 서희의 어깨
위로 올리며 지혁은 물었다.

"왜, 서희야?"

화장실 휴지를 샀다. 두툼한 것이 좋다는 지혁에게 서희는 변
기가 막힐 거 같다며 다른 종류로 바꿔 보자고 했다. 쓰던 주방
휴지를 집는 지혁의 손을 잡고 좀 더 작게 뜯어 쓰는 것으로 바꾸

자고 말했다. 퉁. 한서희 혼자 다 골라. 아이처럼 지혁이 심통을
부리기도 했다.

"주말 아침에 아메리칸 블랙퍼스트 만들어 줄까?"

결국 토스트에 계란 프라이, 커피이건만 서희가 말하는 '아메
리칸 블랙퍼스트'는 왠지 더 고급스러울 거 같다며 지혁의 얼굴
이 금세 환해졌다. 그래서 서희는 바보, 그리 지혁을 불러줬다.

생리대를 거의 다 쓴 거 같아 여성용품 코너로 갔다. 필요한 것
을 카트에 집어넣었다. 불현듯 생리양이 많은 날은 아기 기저귀가
좋더라는 누군가의 조언이 떠올라 서희는 아기 기저귀 코너까지
갔다.

생각보다 종류가 많아 그 앞에서 한참 동안 고민했다. 가장 익
숙한 이름의 기저귀를 골랐지만 이번에는 연령대가 문제였다.

잠시 고민하다 대형 한 박스를 집어 들었다. 그사이, 지혁은 아
이스크림을 몰래 집어와 주방 휴지 아래 숨겨 놓았다. 모르는 척.
서희는 눈감아 주었다.

"웬 아기 기저귀야?"

지혁의 질문에 서희는 몰라도 돼, 그리 답해 주었다. 난 다 알
지. 씨익. 장난스럽게 웃으며 지혁은 날짜를 셈하기 시작했다.

"핫팩 준비해 놔야겠다. 한서희 생리통은 왜 안 나아지지? 결
혼하면 낫는다면서. 내가 더 힘써야 하나?"

눈을 하얗게 뜨며 서희는 지혁을 노려보았다.

집으로 돌아와 짐을 풀었다. 피곤한 마음에 소파에 누워 둘은

10분만 쉬었다 정리하자, 누가 먼저랄 것도 없이 그리 말했다. 꼼지락꼼지락. 서로의 손을 맞잡고, 서로의 머리를 어루만지고, 가슴에 안겨 10분이 20분이 되고, 또 30분이 되어 갔다.

"앗. 아이스크림."

갑자기 생각난 듯 지혁이 일어나 아이스크림을 냉동고에 넣었다.

"오빠, 일어난 김에 다 정리해."

나만 부려 먹어. 투덜투덜. 일부러 천천히 지혁은 사 온 음식들을 냉장고에 넣기 시작했다.

주말에는 청소도 해야 되는데. 집안일은 해도 해도 끝이 없어. 누워서 서희는 눈을 감으며 휴, 작은 한숨을 내쉬었다. 그러다 잠이 들었다. 잠결에 누군가 이불을 덮어 줘서 서희는 싱긋이 미소 지었다. 서희는 잠에 취해 말을 했다.

"오빠, 미안. 너무 졸려."

토닥토닥. 커다란 손이 등을 두드리고 있었다.

"서희야, 일어나. 밥 먹고 자자."

어느새 식탁 위에는 하얀 밥과 반찬이 놓여 있었다. 어제 만들었던 된장찌개가 데워져 올라와 있고, 모양이 엉망인 계란 프라이가 중앙에 자리 잡고 있었다. 홋. 오빠 음식 솜씨 점점 나아지네.

눈을 비비고 식탁에 앉아 밥을 먹었다.

"오랜만에 한국 방송 볼까?"

누가 먼저랄 것도 없이 밥을 먹다가 일어나 노트북을 챙겨 왔다. 지혁이 노트북 파워를 누르는 동안 서희는 전원을 연결해 지혁에게 코드를 내밀었다. 지혁이 코드를 노트북과 연결하는 동안 서희는 스피커를 서랍에서 꺼내 왔다. 서희가 스피커를 노트북에 연결하는 동안 지혁은 한국 프로그램을 볼 수 있는 웹사이트를 클릭했다. 죽 늘어서는 한국 프로그램 중 재미있다는 예능프로를 켜 놓고 둘은 깔깔거리며 밥을 먹었다.

개수대에 설거지 거리를 옮겨 놓고 식탁을 닦았다. 지혁이 식탁을 닦는 사이 서희는 설거지 거리를 식기 세척기에 넣었다.

"같이 샤워하자."

늘 그렇듯 지혁은 같이 샤워를 하자고 졸랐다. 한서희 곧 생리하잖아. 이 말을 덧붙이며 오늘은 꼭 같이 샤워를 해야 해, 단호한 목소리로 선서를 하듯 말을 끝마쳤다.

서로의 몸을 닦아 주고, 키가 큰 지혁이 서희의 머리를 감겨 주었다. 입을 맞추고, 물줄기를 따라 입술을 내렸다. 물기를 머금은 얼굴에 볼우물이 패면 지혁은 한 모금, 아프지 않게 서희의 볼을 베어 물었다.

서로가 하나가 되는 시간이 좋았다. 온몸을 만져 주는 손길도 행복했다. 때로는 사랑의 행위 끝, 파정이 끝난 후에도 둘은 서로를 놓지 않고 하나인 채 서로의 체온을 느끼기도 했다.

그럴 때면 지혁은 서희의 눈을 바라보다 코끝에, 눈에, 정수리에 자잘하게 입술을 내렸다.

장난처럼 가슴에 키스마크를 남기고, 아슬아슬 쇄골 뼈에 키스마크를 남기기도 했다.

그러면 꼭, 서희 역시 같은 위치에 붉은 자국을 남겨 주었다. 뽀로통 얼굴을 붉히는 서희와는 달리 지혁은 그 마크가 좋다며 눈이 안 보이게 웃어 보이기도 했다.

어느 날은 쇄골에 남은 붉은 자국이 그대로 드러나는 가슴이 푹 파인 티를 입고 학교에 가겠다고 했다. 오빠. 서희가 소리를 지르면 지혁은 그게 재미나 침대에 누우며 하하, 소리 내 웃어 보였다.

새벽에 일어나면 서재로 가기도 했다. 논문을 정리하고 실험 계획을 새로 짜 보기도 했다. 그리 있으면 꼭 얼마 후 나머지 한 사람이 서재로 따라 들어왔다. 허전한 옆자리 때문이라며 서재 안에 놓인 소파에 누워 사랑하는 이가 일을 끝내길 기다렸다.

그러다 잠이 들면 일을 끝마친 나머지 한 사람이 잠이 든 남편의 혹은 아내의 곁으로 몸을 누였다. 좁은 소파에 한 몸처럼 붙어 둘은 그리 잠이 들었다.

일상은 이렇게 흘러갔다.

남들과 다른 일상도 아니었다. 남들보다 특별한 일상도 아니었다.

반복되는 하루하루였다.

조금 다른 것이 있다면 늘 함께라는 것이었다. 같이 일하며, 같이 상의하고, 같이 논문을 본다는 것뿐이었다. 하지만, 이것 역시 그들의 일상이었다.

그 일상 중 어느 날.

"서희야, 지훈 형네 가는 거, 다음 주 언제?"

서재에서 컴퓨터를 켜며 지혁이 물었다.

그 일상 중 어느 날,

"오빠, 나 비행기 못 탈 거 같아."

화장실에서 나오며 서희는 대답했다.

"왜? 바빠?"

조금은 상기된 얼굴로 서재에 들어서는 아내를 보며 지혁은 물었다.

"아니."

서희는 손에 든 무언가를 남편에게 보여 주었다. 선명히 두 줄이 새겨진 기다란 막대.

"나도 곧 입덧할 거 같아."

여름이 막 시작되던 날이었다. 햇살 아래 눕는 것이 이제는 뜨겁다고 느껴질 무렵이었다.

녹음이 가득하고, 눈을 돌리는 곳마다 이름 모를 꽃들이 활짝 피어 있던 날,

그들에게 새로운 일상이 찾아왔다.

에필로그, 혹은 외전.
무어라 부르든 그들의 이야기

〈옛날, 옛날, 아주 먼 옛날〉

내 어릴 적 첫 기억은 마당에 있는 나무의자에 앉아 계셨던 내 부모님이시다.

나보다 2살이 많은 오빠의 말을 빌리면 새로 집을 사 이사를 한 지 얼마 되지 않은 날이었다고 했다. 무더운 여름날, 아버지와 어머니는 우리 남매의 손을 잡고 월마트로 가 마당에 놓을 커다란 튜브 수영장을 사 오셨다고 했다.

그날 일을 이야기할 때면 으레 혀까지 쯧쯧 차며 나를 한심하다는 듯이 바라보는 오빠의 기억에 따르자면, 그 수영장을 사기 며칠 전, 내가 집에서 사라져 버렸다고 했다. 부모님은 사색이 되어 나를 찾아다니셨고, 울음을 터뜨리신 어머니께서 나를 찾아낸

472

곳은 바로 이웃집 튜브 수영장 안이었다고 했다.

집주인 허락도 없이 물도 채워지지 않은 그 수영장에 들어가 앉아 있던 나는, 나를 찾으러 오신 부모님을 보고 해맑게 웃으며 '채은이 수영장'이라 말했다고 한다.

집으로 가자는 어머니 손을 뿌리치며 기어이 발랑 드러누워 나는 울음을 터뜨렸고, 아버지는 수영장 사러 가자 나를 달래시며 안아 들으셨다고 했다.

내 기억 속에는 그날의 기억도, 넓은 월마트를 돌아다니며 '채은이 수영장'을 외쳤다는 내 모습도 남아 있지 않다. 그다음 날, 수영장을 만들어 달라고 졸라 어머니께 혼난 기억도, 애들이 다 그렇지, 어머니를 말리시며 나를 안아 주신 아버지의 기억도 남아 있지 않다.

내 기억 속 첫 장면은 바로 그 튜브 수영장 안에서 바라본 내 부모님이시다. 그날 수영장에 차오르는 차가운 물을 보며 나는 마당을 뛰어다녔다고 한다. 그리고, 물이 채워지자마자 수영복 위에 입었던 가운을 벗지도 않은 채 물 안으로 들어갔다고도 한다.

내 기억은 여기서부터였다. 물 위로 코를 내놓고 강아지가 된 듯 물 안에서 왕왕 짖으며 나는 너무나 행복한 마음이었다. 어린 나이의 꼬마에게 수영장만큼 즐거운 놀이장소도 없을 것이다.

오빠는 새로 산 물총에 물을 담고 마당을 향해 물총을 쏘다 조금씩 나를 맞추고 있었다. 나는 영리한 강아지가 되어 '으르렁' 거리기도 하고, 내 부모님을 향해 애교 부리듯 '왈왈' 짖어 보기도 하였다. 그런 내 눈에 보인 우리 부모님은 내 동화 속 왕자님과 공주님 같았었다.

누구보다 멋지셨던 아버지는 누구보다 고왔던 어머니 뒤에 앉아 그녀를 품에 안고 우리를 바라보며 환히 웃고 계셨다.

한 장의 오래된 사진처럼 시간이 지나도 잊혀지지 않는, 오랜 시간 나를 지켜 준 모습이 바로 이 모습이다.

아마, 그날도 어머니는 아버지께 더우니 저리 비키라고 면박을 주셨을 것이다. 그리고, 아마 그날도 아버지는 어머니의 면박을 받으며 더 깊이 어머니를 품에 안고 장난을 치셨을 것이다. 내가 보아 온 내 부모님의 모습 그대로.

어려서 내게 아버지는 동화 속 왕자님이셨다. 금발에 푸른 눈은 아니었지만 어린 내 눈에도 아버지보다 잘생긴 남자를 찾는 것은 쉬운 일이 아니었다. 너희 아빠 너희 나라에서 영화배우였냐고 친구들이 물어 올 때면 나는 마치 내가 영화배우였던 양 고개를 빳빳이 들고 내 아빠는 교수님이야, 대답을 해 주곤 하였다.

그리고, 그런 멋진 내 왕자님은 동화 속 왕자님처럼 자신의 공주님을 너무나 사랑하고 있었다.

그렇기에 '아빠'의 공주님이 되고 싶었던 나와, '엄마'의 왕자님이 되고 싶었던 오빠는 호시탐탐 기회를 엿보며 엄마와 아빠가 나란히 앉는 것을 막아 버리곤 하였다. 어린 시절, 우리 남매가 드물게 한마음이 되는 순간이 바로 이런 날이었다.

놀이동산이나 물놀이를 갈 때면 난 아버지의 손을 잡았고, 오빠는 어머니의 손을 잡았다. 하지만, 어느 순간 우리가 놀이에 빠져 있을 때면 늘 아버지의 손은 어머니의 손을 거머쥐고 있었다. 우리를 바라보며 행복하게 웃으시는 아버지의 웃음의 끝은 늘 어머니를 향해 있었다. 그리고, 그것은 어머니도 마찬가지셨다.

우리 남매는 장난치듯 부모님의 애정 행각을 두 손으로 눈을 가린 채 바라보기도 하였고, 그럴 때면 아버지는 더 짓궂게 그만하라는 어머니의 허리를 부둥켜안으며, 그녀의 머리에 입을 맞추시곤 하였다.

한서희.

난 아버지가 부르는 어머니의 이름을 좋아했다.

내가 훗날 사랑하는 사람을 만나게 된다면, 그 남자도 아버지와 같은 울림으로 내 이름을 불러 주기를 바랐다.

"오빠도 아빠처럼 사랑하는 여자 이름, 그렇게 멋지게 불러 줄 거야?"

초등학교 시절, 난 그리 오빠한테 물어보기도 하였었다. 그럴 때면, 오빠는 아버지를 닮아 서늘한 얼굴에 장난스런 미소를 띠우며 내 머리를 한 대 콕, 때리곤 하였다.

"엄마 같은 여자라면."

내 기억 속 두 분은 늘 다정한 모습이었다.

"엄마랑 아빠도 다툰 적 있어?"

그렇기에 난, 어머니와 단둘이 떠난 여행에서 그녀의 손을 잡고 걸으며 그 질문을 던졌었다.

"그럼."

"언제? 그런데 왜 난 한 번도 본 적이 없지?"

고개를 갸웃거리는 나를 보며 어머니는 웃으셨던 것 같다.

"너희가 잠들길 기다렸다가 싸웠지. 아니면 학교에서 싸우든가."

"무슨 일로, 엄마?"

왜 그랬는지 모른다. 우리 부모님도 다투신다는 것이 신기하고 재미나 나는 팔짝팔짝, 엄마 손을 잡고 뛰듯이 걸으며 물었었다.

"기억이 잘 안나. 한글 교육시킬 때 너무 엄해서 그러지 말라고 말하다가 다투기도 하고, 학생들 프로젝트 의견 나누다 다투기도 하고. 그런데 정확히 기억나는 건 없어."

"아빠가 엄마한테 화를 내?"

"너희 아빠가 얼마나 못됐었는데."

그 날이었다.

아마 내가 처음 가슴이 봉곳하게 솟아올랐던 해였을 것이다. 그 해부터, 매해 3박 4일. 아버지는 오빠와 어머니는 나와 여행을 떠났었다. 그 마지막 날, 우리 가족은 함께 모였고 또다시 3박 4일, 우리 가족은 함께 여행을 떠났었다.

그날은 우리 가족의 이런 여행이 처음 시작된 날이었다.

그날 어머니는 내게 아버지와의 첫 만남을 이야기해 주셨다. 축구공에 맞았던 이야기, 사과는 하지 않고 화를 낸 '재수탱이 강지혁' 이야기를 들려주었다.

나는 정말? 정말? 몇 번이나 확인하며 나와 비슷한 나이의 어머니와 아버지 이야기를 몇 번이나 반복해 들려 달라고 졸랐었다.

그 여행의 마지막 날, 우리 가족이 함께 모였을 때, 오빠 역시 아버지께 두 분의 어린 시절 이야기를 들었다고 했다.

아버지는 어머니가 당신을 좋아해 일부러 튕겼던 거 같다고 우리를 설득시켰고, 어머니는 아이처럼 토라지기도 하셨었다.

"오빠, 약속 틀리잖아. 애들한테 분명히 오빠가 나 많이 좋아한 거 이야기한다 했잖아."

우리는 가끔 어머니가 아버지를 부르시는 '오빠'라는 호칭을 좋아했다. 그럴 때면 아이처럼 투정을 부리시는 어머니의 모습도, 그럴 때면 '하하하' 머리를 젖히며 크게 웃으시는 아버지의 웃음소리도. 우리 남매는 사랑하고 또 사랑했다.

우리 가족의 이 여행은 내가 대학교에 입학할 때까지 계속 이어졌다. 이 여행을 통해 나는 나와 같이 어설프고, 치기 어렸고, 유치하고 순수했던 어머니의 십 대와 이십 대를 만날 수 있었다.

태어났을 때부터 어른이었을 거 같았던 내 부모님.

그분들 역시 많은 실수, 실패를 하셨었구나.

어른이 되기까지 아물기를 기다린 상처가 있으셨다는 것을 알게 되었다.

그분들에게도 서투른 날 것 같은 이십 대가 있었고, 피부로 덥혀지지 않은 생살 같은 그 시기를 지나면서 무언가 닿기만 해도 아파서 울어야 했던, 이제는 추억이라 불리는 그런 일들이 있었다는 것을 알게 되었다.

그리고, 그 상처를 함께 보듬어 준 사랑이 있었다는 것도 알게 되었다.

그렇게 시간이 흐르고 우리는 자라났다. 오빠의 얼굴 속에서 어린 시절 내 왕자님의 얼굴이 더 짙어져 가고, 내 목소리 역시 어린 시절 오빠의 공주님과 비슷해져 가고 있었다.

우리가 어렸을 때는 혹 학교에서 동양인이라고 기죽을까 봐 그 것을 걱정하시던 어머니는 우리가 자랄수록 더 많은 걱정을 하시 곤 하였다. 건전한 남녀 교제를 설명해 주셨고, 마약은 절대 안 된다고 하루에도 몇 번씩 우리 손을 잡고 말씀하셨다.

가끔 나는 잔소리 그만하시라고 짜증을 냈고, 오빠는 걱정 마 시라며 어머니 어깨를 잡아 드렸다. 그럴 때면 아버지는 오빠가 당신을 닮아 어머니한테 약하다고 말씀하시곤 하셨다.

그리고, 어머니 눈가에 잡히는 주름을 손가락으로 톡톡 치며 말씀 하셨다.

"당신이 눈가에 이런 거 만들면서 키운 녀석들이야. 걱정할 거 없어. 당신은 내 걱정 좀 하라고. 한서희는 내 그림잔데."

"왜 어머니가 그림자예요?"

내가 물으면 아버지는 '퀴즈'라 웃으시기만 할 뿐이었다.

우리가 자라면서 두 분은 다시 온전히 두 분만의 공주님, 왕자 님이 되셨다고 했다. 두 분은 많은 시간을 더 함께했고, 많은 시간을 더 사랑하셨다고 했다.

두 분이 그러하셨듯 우리에게도 '사랑'이 찾아왔다. 세상이 온통 내 것인 듯 황홀한 시간도, 모든 것을 잃은 듯 아픈 시간도 그 사랑과 함께 지나갔다. 그 사랑을 위해 시인이 되기도 하였고, 그 사랑 때문에 세상의 모든 것이 그 의미를 달리하기도 하였다.

그렇게 우리도 각자 가정을 꾸렸다. 오빠는 오빠만의 공주님을—아버지가 그러셨던 것처럼— 누구보다 멋진 울림으로 부르곤 하였다.

그리고, 나 역시. 강채은. 내 이름을 따스한 애정으로 불러 주는 남자를 만났다.

사랑하는 사람을 만나 그 사랑의 결실인 아이들과 함께하며 나는 시간의 흐름이 나에게만 적용되어진다는 어리석은 생각을 하고 있었다.

이제 두 분은 '할머니', '할아버지'라 불리고 있건만, 애써 보고 싶지 않았던 듯, 두 분의 머리가 희어져 가고, 얼굴에 주름이 깊어져 가는 것을 나는 스치듯 지나쳐 버리고 말았었다.

늘 곧았던 아버지의 허리가 이제 가끔 굽어질 때가 있다는 것을, 어서 와라, 들어 올려진 어머니 팔뚝 살이 힘없이 처지기 시작했다는 것을 알았으면서도 늘 영원히 옆에 계셔 줄 것이라 나는 어리석은 착각을 하고 있었다.

우리만 자란 줄 알았던 시간 속에 내 부모님은 늙어지고 계셨다. 그리고, 아버지가 유독 예뻐하신 내 둘째 딸아이. 나보다 더 내 어머니를 닮았던 고 녀석이 초등학교 입학을 하던 해, 내 어머니는 우리 곁을 떠나가셨다.

나쁜 계집애.
어머니가 떠나시던 날, 아버지는 그리 혼자 되뇌셨다.
또 나 혼자 두고 가 버렸네.

어머니를 보내 드리고 집으로 돌아오자마자 아버지는 걸음을 옮겨 서재로 들어가셨다. 언제나 그래 왔듯 아버지는 서재에 들어서 커피를 내리셨고, 서재 안에 늘어서 있는 책장에서 책 한 권을 꺼내 소파에 앉으셨다.

달라진 것이 있다면, 이제 더 이상 그 서재 안에서 조곤조곤 속삭이는 소리가 들려오지 않는다는 것이었다.

유난히 서재를 좋아하셨던 두 분이 늘 함께 머물던 곳. 함께 책을 읽고, 함께 논문을 쓰고, 함께 토론하고, 또 함께 사랑을 나누시던 곳.

굳게 닫힌 문이 안으로 잠기고 혹, 간헐적으로 들리는 아버지의 울음소리를 들으며 나는 돌아섰었다.

문득, 어린 시절에도 이리 가끔 서재 문이 잠기곤 했었던 것이 생각이 났다. 오빠, 서재 문이 잠겨 있어. 그럴 때면 얼굴을 붉히며 오빠는 대답했었다. 곧 열릴 거야.

하지만, 이제 더 이상 둘이 잠글 수 없는 그 문을 홀로 잠그신 후, 내 아버지는 오래도록 그 문을 열지 않으셨다.

어머니가 떠나시고 아버지는 홀로 그 집을 지키셨다.

뭐하세요? 전화를 해 물으면 아버지는 허허 웃으시며 책 본다, 그리 대답하셨다. 아이들을 데리고 찾아뵈면 아버지는 내 둘째 딸 아이를 바라보며 머리를 쓰다듬으시곤 하셨다.

"네 할머니가 나 만나기 전에 요런 모습이었겠구나."

그리고, 3년 뒤, 마치, 당신이 보지 못한 어머니의 어린 시절을 모두 본 후 이제 됐다, 떠나시는 것처럼, 내 딸아이가 초등학교 4 학년이 되기 전, 아버지는 어머니 곁으로 돌아가셨다.

그림자. 돌아가시기 일주일 전, 아버지는 우리 남매와 함께 산 책을 하셨다.

왜 네 엄마를 내 그림자라고 했는지 답을 찾았냐? 느릿느릿 어 머니와 걸으시던 강가를 걸으시며 아버지는 우리에게 물으셨다. 아뇨. 여전히 답을 찾지 못한 우리에게 아버지는 말씀 하셨다.

"내 어릴 때 어른들이 그러셨다. 귀신인지 사람인지 알려면 그 림자를 보면 안다고. 그림자가 없으면 살아 있는 존재가 아니라고 말이다. 어른들께서는 놀리려고 하신 말씀이었는데 밤길에 사람들 과 마주치면 어찌나 겁이 나던지. 아무렇지도 않은 척 지나친 후 에 네 큰아버지랑 나는 서로에게 묻곤 했었지. 그림자 있었어? 허 허."

그 날, 어머니가 떠나신 후 오랫동안 볼 수 없던 장난스런 미소 가 아버지 얼굴에 떠올랐다.

"네 엄마는 내 그림자다. 내가 살아 있는 존재라는 증거."

아버지는 고개를 들어 하늘을 바라보셨다. 늙어진 눈이 젖어 들었던 것도 같았다. 네 엄마, 이런 하늘 참 좋아했는데. 그리운 듯 하늘 멀리 무언가를 바라보시던 아버지는 여전히 하늘만을 보시며 말을 이으셨다.

"네 엄마가 외로울까 봐 마음이 아프구나. 날 부를 때도 됐는데 왜 이리 뜸을 들이는지. 젊어서 나 찾아올 때도 그리 뜸을 들이더니."

그날, 차마 떨어지지 않는 발걸음을 옮기며 나와 오빠는 아버지께 인사를 하고 집을 나섰다. 일주일 후에 찾아뵐게요. 식사 꼭 챙겨 드시고요.

돌아오는 길, 오빠는 일을 정리해서라도 아버지와 함께 살아야할 거 같다며 말끝을 흐렸다. 우리 둘 다 말은 하지 않았지만, 아버지를 떠나보내 드릴 날이 머지않았다는 것을 예감할 수 있었다.

하지만, 그날이 그리 빨리 오리라고는 오빠도, 나도 예상치 못했었다.

일주일 후, 다시 찾아뵈었을 때 몰라보게 말라 화를 내는 내게 괜찮다 손을 저으시던 아버지는 다음 날, 누구보다 행복한 얼굴로 우리 곁을 떠나가셨다. 아니, 어머니 곁으로 돌아가셨다.

"만나셨나 보네."

아버지 얼굴을 보며 오빠는 말했다.

"그러게."

아버지 얼굴을 보며 나는 대답했다. 참으려 했지만 흘러내리는 눈물이 아버지 손으로 떨어졌다. 오빠가 쓰다듬던 아버지 얼굴 위로 오빠의 눈물이 떨어져 내리고 있었다.

"너무하시네. 이리 행복한 얼굴로 가시다니."

"언제나 우린 뒷전이지."

내 아버지. 내가 사랑한 어린 시절 나의 왕자님.

나의 동화는 그렇게 끝이 났다. 그 어느 동화책 왕자님보다 멋졌던 어린 시절 나의 왕자님은, 그 어느 동화책 공주님보다 빛나던 어린 시절 오빠의 공주님은, 그 어느 동화책보다 아름다운 결말을 우리에게 선물해 주었다.

〈그 후로 왕자님과 공주님은 영원히 행복하게 살았답니다.〉

채은은 고개를 들어 하늘을 바라보았다. 아버지가 가신 날은 어머니가 떠나시던 날만큼 맑은 날이었다.

추도사를 읽는 동안 스크린에 비친 아버지와 너무나 닮아 버린 오빠가 고개를 돌려 채은을 바라보고 미소 지었다. 그러다 살짝, 그 미간이 좁아지는 것을 보며 채은은 고개를 숙이고 말았다.

왜 저런 것까지 닮았어.

탁.

"내기 하나 할까?"

어느새 옆으로 다가온 도준이 어깨를 감싸며 꽉 잠긴 목소리로 채은에게 물었다.

"뭐?"

"지금 아버지 뭐하고 계실 거 같아?"

훗. 눈앞이 흐려지면서도 입술에 미소가 지어졌다.

"한서희. 부르고 계시겠지."

"내가 생각하기엔, 어머니 보조개 만지고 계실 거야."

큭큭. 웃고 있다고 생각했는데 눈물이 흘렀다. 어린아이처럼 비죽거리는 채은을 도준은 품에 안아 주었다. 토닥토닥. 아버지가 그러하셨듯 동생의 작은 어깨를 토닥여 줬다.

"그런데 강채은. 너 틀린 거 하나 있더라."

"뭐?"

"어려서 수영장에서 너 발견한 날, 너 다른 집 수영장에 오줌 싸 놓고 그 안에서 놀고 있었던 거. 그건 쏙 빼먹었더라."

가슴 안에서 울고 있던 동생의 '쿡' 웃는 소리가 들려왔다.

"아버지, 너 안아 올리시느라 네 오줌 범벅되셨었는데."

도준은 손을 들어 동생의 머리를 쓰다듬었다.

"뭐, 그 오줌 범벅된 옷을 입은 채 어머니를 꼭 안으셨으니, 아버지도 하실 말씀 없으실 거야."

훌쩍 자라 버린 동생을 품에 안고 도준은 하늘을 바라보았다. 좋은 날 가셨네. 우리 아버지.

"우리 아버지시지."

"우리 어머니시고."

"강채은의 왕자님."

"강도준의 공주님."

"그래. 멋진 일이었지."

"응."

"응."

외전

편지 – 여기까지가

가을이 왔다. 여름 한복판에 머물러 있을 때는 더디 오는 것이 원망스럽기도 했던 가을이 어느새 성큼 다가와 있었다. 교정은 색을 바꾸고 있었고, 그곳을 지나치는 이들의 옷도 변해 가고 있었다. 그리고, 무엇보다 마을버스에서 흘러나오는 노래가 신나는 댄스음악에서 조용한 발라드로 바뀌어 있었다.

「오늘 모임 나오지 마라. 그 자식 나온단다. 가영이 데려올지도 몰라. 둘 다 뻔뻔스러운 것도 정도껏이어야지.」

아침나절부터 무슨 큰일이라도 알아낸 양 전화해 제 일처럼 화를 내는 동기의 말을 떠올리며 성준은 쓰디쓴 미소를 지어 보였다. 자식. 혼자 그리 중얼거리기도 해 보았다.

제대 후 처음 맞는 동문회였다. 대학 입학과 함께 과 친구들보다 더 자주 어울렸던 모임. 그래서, 모임이 있으면 늘 데려갔던 여자 친구.

「내 여자 친구는 오라고 해도 싫단다. 술 마시지 말라고 잔소
리나 하고. 동문회 있을 때마다 싸우는 것도 지친다.」

어색할 법도 하건만 성준 옆에 앉아 늘 웃으며 자리를 함께하
던 가영을 볼 때면 제일 부러워하던 선배.

"뭐, 다 그렇지."

성준은 혼잣말을 중얼거리며 버스에서 내려 천천히 길을 걸었
다. 톡, 톡. 발끝에 걸리는 작은 쓰레기들을 가볍게 차 보기도 하
고, 몇 년을 보아 온 거리를 낯선 곳인 양 둘러보기도 했다.

그러다 눈앞에 보이는 화장품 전문매장으로 들어갔다. 다른 이
유는 없었다. 눈앞에 화장품 전문 매장이 보이니 아침에 면도를
한 후 바르던 스킨이 거의 다 떨어졌다는 것이 떠올랐을 뿐이었
다. 딱히 정해 놓은 브랜드도 없이 그때그때 기분에 따라 집어 들
었던 스킨.

넓은 매장 가득 놓인, 이름도 복잡한 여러 화장품들 속을 헤치
고 남자 매장 앞에 섰을 때, 성준은 그곳에서 다시 그 아이와 마
주하게 되었다.

서울 가시나. 지난 시간 속 마주칠 때마다 보았던 단발머리가
이제는 제법 길게 어깨를 넘어서고 있었다. 혹 닮은 아이일까.

"찾는 거 이거 맞지?"

두근. 친구를 바라보며 웃는 그 아이의 얼굴 속에 볼우물이 깊
이 패어 갔다. 맞았다. 한서희. 서울 야시.

순간이었지만, 동문회에 대한 갈등도, 사랑했던 시간이 찌꺼기

처럼 남겨 놓은 가영에 대한 미련도, 그 미련 때문에 오늘처럼 우연히 그 소식을 듣게 되면 불쑥불쑥 솟아오르던 원망과 미움도, 우연히 다시 마주한 '그 아이'와 함께 사라져 갔다.

"이거지?"

확인하듯 묻는 친구의 질문에,

"응."

다시금 그 얼굴에 깊게 볼우물이 패였다.

짐짓 관심 없는 척, 성준은 그 아이 곁으로 다가가 들고 있는 화장품을 힐끗 쳐다보았다. 딱히 브랜드에 관심 없던 그에게는 늘 낯설기만 한 제품 이름이 유리병 위에 쓰여 있었다.

"오늘 오빠한테 줘야지."

"강지혁 화장품은 네 담당이야?"

"응."

스킨 냄새를 맡으며 그 아인 활짝 웃고 있었다.

그 아이가 떠나고 성준은 그 아이가 골랐던 스킨을 손에 쥐었다. 딱히 바라는 것은 없었다. 네가 좋아하는 향이 무엇일까, 네 남자한테 나는 향은 어떤 향일까. 아주 조금 궁금했을 뿐이었다. 그리고, 또 하나.

2년 전쯤, 우연히 고속버스 안에서 마주했던 그 아이가 서울에 도착하자마자 품으로 안겨들었던 남자. 군인으로 보였던 그 남자가 오늘 그 아이가 말한 '오빠'인지 성준은 궁금했었다.

너는 그 사랑을 지켰겠지. 그 생각만으로 왠지 횡해지는 쓸쓸함을 애써 외면하며 그는 서희가 그 사랑을 지켰기를, 그런 아이

이기를 바라 보았다.

늘 그 아이 생각을 하고 지낸 건 아니었다.

다만, 그 아이 덕에 몇 달에 한 번 사야 했던 스킨이 정해졌다는 것이 편했다. 잊고 있다가 간혹,

"선배, 스킨 향 좋네요."

누군가 그리 말할 때면

"그래? 내 냄새다. 남자의 냄새."

입을 크게 벌리고 하하 장난스럽게 대답하며 그 아이를 떠올릴 정도. 딱 그 정도였다. 그냥 볼우물이 패이는 여자아이를 볼 때면 생각나는 정도, 딱 그 정도였다.

잊지 못할 것 같았던 첫사랑의 아픔이 무던해져 가듯 어린 시절의 아련한 설렘도 그저 떠오르면 미소 짓게 되는, 그러다가 하는 생각. 그 영리한 눈이 울고 있지는 않길, 스스로 빛나던 그 아이. 늘 밝게 빛나고 있길. 가슴속에 몰래 숨겨 놓은 보석처럼 가끔씩, 아주 가끔씩 꺼내 보는 추억일 뿐이었다.

제대 후 성준은 열심히 공부를 하였다.

「내 아들 박사 돼야재.」

공부 잘하는 아들을 세상천지 가장 잘난 자식이라 생각하시는 부모님 생각이 났다. 아침 일찍 나가 농사일을 하시느라 검게 탄 부모님이셨다. 명절이라 찾아뵈면 잠이 든 그의 얼굴을 어루만지시며, 내 아들 오니 마실이 전체가 훤하다, 여장부처럼 웃으시는

어머니와 언제나 수확한 과일 중 가장 실한 녀석들을 골라 그가 내려가면 던져 주시는 아버지가 계셨다.

학과 공부는 흥미로웠다. 공부를 할수록 좀 더 기초학문 쪽으로 연구를 해 보고 싶다는 생각이 들었다. 그런 성준의 고민에 동기는 자기네 학과 몇몇 교수님을 추천해 주었다.

"들어가기 참으로 힘들다만 들어가면 최상인 곳은 김현정 교수님 실험실이다."

대학원 때 전공을 바꾸려는 과 아이들이 몇 명 더 있었다. 그들과 스터디 그룹을 만들어 함께 공부를 하였다.

그는 성실했고, 유쾌했다. 때문에 심심찮게 고백을 해 오는 후배나 동기들이 있었지만 성준은 그 고백을 거절하고 있었다.

첫사랑을 잊지 못했다는 소문이 돌고 있는 것을 알았지만 성준은 그리 신경 쓰지 않았다. 왜 거절하냐. 글쎄. 사귀어도 가끔씩 가슴이 휑해지는 쓸쓸함이 채워지지 않을 것 같았다. 그럴 때면 습관처럼 손을 들어 그 아이가 골랐던 스킨 향을 맡아 보았다. 그냥 딱 그 정도의 마음이었다.

일주일에 두 번씩, 스터디 그룹은 도서관에서 만났다. 비어 있는 세미나 룸에 모여 앉아 구해 온 족보와 전공 공부를 파트별로 나누어 설명하고 질문을 던지기도 했다.

그러던 어느 날, 무슨 무슨 강좌가 있다며 늘 이용한 세미나 룸에서 쫓겨난 이들은 도서관 복도에 모여 있었다.

"저기 또 저러고 있네."

스터디 그룹 한 여자 후배가 입을 삐쭉거리며 성준의 옷을 잡아당겼다.

"선배, 저 커플 보이죠?"

그 아이였다. 같은 학교구나라는 반가움이 가슴속을 환하게 해 주었다. 하지만 그도 잠시, 그 옆에는 한 남자가 앉아 있었다. 공부하는 그 아이를 턱을 괸 채 미소를 지으며 보고 있는 남자. 그 아이가 고개를 돌려 뭐라고 이야기하자 남자는 입술 끝을 길게 늘이며 그 아이의 머리를 쓰다듬었다. 길게 자란 그 아이의 머리카락을 손으로 만지다 장난처럼 그 머릿결에 입술을 가져가기도 하였다.

"한서희. 복도 타고났지."

다른 여자 후배가 다시 샐쭉한 목소리로 말을 받았다.

"저 아이 알아?"

성준은 여자 후배들을 번갈아 보며 질문을 던졌다.

"유명하잖아요. 저 남자가 강지혁이에요. 강서구 박사님 조카라는 소문이 있는데 맞는지는 모르겠어요. 전체 차석, 과수석으로 입학했는데 인물도 보시다시피 저러니 학교가 들썩였었죠. 여학생들이 가만히 두지 않는데."

"아니지. 가만히 뒀지."

"가만 뒤진 거지."

설명을 하던 후배들은 자기네들끼리 잠시 옥신거리다 다시 성준에게 고개를 돌렸다.

"성격이 보통 도도한 게 아니에요. 현실감 없이 생겨 가지고 성격은 더 비현실적이죠. 싸가지가 없다고 하긴 뭐하지만."

"문대 한정은이 고백했다가."

"된통 당했대?"

"그럼 다행이게. 완전 투명인간 취급당했대. 이야기 좀 하자니까 낌새 알아채고 강지혁이 그냥 지나치는데 한정은이 강지혁을 잡았나 봐. 탁, 한정은이 잡은 옷 빼내더니 한서희한테 전화하면서 지나치더래. 그런데, 더 비참했던 건 곧 한서희가 그 자리에 나타났다는 거지."

"연락받고?"

"아니, 둘이 약속을 했었나 봐. 강지혁, 한서희 보자마자."

"아, 됐어, 됐어, 말하지 마. 싱글들 속 뒤집어 놓을 일 있냐."

어느새 또다시 자기네들끼리의 대화가 되어 버린 여자 후배들의 이야기 속에서 성준은 '한서희'라는 이름을 몇 번이고 곱씹어 보았다.

성준은 다시 고개를 돌려 도서관 안을 들여다보았다. 이번에는 지혁도 서희 옆에서 무언가 열심히 적으며 공부를 하고 있는 듯이 보였다. 그리고 이번에는 그 모습을 서희가 턱을 괸 채 바라보기 시작했다. 얼굴에 패이는 볼우물. 커다란 손이 올라와 서희의 머리를 쓰다듬고, 그 손이 내려와 서희의 손을 잡았다. 슬쩍 장난스런 미소가 그의 입가에 스치는가 싶더니 그는 서희의 손에 입을 맞췄다.

큼. 저절로 미간이 찌푸려져 성준은 고개를 돌렸다. 외로우니 별 게 다 부럽네. 성준은 후배들과 함께 빈 강의실이나 찾아보자,

그 자리를 떴다. 장난처럼,

"우리 공부 시작하기 전에 기도할까?"

그리 후배들에게 질문을 던진 것도 같다.

"무슨 기도요?"

"캠퍼스 내 모든 커플들, 찢어지게 하소서."

늘 그렇듯 유쾌하게 웃었다.

가끔 도서관에 앉아 있는 그 아이를 보았다. 그리고, 변함없이 그 옆을 지키고 있는 남자도 보았다. 그럴 때면 성준은 후배들을 꾸짖었다.

"너희들 기도에 정성이 부족한 거 아냐?"

가끔 상상은 했었다. 우연히 둘만이 마주한다면 뭐라고 이야기를 걸어야 할까. 그래서 가끔 거울 앞에 서서 연습을 하기도 했다.

"나 기억하니?"

"나 기억하나? 내다, 돼지 오빠."

"한서희. 서울 가시나."

"혹시, 한서희 씨 아닌가요?"

그러다, 어느 것 하나 마음에 드는 것이 없어 툭 거울 속 자신의 얼굴을 건드리기도 했었다.

"오빠. 제가 먼저 가서 기다리고 있을게요. 연구동 1층에서 만나요."

졸업을 앞두고 대학원 진학을 위해 동기가 추천했던 김현정 교수와의 면담 약속을 받아 둔 날이었다. 함께 공부하며 제법 친해진 후배 역시 다른 교수님 실험실이지만 같은 건물에서 면담이 있다고 했다.

점심을 먹고 서둘러 연구동을 향해 갔다. 건물 1층이라 생각했는데 벤치에 그 후배가 앉아 있는 것이 보였다.

"누굴까?"

"누구?"

"네가 아는 사람 중에 가장 잘생기고 가장 똑똑하고 가장 유머러스하고 가장 매력적인……."

평소 후배와는 달리 새끼손가락을 거머쥐는 행동이 낯설었다.

"사람 잘못 보신 거 같은데요."

들려오는 목소리도 후배의 목소리가 아니었다. 그 아이였다. 좀더 연습해 둘걸. 바보처럼 그 순간, 왜 연습을 하다 말았을까, 그런 멍청한 생각이 처음 떠올랐다.

"죄송합니다. 제가 아는 후배로 착각을 해서……. 뒷모습이 너무 닮아서요."

결국 연습했던 말 대신 더듬더듬 변명을 한 뒤에도 성준은 그 아이 뒤에서 발걸음을 멈춘 채 움직이지 못하고 있었다.

"공부하시는 데 방해해서 죄송한데, 생명과학부 김현정 교수님 연구실이 어딘지 아시나요? 전공 서적을 보니 그쪽 전공이신 거 같아서."

툭. 눈에 보인 전공 서적을 핑계 삼아 말 한마디 걸어 보았다. 내 얼굴을 자세히 보면 어린 시절을 기억해 내지 않을까. 혹시 돼지 오빠? 그리 물으면 이제 기억났냐? 그리 이야기를 해야지, 그런 상상도 해 보았다.

"이 건물 3층이에요. 3층 올라가시면 교수님 연구실 안내도가 있을 거예요. 그거 보고 가시는 게 찾기 더 편하실 거예요. 3-12B호인데……. 3층 올라가시면 다니는 학생들이나 대학원생들도 많으니 찾기 수월하실 거예요."

여전히 기억에 없다는 듯 처음 보는 사람을 보는 눈동자. 그래서 더 일부러 크게 웃어 보였다. 실망한 마음을 숨기고 싶었고, 이렇게 마주해 설레는 눈빛을 알게 해서는 안 된다 생각했다.

"죄송합니다. 고의는 아니었습니다."

그래도 한 번 더. 그 아이에게 이야기를 건네고 싶었다. 마지막 돌아선 인사에 마침내 그 아이도 미소를 보여 주었다.

"선배, 뭐하세요?"

생각해 보면 나아진 것이 없는 것은 아니었다. 이제 서희는 눈이 마주칠 때마다 늘 웃어 주고 있었다.

"지난 생각."

성준은 자리에서 일어나 커피 한 잔을 뽑아 서희 앞에 내주었다.

"커피 마시고 싶어서 온 거 어떻게 아셨어요?"

다시 얼굴에 볼우물을 만들며 서희는 웃어 주고 있었다.

"한서희 휴게실 올 때는 세 가지 경우잖아. 커피 마시고 싶을 때, 저기 벽에 놓인 책장 바라보며 책 쳐다보고 싶을 때, 그리고."

마지막이 무엇인지 궁금한 듯 서희는 눈을 동그랗게 뜨며 성준의 다음 말을 기다렸다.

"강지혁 왔을 때."

붉게 물드는 서희의 얼굴을 보며 성준은 하하 장난스럽게 웃었다.

이미 들어 알고 있는 일이었다. 실험실에 필요한 물품들을 사러 학생회관에 다녀온 날, 실험실로 들어서자마자 기영은 커다란 사건이라도 일어난 양 허둥지둥 성준의 곁으로 왔었다.

「강지혁 왔었어.」

그리고, 곧 소현이 쪼르르 곁으로 와 한껏 흥분된 목소리로 말했다.

「서희 언니 애인 맞죠? 대박. 다녀왔어, 한서희. 으~ 제가 다 설레었어요.」

철렁 가슴이 내려앉았다.

「서희는?」

바보처럼 뒤늦게 서희를 숨기고도 싶었다.

「휴게실. 가지 말아라. 뜨겁게 재회하고 있을 텐데. 방해하면 안 되지.」

떠오르는 기억에 성준은 쓸쓸한 미소를 지어 보였다.

"결혼 축하한다."

"고마워요."

한동안 둘은 말없이 커피를 마셨다. 오랜만에 테이블에 마주 보고 앉아 시간의 흐름을 느끼고 있었다. 시간이 흐르는 동안 간혹 이야기도 나누었다. 그냥 그런 이야기. 날씨 이야기, 실험 이야기. 하지만, 그도 잠시. 둘은 서로의 침묵을 편안히 느끼며 앉아 있었다.

"널 따라 해 봤어."

긴 침묵을 깨고 성준이 입을 열었다.

"강지혁이랑 헤어지고 가끔 너 이곳에 들어와 저기 책장 속 책들을 하염없이 바라보곤 하길래."

서희는 고개를 끄덕였다. 아팠던 시간. 그래서 하염없이 바라보기만 했던 책들. 모든 책이 지혁과 같아서 손에 닿아도 아팠던 날들이었다.

"나도 해 봤어. 한서희는 왜 저 책들을 보고 있었을까. 나도 조금은 아픔이 나아질까."

책장을 향했던 성준의 눈이 서희에게 멈췄다. 오랜 사랑. 사랑하는 아이. 아직 '사랑했었다'가 되지 못한 미련한 감정이 아팠지만, 이제 웃을 수 있어 다행이라고 성준은 생각했다.

"하염없이 바라보고 있는데 어느 날, 저 많은 책들이 내 마음 같더라. 이리 많은 추억과 기억들이 내 안에 있겠지. 행복한 책, 슬픈 책, 겁이 나고 무서운 책, 너무 지겨워 포기하고 싶은 책. 늘

들고 다니고 싶은 책. 읽는 것조차 어려워 겨우겨우 책장을 넘기던 책."

잔잔하던 마음이 잠시 울컥, 눈가를 뜨겁게 해 성준은 말을 멈추고 입가에 미소를 지어 보였다. 큼. 서희가 모르게 침을 삼키고 그는 곧 말을 이었다. 이미 익숙한 아픔. 안다, 언젠가는 지나갈 아픔이라는 것도.

"작가가 나인 책도 있고, 친구 녀석들인 책도 있고, 첫사랑인 책도 있고, 서희, 너인 책도 있는 거고."

마지막 말에 서희는 조용히 미소를 지었다.

"그러다 그런 생각이 들더라, 서희야. 네 마음도 저 책장과 같지 않을까."

서희는 대답 대신 고개를 끄덕였다.

"네 마음속에 내가 쓴 작은 책 하나, 그래도 놓여 있진 않을까. 네 인생의 베스트셀러는 강지혁이겠지만. 강지혁이 쓴 책들이 가장 많이 네 책장을 차지하고 있겠지만 말이다. 네 책장에 놓인 작고 예쁜 책 하나가 내 책이었으면 싶더라. 수많은 책들 속에 숨겨져 때로는 잊고 살지만, 집어 들면 곱게 채색되어 넘겨보게 되는 그런 작은 이야기 한 권."

서희는 희미하게 미소 지으며 다시 고개를 끄덕였다.

"고마워요, 선배."

"그래."

둘 사이에 시간이 흘러갔다. 그 시간의 자리를 다디단 커피 향이 채워 가고 있었다.

"요즘 소현이가 매일 흥얼거리는 노래 아냐?"

그리고 또다시. 시간이 흘러 차가워진 커피 향이 시간의 흐름을 대신할 수 없을 무렵, 성준은 그 침묵을 깨고 질문을 던졌다.

"아뇨."

"좋더라. 듣고 울었다."

다시 평상시 그처럼 성준은 하하, 눈까지 찡긋거리며 장난스럽게 웃어 보였다.

"그럼 오빠는 바빠서 먼저 일어난다."

실험실로 들어왔다. 컴퓨터 앞에서 데이터를 정리한다며 끙끙거리고 있는 소현의 곁으로 가 성준은 말했다.

"야, 정리를 이렇게 엉터리로 하냐?"

"선배, 저 좀 살려 주세요. 이번 주까지 데이터 정리해서 교수님께 넘겨야 되는데 제가 정리하면 왜 이렇게 다 이상해 보일까요?"

귀에 꽂혔던 이어폰을 빼며 소현은 울상이 되어 성준을 올려보았다.

"이렇게 하니까 그렇지. 글씨 크기, 그림 크기 줄이라고 몇 번을 말하냐."

면박을 주면서도 성준은 소현의 곁으로 의자를 가져와 앉았다. 컴퓨터 앞자리를 성준에게 내준 후 소현은 그의 옆에 앉아 빤히 모니터를 바라보았다.

"자, 이런 건 우선······."

설명을 하며 성준은 차례차례 소현의 데이터들을 만져 가기 시작했다. 같은 그림이 성준의 손에서 좀 더 깔끔하게 자리를 잡아가자 조금 전까지 울상이던 소현의 얼굴이 환히 펴지기 시작했다.

"듣고 있던 건 뭐냐?"

데이터 하나가 정리되어 갈 무렵, 성준은 팔을 들어 길게 기지개를 켜듯 몸을 늘렸다. 그러다, 소현의 목에 둘러진 이어폰을 보고 가볍게 질문을 던져 보았다.

"늘 듣는 노래요."

아. 성준은 고개를 끄덕이며 희미하게 입술 끝을 올렸다.

"선배도 들어 보실래요?"

핸드폰에서 이어폰을 떼어내며 소현은 음악을 틀었다.

―*여기까지가 끝인가 보오.*

한숨처럼 미소를 지었다. 큼. 괜시리 헛기침도 해 보았다.

"이 노래가 좋냐? 소, 소, 거리기만 하는 노래 뭐가 좋다고."

치이, 선배가 절절한 사랑의 경험이 없어서 그런 거예요. 장난기 어린 소현의 말에 성준은 그런가 보네, 혼잣말처럼 중얼거렸다.

뒤에서 실험실 문이 열리는 소리가 들려왔다. 서희야. 문이 열리자마자 들리는 기영의 목소리에 서희가 들어왔구나, 성준은 그리 생각했다.

―*하고 싶은 말, 하려 했던 말, 이대로 다 남겨 두고서*
  혹시나 기대도 포기하려 하오. 그대, 부디 잘 지내시오.

"다음 데이터 열어 봐."

"예, 선배. 감사해요."

소현이 한껏 들뜬 목소리로 다음 데이터들을 열기 시작했다.

"잘 보고 배워. 다음엔 안 해 준다."

"예."

시간이 흐를 것이다. 그 시간 속에서 이 마음 위에 새로운 마음들이 쌓여 갈 것이다. 하지만 변하지 않을 바람 하나. 언제나 행복하길. 그 영리한 눈에 다시는 눈물이 가득 고이지 않길. 이 마음 하나 깊이 새겨진 곱고 고운 책 한 권을 성준은 자신의 책장에 넣어 둔다.

─진정 행복하길 바라겠소. 이 맘만 가져가오.

작가 후기

×⊃×⊂×⊃×⊂×

바보스럽게, 지리할 만큼 서로만을 바라보는 두 번째 사랑 이야기를 끝마치게 되었습니다.

첫 번째 이야기를 끝마치고, 그 주인공을 놓지 못해 시작한 이야기가 『책향기』였습니다. 사랑하는 사람 주변을 맴도는 기분으로 첫 번째 이야기 속 주인공 주변을 배회하다 이리 『책향기』의 주인공들을 만나게 되었죠.

재수탱이 강지혁과 야무진 한서희.

이들과 함께하며 어린 시절의 일기를 뒤적였습니다.

매일매일을 '잊지 못할 하루'라고 써 놓은 초등학교 일기를 보며 많이 웃었고, 별것도 아닌 일에 설레어하고, 눈물지었던 사춘기 시절의 일기를 보며 며칠 동안 대상이 불분명한 무엇인가를 그리워하기도 하였습니다.

그런 이야기입니다. 제가 적었던 일기장 속 이야기들과 그리 다를 것이 없는 그저 작은 이야기. 작은 이야기 속에서 그들이 살아가고 사랑하고 있었습니다. 꼼지락, 두 손을 마주 잡고 살아가는 이야기입니다. 쉽사리 돌아서지 못하는, 흔히 말하는 밀당도, 잠시 다른 곳으로 눈을 돌릴 재주도 없는 그런 사람들의 이야기입니다.

부족한 글을 읽어 주시고, 응원해 주셨던 님들께 감사드립니다.

피우리, 로망띠끄에서 연재하는 동안 함께 공감하여 주셨던 님들이 계셔서 진심으로 행복했습니다. 한 분, 한 분. 이름을 불러 드리고 싶을 만큼 제게 소중한 시간을 선물해 주셨습니다.

부족한 글이라 망설이는 제게 기회를 주신 정시연 팀장님과 다향 로맨스팀에도 감사 말씀을 드립니다. 글을 수정하는 동안 더뎌지던 일정을 무던히도 기다려 주시고 이해해 주셔서, 그것 또한 감사했습니다. 꼼꼼한 리뷰와 많은 질문에도 늘 자세히 답변해 주신 점도 꾸벅, 감사드립니다.

글을 쓴다고 제대로 함께할 수 없었던 가족들, 특히 이제 글 쓰지 말라며 투정을 부리는 딸아이한테 미안하고 고맙다 이야기하고 싶습니다.

로맨스 소설에 가장 어울리는 마지막 인사가 무엇일까 고민을 했습니다.

언젠가 제게 '작가의 후기'를 쓸 수 있는 기회가 주어진다면 꼭 들려 드리고 싶었던 이야기 하나가 있습니다. 이미 피우리와 로망띠끄 연재 후, '후기'에 올렸었던 이야기라 고민했지만, 고민 후 내린 결론은 결국 제자리였습니다.

작은 선물처럼, 이곳에서 또 다른 '작은 사랑이야기' 하나를 들려 드리겠습니다.

❖

흔히들 많이 그런 이야기를 합니다. 내 이야기 소설로 써 봐라. 책 열 권으로도 모자란다. 사랑이야기도 마찬가지인 거 같습니다. 때론 실제 우리 주변에서도 우리가 읽는 로맨스 소설보다 더 애틋하고 소중한 사랑이야기가 있는 거 같습니다.

이 이야기는 제가 아는 어떤 분의 이야기입니다.

한 남자와 한 여자가 있었습니다. 이야기 전개가 그렇듯 둘은 만났고 사랑을 했습니다. 물론 다투기도 하고 다퉈서 울기도 했지만 한 가지 변하지 않는 것은 둘은 서로를 사랑하고 있다는 것이었습니다. 다행히도 둘은 여느 동화라면 끝일 문장.

'그래서 둘은 결혼을 하게 되었습니다.'

그리고, 그들의 로맨스는 이제 막 시작을 하게 됩니다.

둘은 결혼을 했고 결혼을 해서도 여전히 사랑을 했다고 합니다. 제가 언제인가 읽었던 책이 있습니다.

『종이 인형』작가인 김영희 씨의 자서전 『아이를 만드는 여자』. 그곳에 가장 기억에 남는 부분은 김영희 작가와 첫 남편과의 사랑 이야기였습니다. 둘은 결혼을 해서도 골목길에서 우연히 마주치면 얼굴을 붉히며 서로를 마주 보았다는 문장이 아직까지도 기억에 남으니까요(김영희 작가님의 첫 남편분은 결혼 몇 년 후 돌아가셨습니다).

그리고, 이 이야기의 주인공들도 그러했다고 합니다. 사랑의 결실인 딸이 태어났고, 아이가 생기면서 때로는 피곤한 삶에 그들 역시 '일상' 속에 간혹 서로에게 상처를 주기도 했을는지 모르지만, 여전히 둘은 사랑을 하였다고 합니다.

'에고, 그리 결혼해서도 유별나니……' 라는 말을 들으면서요.

하지만, 하늘의 시샘이라는 말을 알려 주려는 듯, 딸아이가 5살이 되는 해. 여자는 하늘나라로 떠났다고 합니다. 아팠다네요.

그리고, 그들의 로맨스는 이제 본격적으로 꽃을 피우려 하고 있습니다.

여자가 아픈 동안 남자는 많이 울었다고 합니다. 하지만, 아내가 떠나고 장례식장을 지키던 남자는 그저 망연히 손님들을 맞이하고 아내의 사진을 보았다고 합니다. 때로는 말갛게 웃으며 위로를 하는 사람들에게 '괜찮습니다.' 라 대답했다고도 합니다.

장례식이 끝나고 남자는 그 주 토요일부터 어딘가로 딸아이를 데리고 갑니다. 1박 2일의 여행. 그 여행은 매주 반복이 되었다고 합니다. 어느 날, 딸아이가 아파 남자는 그 여행을 혼자 다녀와야 했습니다. 남자는 처가댁에 딸아이를 맡기고 그날도 어김없이 그 여행을 떠납니다.

딸아이가 아픈데도 여행을 떠나는 남자를 보며 죽은 여자의 부모는 조금은 서운도 했습니다. 늙은 부모는 손녀딸에게 물었습니다. 어디를 그리 매주 다녀오냐고요. 손녀딸은 대답합니다.

"엄마한테 가서 엄마 옆에서 자고 와요."

남자는 매주 딸아이와 함께 아내의 산소를 갔습니다. 그 옆에 텐트를 치고 그리 있다 오곤 했다는군요. 아직 어린 딸아이는 아빠와의 여행이 그저 재미있기만 했습니다. 텐트를 치는 것도 버너에 물을 올려 밥을 하는 것도. 아침 일찍 일어나 아빠가 서 있는 곳이 엄마가 잠이 든 곳이라는 것을 알았지만 5살의 나이는 무엇인가를 오래 기억하기엔, 또 무엇인가의 의미를 제대로 알기엔 너무 어린 나이였습니다.

비가 오거나 눈이 내리거나 혹은 너무나 추운 날, 남자는 딸아이를 여전히 처가댁에 맡겼습니다. 그럴 때면 딸아이는 울었습니다. 오늘도 가서 놀고 싶은데 못 논다고요. 남자는 그런 딸아이에게 늘 대답했습니다.

"이번에는 아빠 혼자 엄마랑 놀다 올게."

처음 1년. 죽은 여자의 부모는 그저 사위가 고마웠습니다. 그리고 3년 후, 처가댁에서 남자를 불렀습니다. 이제 그만 가라고. 자네 그러는 거 이제는 부담이 된다고. 아직 젊으니 새 출발 하라고. 딸아이는 우리가 키워 주겠다고. 남자는 껄껄 웃으며 대답했다고 합니다.

"어머님, 제가 언제 재혼 안 한다고 했나요?"

죽은 여자의 부모는 그 말이 너무나 반가웠습니다.

"그래, 할 건가?"

"그럼요, 이 녀석 엄마랑 똑같은 여자 데려다 주시면 내일이라도 당장 장가갈 겁니다. 생긴 것도, 행동하는 것도, 말하는 것도 다 똑같은 여자요. 저 꼭 재혼할 겁니다."

그리고 5년이 넘어서면서 죽은 여자의 부모도 포기를 하기 시작했습니다.

시간이 흘러, 그 딸아이도 성인이 되었습니다. 여전히 남자는 아내의 산소를 매주 다녀옵니다. 아빠와 죽을 때까지 살 거라던 딸아이한테도-남자와 여자가 그러했듯- 사랑하는 사람이 생겼습니다. 남자 때문에 결혼을 망설이는 것 같은 딸아이를 보며 남자는 이야기합니다.

"결혼해라, 그래야 나도 좀 편하지, 녀석아."

딸아이는 사랑하는 사람과 결혼식을 하게 되었습니다. 여자가 떠난 지 20년이 조금 지난 어느 날이었다고 합니다.

그리고, 그들의 로맨스는 이제 꽃을 활짝 피우게 됩니다.

딸아이가 결혼하고 얼마 후 남자는 사위를 부릅니다.

"내 조금 멀리 가 있을 테니 딸아이한테 잘해 주게. 외롭지 않게 해 주게. 부탁하네."

남자는 집을 팔고 짐을 꾸렸습니다.

남자는 아내의 산소 옆으로 이사를 갔다고 합니다. 아침에 일어나 아내를 만나러 가고 잠이 들기 전 아내에게 잘 자라 인사를 한다고 합니다. 아내가 그립지만 이리 옆에 있으니 행복하다고 한답니다.

그리고, 그들의 로맨스는 여전히 계속되고 있습니다.

그들은 여전히 사랑하는 부부입니다.

❖

늘 최고의 사랑이 모든 님들과 함께하길 바라며 저는 이만 인사드리겠습니다.

다시 한 번 감사드립니다.
이 글과 함께하시는 동안 행복하셨기를. 작은 욕심 하나 가져봅니다.

—희망이룸 드림

초판 3쇄 찍음 2015년 3월 12일
초판 3쇄 펴냄 2015년 3월 17일

지은이 | 희망이룸
펴낸이 | 정 필
펴낸곳 | 도서출판 **뿔미디어**

편집장 | 이재권
기획 · 편집 | 정시연

출판등록 | 2002년 9월 11일 (제1081-1-132호)
주소 | 경기도 부천시 원미구 소향로 17, 303(두성프라자)
전화 | 032)651-6513 / 팩스 | 032)651-6094
E-mail | dahyangs@naver.com
블로그 | http://blog.naver.com/dahyangs
홈페이지 | http://bbulmedia.com

값 9,800원

ISBN 979-11-315-3450-2 03810

도서출판 뿔미디어 홈페이지 OPEN!!

안녕하세요.
지금껏 저희 뿔미디어를 응원해 주신
독자님들의 성원에 힘입어
이번에 새롭게 홈페이지를 오픈하였습니다.

저희 뿔미디어는 홈페이지에서 독자님들께서
보다 빠른 출간 소식과 미리보기 등
알찬 내용을 제공하기 위해 많은 노력을 기울였습니다.
또한 독자님들에게 도서 할인, 이벤트 등
다양한 혜택을 제공하고자 합니다.

저희 뿔미디어 홈페이지 오픈을 계기로
한층 더 독자님들과 가까워질 수 있는 기회가 되었으면 합니

보다 많은 관심과 사랑 부탁드리며,
앞으로도 더 좋은 컨텐츠 제공에 힘쓰도록 하겠습니다.

감사합니다.

-도서출판 뿔미디어 올림-

www.bbulmedia.com

www.bbulmedia.com

www.bbulmedia.com